Nina Bilinszki

An Ocean Between Us

Roman

KNAUR

Besuchen Sie uns im Internet:
www.knaur.de

Aus Verantwortung für die Umwelt hat sich die Verlagsgruppe Droemer Knaur zu einer nachhaltigen Buchproduktion verpflichtet. Der bewusste Umgang mit unseren Ressourcen, der Schutz unseres Klimas und der Natur gehören zu unseren obersten Unternehmenszielen. Gemeinsam mit unseren Partnern und Lieferanten setzen wir uns für eine klimaneutrale Buchproduktion ein, die den Erwerb von Klimazertifikaten zur Kompensation des CO_2-Ausstoßes einschließt. Weitere Informationen finden Sie unter: www.klimaneutralerverlag.de

FSC www.fsc.org MIX Papier aus verantwortungsvollen Quellen FSC® C083411

Originalausgabe September 2020
Knaur Taschenbuch

Ein Imprint der Verlagsgruppe
Droemer Knaur GmbH & Co. KG, München

Covergestaltung: ZERO Werbeagentur, München
Coverabbildung: DEEPOL by plainpicture/Odilon Dimier und Banthita166 / shutterstock.com
Abbildungen im Innenteil von Shutterstock:
Glitter von severija, Wassertropfen von Olga_Krichevtseva
Satz: Adobe InDesign im Verlag
Druck und Bindung: CPI books GmbH, Leck
ISBN 978-3-426-52614-9

4 5 3

Für Caro
Die beste Parabatai,
die man sich wünschen kann

PROLOG
Februar

Avery

Ich fuhr blind.

Der Regen prasselte auf meine Windschutzscheibe, und obwohl die Scheibenwischer in der höchsten Geschwindigkeit liefen, konnte ich die Straße kaum erkennen. Dunkle Wolken hingen tief am Himmel und vermittelten das Gefühl, als hätte die Dämmerung bereits eingesetzt, dabei war es kaum drei Uhr nachmittags. Der Wind fegte Äste und allerlei Gestrüpp über den Asphalt und rüttelte meinen kleinen Fiat ordentlich durch. Krampfhaft hielt ich das Lenkrad fest, um nicht die Kontrolle über den Wagen zu verlieren.

Normalerweise wäre ich nicht im Traum auf die Idee gekommen, mich bei diesem Sturm ins Auto zu setzen, aber heute war ein besonderer Tag. Oder besser morgen. Da würde das Vortanzen für die Aufnahme an der Juilliard stattfinden. Und ich wollte es unbedingt schaffen.

Mein ganzes Leben hatte ich darauf hingearbeitet. Tanzen war alles, was ich je machen wollte. Jahrelanges hartes Training, strenge Diätpläne und kaum ein Leben neben dem Ballett würden sich endlich bezahlt machen. Hoffentlich.

Ich festigte meinen Griff um das Lenkrad und rutschte auf dem Sitz ein Stück nach vorne, um die Straße besser sehen zu können.

Aber es war hoffnungslos. Eine graue Regenwand war alles, was ich ausmachen konnte, wie ein Schleier, der glitzernd von meinen Scheinwerfern in Szene gesetzt wurde.

Rechts und links von mir schossen die dunklen Schatten von Baumstämmen in den Himmel. Ich merkte, wie ich immer wieder halb auf die Gegenfahrbahn abdriftete, weil ich das Gefühl hatte, die Bäume würden näher kommen. Zum Glück schien ich die einzige Irre zu sein, die bei diesem Wetter unterwegs war. Seit ich die Kleinstadt Trenton, in der ich wohnte, verlassen hatte, war mir kein anderes Auto mehr begegnet.

»Avery? Bist du noch da?«, fragte meine beste Freundin Lizzy. Ihre Stimme kam verzerrt aus dem Lautsprecher meines Handys, aber es grenzte an ein Wunder, dass die Verbindung überhaupt noch hielt. Sie hatte darauf bestanden, mich wenigstens telefonisch nach New York zu begleiten, wenn sie schon nicht mitkommen konnte. Zuerst war ich dagegen gewesen, aber mittlerweile war ich dankbar, dass sie wenigstens auf diese Weise bei mir war.

»Ich sehe überhaupt nichts mehr«, sagte ich und blies mir eine Haarsträhne aus dem Gesicht, weil ich es nicht wagte, eine Hand vom Lenkrad zu lösen.

»Sei bloß vorsichtig.« Lizzy hörte sich besorgt an. »Vielleicht wäre es doch besser gewesen, erst morgen früh zu fahren.«

»Aber laut Wetterbericht soll der Sturm bis morgen noch stärker werden.« Außerdem war das Vortanzen für zehn Uhr angesetzt, und ich wollte nicht gehetzt und unausgeschlafen dort auftauchen. Nein, lieber fuhr ich heute, ging zeitig ins Bett und konnte morgen ausgeruht die paar Straßen von meinem Hotel zur Juilliard laufen.

»Ich mache mir halt Sorgen, bei diesem Wetter schickt man doch keinen Hund vor die Tür.«

»Außer mir ist auch niemand unterwegs, ich habe die Straße ganz für mich alleine«, versuchte ich Lizzy und mich selbst zu beruhigen. »Erzähl mir lieber was. Hat dein Bruder es geschafft, Brianna nach einem Date zu fragen?«

Lizzys Bruder Tyler war ein Jahr jünger als wir und unsterblich in unsere Klassenkameradin Brianna verliebt. Seit Wochen erzählte er uns, dass er sie fragen wollte, ob sie mit ihm ausgehen würde, hatte bisher aber nicht den Mut dafür aufbringen können.

Verzerrtes Lachen drang aus meinem Handy, als würde die Verbindung gerade schlechter werden. Ich schickte ein Stoßgebet gen Himmel, dass sie bis New York halten würde.

»Der kleine Feigling hat sich bisher natürlich nicht getraut. Zu Hause schwingt er immer große Reden, wenn er dann vor Brianna steht, bekommt er kein Wort über die Lippen und läuft rot an. Es ist irgendwie süß. Ich glaube, sie ahnt langsam was.«

»Aber du hast ihr nichts gesagt?«

»Natürlich nicht. Tyler würde mich in der Luft zerreißen.«

Tyler konnte keiner Fliege was zuleide tun und liebte seine Schwester abgöttisch, auch wenn sie sich ständig kabbelten, aber ich verstand, warum Lizzy nichts sagen wollte. Das wäre, als würde sie ihrem Bruder in den Rücken fallen.

»Aber hast du …«

Wie aus dem Nichts tauchten zwei Scheinwerfer aus der Dunkelheit auf. Zuerst nur schemenhaft, aber sie wurden rasch größer und schienen direkt auf mich zuzuhalten. Welcher Verrückte raste bei diesem Wetter so? Erschrocken blickte ich nach rechts, aber ich fuhr auf meiner Straßenseite. Wirkte es vielleicht durch den undurchdringlichen Regen nur so, als würde das entgegenkommende Auto direkt auf mich zuhalten?

Als ich wieder aufblickte, waren die Scheinwerfer direkt vor mir. »Scheiße«, entwich es mir. Jetzt konnte ich auch die schemenhaften Umrisse von zwei Personen im Auto erkennen. Zeit zum Nachdenken blieb mir nicht mehr. Um einer Kollision aus dem

Weg zu gehen, riss ich das Lenkrad ohne nachzudenken nach links und trat auf die Bremse.

Der Motor heulte auf, als hätte ich statt der Bremse das Gaspedal betätigt. Der Wagen zog nach links, aber nur für den Bruchteil einer Sekunde, dann brach das Heck aus, und meine komplette Welt geriet außer Kontrolle. Mein kleiner Fiat drehte sich einmal um die eigene Achse, stieß gegen irgendwas und begann sich zu überschlagen. Das Knirschen und Kreischen von Metall war zu hören, unterbrochen vom Klirren brechenden Glases. Ich wusste nicht mehr, wo oben und unten war, hielt mir nur schützend die Hände vor das Gesicht. Ein höllischer Schmerz bohrte sich in meinen Rücken und nahm mir die Luft. Ein unmenschlicher Schrei ertönte, aber bevor ich realisierte, dass er von mir stammte, umfing mich tröstliche Dunkelheit.

KAPITEL 1

August

Avery

Gleißendes Sonnenlicht blendete mich, als ich mit Lizzy das Wohnheim verließ, um zu meiner ersten Vorlesung zu gehen. Überall um mich herum sah ich lachende Gesichter. Alle wirkten glücklich und schienen sich auf ihren ersten Tag am College zu freuen. Die Luft war erfüllt von aufgeregten Gesprächen und einer freudigen Erwartungshaltung. Selbst die Sonne strahlte mit uns um die Wette und tanzte durch das nicht vollständig geschlossene Blätterdach der kleinen Parkanlage, die das Wohnheim mit dem Campus verband.

Ich hasste alles hier.

Ich wollte nicht hier sein oder studieren, ich wollte am anderen Ende von New York sein und meine professionelle Tanzausbildung an der Juilliard beginnen, wie ich es geplant hatte.

Aber ich würde nie wieder tanzen können, zumindest nicht professionell.

Schnaufend schob ich die Gurte des Rucksacks auf meinen Schultern zurecht. Mein Rücken schmerzte, als würde ich eine Tonnenlast transportieren anstatt ein paar Heftchen und meinem Etui.

»Geht es?«, fragte Lizzy, als sie sah, wie sehr ich mich abmühte.

»Klar«, keuchte ich und drückte meinen Rücken durch, um die betroffene Stelle etwas zu entlasten. Das Letzte, was ich wollte, war ihr Mitleid oder – schlimmer noch – dass sie anbot, meinen Rucksack zu tragen, weil sie mich dazu nicht in der Lage glaubte. »Was hast du zuerst?«, wollte ich wissen, um von mir abzulenken. Lizzy begann ihr Psychologiestudium, was schon immer ihr Wunsch gewesen war. Ich dagegen hatte mich erst mal in allen möglichen Grundkursen eingeschrieben, weil ich keine Ahnung hatte, was ich mit meinem Leben anfangen sollte.

»Pädagogische Einführung. Und du?«

»Grundlagen der Sporttherapie.« Meine masochistische Ader hatte mich dazu verleitet, dieses Fach zu wählen, aber ich redete mir ein, dass ich dabei vielleicht etwas lernen könnte, das meinem Rücken helfen würde.

Lizzy verzog das Gesicht. »Warum tust du dir das an, Avery?«

»Darum«, entgegnete ich schmollend.

Lizzy blieb stehen und griff nach meinem Arm, um mich ebenfalls anzuhalten. Ihre grünen Augen funkelten mich herausfordernd an, aber ich sah auch Verständnis in ihren Zügen. »Ich weiß, dass es schwer für dich ist, nie wieder Sport machen zu können.«

»Nein, weißt du nicht«, sagte ich schärfer als beabsichtigt, aber ich hatte es einfach so satt, dass alle meinten, mich verstehen zu können, wenn sie in Wirklichkeit nicht den Hauch einer Ahnung hatten. Ich nahm einen tiefen Atemzug und redete versöhnlicher weiter. »Sorry, ich wollte dich nicht so anfahren, aber du kannst nicht nachempfinden, wie es für mich ist. Tanzen war nicht bloß mein Hobby, sondern mein kompletter Lebensinhalt. Ich bin achtzehn Jahre alt und stehe plötzlich vor dem Nichts. Es gibt nichts, was mich sonst interessiert. Ich will keinen Nullachtfünfzehn-Bürojob machen. Ich will tanzen, aber mein Körper ist zu kaputt dafür.« Anfangs hatte ich den Ärzten nicht glauben wollen und in der Abgeschiedenheit meines Zimmers einige Posen ausprobiert: eine Pirouette und eine Arabesque. Aber sobald ich nur versuchte, mich auf die Zehenspitzen zu stellen oder mein Bein zu heben, zog sich ein höllischer Schmerz durch meinen Rücken, der mich zusammenbrechen ließ. Egal wie oft ich es probierte, ich musste irgendwann einsehen, dass es einfach nicht ging.

Lizzy griff nach meiner Hand und drückte sie sanft. »Ich weiß, dass es schwer ist. Würde mir heute jemand sagen, ich dürfte nie wieder singen, ginge es mir genauso. Aber mal ehrlich, vermutlich wissen achtzig Prozent der Leute hier auch nicht, was sie mit ihrem Leben anfangen sollen. Ist ja auch völlig okay. Wir sind noch jung genug, um erst mal unser Leben zu genießen. Vielleicht kannst du es als kleinen Neuanfang betrachten und dabei herausfinden, was dir liegt, anstatt von vornherein alles zu verteufeln.«

Ich seufzte. »Das versuche ich ja. Heute ist es nur besonders schwer, das Positive an der ganzen Sache zu sehen.«

Lizzy trat auf mich zu und zog mich in eine feste Umarmung. »Deswegen ist es umso wichtiger, dass du gegen die dunklen Gedanken ankämpfst«, flüsterte sie mir zu.

Nickend löste ich mich von ihr. »Danke, das werde ich.« Langsam setzten wir uns wieder in Bewegung. »Und übrigens, es gibt eine Sportart, die ich noch machen kann. Schwimmen.«

Lizzy versuchte ihr Lachen mit einem Husten zu tarnen. »Genau dein Ding«, sagte sie sarkastisch. Sie wusste, dass ich Schwimmen schon früher verabscheut hatte. Selbst im Urlaub war ich maximal bis zu den Knien ins Wasser gegangen, wenn ich mich abkühlen wollte.

»Ich weiß, trotzdem habe ich mich für einen Kurs angemeldet. Mein Physiotherapeut meint, es sei die ideale Sportart, um wieder Muskeln aufzubauen, die meinen Rücken entlasten. Und wie du bereits erwähnt hast, sollte ich dringend anfangen, etwas Neues auszuprobieren.«

»Dann bin ich gespannt, was du von deiner ersten Stunde berichten wirst.«

Das war ich auch, aber vorher musste ich diesen Tag hinter mich bringen.

Der Vorlesungssaal war schon zur Hälfte gefüllt, als ich ankam. Vor allem die vorderen Reihen waren besetzt, was mich jedoch nicht störte, weil ich da ohnehin nicht sitzen wollte. Ich schob mich in den hinteren Bereich und ging mittig in eine noch überwiegend freie Reihe. Das laute Geschnatter hallte von den kahlen Wänden wider, die dringend einen neuen Anstrich benötigten. Der Tisch vor mir war mit Kritzeleien beschmiert, und unter der Platte klebte ein angelutschtes Kaugummi. Angewidert rutschte ich einen Platz nach rechts.

»Wir haben echt den schlimmsten Raum erwischt, oder?«, sagte plötzlich jemand neben mir. Sie hatte schulterlange Haare, die wie ein Regenbogen gefärbt waren, und sah genauso unbeeindruckt aus, wie ich mich fühlte. Ich mochte sie auf Anhieb.

»Allerdings. Ich frage mich echt, wann hier das letzte Mal renoviert wurde.«

»Vermutlich noch nie, dabei wirbt das LaGuardia Community College doch mit seiner Technologie, die auf dem neuesten Stand sein soll.«

»Die Technologie vielleicht, aber auf die Räumlichkeiten trifft es eindeutig nicht zu. Ich bin übrigens Avery«, stellte ich mich vor.

»Virginia. Und es beruhigt mich sehr, dass ich nicht die Einzige zu sein scheine, die nicht vor Begeisterung übersprüht.«

»In mir hast du eine Verbündete gefunden, ich will gar nicht hier sein.«

»Ich auch nicht. Dann hoffe ich mal, dass wir viele Kurse zusammen haben werden.«

Das glaubte ich kaum, auch wenn es mich freuen würde, mehr Zeit mit Virginia zu verbringen. »Warum willst du nicht hier sein?«, fragte ich.

Virginia presste die Lippen aufeinander und zog die Stirn kraus. Nachdenklich fuhr sie mit dem Zeigefinger einige Kratzer auf dem Tisch nach. »Ich mache das hier für meine Eltern. Eigentlich will ich Musikerin werden, aber meine Eltern meinen, das wäre kein richtiger Beruf und ich müsste was Anständiges lernen.« Sie hob die Schultern, als wäre es keine große Sache, aber ich konnte spüren, wie sehr es sie bedrückte.

»Was ist mit dir?«, fragte sie.

Bevor ich dazu kam, ihr zu antworten, betrat unser Dozent den Raum und ließ die Tür geräuschvoll hinter sich ins Schloss fallen.

Augenblicklich verstummten sämtliche Gespräche, und eine erwartungsvolle Anspannung flirrte durch die Luft. Ich rutschte auf meinem Sitz vor und sah gebannt nach vorne.

Unser Dozent hatte schwarze Haare, die an den Schläfen von grauen Strähnen durchzogen waren, gebräunte Haut und eine randlose Brille, die tief auf seine Nase gerutscht war. »Guten Morgen, mein Name ist Professor Ramirez, und ich werde Ihnen die Grundlagen der Sporttherapie näherbringen. Wir werden nicht nur Praktiken zur Rehabilitation durchnehmen, Sie werden zudem lernen, wie Sie Ihre Muskeln und Gelenke nach dem Training regenerieren und vorher lockern können, um Verletzungen zu vermeiden. Lassen Sie uns beginnen.«

»Ich weiß genau, was ich machen muss, um vor dem Training locker zu werden«, sagte eine anzügliche Stimme hinter mir.

Ein mädchenhaftes Kichern folgte, vermutlich von der Person daneben. »Du denkst aber auch immer nur an das eine, Theo.« Es klang, als wäre sie nicht diejenige, mit der Theo das eine anstellen würde.

»Was ist dagegen einzuwenden? Sex entspannt und macht den Kopf frei.«

»Nichts ist dagegen einzuwenden«, sagte sie zögerlich. Ich wartete auf ein *Aber,* das jedoch nicht kam.

Stattdessen sprach Theo erneut. »Vielleicht ist es genau das, was dir fehlt, dass du dich mal wieder richtig fallen lassen kannst.«

»Theo!« Jetzt klang sie entrüstet. »Du weißt genau, dass ich mich nicht auf jemanden einlassen kann, für den ich nichts empfinde.«

»Und ich kann mit dieser Gefühlsduselei nichts anfangen. Das lenkt nur ab und ist für Sex völlig überflüssig.«

Nur mit Mühe konnte ich ein Lachen unterdrücken. Die beiden waren ein wandelndes Klischee. Wenn ich raten müsste, würde ich sagen, dass er Footballspieler und sie Cheerleaderin war.

Virginia lehnte sich näher zu mir. »Sie steht auf ihn, und er lässt sie nicht ran, oder?«, raunte sie mir zu.

Ich nickte bloß, weil ich noch immer befürchtete, laut lachen zu müssen, sobald ich den Mund öffnete.

Ich blendete die beiden aus und versuchte mich für den Rest der Stunde auf die Vorlesung zu konzentrieren. Der Dozent zählte gerade die unterschiedlichen Möglichkeiten auf, wie strategischer Muskelaufbau den Bewegungsapparat stärken konnte. Das kannte ich zwar bereits aus der Krankengymnastik, aber vielleicht konnte ich etwas Neues dazulernen.

»Damit können zwar keine Wunder bewirkt werden«, erklärte Professor Ramirez, »aber es sind einige Fälle bekannt, in denen die Stärkung der Muskulatur zu einer deutlichen Verbesserung der Verletzung geführt hat.«

Meine Hand schoss in die Höhe. Erstaunt sah unser Dozent mich an und schob die Brille auf seiner Nase hoch. »Ja, Miss …?«

»Cole, Avery Cole«, stellte ich mich vor.

»Haben Sie etwas hinzuzufügen?«

»Eher eine Frage. Das funktioniert doch nicht immer, oder? Ich habe eine instabile Fraktur dreier Lendenwirbel durch einen Unfall erlitten und werde nie wieder professionell tanzen können.«

Professor Ramirez kam im Mittelgang näher auf mich zu. »Wenn durch den Unfall eine Quetschung des Knochenmarks vorliegt, kann das durchaus stimmen. Allerdings ist es schwierig, eine Diagnose zu treffen, ohne die genauen Hintergründe zu kennen. Zumal es bei dieser Art von Verletzung von Fall zu Fall unterschiedlich ist. Eine Verbesserung der Symptome kann durch strategischen Muskelaufbau trotzdem erreicht werden.«

Ich hörte Theo hinter mir raunen: »Also wenn ich keinen Sport mehr machen könnte, würde ich mich umbringen.«

Seine Worte brachten mein Blut zum Kochen. Was bildete er sich eigentlich ein? Abrupt drehte ich mich zu ihm um und sah ihn zum ersten Mal an. Er war groß und breitschultrig, hatte kurze, braune Haare und grünbraune Augen. Eigentlich ganz attraktiv, wäre da nicht dieses arrogante Lächeln. »Das ist alles, was du dazu zu sagen hast?«, fuhr ich ihn an. »Dass ich mich umbringen sollte, weil mein Leben jetzt keinen Sinn mehr ergibt?«

Entgeistert starrte er mich an. »Bleib mal locker, dich habe ich damit doch gar nicht gemeint. Aber ohne Sport würde mir halt der komplette Lebensinhalt fehlen.« Er zuckte mit den Schultern.

Ein Brennen begann hinter meinen Augenlidern. Ich ballte meine Hände zu Fäusten und biss mir von innen in die Wange, um die Tränen zurückzukämpfen. »Genau so geht es mir. Der Unfall hat meinen Traum zerstört.« Und ich musste nun lernen, aus den Scherben dieses Traumes wieder etwas Sinnvolles zu formen. »Daher würde ich es begrüßen, wenn du nicht so leichtsinnig darüber reden würdest.«

»*Du* hast Sport gemacht?«, mischte sich seine Nachbarin mit dem nervigen Kichern ein. »Du siehst gar nicht danach aus.« Abschätzend wanderte ihr Blick meinen Körper hinab.

Damit hatte sie nicht ganz unrecht. Im letzten halben Jahr hatte ich den Großteil meiner Muskeln verloren, was überwiegend den zwei Monaten absoluter Bettruhe nach dem Unfall geschuldet war. Trotzdem brachten mich ihre Worte auf die Palme. »Was denkst du eigentlich, wer du bist?«

Sie verengte die Augen, aber bevor sie mir antworten konnte, ging Professor Ramirez dazwischen. »Es wäre schön, wenn ich meine Vorlesung jetzt weiterführen könnte«, sagte er mit Schärfe in der Stimme.

Röte schoss mir ins Gesicht, weil mir erst jetzt bewusst wurde, dass ich all meinen Kommilitonen eine Show geboten hatte. Dabei hatte ich mir geschworen, mich am College einzufügen und nicht aufzufallen. Das hatte ja wunderbar funktioniert.

Mit gesenktem Kopf machte ich mich auf meinem Sitz klein und versuchte dem Rest der Stunde zu folgen, auch wenn ich innerlich noch immer vor Wut schäumte. Was für Idioten! Sie führten sich auf, als würde ihnen die Welt gehören, und niemand könnte ihnen etwas anhaben. War ihnen nicht bewusst, dass sie andere mit derart unüberlegten Aussagen verletzen könnten? Oder waren ihnen die Gefühle anderer schlicht egal?

Um mich zu beruhigen, begann ich in meinen Block zu zeichnen. Ich war nicht sonderlich gut darin, aber ich hatte bereits in der Reha gemerkt, dass es mich entspannte. Alleine die gleichmäßigen Handbewegungen und das sanfte Geräusch, wenn der Bleistift über das Papier glitt, ließen meinen Puls langsamer werden. Ich fand die Aussage dieses Theos noch immer dumm, aber ich verspürte nicht mehr den dringenden Wunsch, mich zu ihm umzudrehen und auf ihn loszugehen.

Als unser Dozent die Stunde beendete, ließ ich mir absichtlich viel Zeit damit, meine Sachen zusammenzupacken, bis Theo und seine Freundin abgehauen waren. Obwohl meine Wut noch nicht verraucht war, hatte ich keine Lust auf eine weitere Konfrontation mit den beiden. Virginia wartete, bis ich fertig war, und gemeinsam verließen wir das Gebäude.

Kaum hatten wir den Gang erreicht, platzte es aus ihr heraus. »Kann ich dich fragen, was passiert ist?«

»Sicher.« Auch wenn es mir schwerfiel, darüber zu reden, wollte ich kein Geheimnis daraus machen. »Ich hatte einen Autounfall, bei dem ich einen Bruch dreier Rückenwirbel erlitten habe. Durch die Verschiebung wurde das Rückenmark gequetscht, aber nicht zerstört. Mir wurden Platten eingesetzt, um die Wirbel zu stabilisieren. Ich kann zwar noch gehen und mich hoffentlich irgendwann wieder schmerzfrei bewegen, aber Ballett ist für mich gestorben.« Im Krankenhaus hatte man mir gesagt, ich hätte unheimliches Glück gehabt, dass ich zum Zeitpunkt des Unfalls mit Lizzy telefoniert hatte, die augenblicklich den Notruf abgesetzt hatte. Über mein Handy hatte man meinen Standpunkt orten können, denn der Unfallverursacher war einfach weitergefahren und man hatte ihn oder sie bis heute nicht finden können. Wäre Lizzy nicht gewesen, hätte man mich frühestens am nächsten Morgen gefunden, und wie es bis dann um meinen Rücken bestellt gewesen wäre, darüber wollte ich besser nicht nachdenken.

»Das muss schlimm sein, nicht mehr das machen zu können, was man liebt«, riss Virginia mich aus meinen Gedanken.

»Das ist es, aber jeder sagt mir, ich soll froh sein, nicht querschnittsgelähmt zu sein, und dass ich das Positive an der ganzen Sache sehen soll. Was ich aber unheimlich schwer finde.«

»Völlig verständlich. Es war unmöglich, was dieser Theo von sich gegeben hat. Als hätte das Leben nicht mehr zu bieten. Klar muss man ein wenig danach suchen, wenn einem das eine geraubt wurde, was einem alles bedeutet hat, aber es gibt noch so viel mehr zu entdecken.«

Ihre Worte berührten mich. »Danke. Ich hoffe, dass ich etwas Passendes für mich finde.«

»Mit Sicherheit.« Virginia drehte sich nach rechts zu einem Informationsbrett. Interessiert überflog sie die Aushänge und stieß ein Schnauben aus. »Immer dasselbe«, murmelte sie mehr zu sich selbst.

Ich trat näher, um den Zettel ebenfalls zu lesen. Ein Gitarrist für eine Rockband wurde gesucht. Unten auf dem Zettel stand in dicken Lettern »*Keine* Frauen«.

»Spielst du Gitarre?«, wollte ich wissen.

»Ja, aber es scheint, als würde es hier keine Band für mich geben. Entweder spielen sie Musik, mit der ich nichts anfangen kann, oder sie wollen keine Frau als Gitarristin haben.« Ihr Augenrollen zeigte mir deutlich, was Virginia davon hielt.

»Sexistische Arschlöcher«, entgegnete ich. »Hast du mal überlegt, einfach eine eigene Band zu gründen? Meine beste Freundin singt ziemlich gut, und wenn du einen Aushang machst, finden sich bestimmt ein Schlagzeuger und Keyboarder.«

Virginia betrachtete mich nachdenklich. »Ja, mal schauen, wäre zumindest eine Überlegung wert, wenn sich nichts anderes ergibt.«

Der Geruch von Chlor drang mir entgegen, sobald ich die Tür zum Hallenbad aufzog. Er kitzelte in meiner Nase, und ich verzog das Gesicht. Ein Grund, warum ich Schwimmen nicht mochte, war, weil ich es verabscheute, dass man diesen Geruch auch noch Stunden, nachdem man das Schwimmbad verlassen hatte, mit sich herumschleppte. Aber wenn ich mich nicht für den Rest meines Lebens mit meinem aktuellen Zustand zufriedengeben wollte, musste ich da durch.

Vor dem Eingang zu den Umkleiden stand bereits eine kleine Gruppe Studenten beisammen, zu denen ich mich gesellte. »Seid ihr auch für den Grundkurs hier?«, fragte ich ein Mädchen mit langen, dunklen Locken.

»Ja, unser Trainer verspätet sich wohl etwas«, erklärte sie.

»Okay.« Ich ließ meine Sporttasche von der Schulter gleiten und massierte meinen schmerzenden Rücken. Der heutige Tag war anstrengend gewesen, was sich durch ein Ziehen bemerkbar machte, wie ich es schon lange nicht mehr verspürt hatte. Kurzzeitig hatte ich sogar mit dem Gedanken gespielt, den Kurs sausen zu lassen, aber ich wollte nicht gleich am ersten Tag kapitulieren.

Während wir warteten, sah ich mich interessiert um. Die Halle wirkte genauso alt wie der Rest des Colleges. Grünliche Fliesen zierten die Wände, aber im Gegensatz zu den Vorlesungsräumen war es hier zumindest sauber. Ungefähr fünfzehn Leute standen beisammen, die meisten davon Frauen, einige so aufgetakelt, als würden sie in die Disco anstatt zum Schwimmen gehen.

Ich verlagerte mein Gewicht von einem Bein auf das andere und begann an einem losen Faden meines Oberteils zu zupfen.

»Da ist er«, sagte eine aufgeregte Stimme, und ein Raunen ging durch die Wartenden. Was war denn jetzt los? Erstaunt sah ich auf, und ein Ruck durchfuhr mich, als ich unseren Trainer erblickte. Es war niemand Geringerer als dieser arrogante Theo, mit dem ich in meiner ersten Stunde aneinandergeraten war.

Allerdings sah er jetzt völlig anders aus. Er trug nur knappe Schwimmshorts, die nicht viel Platz für Interpretation ließen, und hatte sich eine Trainingsjacke über die Schultern gehangen. Er stellte einen Körper zur Schau, bei dem mir das Wasser im Mund zusammenlaufen würde, wenn ich nicht wüsste, was für ein arroganter Typ er war. Ausgeprägte Muskeln wurden von einzelnen Wassertropfen bedeckt, als wäre er gerade erst aus dem Wasser gestiegen. Seine Haut war glatt und völlig frei von Haaren, wenn ich das richtig sah. Ein Tropfen rann sein Kinn hinab, und ich war wie hypnotisiert davon.

Dann fiel mir wieder ein, wen ich da anstarrte, und ich wandte verärgert meinen Blick ab. Seine Worte von vorhin hallten in meinem Kopf wider. Das war der Spinner, der mir durch die Blume zu verstehen gegeben hatte, dass ich mich auch umbringen könnte, weil ich meinen Sport nicht mehr ausüben konnte, das sollte ich nicht vergessen.

Alle um mich herum starrten Theo jedoch mit Bewunderung an, als hätte er irgendwas Großartiges geleistet, was mich stutzen ließ. »Wer ist das?«, fragte ich die Frau mit den dunklen Locken.

Entgeistert drehte sie sich zu mir um. »Kennst du etwa Theo Jemison nicht? Er ist *der* Star am College. Im letzten Jahr hat er alle regionalen Wettkämpfe gewonnen und ist in den überregionalen nur um eine Zehntelsekunde zu langsam gewesen, um zu den nationalen Meisterschaften zugelassen zu werden. Dieses Jahr will er den Durchbruch endlich schaffen.«

Ungewollt zuckte mein Blick erneut zu ihm. Das erklärte zumindest, warum er sich für was Besseres hielt. »Was zur Hölle hat er an einem Community College verloren, wenn er so ein gefeierter Star ist?«, platzte es aus mir heraus. Sollte er dann nicht ein Stipendium an einem Ivy League College haben, wo er seine Karriere richtig pushen könnte?

»Sein Vater trainiert das hiesige Schwimmteam, deswegen hat Theo sich für dieses College entschieden. Ehrlich, kennst du dich mit Sport gar nicht aus?«

Mit Schwimmen nicht, nein. Allerdings schien ich die Einzige zu sein, die ihn nicht kannte. Alle anderen starrten ihn mit Bewunderung an, und ich begann mich zu fragen, was ihre Motivation war, diesen Kurs zu besuchen. Hatten sie wirklich Lust auf Schwimmen, oder wollten sie einfach nur ihrem Star nahe sein? Würde dieser Kurs zu einer Farce ausarten, weil die Mädels Theo anhimmelten und sich am Ende sogar extra dumm anstellten, um eine Sonderbehandlung zu erhalten? Und wollte ich überhaupt von jemandem wie diesem arroganten Theo trainiert werden?

Ein mulmiges Gefühl breitete sich in mir aus, das mir wie ein Klumpen Blei im Magen lag. Normalerweise war ich kein ängstlicher Typ, aber beim bloßen Gedanken daran, mir weitere abfällige Sprüche von ihm anhören zu müssen, wurde mir schlecht. Ich hatte mir erhofft, durch den Kurs ein neues Lebensgefühl zu erhalten, nicht dass ich durchgängig daran erinnert wurde, was ich verloren hatte.

Ich trat einen Schritt zurück. Dann noch einen. Ob ich heimlich verschwinden konnte, solange alle noch gebannt von Theo waren?

»Avery.« Seine Stimme durchfuhr mich wie ein Blitzschlag und ließ mich aufblicken. In wenigen Schritten war er bei mir, und ich wusste plötzlich nicht mehr, wo ich hinsehen sollte. Zu viel nackte Haut und dazu seine Augen, die mich mit einer ungekannten Intensität betrachteten. »Wo willst du hin?«

Nur weg von hier. »Ich denke nicht, dass dieser Kurs der richtige für mich ist.« Ich zog die Augenbrauen hoch, um ihm zu verdeutlichen, dass *er* der Grund war, warum ich ihn für ungeeignet hielt.

Theo verschränkte die Arme vor der Brust. »Ich dachte, du kannst keinen Sport mehr machen.«

»Ich kann *meinen* Sport nicht mehr machen, Schwimmen dagegen soll gut für meinen Rücken sein. Trotzdem glaube ich nicht, dass ich hier richtig aufgehoben bin. Du hast deinen Standpunkt vorhin deutlich gemacht.« Eigentlich war ich niemand, der davonlief, wenn es schwierig wurde, aber aktuell hatte ich einfach keine Lust mehr auf Negativität. Daher wandte ich mich ab, um die Halle zu verlassen.

»Warte.« Theos Hand legte sich auf meinen Unterarm und ließ mich abrupt anhalten. Seine Haut war kühl und überraschend weich und schickte einen Schauer über meinen Rücken. »Wenn dir der Kurs wirklich helfen könnte, solltest du dich nicht davon abbringen lassen. Ich verspreche auch, mich zu benehmen.« Er zwinkerte mir kurz zu, ehe er sich umdrehte und zu der Gruppe zurückging.

Entgeistert starrte ich ihm hinterher. War das sein Ernst? Er hatte sich nicht mal entschuldigt und erwartete von mir, dass ich ihm hinterherdackelte wie einer seiner hörigen Fans? Ganz bestimmt nicht. Wenn überhaupt, hatte er mir mit seinem Verhalten nur bewiesen, dass ich gut daran tat, mich so weit wie möglich von ihm fernzuhalten.

Wütend schulterte ich meine Tasche und machte mich auf den Weg zum Wohnheim.

»Hey, du bist aber früh zurück«, begrüßte Lizzy mich, als ich unser Zimmer betrat. Als sie mich ansah, weiteten sich ihre Augen. »Und du siehst nicht glücklich aus.«

Schnaubend ließ ich meine Tasche sinken. Die Untertreibung des Jahrhunderts. »Dieser Tag ist für die Tonne.« Dann berichtete ich ihr von meinen Zusammentreffen mit Theo Jemison, Schwimmstar und Arschloch de luxe. Je länger ich redete, desto finsterer wurde Lizzys Miene.

»Er hat dir nicht ernsthaft geraten, dich umzubringen, nur weil du kein Ballett mehr tanzen kannst«, sagte sie aufgebracht.

»Nicht direkt, aber er meinte, er würde es tun, wenn er nicht mehr schwimmen könnte.«

»Das macht die Sache nicht besser. Was für ein Idiot.« Lizzy ließ sich geräuschvoll auf ihr Bett plumpsen und zog ein Buch unter dem Kopfkissen hervor. »Aber eine Sache verstehe ich noch nicht so ganz. Warum bist du nicht zu dem Kurs gegangen? Du lässt dir doch sonst nicht von irgendwelchen dahergelaufenen Typen den Spaß verderben. Wo ist dein Kampfgeist geblieben, ihm die Stirn zu bieten und zu zeigen, dass dein Leben sehr wohl noch einen Sinn hat?«

Sie hatte ja recht, das war nicht meine Art, aber mein Kampfgeist lag in dem Straßengraben, in dem mein Auto gegen den Baum gedonnert war. Um jemandem zeigen zu können, dass mein

Leben noch einen Sinn hatte, musste ich zuerst selbst daran glauben. Aber mein Vertrauen in mich war erschüttert und lag wie ein Scherbenhaufen zu meinen Füßen.

»Ich weiß es nicht«, sagte ich, weil ich meine Gefühle nicht in Worte fassen konnte. Ich legte mich auf mein Bett und streckte meinen schmerzenden Rücken durch. Es war eine Wohltat, nicht mehr stehen zu müssen, und ich gab ein Seufzen von mir. Vielleicht sollte ich doch wieder zwischendurch die Orthese tragen, die ich in der Reha bekommen hatte. Eigentlich mochte ich die Schiene nicht, die wie ein Korsett um meine Mitte geschnürt wurde, aber sie entlastete meinen Rücken, wenn ich viel auf den Beinen war.

Lizzy blieb so lange ruhig, dass ich schon dachte, einer Zurechtweisung zu entgehen, doch dann ergriff sie erneut das Wort. »Du solltest zu diesem Kurs gehen. Wenn du willst, begleite ich dich sogar, aber wenn es deinem Rücken helfen könnte, solltest du diese Chance nutzen.«

Überrascht drehte ich mich auf die Seite, bis ich sie ansehen konnte. »Du würdest wirklich mitkommen?« Ein warmes Gefühl breitete sich in mir aus. Lizzy hatte mit Sport überhaupt nichts am Hut. Sie war ein gemütlicher Mensch, fühlte sich mit Büchern viel wohler und verabscheute es, zu schwitzen. Zudem zeigte sie sich nicht gerne in körperbetonter Kleidung, weil sie mit ihrer Figur unzufrieden war. Dass sie mir anbot, mich zu begleiten, war eine große Sache.

»Ich müsste mir zwar zuerst einen neuen Badeanzug kaufen, aber ich würde dich begleiten, wenn es dir hilft. Und wenn dieser Theo auch nur ein blödes Wort zu dir sagt, bekommt er es mit mir zu tun.« Sie nickte, wie um ihre Worte zu unterstreichen, ehe sie ihr Buch aufschlug und dahinter verschwand.

KAPITEL 2

Theo

Keuchend schreckte ich aus dem Schlaf hoch. Mein Herz hämmerte gegen meinen Brustkorb, und kalter Schweiß bedeckte meinen Körper. Ich versuchte meine Atmung unter Kontrolle zu bekommen, während die Erinnerung an den Albtraum langsam abebbte. Das beklemmende Gefühl aber blieb.

Einmal mehr war ich froh darüber, mir kein Zimmer mit einem Mitbewohner teilen zu müssen, der Zeuge meiner regelmäßigen Albträume wurde. Meistens wusste ich nicht einmal, wovon sie gehandelt hatten, sobald ich aufwachte. Trotzdem verursachten sie mir Übelkeit, denn den Auslöser dafür würde ich nie vergessen.

Doch daran wollte ich jetzt nicht denken. Ich blickte auf mein Handy, es war erst fünf Uhr und damit eigentlich viel zu früh zum Aufstehen, aber ich würde heute eh keinen Schlaf mehr finden. Daher konnte ich genauso gut ein kurzes Training vor meinen Vorlesungen einschieben. Ich zog mich an, schnappte meine Tasche und lief die drei Blocks zum Hallenbad des LaGuardia Community College.

Das Wasser weckte meine Lebensgeister, und die Bewegung ließ meine Gedanken verstummen. Mit jeder geschwommenen Bahn rückten meine Probleme weiter in den Hintergrund. Hier fühlte ich mich frei, konnte ganz ich selbst sein und war im Reinen mit mir. Hier musste ich keine Erwartungen anderer erfüllen, mich nicht auf eine bestimmte Art und Weise geben. Das Wasser verstand mich, ohne dass ich ein Wort sagen musste.

»Hey, Theo, was geht?« Kayson und Noah warteten bereits vor der ersten Vorlesung auf mich. Ich kannte beide seit meinem Beginn am College im letzten Jahr. Sie waren zu meinen Freunden geworden, weil sie sich im Gegensatz zu allen anderen nicht davon beeindrucken ließen, dass mich jeder kannte. Sie holten mich auf den Boden und schreckten auch nicht davor zurück, mich in die Schranken zu weisen, wenn ich abhob.

»Nicht viel, kein Bock auf die Vorlesungen.«

»Wer hat das schon?« Noah klopfte mir auf die Schulter und schob mich gleichzeitig in den Vorlesungssaal. »Aber Kopf hoch, es ist fast Wochenende, und morgen steigt die große Party in unserem Wohnheim. Bist du jetzt dabei oder nicht?«

Eigentlich konnte ich es mir nicht leisten. Ich hatte am Sonntag einen wichtigen Wettkampf, der ein erster Richtungsweiser für die überregionalen Meisterschaften war. Ich musste topfit sein, um meinen größten Widersacher zu schlagen, und ich war niemand, der seine Karriere wegen einer Party aufs Spiel setzte.

Andererseits nervte es mich auch, meinen Freunden so oft absagen zu müssen, weil ich schwimmen war. Schon unter der Woche konnte ich nachmittags nie etwas mit Noah und Kayson unternehmen, weil ich Training hatte. Würde es wirklich schaden, mit zu der Party zu gehen, wenn ich auf Alkohol verzichtete und nicht bis morgens um fünf blieb?

»Klar bin ich dabei, das lasse ich mir doch nicht entgehen.«

»Geil, Mann.«

»Wird Zeit, dass du mal wieder etwas aus dir rauskommst. Du bist in letzter Zeit irgendwie seltsam drauf.«

Abrupt wandte ich mich Kayson zu und versuchte das Schaudern zu unterdrücken, das mich überkommen wollte. War ich wirklich so leicht zu durchschauen? Ich wusste, dass meine Freunde mich gut kannten, aber ich hatte gedacht, meine Emotionen besser verstecken zu können. »Das Semester ist nicht mal eine Woche alt«, versuchte ich mich rauszureden.

Kayson bedachte mich mit einem unbeeindruckten Blick. »Ja, Mann. Kannst du mal sehen, wie schlecht du drauf bist, wenn selbst mir das so schnell auffällt. Noah hat es auch schon gesagt.«

»Hey, halt mich da raus«, wehrte Noah sofort ab und stapfte die Treppen nach oben. Auf dem Absatz drehte er sich um. »Für nächstes Wochenende habe ich eine Bahn in der Bowling-Alley für uns reserviert, vergesst das nicht.«

Ich verdrehte die Augen und folgte ihm. Als würde ich unsere regelmäßigen Besuche in der Bowling-Alley jemals vergessen. Es war eine meiner liebsten Nebenbeschäftigungen, die mich komplett vom Training und dem College ablenkte. Ich war froh, mit Kayson und Noah Gleichgesinnte dafür gefunden zu haben.

Wie immer setzten wir uns in der Vorlesung in die hinterste Reihe. Ich hatte kein großes Interesse an meinem Studium, sah es eher als Sprungbrett für meine Karriere an. Meine beiden, sozusagen. Die erste als Profischwimmer und die zweite als Trainer, wenn meine Muskeln zu schwach für Bestzeiten geworden waren. Deswegen hatte ich mich auch für dieses Community College entschieden. Mein Dad war Trainer hier, und er hatte schon so einigen den Weg ins olympische Team geebnet. Und solange ich mein Training ernst nahm, ließ er mich wegen allem anderen in Ruhe.

Ein quietschgelbes Handtäschchen wurde neben mir auf den Tisch gestellt, und Rena setzte sich neben mich. »Hat jemand die Hausarbeit gemacht? Unser Training ging gestern so lange, dass ich nicht mehr dazu gekommen bin.« Rena war Cheerleaderin, und da in nicht einmal zwei Wochen das erste Basketballspiel der Saison anstand, hatte sie momentan alle Hände voll damit zu tun, die neuen Leute in die Choreografien einzuarbeiten.

Rena und ich kannten uns schon seit dem Kindergarten. Wir waren zusammen aufgewachsen und schon immer befreundet gewesen, weil wir einen ähnlichen Ehrgeiz bei unseren Sportarten hatten – auch wenn diese unterschiedlicher nicht sein könnten. Während meine Karriere gerade erst begann, war Renas mit Ende des Colleges vorbei.

»Ich nicht.« Ich machte nie Hausarbeiten, und die meisten Dozenten behelligten mich auch nicht deswegen. Ein durchaus angenehmer Nebenaspekt meiner Bekanntheit.

»Du kannst meine haben.« Kayson schob Rena sein Heft zu. »Aber änder den Wortlaut ab, falls wir beide aufgerufen werden.«

»Ich bin doch nicht blöd.« Augenrollend zog Rena ein Notizbuch und einen Stift aus ihrer Tasche und begann von Kayson abzuschreiben.

Der Tag zog sich in die Länge, dabei hatte ich nur bis zur Mittagspause Vorlesungen, danach ging es für mich zum Training. Zuerst Krafttraining, dann konnte ich endlich wieder ins Wasser. Dad war heute besonders unerbittlich. Die Wettkampfsaison startete bald, und einige meiner Teamkollegen hatten das Training über die Ferien schleifen lassen. Zu wenig Bewegung und zu viel gutes Essen hatten einige schlaff werden lassen, was meinen Dad auf die Palme trieb und ihn dazu brachte, uns härter ranzunehmen als gewöhnlich. Am Ende des Trainings waren manche so fertig, dass sie sich kaum noch auf den Beinen halten konnten.

Auch ich war ausgelaugt, aber ich hatte noch den Kurs, den ich trainierte, bevor der Tag für mich zu Ende war.

Ich schnappte mir ein Handtuch, mit dem ich mich notdürftig abtrocknete, während ich auf meine Gruppe wartete. Es dauerte nicht lange, bis die Ersten eintrudelten. Nach und nach füllte sich die Halle. Alle begrüßten mich freundlich, ein paar blieben kurz bei mir stehen, um einige Worte mit mir zu wechseln. Ich hatte es kaum geschafft, mir in der ersten Stunde irgendwelche Namen zu merken.

»Hallo, zusammen«, begrüßte ich die Gruppe, als so ziemlich alle versammelt waren. »Heute werden …« Das Geräusch der sich öffnenden Tür unterbrach mich, und alle drehten sich um.

Zwei weitere Frauen betraten die Halle, und mein Herz setzte für einen Moment aus. Eine davon war Avery, die in der letzten Stunde noch davongestürmt war. Es war irgendwie ironisch, dass ich mir ausgerechnet ihren Namen gemerkt hatte, aber sie hatte Eindruck bei mir hinterlassen. Nicht nur mit ihrem Auftritt im Hallenbad, sondern schon zuvor, als sie mich in der Vorlesung zurechtgewiesen hatte. Und vermutlich war sie die Einzige, die diesen Kurs nicht besuchte, um den berüchtigten Theo Jemison kennenzulernen. Sie hatte nicht eingeschüchtert gewirkt und mir ordentlich Kontra gegeben. Es war wirklich schade gewesen, dass sie gegangen war.

Daher freute es mich, dass sie zurückgekehrt war. Und diesmal hatte sie Verstärkung mitgebracht: Ihre Freundin bedachte mich mit einem ähnlich finsteren Blick wie Avery. Ein Grinsen stahl sich auf mein Gesicht.

Langsam ging ich auf die beiden zu und ließ meinen Blick verstohlen über Averys Körper wandern. Ihre blonden Haare hatte sie zu einem Pferdeschwanz gebunden, und ihre blauen Augen blitzten mich gefährlich an. Sie hatte einen tollen Körper, trug natürlich nur einen Badeanzug, und ihre manikürten Füße steckten in rosa Flipflops. Ich fühlte mich wie elektrisiert, während ich sie betrachtete.

»Avery, wie ich sehe, hast du es dir anders überlegt«, begrüßte ich sie.

»Bild dir bloß nichts drauf ein«, entgegnete sie knapp und verschränkte die Arme vor der Brust. Sie blieb in gebührendem Abstand stehen und taxierte mich aus kühlen Augen. Sie wirkte, als wäre sie an jedem anderen Ort lieber als hier, und ich fragte mich, warum sie dann überhaupt gekommen war.

Abwehrend hob ich die Hände. »Würde mir nie einfallen.«

»Es wird Regeln geben, wenn ich hier mitmache«, redete sie unbeirrt weiter.

Nur mit Mühe konnte ich ein Schmunzeln unterdrücken. Eine Ahnung sagte mir, dass Avery das nicht lustig finden würde. »Allerdings gibt es die. Die Hallenregeln und Verhaltensregeln des Colleges gelten hier zum Beispiel.«

»Nein, ich meine Regeln, die ich aufstelle.« Avery trat einen Schritt näher, bis ihre verschränkten Arme fast meinen Bauch berührten. Ich spürte ihre Wut in der Luft zwischen uns vibrieren.

Diesmal schaffte ich es nicht, das Zucken in meinen Mundwinkeln zu unterdrücken. Ich würde ihr Spiel mitspielen. Vorerst. Wenn das die Voraussetzung war, dass sie blieb. Denn aus irgendeinem Grund wollte ich nicht, dass sie erneut abhaute. »Und wie sollen diese Regeln aussehen?«

»Erstens.« Sie hielt mir ihren Zeigefinger unter die Nase. »Keine dummen Sprüche.«

Ich verdrehte die Augen, darauf konnte sie lange warten.

»Zweitens.« Der Mittelfinger folgte. »Kein Gerede davon, dass das Leben nichts mehr wert ist, nur weil man eine Sache nicht mehr machen kann.«

Darauf nickte ich. Inzwischen tat mir meine unbedachte Äußerung leid, denn ich konnte sie besser verstehen, als sie vielleicht glaubte. Schwimmen war alles, was mir etwas bedeutete. Würde man mir das nehmen, wüsste ich nicht, wie es mit mir weitergehen sollte. Der Spruch in der Vorlesung war allerdings nur so dahergesagt gewesen, war mir herausgerutscht, ehe ich es verhindern konnte.

»Drittens.« Averys Stimme holte mich in die Gegenwart zurück. »Du sprichst mich nur an, wenn du mir etwas zum Schwimmen erklären willst. Kein Small Talk, kein ›Wie geht's dir?‹, nichts dergleichen. Ich bin nur hier, um meinem Rücken etwas Gutes zu tun, nicht um dir nahe zu sein wie deine ganzen Groupies da.« Sie nickte in Richtung einer Gruppe Mädels, die unseren Wortwechsel interessiert beobachtet hatten und Avery nun finster betrachteten.

Jetzt konnte ich das Lachen nicht mehr unterdrücken. Sie war frech, das gefiel mir, aber wenn sie wirklich dachte, sie könnte mir den Mund verbieten, hatte sie sich geschnitten. »Dafür, dass du nur zum Schwimmen hier bist, redest du aber verdammt viel«, entgegnete ich und wandte mich ab. »Ab ins Wasser«, sagte ich lauter, damit alle mich verstehen konnte.

Einige lange Sekunden spürte ich Averys Blick auf mir, ehe sie sich zum Beckenrand bewegte und mit einem wenig grazilen Sprung ins Wasser hüpfte. Ich verbuchte es als Erfolg, dass sie geblieben war, obwohl ich keiner ihrer sogenannten Regeln zugestimmt hatte.

Avery

Theo Jemison war ein arroganter Arsch.

Und ich eine blöde Kuh.

Warum war ich nicht gegangen, obwohl er meine Regeln nicht akzeptiert hatte? Er war nicht einmal darauf eingegangen, sondern hatte sich abgewandt, als wäre ich nicht einmal eine Erwiderung wert. Wobei er mir diese genau genommen sehr wohl gegeben hatte.

Dafür, dass du nur zum Schwimmen hier bist, redest du aber verdammt viel.

Was bildete er sich eigentlich ein? Sprang er mit allen Leuten so um, die ihm nicht zu Füßen lagen? Wollte er mir damit zeigen, dass für ihn andere Gesetze galten? Die Message war angekommen. Aber das hieß nicht, dass ich mich davon beeindrucken ließ.

Ich hatte nicht schon wieder abhauen wollen. Ich war hier, um mir selbst zu beweisen, dass ich mich von niemandem runtermachen ließ. Ich würde über seinen blöden Sprüchen stehen. So wie er meine Regeln mit einem Schulterzucken abgetan hatte, würde er auch mir völlig egal sein. Er hielt sich für einen unantastbaren Helden, der machen konnte, was er wollte? Ich würde ihm schon zeigen, was es hieß, sich mit Avery Cole anzulegen.

Nachdem wir uns einige Runden warm geschwommen hatten, reichte Theo jedem von uns ein Schwimmbrett, an dem wir uns mit den Händen festhalten konnten, um nur unsere Beintechnik zu trainieren, was mich vor ungeahnte Probleme stellte. Es fiel mir schwer, das Gleichgewicht im Wasser zu halten, während ich nur meine Beine bewegte. Mein Oberkörper schwang von rechts nach links, was sich auch auf mein Brett auswirkte und mich fast umkippen ließ. Ich kam nur mühsam voran und schluckte dabei mehr Chlorwasser, als gut für mich sein konnte.

»Avery.« Theo rief mich zu sich, nachdem ich mich die ersten vier Bahnen abgemüht hatte.

Ich schwamm zu ihm und stützte mich mit dem Ellbogen am Beckenrand ab. »Was gibt's?«, fragte ich, als wüsste ich nicht genau, was kommen würde. Aber ich durfte vor ihm keine Schwäche zeigen. Nicht einmal ein kleines bisschen.

Theo ging vor mir in die Hocke. »Deine Beinarbeit ist schon wirklich gut, aber du arbeitest zu viel aus der Hüfte heraus. Versuch mal, deine Hüfte ruhig im Wasser liegen zu lassen und nur die Beine zu bewegen. Auch lieber erst einige Bahnen etwas langsamer, um ein Gefühl für die Technik zu bekommen. Das ist immerhin kein Wettkampf hier.« Er zwinkerte mir zu und richtete sich auf.

Mist, es schien, als hätte er mich durchschaut. Ich hatte extraschnell sein wollen, um ihm zu beweisen, dass ich seine Hilfe gar nicht brauchte. Und hatte damit nur unterstrichen, dass sie eben doch vonnöten war. Es war ein tief in mir verwurzelter Reflex. Ich hatte mich die letzten Jahre immer mit irgendwem messen müssen, daher war es schwer, diesen inneren Drang abzustellen.

Ich umfasste das Brett und stieß mich von der Wand ab. Diesmal hörte ich auf Theo, bewegte meine Beine langsam und versuchte meine Hüfte ruhig im Wasser liegen zu lassen. Zuerst war es schwierig, den neuen Bewegungsablauf umzusetzen, aber nach einigen Bahnen bekam ich ein Gefühl dafür. Ich wurde schneller, glitt regelrecht durch das Wasser und überholte einige Leute, die mich zuvor überrundet hatten.

Unwillkürlich schlich sich ein Lächeln auf meine Lippen, denn das hier war gar nicht so übel wie befürchtet. Meine Muskeln waren froh, mal wieder einer sportlichen Betätigung nachzugehen, und ich genoss das Brennen in meinen Armen und Beinen, das ich in den letzten Monaten schmerzlich vermisst hatte. Mein Körper und meine Seele hatten sich einfach nicht daran gewöhnen können, dass ich zum Couch-Potato mutiert war. Ich war jemand, der sich gern und viel bewegte. Dass der Unfall mich dazu gezwungen hatte, jegliche Art von Sport aufzugeben, war das Schlimmste für mich gewesen. Auch wenn das Schwimmen meinem geliebten Ballett nie das Wasser reichen konnte, war es gut, überhaupt wieder etwas zu tun. Außerdem schmerzte mein Rücken so wenig wie seit einem halben Jahr nicht mehr, was ich als großes Plus wertete.

Als ich nach dem einstündigen Kurs das Wasser verließ, spürte ich einen nahenden Muskelkater in meinen Beinen und Armen. Ich freute mich über dieses leichte Ziehen, das sich bis morgen noch verstärken würde, und war froh, dass die nächste Stunde erst am Montag sein würde. Schwimmen war doch anstrengender als vermutet.

Theo rief die Gruppe noch einmal am Beckenrand zusammen. Ich verdrehte die Augen, als ich sah, wie manche Mädchen sich möglichst nah neben ihn stellten und ihm dabei ihre Oberweite entgegenreckten. Mussten sie sich derart anbiedern?

»Ihr habt gut mitgemacht«, sagte Theo in die Runde. »Nehmt eine heiße Dusche und lasst es morgen ruhig angehen, falls ihr Muskelkater habt. Vergesst auch nicht, etwas zu essen, denn nach dem Training müsst ihr eure Energiespeicher wieder auffüllen.«

Wie auf Kommando knurrte mein Magen, was mich erstaunt auf meinen Bauch sehen ließ. Seit dem Unfall hatte ich selten Hunger verspürt und meistens nur gegessen, weil ich es musste. Doch jetzt fühlte ich mich, als würde ein gefräßiges Monster in meinem Bauch sitzen.

»Wir sehen uns am Montag wieder.« Theo entließ unsere Gruppe, und gemeinsam mit den anderen begaben wir uns in Richtung Duschen.

»Was hältst du davon, wenn wir uns auf dem Weg zum Wohnheim eine Pizza holen?«, fragte Lizzy mich.

»Super Idee, ich sterbe gleich vor Hunger«, grinste ich sie an.

»Avery.« Theos Stimme hallte durch den hohen Raum und veranlasste die Härchen an meinen Armen dazu, sich aufzurichten.

Erstaunt blieb ich stehen und drehte mich zu ihm um. Was wollte er von mir?

»Warte mal kurz.« Er kam auf uns zugelaufen und rieb sich mit einer Hand über die kurzen Haare auf seinem Kopf. »Hat dein Rücken alles mitgemacht?«

Zweifelnd sah ich ihn an. Interessierte ihn das wirklich, oder fragte er nur, um danach einen blöden Spruch fallen zu lassen? »Es war okay«, sagte ich vorsichtig.

»Das ist gut. Es kann trotzdem sein, dass du morgen Muskelkater hast, auch im Rücken, wenn du …«

»Ich weiß, was ein Muskelkater ist und wie er sich anfühlt«, unterbrach ich ihn. »Wenn ich dich daran erinnern darf, ich habe jahrelang Leistungssport gemacht. Und glaub mir, die Schmerzen, die mir meine Wirbelsäule bereitet, haben nicht im Entferntesten etwas mit Muskelkater zu tun.«

Ein Grinsen zuckte um Theos Mundwinkel. »Ah, da ist ja wieder deine Kratzbürstigkeit.«

Ich verengte die Augen. »Ich bin nicht kratzbürstig.«

Er zuckte mit den Schultern. »Nenn es, wie du willst, mir gefällt es.« Damit drehte er sich um und ließ uns eiskalt stehen.

Entgeistert sah ich ihm hinterher. War das sein Ernst? Mal ganz davon abgesehen, dass niemandem meine patzige Art gefiel, ließ er mich danach einfach stehen? War er echt so überheblich, zu denken, dass er damit Eindruck bei mir schinden würde?

»Der steht auf dich«, sagte Lizzy. Als ich mich zu ihr umdrehte, sah sie viel zu zufrieden für meinen Geschmack aus.

»Als ob! Tut er garantiert nicht«, widersprach ich. Theo war einfach nur ein überheblicher Typ, dem es vermutlich nicht passte, dass es tatsächlich Frauen auf dieser Welt gab, die nicht den Boden küssten, auf dem er lief. Ob es sehr an seinem Ego kratzte? Das hoffte ich zumindest.

»O doch.« Lizzy grinste breit. »Und insgeheim magst du es, dass er dir dabei nicht zu Füßen liegt.«

Ein Schnauben entwich mir, und ich schüttelte wild mit dem Kopf, bis mein Pferdeschwanz mir ins Gesicht klatschte. »Ganz bestimmt nicht. Ich finde ihn überheblich und arrogant. Meinetwegen kann ihn gleich beim Duschen der Schlag treffen.« Ich ging in Richtung Umkleidekabinen davon und hörte, wie Lizzy mir lachend folgte.

Theo Jemison konnte mir gestohlen bleiben. Allerdings schien er ein annehmbarer Trainer zu sein, auch wenn ich das ungern zugab.

KAPITEL 3

Theo

»Wo willst du hin?«

Die Stimme meines Vaters ließ mich in der Bewegung erstarren. Ich hatte gerade die Schwimmhalle verlassen wollen, doch sein Tonfall duldete keinen Widerspruch. Für einen Moment schloss ich die Augen, ehe ich mich zu ihm umdrehte. »Nach Hause«, erklärte ich. »Das Training ist vorbei.«

Dad kam langsam auf mich zu. Er war ein imposanter Mann. Groß, breitschultrig und mit einem harten Zug um den Mund. Ohne ein Wort sagen zu müssen, konnte er einschüchternd wirken. Vor allem auf Leute, die ihn nicht kannten. »Du warst unkonzentriert heute. Du liegst weit hinter deinen Bestzeiten zurück, und am Sonntag musst du liefern.« Er legte nur die Fakten dar, aber in seinen Worten lag eine unausgesprochene Warnung. Bereits letzte Woche hatte er mir mitgeteilt, dass bei diesem Wettkampf Scouts anwesend sein würden. Es galt also nicht nur, den Wettkampf zu gewinnen, sondern auch, die Scouts zu beeindrucken.

Ich schluckte. »Ich habe schlecht geschlafen.« Das war nicht einmal gelogen. Seit Beginn des Semesters waren meine Albträume schlimmer geworden. Regelmäßig rissen sie mich aus dem Schlaf, und die Bilder, die sie begleiteten, ließen mich danach nicht mehr einschlafen.

Dabei wollte ich den Grund, der sie heraufbeschwor, einfach nur vergessen. Aber das konnte ich nicht. Es schien, dass er sich mir immer mehr aufdrängte, je mehr ich ihn zu verdrängen versuchte.

Dad betrachtete mich eingehend, und der Zug um seine Augen wurde weicher. Für den Bruchteil einer Sekunde blitzte mein Vater unter der Maske meines Trainers hervor. »Ist alles in Ordnung? Macht dir jemand Schwierigkeiten? Haben die Schlafstörungen einen Grund?« Auch das war typisch mein Dad. Er versuchte sofort, jedes Problem zu analysieren und ihm auf den Grund zu gehen.

»Nein, nein«, wiegelte ich sofort ab, obwohl es mir bei seiner letzten Frage eiskalt den Rücken herunterlief. Dad durfte nie erfahren, was vor einem halben Jahr geschehen war. Ich hatte mir geschworen, diesen Vorfall mit ins Grab zu nehmen und niemals darüber zu reden. Mit niemandem. »Es war nur die eine Nacht. Ich bin um drei wach geworden und konnte nicht mehr einschlafen. Keine Ahnung, warum. Vielleicht war Vollmond oder so.«

Dad wirkte nicht überzeugt, und für einen Moment war ich sicher, dass er mich weiter löchern würde. Doch schließlich nickte er, und ich atmete erleichtert aus. »Alles klar, mein Junge. Dann sieh mal zu, dass du nach Hause kommst und dich ausruhst. Mach morgen nur eine leichte Einheit zur Regeneration, damit du am Sonntag im Vollbesitz deiner Kräfte bist. Du *musst* gewinnen, um eine Chance auf die nationalen Meisterschaften zu haben, das ist dir hoffentlich bewusst.«

»Natürlich, Dad. Ich weiß, was auf dem Spiel steht, und werde Sonntag in Topform sein.« Diese Lüge kam mir so leicht über die Lippen, als hätte ich mein Leben lang nichts anderes gemacht. Dabei hatte es eine Zeit gegeben, in der ich nicht gewagt hätte, meine Eltern anzuschwindeln.

»Ich habe vollstes Vertrauen in dich. Bis Sonntag.« Dad klopfte mir auf die Schulter, was das Zeichen war, dass ich entlassen war.

Ich wandte mich gerade ab und ergriff erneut die Türklinke, als er mir hinterherrief. »Deine Mutter möchte, dass du Sonntag nach dem Wettkampf zum Abendessen kommst. Und komm bloß nicht auf die Idee, zu dieser Party heute zu gehen.«

Ertappt zog ich den Kopf ein und verließ die Schwimmhalle, ohne ihm zu antworten. Mom wollte immer, dass ich sonntags vorbeikam, und dieses Mal würde ich mich nicht herausreden können. Während das okay war, würde ich jedoch auf jeden Fall auf die Party heute Abend gehen und war mir sicher, dass mein schuldbewusstes Gesicht mich verraten würde.

Eine Stunde später klingelte es an meiner Tür. Nur mit Jeans bekleidet, öffnete ich Noah und Kayson, die jeder einen Sixpack Bier unter dem Arm hielten. »Hey, Mann, was geht?«, begrüßte Noah mich, während Kayson mir zunickte. Er war der ruhigste und ernsthafteste in unserer Runde. Eine Eigenschaft, die ich sehr an ihm schätzte. Bei Problemen war er derjenige, der das Ganze mit kühlem Kopf betrachtete, während Noah, der Spaßvogel, viele Sachen nicht ernst nahm und ich zu aufbrausend war.

Die beiden gingen ins Wohnzimmer und ließen sich auf die Couch fallen. Ich stellte das Bier in den Kühlschrank und zog mich fertig an, ehe ich mich zu ihnen gesellte. Noah hatte bereits den Fernseher angeschaltet und zappte durch die Kanäle, während Kayson in meiner Schwimmzeitschrift blätterte. »Was für eine Party ist das heute eigentlich?« Ich setzte mich in den Sessel und strich mir über das immer noch feuchte Haar.

Noah ließ die Fernbedienung sinken und sah zu mir auf. »Einige Typen aus dem Abschlussjahrgang sind der Meinung, dass sie noch mal richtig auf den Putz hauen müssen, bevor der Prüfungsstress losgeht. Deswegen schmeißen sie jetzt noch mal ein paar Partys im Wohnheim.«

»Hat eure Wohnheimleitung nichts dagegen?«, hakte ich nach. Meines Wissens waren die Leitungen streng darauf bedacht, dass die Partysituation nicht eskalierte.

Kayson schnaubte. »Ich glaube, einer von denen vögelt Mrs Williams.«

Ich verzog das Gesicht. »Ist sie nicht vierzig oder so?«

»Ist sie, aber für ihr Alter ist sie heiß.« Noah wackelte anzüglich mit den Augenbrauen. »Außerdem macht Jordan das nur, damit sie ihm bei den Partys nicht dazwischenfunkt.«

Kopfschüttelnd ging ich in die Küche, um für uns alle Bier zu holen. Eines würde ich mir gönnen und danach auf alkoholfreies umsteigen. Eigentlich hatte ich mir vorgenommen, gar keinen Alkohol zu trinken, aber eins schadete sicher nicht. Manchmal wünschte ich mir, ein ganz normaler Student zu sein wie alle anderen auch.

Als ich zurückkam, hatte Noah einen Musiksender gewählt und den Ton etwas lauter gestellt. Wir quatschten eine Runde über die bevorstehende Basketballsaison, ehe wir uns gegen zehn auf den Weg zum Wohnheim machten.

Meine Wohnung lag ein wenig außerhalb des Campus. Es war ein Kampf gewesen, meine Eltern dazu zu bewegen, mich alleine wohnen zu lassen. Vor allem mein Dad hatte befürchtet, dass ich nur Dummheiten machen und auf Partys gehen würde. Er wollte nicht, dass mein Training darunter litt, und meinte, dass ich im Wohnheim besser aufgehoben wäre. Es hatte mich einiges an Überzeugungsarbeit gekostet, bis ich ihm glaubhaft versichert hatte, dass im Wohnheim viel mehr Partys geschmissen wurden als in meiner eigenen Wohnung.

Schon von Weitem war die laute Musik zu hören. Sie schallte bis über den Campus hinaus in die angrenzende Siedlung. Wenn das so weiterging, war eine verärgerte Wohnheimleitung das geringste Problem der Partyveranstalter. Sollte die Polizei wegen Ruhestörung gerufen werden, würde Mrs Williams ihr Techtelmechtel mit Jordan sicher vergessen und ihn ausliefern.

Wir betraten das hohe Backsteingebäude, in dem die Musik so laut war, dass sie meine Haut zum Vibrieren brachte. Das untere

Stockwerk war vollgestopft mit Menschen, sodass ich mir einen Weg durch die Massen bis zur Küche bahnen musste. Ich wollte sehen, ob einige meiner Schwimmkollegen da waren, während Kayson und Noah bereits nach oben gingen.

Der Geruch von Alkohol, Schweiß und den süßen Parfums der Frauen lag schwer in der Luft.

»Hey, Theo. Ich wusste gar nicht, dass du auch hier bist«, sagte eine Stimme neben mir, kaum dass ich die Küche betreten hatte, um mir eine Flasche Cola zu besorgen. Ich wandte mich ihr zu und entdeckte eine Frau neben mir, die ich auf den ersten Blick nicht einordnen konnte. Sie hatte lange, blonde Haare, war recht hübsch und trug ein Kleid mit einem Ausschnitt, der ihr fast bis zum Bauchnabel reichte. Mein Blick wurde von den sanften Rundungen ihrer Brüste angezogen, ohne dass ich etwas dagegen tun konnte.

»Hey …«, sagte ich und trat einen Schritt näher an sie heran.

Lasziv legte sie eine Hand auf meinen Oberarm und sah mich unter gesenkten Lidern an. »Larissa«, half sie mir auf die Sprünge, aber auch ihren Namen konnte ich nicht einordnen. »Ich bin in deinem Schwimmkurs«, fügte sie an, als ich nicht reagierte.

»Ah«, sagte ich und trat einen Schritt von ihr zurück. Obwohl ich ab und zu nichts gegen einen kleinen One-Night-Stand hatte, hatte ich mir geschworen, von meinen Schülerinnen die Finger zu lassen. Zwar war ich auf dem College ohnehin schon als Frauenheld bekannt, aber ich wollte nicht, dass mein Dad Wind davon bekam.

»Du bist ein wirklich guter Trainer. Machst du das schon lange?« Sie schnurrte die Worte regelrecht, aber mein Interesse an ihr war verflogen. Ich sah mich bereits nach einer Möglichkeit um, sie möglichst schnell abzuwimmeln.

»Erst seit diesem Jahr, ist mein erster Kurs«, sagte ich abwesend, während ich Cola in ein leeres Glas schüttete.

Sie lächelte verführerisch. »Dann bist du ein Naturtalent. Wo hast du das alles gelernt?«

Nur mit Mühe konnte ich ein Augenrollen verhindern. Dieses Gespräch langweilte mich jetzt schon. »In den fünfzehn Jahren, die ich mittlerweile selbst schwimme. Wenn man trainiert wird, bekommt man einiges mit.«

»Genau, du bist ja so erfolgreich. Wie …« Larissa redete weiter, aber ich blendete sie aus. Normalerweise mochte ich es, von Frauen wegen meiner Erfolge beim Schwimmen umgarnt zu werden, gleichzeitig ödeten mich die ewig gleichen Gespräche auch an, und heute war ich einfach nicht in der Stimmung dafür. Ich sah mich nach meinen Freunden um, ehe mir einfiel, dass sie bereits in ihr Zimmer gegangen waren.

»Du, ich geh mal meine Kumpels suchen«, unterbrach ich Larissa und sah gerade noch ihren verdutzten Gesichtsausdruck, während ich mich umdrehte und die Küche verließ. Ich atmete erleichtert auf, als sie mir nicht folgte, und scannte die untere Etage nach einem bekannten Gesicht ab, konnte jedoch niemanden entdecken. Ich kämpfte mich zur Treppe vor, um ebenfalls nach oben zu gehen, doch eine andere Person ließ mich abrupt innehalten.

Avery saß auf den Stufen, eine Hand am Geländer und den Blick nach unten gewandt. Ich konnte das Grinsen nicht verhindern, als ich näher trat. Eine Unterhaltung mit ihr würde ganz bestimmt nicht langweilig sein.

Avery

Es hatte eine Zeit gegeben, als ich gerne auf Partys gegangen war. Zwar war das nie wirklich eskaliert, weil Ballett für mich immer an erster Stelle gestanden hatte, aber gerade auf der Highschool hatte ich es genossen, Lizzy hin und wieder zu begleiten.

Die laute Musik und die ausgelassene Stimmung hatten mir immer gefallen, weil es einen starken Kontrast zu meinem sonst sehr durchstrukturierten Leben gebildet hatte. Ich hatte mich damals wie ein kleiner Rebell gefühlt, der über die Stränge schlug, auch wenn ich nie lange geblieben war oder viel Alkohol getrunken hatte.

Heute nervte mich das alles jedoch nur. Die Musik war nicht mein Fall und die Leute viel zu besoffen für meinen Geschmack. Die gute Laune war nicht ansteckend, sondern zog mich stattdessen nur weiter runter. Ich konnte der ganzen Feierei nichts mehr abgewinnen, denn es gab in meinem Leben nichts mehr, auf das ich anstoßen könnte. Mein Körper war kaputt, und meine Zukunft lag wie ein schwarzes Loch vor mir. Undurchdringlich, ohne Perspektive und alles Glück aus mir heraussaugend.

Zudem bereitete mir mein Rücken enorme Probleme, weil es hier keine Sitzmöglichkeiten gab. Aus Verzweiflung hatte ich mich auf die Treppen gesetzt und zog meinen Oberkörper am Geländer hoch, um mich zu strecken. Lizzy und Virginia waren zwar mit mir hier, aber ich hatte sie schon länger nicht mehr gesehen. Sie hatten tanzen wollen, und ich hatte sie in dem überfüllten Raum schnell aus den Augen verloren. Daher saß ich alleine auf dieser Treppe, was nicht nur einsam, sondern auch armselig war, sodass ich meinen Blick absichtlich gesenkt hielt, damit niemand auf die Idee kam, mich anzusprechen.

Ein Paar weiße Sneakers trat in mein Blickfeld und blieb stehen. Ich erwartete, dass der Besitzer der Schuhe an mir vorbei nach oben gehen würde, aber nichts dergleichen geschah. Was sollte das? War meine abweisende Haltung nicht Indiz genug, dass ich mit niemandem reden wollte? Genervt blickte ich auf, und meine Augen verengten sich, als ich den Besitzer der Schuhe erkannte. »Was willst du?«, fuhr ich Theo an. Auf ihn und seine oberschlauen Sprüche konnte ich gerade gut verzichten.

»Wow, deine Laune ist einer Party wirklich angemessen. Ist die erste Woche am College nicht gut gelaufen?« Das Grinsen auf seinem Gesicht verstärkte meine Irritation nur noch.

Ein verächtliches Schnauben entwich mir. »Ich will nicht mal hier sein.« Seine rechte Augenbraue wanderte in die Höhe. Ich hasste ihn noch ein bisschen mehr dafür, weil er das konnte, während die andere an Ort und Stelle blieb. Wenn ich es versuchte, sah mein Gesicht so verkniffen aus, als müsste ich ganz dringend aufs Klo.

»Du willst nicht auf der Party sein oder auf dem College?«

»Beides«, gestand ich. »Wobei die Party das akutere Problem ist.«

Theos Mundwinkel zuckte. »Kommt mir bekannt vor.« Er lehnte sich mit dem Rücken an die Wand und verschränkte die Arme vor der Brust. Mein Blick wurde von seinem ziemlich beeindruckenden Bizeps angezogen, und ich musste mich zwingen, woanders hinzusehen. Egal wie muskulös seine Oberarme waren, er war immer noch ein Arsch.

»Du hast auch keine Lust auf diese Party?«, hakte ich nach, um mich von seinem Äußeren abzulenken.

»Und nicht auf das College.«

»Warum?«, fragte ich erstaunt. »Ich dachte, das wäre genau das Richtige, um deine Karriere zu pushen und nebenbei reihenweise Frauen aufzureißen.« Von mehr als einer Kommilitonin hatte ich mittlerweile gehört, dass Theo nach einer Party gerne mal eine hübsche Frau mit nach Hause nahm, die aber nie die ganze Nacht bleiben durfte.

Ein trockenes Lachen brach aus ihm heraus. »Du solltest nicht alles glauben, was man über mich erzählt.«

»Ist klar, dass du das jetzt sagst.« Für wie blöd hielt er mich eigentlich?

Theo sah aus, als wäre es ihm egal, ob ich ihm glaubte. »Das College ist sowieso nur mein Sprungbrett für ein Stipendium, aber meine Eltern bestehen trotzdem auf einer umfassenden Ausbildung.«

Mit verengten Augen sah ich zu ihm auf. »Du bist schon sehr davon überzeugt, es zum Star zu schaffen.«

Er hob die Schultern. »Ich weiß halt, dass ich es draufhab.«

Ich wollte ihn für diese arrogante Aussage hassen, aber die Wahrheit war, dass ich noch vor einem halben Jahr genauso gedacht hatte wie er. Ich hatte nie daran gezweifelt, die Aufnahme zur Juilliard zu schaffen und in den größten Opernhäusern der Welt zu tanzen. Genauso wenig hatte ich mir Gedanken über eine Zukunft nach meiner Ballettkarriere gemacht, aber im Gegensatz zu ihm hatten meine Eltern mich nie dazu ermutigt, etwas anderes zu machen. Mein *Erzeuger* hatte uns verlassen, als ich noch ganz klein gewesen war. Meine Mom hatte sich danach in ihre Arbeit gestürzt. Einerseits, um den Schmerz darüber zu vergessen, verlassen worden zu sein, aber vor allem, um mir ein gutes Leben zu ermöglichen. Sie war keine schlechte Mutter und war immer für mich da, wenn ich sie brauchte, dennoch hatte ich viel Zeit alleine oder bei meinen Großeltern verbracht. Einzig beim Training hatte ich mich dazugehörig gefühlt, aber nur bis zu meinem Unfall, danach hatte sich keine von meinen sogenannten Freundinnen mehr bei mir gemeldet.

»Fuck, ich vermisse Ballett«, rutschte es mir heraus.

Für einen Moment wirkte es, als wolle Theo darauf etwas sagen, doch dann schüttelte er nur den Kopf, wofür ich dankbar war. Ehe er wieder einen dummen Spruch losließ, sollte er lieber den Mund halten.

Er räusperte sich. »Willst du was trinken?«

Mein erster Impuls war es, abzulehnen, ich hatte echt keine Lust, meinen Abend ausgerechnet mit Theo Jemison zu verbringen. Aber dann besann ich mich anders. Wenn ich eh noch auf Lizzy und Virginia warten musste, konnte ich das auch mit Alkohol tun, und so langsam machte es mir Spaß, Theo aus der Reserve zu locken. »Warum nicht.«

Theo wandte sich ab und ging davon, blieb jedoch wenige Schritte entfernt stehen, als ich ihm nicht folgte.

»Kommst du nicht mit?« Er reckte den Daumen in Richtung Küche.

Kopfschüttelnd zeigte ich auf meinen Rücken. »Ich kann nicht.«

Fragend zog er diese verdammte Augenbraue wieder hoch.

»Mein Rücken macht heute nicht mit, ich hab höllische Schmerzen, sobald jemand an meinen Rücken kommt.« *Warum sonst sitze ich wohl wie eine Aussätzige auf der Treppe?*, fügte ich in Gedanken hinzu.

Theo nickte und kehrte um. »Ich habe eine bessere Idee, folg mir.«

Er ging an mir vorbei die Treppen hoch. Unschlüssig blickte ich ihm hinterher. Sollte ich ihm wirklich nachgehen? Vielleicht wollte er über mich herfallen, weil ich ihm mit meinem kaputten Rücken als leichtes Opfer erschien. Nach allem, was ich bisher über ihn gehört hatte, vermutete ich, dass er mich nur ins Bett kriegen wollte. Aber ich konnte mich gegen aufdringliche Typen ganz gut zur Wehr setzen.

Gegen meinen Willen war meine Neugierde geweckt. Theo war für seinen Charme berüchtigt, und mir hatte er davon bisher wenig gezeigt. Irgendwie interessierte es mich, wie Theo die volle Offensive auspackte, um eine Frau zu beeindrucken. Ich würde sein Spiel mitspielen, mir ansehen, was er zu bieten hatte, und ihm danach einen richtig schönen Korb verpassen. So wie er bisher mit mir umgegangen war, hatte er es nicht besser verdient, als auch mal eine Abfuhr zu kassieren. Außerdem wäre es immer noch besser, mich über Theo zu ärgern, als mich weiterhin alleine zu langweilen.

Ich zog mich am Geländer hoch und wartete einige Sekunden, bis der scharfe Schmerz in meiner Wirbelsäule zu einem dumpfen Pochen abgeklungen war, ehe ich Theo in den ersten Stock folgte.

Theo wartete am Treppenabsatz auf mich, wo es deutlich ruhiger war als unten. »Passiert das öfter, dass du solche Schmerzen hast?«

Ich schüttelte den Kopf. »Nur wenn ich zu lange stehe oder mich zu sehr anstrenge. Eigentlich habe ich für solche Fälle auch eine Orthese. Das ist eine …«

»Ich weiß, was eine Orthese ist«, unterbrach er mich. »Warum trägst du sie dann nicht? Also wenn es dir nicht gut geht, meine ich.« Theo führte mich in den Gang rechts von der Treppe, vorbei an geschlossenen Türen, hinter denen sich die Zimmer der Studenten befanden.

»Weil ich in dem Ding keine Luft bekomme. Außerdem ist es nicht sonderlich sexy für eine Party.«

Theos Blick schnellte zu mir und wanderte über meinen Oberkörper, der nur in einem engen Tanktop steckte. Seine Augen waren unergründlich, trotzdem stieg meine Körpertemperatur bei seiner Musterung um zehn Grad an. Fast musste ich mir wieder bewusst machen, wer da vor mir stand.

»Eine Party, auf die du ohnehin keine Lust hattest«, gab er schmunzelnd zurück.

Darauf hatte ich keine Antwort. Viel zu sehr war ich damit beschäftigt, mich davon abzuhalten, ihn schamlos anzustarren. Führten wir gerade tatsächlich eine normale Unterhaltung? Ich hörte in seinen Worten keine Verachtung, nur reines Interesse. Könnte es sein, dass er doch ein ganz netter Mensch war?

Mach dich nicht lächerlich, Avery.

Zum Glück schienen wir unser Ziel erreicht zu haben, denn Theo blieb vor einer geschlossenen Tür stehen. Er klopfte an und drückte die Klinke runter, ehe eine Antwort von innen ertönte.

»Was macht ihr Langweiler hier oben?«, fragte er beim Eintreten.

Ich folgte ihm in ein Zimmer, das dem glich, das ich mir mit Lizzy teilte. Zwei Betten standen an den äußeren Wänden und zwei Schreibtische unter den Fenstern. Eine Tür führte in das angrenzende Bad, und auf einer Kommode stand ein kleiner Fernseher. Zwei Typen saßen im Schneidersitz davor auf dem Boden, beide mit einem Controller in der Hand und einem Bier neben sich. Mit verkniffenen Gesichtsausdrücken zockten sie irgendein Rennspiel.

Sie unterbrachen das Spiel, als wir eintraten, und blickten zu uns auf.

»Wen hast du denn schon wieder abgeschleppt?«, fragte der Rechte und grinste breit. Seine blonden Haare hingen ihm in die Stirn, und seine blauen Augen funkelten vergnügt. Er wirkte wie ein Surferboy, verwegen und mit gebräunter Haut, als wäre er gerade erst aus dem Urlaub gekommen.

»Niemanden«, entgegnete Theo wirsch. »Das ist Avery aus meinem Schwimmkurs. Avery, das sind Noah und Kayson.«

»Hey, Avery.« Noah, der blonde Surfertyp, stand auf und reichte mir die Hand. Er sah mich freundlich, aber gleichzeitig etwas skeptisch an, als wüsste er nicht, wie er mich einschätzen sollte.

»Willst du was trinken? Wir haben Bier, Bier und …«, er warf einen Seitenblick auf Theo, »… alkoholfreies Bier.«

»Bier ist okay, danke«, erwiderte ich lächelnd, woraufhin Noah im Bad verschwand. Ich wandte mich dem anderen Typen, Kayson, zu, der ebenfalls aufgestanden war. Seine braune Haut war so dunkel wie seine Augen, und er war so groß, dass ich den Kopf in den Nacken legen musste, um zu ihm aufzusehen, was mit meinen eins fünfundsiebzig ein Kunststück war.

»Spielst du Football?«, fragte ich ihn.

Kayson lachte. »Nein, Basketball. Am LaGuardia wird Football überhaupt nicht angeboten.«

»Ich habe ehrlich gesagt weder von Football noch von Basketball Ahnung«, gestand ich entschuldigend.

»Das wird sich am LaGuardia schon noch ändern«, erwiderte Kayson selbstbewusst.

Noah kam aus dem Bad zurück und trocknete eine Bierflasche an einem Handtuch ab. Vermutlich hatten sie das Bier aus Ermangelung eines Kühlschranks in einem gefüllten Waschbecken kalt gestellt. »Kayson wird mal ein großartiger Center.«

Kayson schnaubte. »Das bin ich schon, das hat nur noch kein NBA-Team bemerkt.«

Okay, an Selbstvertrauen mangelte es wohl keinem der Jungs.

»Was ist mit dir?«, fragte ich Noah. »In welchem Sport bist du herausragend gut?« Er sah ebenfalls nicht untrainiert aus, auch wenn er nicht so ausgeprägte Armmuskeln hatte wie die anderen.

»In gar keinem«, wiegelte Noah ab, was laute Proteste der anderen zur Folge hatte.

»Lass dir nichts erzählen, Noah ist im Track-Team«, sagte Kayson.

»Er ist einer der besten Läufer am College«, fügte Theo an.

»Aber das ist nur ein Hobby für mich. Ich habe nicht vor, das professionell zu betreiben«, erklärte Noah.

Theo trat an meine Seite. »Noah wird lieber ein Staranwalt«, raunte er mir zu. Er war mir so nah, dass mir sein Duft in die Nase trat, irgendwie männlich und doch frisch. Ich atmete tief ein und lehnte mich unwillkürlich näher zu ihm, um so viel wie möglich davon in mich aufzunehmen. Als mir bewusst wurde, was ich da tat, trat ich entschieden einen Schritt zur Seite und drehte mich zu Kayson um.

»Ist es okay, wenn ich mich hinsetze?« Ich deutete auf eins der Betten.

»Klar, such dir eins aus.«

Ich setzte mich, lehnte mich zurück auf die Ellbogen und versuchte so unauffällig wie möglich meinen Rücken durchzustrecken, während die Jungs in eine Diskussion über die kommende

College-Basketballsaison verfielen. Theo rechnete den Red Hawks keine großen Chancen aus, während Kayson überzeugt war, dass sie dieses Jahr den großen Durchbruch schaffen würden. Beide wurden in ihrer Argumentation immer lauter, als würden ihre Worte dadurch mehr Gewicht bekommen, ohne dabei jedoch ausfällig oder beleidigend zu werden. Dabei hatte ich von dem arroganten Theo eigentlich anderes erwartet.

Ich wusste nicht, warum, aber Theo im Zusammenspiel mit seinen Freunden zu sehen gab mir ein völlig neues Bild von ihm. Die arrogante Fassade fiel von ihm ab. Seine Sprüche waren noch immer neckend, aber nicht mehr abwertend.

Noah setzte sich neben mich, ein belustigtes Funkeln in den Augen. »Die beiden sind immer so«, erklärte er schmunzelnd. »Rechthaberisch und stur wie Esel.«

»Ich dachte, das wären normale Eigenschaften für Männer in eurem Alter.«

Noah riss die Augen auf und hielt sich eine Hand an die Brust. »Ich bin schockiert, wie schlecht du von uns denkst. Nicht alle von uns verhalten sich wie Primaten.«

»Was noch zu beweisen wäre«, entgegnete ich grinsend.

Noahs Grinsen erlosch, und wie schon zuvor musterte er mich eindringlich. Ich fühlte mich bloßgelegt unter seinem Blick und verschränkte schützend die Arme.

»Was willst du von Theo?«, fragte er eher forschend als unfreundlich.

Ich kann ihn nicht einmal ausstehen, schoss es mir durch den Kopf, doch stimmte das noch? Theo hatte mir heute eine andere Seite von sich gezeigt, die ich noch nicht einordnen konnte.

»Wie … was?«, fragte ich, um Zeit zu schinden.

»Nimm's mir nicht übel, aber einige Frauen verfolgen ihre ganz persönlichen Ziele, wenn sie sich auf Theo einlassen. Ich will nur sichergehen, dass du ihm nicht schaden willst.«

Mit offenem Mund sah ich ihn an. Sprach er gerade wirklich von Theo? War es nicht Theo, der immer nur seine eigenen Ziele verfolgte, wenn er etwas mit einer Frau anfing? Oder war sein arrogantes Verhalten vielleicht nur eine Fassade, um sich selbst zu schützen? Welche Erfahrungen hatte Theo mit Frauen gemacht? Noah und Kayson schienen richtig gute Freunde von Theo zu sein, und Noahs Worte wirkten absolut ehrlich. Ein wenig begann das Bild, das ich mir von Theo gemacht hatte, Risse zu bekommen. Und ich wusste nicht, wie ich damit umgehen sollte.

Ehe ich eine Antwort formen konnte, stand Theo plötzlich vor uns. »Das ist nicht nötig, Noah, sie ist okay.«

Herausfordernd sah ich zu ihm auf.

»Ich bin *okay?*« Ein bisschen mehr Enthusiasmus könnte er schon zeigen.

Theo hielt meinem Blick stand, und ein Lächeln zuckte um seine Mundwinkel, das seltsame Dinge mit meinem Magen anstellte. Ich wollte mich abwenden, gleichzeitig war ich wie gefangen und konnte mich nicht rühren. Ich wusste nicht, wie lange wir uns ansahen, aber erst als Theo zu Kayson zurückging, konnte ich wieder frei atmen.

»Warum seid ihr eigentlich nicht unten auf der Party?«, wollte ich wissen, als ich mich gesammelt hatte.

Noah hob die Schultern. »Bei der ersten Party zum Semesterbeginn verhalten sich alle, als müssten sie irgendwas nachholen. Als hätten sie in den Ferien nicht genügend Action bekommen und müssten sich am College neu beweisen. Die Neuen sind dabei besonders schlimm«, fügte er zwinkernd hinzu.

Ich hielt mein Bier hoch, das ich noch nicht mal zur Hälfte getrunken hatte. »Kann ich bestätigen.«

»Außerdem hat Theo übermorgen einen wichtigen Wettkampf, daher ist Übertreiben nicht drin. Er kann sich nicht betrinken, sonst kann er Sonntag keine Bestleistung schwimmen. Wenn das heißt, dass wir dadurch halblang machen, ist es das definitiv wert.«

Es war irgendwie rührend, dass sie ihrem Freund gegenüber so rücksichtsvoll waren, und warf zudem ein völlig neues Licht auf Theo. War er wirklich so ein Arsch, wenn er so einen tollen Freundeskreis hatte?

Bevor ich den Gedanken zu Ende führen konnte, wurde die Tür mit Schwung aufgestoßen.

»Hey, da seid ihr ja.« Eine Frau mit blondierten langen Haaren und einem Minirock bekleidet trat ein, die ich sofort als Theos Sitznachbarin aus unserer ersten Vorlesung erkannte. »Was macht *sie* denn hier?« Anscheinend hatte sie mich ebenfalls sofort erkannt.

»Rena, das ist Avery«, stellte Kayson uns vor. »Sie ist in Theos Schwimmkurs.«

Rena betrachtete mich abschätzig, und innerlich wappnete ich mich bereits für eine weitere abfällige Bemerkung von ihr. Stattdessen breitete sich ein falsches Lächeln auf ihren Lippen aus. »Freut mich, Avery.«

Ihr Tonfall ließ keine Zweifel offen, dass es eine Lüge war, dennoch nickte ich. »Gleichfalls.«

Sie wandte sich ab und verwickelte Theo in ein Gespräch über ihren unmöglichen Dad. Obwohl sie mir keine Beachtung schenkte, fühlte ich mich plötzlich nicht mehr wohl hier. Ihre Ablehnung war spürbar und die Stimmung im Raum deutlich angespannter als zuvor. Ein Blick auf die Uhr sagte mir, dass es bereits auf Mitternacht zuging. Ich stand auf und räusperte mich. »Ich geh mal meine Mädels suchen.«

Ich verabschiedete mich von ihnen, wobei Rena sich nicht einmal zu mir umdrehte, geschweige denn etwas sagte. Theo hingegen warf mir einen derart durchdringenden Blick zu, dass mir ein heißer Schauer über den Rücken raste und mein Herz in einen wilden Galopp verfiel. Was zur Hölle? Ich konnte Theo nicht einmal leiden. Er war arrogant und hielt sich für unwiderstehlich. Und nur weil er heute einmal nett zu mir gewesen war, spielten meine Hormone verrückt? Wegen eines Blickes? Dabei hatte er sich nicht mal von mir verabschiedet und würde mich in den Vorlesungen nächste Woche sicher entweder ignorieren oder mir blöde Sprüche drücken. Ich brauchte echt einen Realitätscheck.

KAPITEL 4

Avery

Nachdem ich den Großteil des Wochenendes im Bett verbracht und meine Orthese getragen hatte, ging es meinem Rücken montags deutlich besser. So ungern ich es zugab, ich musste sie vielleicht wirklich einfach regelmäßiger tragen, wenn ich so viel auf den Beinen war. Im letzten halben Jahr hatte ich viel Zeit zu Hause verbracht – zu viel Zeit – und meinen Rücken daher auch nicht sonderlich beansprucht. Der Unfall und die damit verbundenen Schmerzen hatten mich für einige Monate ans Bett gefesselt. Auch in der darauffolgenden Reha hatte man mir gesagt, ich müsse mich noch schonen und meinem Rücken Zeit zum Heilen geben. Normalerweise war ich nicht sonderlich gut darin, auf irgendetwas zu warten, aber zum ersten Mal hatte ich es begrüßt, nichtstuend im Bett rumgammeln zu dürfen. Ich hatte auch keinen Sinn mehr darin gesehen, etwas zu machen. Außer Lizzy hatte ich kaum Freunde, mein geliebtes Ballett war für mich gestorben, und meine Mom bekam ich selten zu Gesicht, weil sie immer arbeiten war. Es war nicht so, dass sie mich nicht liebte, aber als alleinerziehende Mutter hatte sie es immer schwer gehabt, genug Geld zu verdienen und gleichzeitig für mich da zu sein.

Lizzy hatte mich am Wochenende dazu bewegen wollen, etwas mit ihr zu unternehmen, doch ich hatte jeden Versuch im Keim erstickt. Die Party war anstrengender gewesen als gedacht, und ich hatte mich samstagmorgens kaum bewegen können. Außerdem hatte ich einfach keine Lust gehabt, vor die Tür zu gehen. All die fröhlichen Studenten zu sehen, die ihr freies Wochenende genossen, während einem selbst alles genommen worden war, was einem etwas bedeutete, war anstrengender, als ich mit Worten ausdrücken konnte. Ich wusste, dass Lizzy mich nur aus meiner Lethargie befreien wollte, in die ich seit meinem Unfall verfallen war. Aber das war nicht so einfach. An manchen Tagen hatte ich das Gefühl, mich vor lauter Unlust gar nicht bewegen zu können. Als würde ein tonnenschweres Gewicht auf mich niederdrücken, mich lähmen und damit ans Bett fesseln. Es war schwer genug gewesen, mich heute für die Vorlesungen fertig zu machen, da ich die meisten stinklangweilig und uninteressant fand. Trotzdem musste es doch irgendetwas geben, bei dem ich Lust hatte, es für den Rest meines Lebens zu machen.

Leider zog sich der Vormittag unendlich. In der ersten Stunde konnte mich nur Virginia davon abhalten, einzuschlafen. Und Theos Blicke, die unentwegt auf mir lasteten. Er und Rena saßen erneut hinter uns, diesmal jedoch ein paar Reihen weiter hinten. Beim Reinkommen hatte er mit finsterem Blick Löcher in die Luft gestarrt, ohne mich zu beachten, doch sobald er sich setzte, fühlte es sich an, als könnte er mich nicht mehr aus den Augen lassen. Sein Blick hinterließ ein Prickeln auf meiner Haut, und die feinen Härchen an meinen Armen richteten sich auf.

Ich versuchte es auszublenden und mich trotz allem auf die Vorlesung zu konzentrieren, aber es funktionierte einfach nicht. Je mehr ich Theo zu ignorieren versuchte, desto mehr brannte sich sein Blick in meinen Nacken. Was vermutlich auch daran lag, dass die Vorlesung mich nicht fesseln konnte. Sosehr ich auch gehofft hatte, bei »Grundlagen der Sporttherapie« etwas für meinen Rücken lernen zu können, so sehr langweilte mich dieses Fach. Nicht nur, dass ich das meiste schon kannte, dieser Kurs erinnerte mich mehr als alles andere daran, dass mein Körper zu kaputt für Ballett war. Vielleicht sollte ich diesen als Erstes abwählen.

Um mich wenigstens ein bisschen konzentrieren zu können, fing ich an, in meinen Block zu kritzeln. Kleine Zeichnungen, die ausdrückten, wie es in mir aussah. Schon als Kind hatte ich gerne gemalt, es dann aber völlig aus den Augen verloren, als ich mit dem Ballett begonnen hatte. Nach meinem Unfall, als ich viel Zeit im Bett verbringen musste, hatte ich wieder damit angefangen. Es war wie ein Ventil, mit dem ich all die Gefühle herauslassen konnte, die sich in mir anstauten. Und solange ich niemandem meine Kritzeleien zeigen musste, störte es mich auch nicht, dass sich mein Talent in Grenzen hielt.

In meiner nächsten Vorlesung, Wirtschaftslehre, war es noch schlimmer. Hier hatte ich keine Virginia, die die Stunde etwas erträglicher machte, und auch keinen Theo, der mich ablenkte. Aus lauter Langeweile klappte ich meinen Laptop auf und begann im Internet zu surfen. Nachdem ich mein E-Mail-Konto und die Newsseiten des Colleges gecheckt hatte, wusste ich jedoch auch dort nicht mehr weiter. Nichts schien meine Aufmerksamkeit länger als einige Minuten halten zu können.

Plötzlich kam mir eine Idee. Ich drehte mich unauffällig um, ob jemand auf meinen Laptop sehen konnte, aber ich saß in der vorletzten Reihe, und hinter mir war niemand mehr. Dann gab ich Theos Namen in das Suchfeld bei Google ein. Seit der Party am Freitag drehten sich meine Gedanken immer wieder um ihn. Es war wie verhext, dabei war nicht einmal etwas passiert, außer dass er sich wie ein normaler Mensch und nicht wie ein kompletter Arsch verhalten hatte. Aber auch das Verhältnis zu seinen Freunden hatte etwas in mir ausgelöst.

Auf den ersten Seiten der Google-Ergebnisse fanden sich fast ausschließlich Berichte über Theos Schwimmerfolge am College, die meisten davon direkt von der Collegezeitung. Ich fand den Link zu seinem Facebook-Profil, konnte dort jedoch nichts sehen, weil Theo seine Beträge nur seinen Freunden öffentlich machte. Twitter und Instagram schien er gar nicht zu besitzen. Verdammt.

Lustlos scrollte ich weiter, ohne große Hoffnung, noch etwas zu entdecken, bis ich auf einen weiteren Artikel über ihn stieß.

Theo Jemison: Dem Druck nicht gewachsen? lautete die Überschrift. Interessiert klickte ich darauf. Der Artikel war bereits im letzten Jahr erschienen und warf kein gutes Licht auf ihn. Von ausschweifenden Partys war die Rede, nach denen Theo die Frauen reihenweise abgeschleppt und ihnen das Blaue vom Himmel versprochen hatte, nur um sie tags drauf fallen zu lassen. Einige Frauen wurden zitiert, denen Theo angeblich das Herz gebrochen hatte. Sie berichteten einheitlich, dass er ihnen vorgemacht hatte, an einer Beziehung interessiert zu sein, sie dann aber mitten in der Nacht aus seiner Wohnung geschmissen hatte, nachdem sie mit ihm geschlafen hatten. Keine von ihnen hätte er danach noch beachtet oder erkennen lassen, dass sie sich kannten.

Mir wurde schlecht, wenn ich darüber nachdachte, dass er auch mit mir geflirtet hatte.

Im Artikel wurde das Ganze auf den Druck im Profisport zurückgeführt. Natürlich lastete dieser auf allen Profisportlern, aber als Sohn des Trainers stand Theo unter besonderer Beobachtung. Angeblich wirkte Theo dem entgegen, indem er sich in Bettgeschichten stürzte und sich darüber hinaus mit verbotenen Substanzen dopte, was laut Meinung einiger Teamkollegen der einzige Grund dafür war, dass er so oft gewann. Zudem wurde seine ungezügelte Aggressivität angesprochen. Wenn Theo einmal einen Wettkampf verlor, wurde er fuchsteufelswild, so ein Teamkollege. Einmal sollte er nach dem Verlassen der Schwimmhalle einen Mülleimer vor Wut umgetreten und damit einen Passanten verletzt haben.

Je länger ich las, desto mehr zog sich mein Innerstes zusammen. Der Theo, der hier beschrieben wurde, war genau so, wie ich ihn zuerst eingeschätzt hatte. Trog mein Gefühl mich vielleicht doch nicht? War mein erster Eindruck der richtige gewesen? Dieser Artikel verunsicherte mich komplett, aber die Stunde war vorbei, und ich konnte nicht weiterrecherchieren, ob es noch andere Quellen für die Vorwürfe gab.

»Das sieht ja alles sehr appetitlich aus.« Virginia verzog das Gesicht, und ihr Tonfall machte deutlich, dass keine der Speisen in der Mensa ihr zusagte. Ich konnte ihr nur zustimmen. Das Fleisch sah labberig aus, der Eintopf war eine undefinierbare, graue Masse, und die Pommes trieften vor Fett. Selbst der Salat war irgendwie farblos und matschig, als wäre er von Freitag übrig geblieben. Aber wir hatten uns für die Mittagspause mit Lizzy hier verabredet, und irgendwas mussten wir ja essen.

Ich bestellte ein einfaches Käsesandwich und einen Orangensaft und wandte mich Virginia zu. »Wo genau bist du am Freitag eigentlich abgeblieben?«, fragte ich sie. Als ich von den Jungs zurück zur Party gekommen war, hatte ich nur noch Lizzy wiedergefunden, von Virginia war keine Spur mehr gewesen.

Virginia bestellte ein Stück Pizza – mutig, wie ich fand – und sah zu mir auf, ein breites Grinsen auf dem Gesicht. »Ich hab dir doch von Josh erzählt.«

»Ja.« Josh war ein Kommilitone in ihrem Gymnastikteam, den sie nett fand, der aber eine Freundin hatte, die in einem anderen Bundesstaat studierte. »Was ist mit ihm?«

»Nun ja, ich habe ihn auf der Party getroffen, und er hat mir erzählt, dass seine Freundin sich von ihm getrennt hat. Das hat ihn ziemlich mitgenommen, also habe ich ihn ein bisschen getröstet.«

»Bitte sag mir, dass du nicht mit ihm geschlafen hast.«

»Natürlich nicht.« Virginia hörte sich so empört an, als hätte ich ihr unterstellt, ihr Erstgeborenes dem Teufel versprochen zu haben.

»Gott sei Dank«, seufzte ich.

»Was? Warum?«

»Weil du dich damit nur freiwilligem Herzschmerz aussetzt, wenn er dich nur als Trauerbewältigung benutzt.«

Virginia blinzelte einige Male verständnislos, schmiss dann den Kopf in den Nacken und begann schallend zu lachen. Sie wirkte völlig unbekümmert, auch wenn ich nicht wusste, ob ich dem trauen konnte. »An was du schon wieder denkst«, sagte sie, nachdem sie sich etwas beruhigt hatte. »Aber so ist es nicht. Ich will nichts von ihm. Ich finde ihn einfach nur nett, und er tat mir leid.«

Ich war froh, dass sie das Ganze so nüchtern betrachtete, denn auch wenn ich Virginia erst eine Woche kannte, hatten wir uns schnell angefreundet, und ich wollte einfach nicht, dass irgendein dahergelaufener Typ sie verletzte, um über seine Ex hinwegzukommen.

Während ich noch darüber nachdachte, wie ich meine Bedenken am besten in Worte fassen konnte, wurde ich mit Wucht von hinten angerempelt. Ich machte einen Schritt nach vorne, um nicht das Gleichgewicht zu verlieren, wobei mir das Tablett aus den Händen fiel. Der Teller mit meinem Sandwich flog im hohen Bogen davon, zerschellte auf dem Fußboden und verteilte mein Essen in einem ansehnlichen Radius darum. Mein Orangensaft war zum Glück in einem Tetrapak und überlebte den Fall, wenn auch leicht zerknautscht.

»Ohhh, das tut mir so unendlich leid«, sagte eine viel zu hohe Stimme hinter mir, die ich sofort erkannte.

Wutentbrannt drehte ich mich zu ihr um. »Was zur Hölle, Rena?«, fuhr ich sie an.

»Das war keine Absicht, ich habe dich einfach nicht gesehen.« Sie wirkte tatsächlich, als täte es ihr leid. Ihre Augen waren vor Schreck geweitet, und sie hatte den Arm in meine Richtung ausgestreckt. Trotzdem wusste ich nicht, ob ich ihr trauen konnte. »Ich würde dich doch nicht absichtlich anrempeln?«, fügte sie an.

Ich wusste nicht, ob es die Wahrheit war. So wie ich Rena bisher kennengelernt hatte, war es ihr durchaus zuzutrauen, mich vorsätzlich anzustoßen. Sie schien sich von Anfang an an mir gestört gehabt zu haben, auch wenn ich ihr nichts getan hatte. Ich wollte sie fragen, was ihr Problem war, gleichzeitig wollte ich auch keinen Streit in der vollen Mensa provozieren.

»Wie auch immer«, brachte ich genervt hervor und drehte mich um, damit ich die Sauerei vom Boden aufheben konnte. Doch eine der Bedienungen war schon um die Theke herumgelaufen und kümmerte sich darum.

»Das kann ich doch machen«, bot ich ihr an.

»Schon fertig.« Sie stand auf, Scherben und Essensreste auf einem Kehrblech haltend. »Warte kurz, dann gebe ich dir ein neues Sandwich.«

Ich wollte erneut protestieren, aber ich hatte wirklich Hunger und nicht mehr genug Geld für ein zweites Sandwich auf meiner Karte. Ich nahm mir aber vor, beim nächsten Besuch in der Mensa ein ordentliches Trinkgeld in die Kaffeekasse zu stecken. Als ich mein frisches Sandwich erhalten hatte, war von Rena nichts mehr zu sehen.

»Was ist eigentlich ihr Problem?«, wollte Virginia wissen, als wir uns an unseren Platz gesetzt hatten.

»Keine Ahnung«, gestand ich.

»Es kann nicht nur wegen dem Vorfall aus der Vorlesung sein. Das heute war doch vorsätzlich. Hast du sonst noch was mit ihr zu tun?«

»Nicht wirklich, aber sie war Freitag bei der Party.« Ich erzählte ihr, wie sie in das Zimmer geplatzt war, in dem ich mit Theo, Kayson und Noah gewesen war.

Ihre Augen wurden tellergroß, und ein diebisches Lächeln schlich sich auf ihr Gesicht. »Ich wette, er steht auf dich, und deswegen hasst sie dich.«

»Nicht du auch noch«, entgegnete ich und ließ den Kopf auf die Tischplatte sinken.

»Was? Wieso?«

»Weil Lizzy das nach unserer letzten Schwimmstunde auch schon gesagt hat. Dabei ist das total abwegig«, beharrte ich. Dann fiel mir der Blick ein, mit dem Theo mich bedacht hatte, als ich das Zimmer verlassen hatte, oder wie er mich in der Vorlesung die ganze Zeit beobachtet hatte, und ich spürte, wie meine Wangen warm wurden.

»Aha, du lügst.« Virginia deutete mit dem Finger auf mich. »Deine roten Wangen sprechen Bände. Los, was ist passiert?«

Wenn möglich, schoss mir noch mehr Blut ins Gesicht. »Gar nichts«, nuschelte ich und biss in mein Sandwich, um Zeit zu schinden. Ich mochte Virginia wirklich gerne, aber sie war echt auf dem Holzweg. Vermutlich hatte Theo mich bloß aus Mitleid mit nach oben genommen, und in den Blick hatte ich wahrscheinlich viel mehr hineininterpretiert, als da gewesen war. Gerade nach dem, was ich eben über ihn gelesen hatte, war ich mir dessen absolut sicher. Auf keinen Fall stand er auf mich. Dafür kannte er mich viel zu wenig.

Virginia betrachtete mich eingehend und schüttelte den Kopf. »Wenn du meinst.«

»Ich war mir nicht sicher, ob du kommst«, begrüßte Lizzy mich vor dem Hallenbad. Ihre dunklen Locken waren zu einem Dutt zusammengefasst, und sie trug ein süßes Sommerkleidchen über schwarzen Leggings, das ihre gebräunten Arme gut zur Schau stellte.

»Natürlich komme ich.« Nachdem ich gemerkt hatte, wie gut mir die Bewegung im Wasser letzte Woche getan hatte, würde ich freiwillig nicht mehr darauf verzichten.

»Ich dachte nur, weil du das ganze Wochenende schon nicht aus dem Bett gekommen bist. Ich hatte Angst, du könntest wieder … du weißt schon.«

Sie hatte Angst, ich könnte wieder in eine depressive Phase rutschen, wie es nach dem Unfall gewesen war. Damals, nachdem mir gesagt wurde, ich würde nie wieder tanzen können, hatte ich für einige Zeit jeglichen Lebenswillen verloren. Ohne Ballett war mir alles sinnlos erschienen. Das war teilweise heute noch so, weil ich immer noch nicht wusste, was ich mit dem Rest meines Lebens anfangen sollte. Ohne einen Plan war meine Zukunft beängstigend, aber ich hatte eingesehen, dass sich daran nie etwas ändern würde, wenn ich mich weiterhin verkroch.

»Das hatte damit nichts zu tun«, versuchte ich meine beste Freundin zu beruhigen. »Die letzte Woche war einfach etwas viel für meinen Rücken. Aber wenn ich das Training regelmäßig mitmache und meine Orthese öfter trage, wird es sicher bald besser.«

»Gott sei Dank. Dann lass uns rein.«

Wir gingen durch in die Umkleide, wo wir zum Umziehen in zwei Kabinen verschwanden. Während Lizzy sich ungerne vor anderen Leuten auszog, weil sie ihre Figur nicht mochte, wollte ich nicht, dass jemand die Narbe an meiner Wirbelsäule sehen konnte. Aus diesem Grund hatte ich mir auch einen Badeanzug gekauft, der am Rücken hochgeschlossen war. Zwar hatte ich kein Problem damit, über den Unfall und seine Folgen zu reden, aber das war etwas völlig anderes, als diese riesige Narbe zur Schau zu stellen, die selbst Lizzy beim ersten Mal ein erschrockenes Keuchen entlockt hatte.

Wir verstauten unsere Sachen im Spind, banden uns den Schlüssel ums Handgelenk und gingen in die Schwimmhalle. Vor den Startblöcken stand bereits eine Gruppe Mädchen um Theo verteilt und unterhielt sich mit ihm. Sobald wir dazukamen, richtete er das Wort an alle.

»Schön, dass ihr wieder so zahlreich erschienen seid. Heute werden wir einige Sprints schwimmen und an der Technik im Kraulen arbeiten. Aber zuerst werdet ihr euch zehn Bahnen aufwärmen. Ab ins Wasser.« Er klatschte in die Hände, was für uns das Signal war, zum Beckenrand zu gehen. Während ein Mädchen nach dem anderen ins Wasser hüpfte und losschwamm, warf ich Theo aus dem Augenwinkel einen Blick zu, aber er beachtete mich gar nicht. Mit zusammengekniffenem Mund und vor der Brust verschränkten Armen blickte er ans andere Ende der Halle.

Die Stunde war deutlich anstrengender als meine erste. Vor allem die Sprints, die wir auf Schnelligkeit gegen jemand anderen schwimmen mussten, machten mir zu schaffen, weil sie mir aufzeigten, wie sehr meine Kondition unter der Untätigkeit des letzten halben Jahrs gelitten hatte. Ich war schnell außer Puste, was im Wasser ungünstig war, wenn man zum Einatmen nur kurze Zeitfenster hatte. Meine Muskeln brannten nach der Anstrengung, aber ich empfand es als angenehm. Das vermisste ich aus meinem *alten* Leben, und es gab mir ein Stück von der Person zurück, die ich verloren hatte.

Meinen Rücken spürte ich dagegen im Wasser überhaupt nicht. Es war eine Wohltat, die ständigen Schmerzen wenigstens kurzzeitig loszuwerden. Ich wünschte mir, diesen Zustand länger beibehalten zu können.

Nachdem Theo die Stunde beendet hatte, trödelte ich herum, bis die meisten Studentinnen die Halle in Richtung Duschen verlassen hatten. Dann trat ich auf Theo zu, der die Schwimmbretter in einer Kiste verstaute. »Theo?«

»Was denn noch?«, brummte er genervt und wirbelte zu mir herum. »Oh, du bist es, sorry.« Er rieb eine Hand über seine kurzen Haare. Erst jetzt fiel mir auf, wie müde er aussah. Dunkle Ringe lagen unter seinen Augen, und er wirkte blasser als gewöhnlich.

»Ich wollte dich fragen, ob die Schwimmhalle auch außerhalb der Trainingszeiten mal geöffnet ist.«

Misstrauisch verengte er die Augen. »Warum willst du das wissen?«

Ich hob die rechte Schulter. »Die Bewegung im Wasser tut meinem Rücken gut, und ich würde gerne einige zusätzliche Einheiten absolvieren, um zu sehen, ob ich den Effekt damit noch verstärken kann. Ich fand Schwimmen bisher immer langweilig, deswegen habe ich es nie probiert, doch wenn es mir hilft, kann ich mich vielleicht damit arrangieren. Aber wenn das hier nicht geht, ist das auch okay, dann schaue ich nach dem nächsten öffentlichen Schwimmbad«, fügte ich hinzu.

Theo betrachtete mich nachdenklich. »Die Halle ist außerhalb der Trainingszeiten nicht geöffnet«, sagte er. Ich wollte mich schon abwenden, als er weitersprach. »Aber wie stehst du zu frühem Aufstehen?«

»Wie bitte?«, fragte ich und blinzelte. Was sollte diese Frage?

Ein Grinsen breitete sich auf Theos Gesicht aus, und mir fiel erst jetzt auf, dass er den ganzen Tag noch nicht gelächelt hatte. »Ich habe einen Schlüssel für die Halle und lege an manchen Tagen vor den Vorlesungen eine Trainingseinheit ein. Wenn du willst, kannst du mich da begleiten.«

»An manchen Tagen?«, wiederholte ich. »Sind das spezielle Tage, oder entscheidest du das morgens spontan, wenn du aufstehst?«

Ein Schatten huschte über Theos Gesicht, und er blickte zur Seite. »Du kannst mir deine Handynummer geben, dann sag ich dir Bescheid, wenn ich das nächste Mal gehe.«

Ein Schnauben entwich mir. »Das ist natürlich auch eine Art, an die Handynummern von Frauen zu kommen.« Dachte er wirklich, ich würde darauf reinfallen?

»Weißt du was? Vergiss es. Ich wollte nur nett sein, aber anscheinend kannst du damit nicht umgehen. Keine Sorge, ich will deine Nummer nicht haben, um mich an dich ranzuschmeißen. Daran hab ich gar kein Interesse. Du kannst es dir ja überlegen. Oder lass es einfach bleiben. Mir egal.« Er drehte sich um und schmiss die letzten Schwimmbretter in die Kiste. Mit deutlich mehr Schwung als zuvor.

Unschlüssig biss ich mir auf die Unterlippe. Theo kam mir bisher wirklich nicht wie jemand vor, der sich meine Handynummer erschleichen wollte, trotzdem zögerte ich. Der Artikel fiel mir wieder ein. Die Anschuldigungen, die ich über ihn gelesen hatte, hatten sich in mein Gehirn gebrannt. Ich wusste immer noch nicht, wie viel ich davon glauben sollte, aber ich konnte nicht bestreiten, dass er mich verunsicherte.

Theo hatte die Bretter verstaut und knallte den Deckel der Kiste zu. Ohne mich eines weiteren Blickes zu würdigen, ging er zum Ende der Halle, um seine Tasche zu holen. Erst als er die Tür zu den Duschen fast erreicht hatte, kam Leben in mich.

»Theo, warte«, rief ich und joggte zu ihm. »Okay, ich geb dir meine Nummer.«

Er zog diese verdammte Augenbraue wieder hoch, ein belustigtes Grinsen auf den Lippen. »Bist du sicher? Ich könnte immerhin ein Axtmörder sein.«

Jetzt musste ich lachen. »Ich glaube nicht, dass ein Axtmörder nach meiner Nummer fragen würde, immerhin könnte er sich mit der Axt seinen Weg frei schlagen.«

»Auch wieder wahr.« Theo kramte in seiner Trainingstasche herum, zog sein Handy hervor und reichte es mir. »Trag deine Nummer ein.«

Ich speicherte sie und gab ihm das Smartphone zurück. »Um wie viel Uhr ist bei dir eigentlich vor den Vorlesungen?« Vielleicht hätte ich diese Frage früher stellen sollen.

Theos Grinsen wurde regelrecht diabolisch. »Von sechs bis sieben.«

»O Gott, ich hasse dich jetzt schon.« Trotzdem spürte ich, wie Adrenalin durch meine Adern zu pumpen begann. Denn auch beim Ballett hatte ich vor der Schule trainiert, und der Gedanke, wieder einen Grund für das frühe Aufstehen zu haben, euphorisierte mich.

Theo

Erst als Avery im Duschraum verschwunden war, fiel mir auf, dass ich noch immer lächelte. Sie war die Einzige, die es heute geschafft hatte, meine Stimmung zu heben, die sich seit gestern auf einem Rekordtief befand. Der Wettkampf war eine Katastrophe gewesen. Ich war nur Dritter geworden und weit hinter meiner Zielzeit zurückgeblieben. Dad hatte einen Tobsuchtsanfall bekommen, wie ich ihn schon lange nicht mehr erlebt hatte. Er hatte mir zusätzliches Training verordnet und wollte meine Einheiten schärfer beobachten. Aber ich ärgerte mich selbst am meisten, dass ich es nicht geschafft hatte, mein Potenzial abzurufen, als es darauf ankam. Jetzt stand ich bereits unter Druck und musste den Wettkampf am kommenden Wochenende gewinnen, um überhaupt zu den überregionalen Wettkämpfen zugelassen zu werden. Letztes Jahr hatte ich sie erreicht, doch diesmal wollte ich mehr. Mein Ziel war die nationale Meisterschaft, doch nur die besten fünf Schwimmer der überregionalen Wettkämpfe wurden dafür zugelassen. Sollte ich bereits auf der regionalen Ebene ausscheiden, wäre das Schwimmjahr für mich gelaufen, ehe es richtig begonnen hatte.

Es war nicht das erste Mal, dass ich einen wichtigen Wettkampf in den Sand gesetzt hatte, und normalerweise zog sich meine schlechte Laune bis zum nächsten Sieg durch. Nicht einmal Noah oder Kayson hatten es bisher geschafft, mich aufzuheitern. Warum gelang es Avery also, ohne es überhaupt zu versuchen? Zugegeben, ich mochte ihre direkte Art. Sie sprach aus, was sie dachte, ohne sich von meinem Sonderstatus am College einschüchtern zu lassen. Generell schien es ihr egal zu sein, ob ich sie mochte, was erfrischend anders war.

Anders als mein Bekanntheitsgrad vermuten lassen könnte, hatte ich keinen großen Freundeskreis. Innerhalb des Teams war der Konkurrenzkampf zu groß. Jeder wusste, dass es nur ein Bruchteil von uns in ein Profiteam schaffen würde, und niemand wollte zu denen gehören, die leer ausgingen.

Bei den meisten Leuten am College musste ich überlegen, ob sie sich meinetwillen oder wegen meines Ruhms mit mir abgaben, da bildeten nur Noah und Kayson die Ausnahme. Und Rena, wenn ich ehrlich war. Auch wenn wir nicht mehr so eng befreundet waren wie früher, konnte ich mich auf sie verlassen, wenn es darauf ankam. Sie war die einzige Frau, mit der ich jemals befreundet war und nie mehr gewollt hatte, dabei war sie alles andere als hässlich.

Aber auch nicht das, was du suchst, sagte eine Stimme in mir, über die ich nur den Kopf schütteln konnte. Ich suchte nicht, weil mir nichts fehlte.

Zu Hause angekommen, pfefferte ich meine Tasche in die Ecke und holte mir eine Cola aus dem Kühlschrank. Im Wohnzimmer schaltete ich den Fernseher an und schmiss mich auf die Couch.

Eigentlich müsste ich mir noch was zu essen machen, aber meine Lust, mich zu bewegen, ging gegen null. Ich spielte an meinem Handy herum, und ehe mir bewusst wurde, was ich tat, hatte ich eine Nachricht an Avery verfasst: *Morgen 6 Uhr an der Schwimmhalle?*, schrieb ich, ohne lange darüber nachzudenken.

Es dauerte keine Minute, bis der Eingangston einer neuen Nachricht ertönte.

Ich hasse dich immer noch, aber ich werde da sein.

KAPITEL 5

Avery

Halb sechs war eine undankbare Zeit, um aufzustehen. Früher war ich es gewohnt gewesen, doch als mein Wecker heute klingelte, konnte ich mich kaum davon abhalten, ihn gegen die Wand zu donnern und einfach weiterzuschlafen. Lizzy schmiss ihr Kissen nach mir, weil ich das Licht einschaltete, und fluchte dann ununterbrochen, bis ich endlich meine Sachen gepackt hatte und aus der Tür verschwunden war.

Auf dem Weg zur Schwimmhalle schlug meine Müdigkeit in Vorfreude um. Die Sonne ging gerade auf und tauchte den Himmel in einen tiefroten Glanz. Die Luft war angenehm kühl und frisch, und die Vögelchen zwitscherten in den Bäumen. Ich atmete tief ein. So früh am Morgen kam mir die Luft noch nicht so mit Abgasen verpestet vor wie nachmittags. Auch davon abgesehen war es für New York ungewöhnlich ruhig, und außer mir war niemand auf den Straßen zu sehen.

Die Tür zur Schwimmhalle war offen, Theo musste schon vor mir gekommen sein. Ich betrat das Gebäude und ging mich umziehen. Als ich das Hallenbad betrat, war Theo bereits im Becken. Mit kräftigen Armzügen glitt er pfeilschnell durch das Wasser. Ich hatte ihn nie zuvor schwimmen gesehen und beobachtete ihn daher einen Augenblick. Mit gleichmäßigen Zügen glitt er durch das

Becken, vollführte am hinteren Rand eine perfekte Rolle und stieß sich kraftvoll ab. Mir war vorher nicht klar gewesen, warum Theo als *Star*schwimmer betitelt wurde, doch so langsam verstand ich es. Selbst für mein ungeübtes Auge – und ich kannte mich im Schwimmen wirklich gar nicht aus – war deutlich zu erkennen, dass er nicht einfach nur gut war. Er war unheimlich schnell, dabei lag sein Oberkörper völlig gerade im Wasser. Nur seine Arme und Beine bewegten sich im Einklang, als hätte er sein Leben lang nichts anderes gemacht.

Vermutlich hatte er das auch nicht. Um so gut zu werden, musste er mit dem Schwimmen so früh begonnen haben wie ich mit Ballett. Er musste sicher ebenfalls mehrmals täglich trainieren und alles andere hintanstellen. Aber er würde es gerne machen, weil es seine Erfüllung war.

Ein Stich fuhr mir durchs Herz, den ich erst nach einigen Sekunden als Neid identifizieren konnte. Neid, weil Theo noch immer alles hatte, was mir durch den Unfall genommen worden war. Vermutlich wusste er gar nicht, wie glücklich er sich schätzen konnte.

»Na, gefällt dir, was du siehst?«, riss Theos Stimme mich aus meinen Gedanken. Erschrocken blickte ich nach unten, ich hatte gar nicht mitbekommen, dass er zum Beckenrand geschwommen war.

»Träum weiter«, entgegnete ich. »Ich bin nicht so leicht zu beeindrucken wie deine Fans.«

Theo schob die Schwimmbrille auf seine Stirn und wischte sich das Wasser aus dem Gesicht, ein zufriedenes Grinsen auf den Lippen. »Das werden wir noch sehen, Avery.« Die Art und Weise, wie er meinen Namen aussprach, schickte einen Schauer über meinen Rücken, aber das herausfordernde Funkeln in seinen Augen machte es gleich wieder zunichte. Er spielte bloß mit mir, versuchte seinen Charme einzusetzen, um mich rumzukriegen, und ich wollte mich selbst dafür treten, dass es fast funktioniert hätte.

Ich stemmte die Arme in die Hüften und trat mit verengten Augen an den Beckenrand. »Du hältst dich für unwiderstehlich, was? Aber du brauchst gar nicht versuchen, mit mir zu flirten. Das zieht bei mir nicht. Außerdem dachte ich, wir wären zum Schwimmen hier.«

Theo warf den Kopf in den Nacken und lachte. »Oh, Avery. Du hast keine Ahnung, wie es aussieht, wenn ich *wirklich* mit jemandem flirte.« Wenn das hier nur das Vorspiel war, wollte ich das vermutlich auch gar nicht wissen. »Aber du willst schwimmen? Worauf wartest du dann noch?« Theo machte eine einladende Geste, wie um zu zeigen, dass das komplette Becken uns gehörte.

Ich trat auf den Startblock der nächsten Bahn, setzte meine Schwimmbrille auf und sprang mit einem Kopfsprung ins Wasser.

Mit Theo zu trainieren war etwas völlig anderes als in der Gruppe. Theo war zielstrebig und hoch motiviert. Er beachtete mich kaum und zog sein eigenes Programm durch. Aufwärmen, Kraulen, Brustschwimmen, Rückenschwimmen, Schmetterlingsschwimmen. Ihn neben mir zu wissen und zu sehen, in welcher Geschwindigkeit er mich wieder und wieder überholte, spornte meinen eigenen Ehrgeiz an. Bahn um Bahn versuchte ich mich zu verbessern, was in einer Stunde natürlich unmöglich war. Am Ende tat mir alles weh, und ich war völlig aus der Puste, gleichzeitig fühlte ich mich so lebendig wie schon lange nicht mehr.

Noch etwas ganz anderes war passiert. Ich fühlte mich plötzlich auf eine Weise mit Theo verbunden, die ich vorher nicht für möglich gehalten hätte. Obwohl – oder vielleicht gerade weil – wir uns nicht viel unterhalten hatten, spürte ich ein ganz anderes Verständnis für ihn. Konnte das, was ich in dem Artikel über ihn gelesen hatte, wirklich stimmen? Ich konnte es mir fast nicht mehr vorstellen. Wir waren eine Stunde allein in der Schwimmhalle gewesen, und er hätte dabei jede Möglichkeit gehabt, sich an mich ranzumachen. Aber bisher hatte er sich wirklich gut mir gegenüber verhalten. Zwar flirtete er mit mir, aber auf eine unverfängliche Weise, ohne mir, wie in dem Artikel beschrieben, das Blaue vom Himmel zu versprechen. Es war seltsam, aber obwohl ich nicht vergessen konnte, was ich gelesen hatte, entspannte ich mich immer mehr in Theos Gegenwart und begann, unsere gemeinsame Zeit zu genießen.

»Was habe ich das vermisst«, sagte ich, als wir das Hallenbad verließen und Theo hinter uns abschloss.

»Was genau?«

»Das alles. Die Bewegung, den Muskelkater, dass das Aufstehen einen Sinn hat. Ich musste für mein Balletttraining auch immer früh raus, und irgendwie startet man ganz anders in den Tag, wenn man ihn mit Training beginnt.«

Theo nickte, ging jedoch nicht darauf ein. »Hast du Hunger?«, fragte er stattdessen.

»Wie ein Bär«, bestätigte ich. Vor dem Training war es zu früh zum Essen gewesen. Um solche Uhrzeiten hatte ich noch nie etwas runterbekommen. Doch mittlerweile tat mein Magen vom ganzen Knurren schon richtig weh. Ich war wie ausgehungert.

»Ich kenne einen Laden, der die besten Pancakes in New York zubereitet. Da könnten wir hingehen.«

Das *Pancake's Heaven* lag in einer kleinen Seitenstraße und sah auf den ersten Blick wie ein Diner aus den Sechzigerjahren aus. Leuchtreklame in Neonfarben machte schon von Weitem auf das Lokal aufmerksam, und Johnny Cash dudelte aus einer alten Jukebox. Der Duft von süßem Gebäck und aromatischem Ahornsirup ließ mir das Wasser im Mund zusammenlaufen. Kaum hatten wir uns an einen Tisch am Fenster gesetzt, kam auch schon die Bedienung mit einer Kaffeekanne vorbei und füllte die Tassen, die bereits auf den Tischen standen.

»Hey, Theo. Wo hast du die üblichen Verdächtigen gelassen?«

»Hi, Stacy. Ich vermute, sie schlafen noch.«

»Faulpelze.« Stacy lachte. »Wisst ihr schon, was ihr wollt?«

»Haferflocken-Pancakes mit Blaubeeren und Ahornsirup«, sagte Theo, ohne in die Karte zu sehen.

»Das hört sich gut an, ich nehme dasselbe«, fügte ich hinzu.

Stacy schenkte uns ein strahlendes Lächeln. »Kommt sofort.«

Sobald Stacy sich von unserem Tisch entfernte, wandte ich mich Theo zu. »Wie oft kommst du her, dass du die Karte auswendig kennst und die Bedienungen dich beim Vornamen nennen?«

»Jeden Samstag mit Noah und Kayson. Kayson hat diesen Laden in unserem ersten Jahr gefunden, und weil sie nicht nur mit Zucker und Mehl überladene Pancakes machen, sondern auch ein bisschen gesündere, sind wir seitdem Stammgäste hier.«

»Sieht auf jeden Fall toll aus hier«, stimmte ich zu. Die Sitzbänke mit rosa Plastikbezug waren zwar nicht mein Stil, passten aber perfekt zum Ambiente. »Ob die Pancakes wirklich so gut sind, wie du sagst, muss ich aber erst mal überprüfen.«

Lachend beugte sich Theo über den Tisch zu mir und zog diese mittlerweile verhasste Augenbraue hoch. »Dir fällt es nicht leicht, jemandem zu vertrauen, oder?«

Ich biss mir auf die Unterlippe und senkte meinen Blick. Hatte Theo das nur so dahergesagt, oder hatte er mich wirklich durchschaut?

»Pancakes sind eine äußerst ernste Angelegenheit«, sagte ich, um meine Unsicherheit zu überspielen. »Sie erfordern Fachwissen und Können, um sie außergewöhnlich zu machen.«

Theo schüttelte den Kopf. »Es sind nur Pancakes, jedes Kind kann sie zubereiten.«

»Genau da liegst du falsch. Ein Kind bekommt vielleicht mittelmäßige Pancakes hin, aber es erfordert eine hohe Kunst, sie zu perfektionieren. Sie dürfen nicht zu süß sein, müssen schön fluffig sein, ohne auseinanderzufallen, und sie dürfen nicht zu geschmacksintensiv sein, um die Toppings nicht zu überladen. Es ist ein schmaler Grat der Perfektion.«

Ein Räuspern neben mir ließ mich zusammenfahren. Stacy war an unseren Tisch getreten und bedachte mich mit einem belustigten Blick. »Vertrau mir, unser Koch beherrscht sein Fach perfekt.« Sie zwinkerte mir zu und stellte unsere Teller vor uns ab, ehe sie uns wieder alleine ließ.

Theo deutete mit dem Messer in die Richtung, in die sie verschwunden war. »Du hast sie gehört.«

»Ja, ja«, grummelte ich und streckte ihm die Zunge raus. Ich nahm meine Gabel zur Hand, schnitt ein Stück der Pancakes ab und schob es mir, getunkt in Ahornsirup und gespickt mit Blaubeeren, in den Mund.

Was folgte, war eine wahre Geschmacksexplosion. Die Pancakes waren genauso fluffig, wie ich es mir wünschte. Die Süße des Teigs und der Soße bildete einen himmlischen Kontrast zu den leicht bitteren Blaubeeren. Ich hatte nie etwas Besseres gegessen.

»Und? Waren die Pancakes zu deiner Zufriedenheit?«, fragte Theo, als wir den Diner verlassen hatten und in Richtung College gingen. Mittlerweile war es nach acht und die Straßen deutlich belebter als bei meinem Weg zum Schwimmbad.

»Sie waren fantastisch«, schwärmte ich. Ich hatte den ganzen Teller verputzt und war so vollgefressen, dass ich zu platzen drohte. Aber ich wollte keinen Krümel davon verschwenden. Wenn ich die Augen schloss, konnte ich mir einbilden, sie noch immer auf meiner Zunge zu schmecken. »Ich kann verstehen, warum ihr jede Woche herkommt.«

»Nicht nur wegen des Essens. Ich mag auch die familiäre Atmosphäre. Es ist wie nach Hause kommen, ohne nach Hause gehen zu müssen.«

Etwas in Theos Ton ließ mich aufhorchen. »Gehst du nicht gerne nach Hause?«

»Doch, schon.« Er sagte es so zögerlich, dass ich ein Aber erwartete.

»Aber?«, hakte ich nach, als Theo keine Erläuterung lieferte.

»Mein Dad ist gleichzeitig mein Trainer und zudem sehr ehrgeizig. Wenn ich meine Eltern besuche, will er mit mir immer das letzte Training oder den nächsten Wettkampf besprechen, während ich einfach mal meine Ruhe haben will. Das kann manchmal etwas anstrengend sein. Und wenn ich einen Wettkampf versaut habe wie am Sonntag, lasse ich das lieber direkt bleiben.« Theo lachte, als würde es ihm nichts ausmachen, aber seine zur Faust geballte Hand verdeutlichte seine innere Anspannung.

Ich konnte ihn gut verstehen. Vermutlich war er selbst sowieso sein stärkster Kritiker. Was sein Dad ihm sagte, war mit hoher Wahrscheinlichkeit das, was er selbst dachte.

»Was heißt, du hast ihn versaut?«

Eine Falte bildete sich auf Theos Stirn. »Ich bin nur Dritter geworden. Um noch weiterzukommen, muss ich den nächsten Wettkampf gewinnen, sonst bin ich raus.«

»Ich dachte, du bist so gut?«, flachste ich und stupste ihn leicht mit der Schulter an. Vielleicht konnte ich ihn aufmuntern, indem ich ihn ein bisschen neckte – irgendwas hatte sich in den letzten zwei Stunden wirklich zwischen uns verändert.

»Pff«, entgegnete Theo und schubste mich zurück. »Was verstehst du schon vom Schwimmen?«

»Ehrlich gesagt nicht viel. Aber wenn ich mich recht erinnere, gewinnt der Schnellste.«

Theo blieb stehen und wandte sich mir zu. Seine Stirn war krausgezogen, aber das Funkeln in seinen Augen verriet mir, dass mein Plan aufging. »Du musst auch immer das letzte Wort haben, oder?«, fragte er.

»Jap.« Das Kichern konnte ich nicht mehr verhindern, doch es gefror auf meinen Lippen, als Rena und drei ihrer Freundinnen neben uns erschienen. Mit verkniffenem Mund sah sie von Theo zu mir und wieder zurück.

Von einer Sekunde auf die nächste war von dem Theo, mit dem ich den Morgen verbracht hatte, nichts mehr zu sehen. Als würde man eine Tür zuschlagen, verhärteten sich seine Gesichtszüge.

»Wo kommt ihr denn her?«, fragte Rena. Aus ihrer Stimme wurde deutlich, dass es ihr nicht passte, uns zusammen zu sehen. Ich hatte mittlerweile eine ziemlich gute Vorstellung davon, was ihr Problem war, und konnte nur mit Mühe ein Augenrollen unterdrücken.

»Vom Schwimmen«, sagte ich, während Theo im selben Moment »Vom Frühstücken« herausplatzte.

»Wieso gehst du mit *Avery* frühstücken?« Sie sprach meinen Namen aus, als wäre er eine ansteckende Krankheit.

Theo seufzte genervt. »Weil wir vorher schwimmen waren und Hunger hatten. Im Übrigen kann ich frühstücken gehen, mit wem ich will. Komm, wir müssen zum Unterricht. Bye, Avery.« Theo würdigte mich keines Blickes, und ich verstand die Welt nicht mehr. Bis eben war er supernett zu mir gewesen, und jetzt servierte er mich einfach ab? Lag es an Rena und ihren Freundinnen, oder steckte etwas anderes dahinter?

»Was willst du noch?«, fragte ich Rena, die keine Anstalten machte, Theo zu folgen.

»Halt dich nicht für was Besonderes, Theo hat keine festen Beziehungen.«

Fast hätte ich gelacht. Ich hatte von Anfang an vermutet, dass sie auf Theo stand, und diese Aktion bestätigte es wohl.

»Weißt du das aus eigener Erfahrung?«, entgegnete ich mit Genugtuung. Ihr überheblicher Blick irritierte mich etwas, trotzdem drehte ich mich um und ließ sie stehen

»Was machen wir hier?«, fragte ich und ließ meine Bücher auf den Tisch fallen. Lizzy und Virginia hatten mich in die Bibliothek beordert, allerdings ohne mir einen Grund dafür zu nennen. Sie saßen bereits an einem Tisch in der Ecke und hatten die Köpfe zusammengesteckt, als ich reingekommen war. Allerdings hatte keine von ihnen Bücher dabei, also wollten sie wohl nicht lernen – was mich nach der ersten Woche am College ohnehin gewundert hätte.

»Wir wollen eine Band gründen«, erklärte Virginia.

»Eine reine Frauen-Rockband«, fügte Lizzy hinzu.

»Cool, das finde ich super. Aber was wollt ihr dann von mir?« Obwohl ich ein gutes Rhythmusgefühl hatte, war ich der unmusikalischste Mensch, den es gab. Damit meinte ich nicht, dass ich Musik nicht mochte, denn das tat ich. Abgöttische Liebe traf es vermutlich eher. Aber ich konnte nicht einen einzigen Ton treffen und die meisten Musikinstrumente nicht einmal richtig in der Hand halten. Niemand, der bei Verstand war, würde mich freiwillig in seiner Band haben wollen.

»Lizzy hat mir erzählt, dass du gut mit Grafikprogrammen umgehen kannst«, sagte Virginia. »Würdest du uns Flugblätter designen, mit denen wir am College nach Bandmitgliedern suchen können?«

»Sicher.« Ich setzte mich zu ihnen, zog meinen Laptop aus der Tasche und schaltete ihn ein. »Was habt ihr euch denn in etwa vorgestellt? Also, habt ihr schon eine Idee, wie das Design aussehen soll oder wie der Hintergrund gestaltet sein soll?«, fragte ich, während das System hochfuhr.

Lizzy und Virginia warfen sich einen Blick zu und zuckten mit den Schultern. »Keine Ahnung, ich bin bei so etwas total unkreativ«, gestand Virginia.

Von Lizzy konnte ich ebenfalls keine Hilfe erwarten, denn sie konnte nicht einmal vernünftig ein Strichmännchen zeichnen. Es schien, als würde alles an mir hängen bleiben, aber dann konnte ich mich wenigstens ordentlich austoben. »Okay, es soll eine Rockband sein, richtig? Also müsste es von den Farben her eher dunkel gehalten werden. Und wollt ihr auf dem Plakat schon farblich darstellen, dass es eine Frauenband sein soll? Vielleicht mit Rosa- oder Lilatönen?«

Erneut warfen die beiden sich einen Blick zu, in dem mehr Fragezeichen als Antworten zu sehen waren.

»Okay, vergesst es, ich mache einfach mal«, sagte ich schmunzelnd und öffnete mein Bildbearbeitungsprogramm. Eine halbe Stunde lang spielte ich mit den unterschiedlichen Darstellungen und Effekten, bis ich einen halbwegs zufriedenstellenden Flyer vor mir hatte. Der Hintergrund war in einem dunklen Braun gehalten, mit einem grünen Drachen darauf. In violetten Lettern hatte ich den folgenden Text dazu erfasst:

Coole Frauen gesucht!
Ihr könnt singen
oder spielt eins der folgenden Instrumente:
Schlagzeug
Keyboard
E-Gitarre
Dann bewerbt euch
für unsere Alternative-Rock-Band

»Wir müssen noch Ort und Zeit für ein Vorspielen anfügen, dann ist es fertig«, sagte ich und drehte den Laptop zu Lizzy und Virginia um. Beide blieben so lange still, dass ich schon dachte, es vermasselt zu haben, dann bildete sich ein breites Lächeln auf Lizzys Lippen.

»Wow, das ist hübsch geworden«, sagte sie und beugte sich näher zum Laptop. Mit den Fingern strich sie andächtig über den Bildschirm, als würde sie die Konturen des Drachen nachzeichnen.

»Das ist nicht hübsch, das ist badass«, entgegnete Virginia. »Das ist gleichzeitig cool genug für Rock und verspielt. Den Drachen finde ich einen netten Touch, vielleicht könnten wir den später in den Bandnamen einbauen.«

»Die Crazy Dragons.« Lizzy kicherte, aber Virginia beachtete sie gar nicht.

Sie lehnte sich um den Laptop herum, bis sie mich ansehen konnte. »Du bist wirklich talentiert, Avery. Ich wusste gar nicht, dass du das kannst.«

Meine Wangen wurden warm. »Das mache ich nur zum Spaß«, wiegelte ich ab. »Fürs Ballett habe ich früher auch öfter die Poster gemacht. Das ist wirklich nur eine Spielerei.«

»Aber könntest du dir nicht vorstellen, daraus irgendwas zu machen? Grafikdesign oder so?«

»Quatsch, das ist doch kein richtiger Beruf. Außerdem habe ich nicht genug Ahnung davon. Das ist doch total amateurmäßig, was ich hier fabriziere.«

»Finde ich nicht. Du hast eindeutig Talent, das ist das Wichtigste. Den Rest würdest du im Studium schließlich lernen.«

Für einen Augenblick konnte ich sie nur sprachlos ansehen. Der Gedanke war mir noch nie gekommen, weil mir nie zuvor jemand gesagt hatte, dass ich gut darin war. Beim Ballett hatte ich die Arbeit übernommen, weil ich die Einzige gewesen war, die mit dem Programm umgehen konnte. Aber für die anderen Tänzerinnen war es selbstverständlich gewesen, keine hatte mich dafür gelobt oder sich bei mir bedankt.

Virginias Begeisterung freute mich zwar, trotzdem war ich mir sicher, in einem Studium weit hinter den anderen zurückzuliegen. Alles, was ich wusste, hatte ich mir selbst angeeignet, ohne dafür jemals professionelle Hilfe angenommen zu haben. Damit konnte ich nur rudimentäre Kenntnisse besitzen, wegen deren mich Profis sicher belächeln würden.

KAPITEL 6

Theo

Die nächsten zwei Wochen vergingen wie im Flug. Ich hatte so viel mit meinen Vorlesungen, Lernen und dem Training zu tun, dass ich kaum zum Luftholen kam. Ich stürzte mich mit Feuereifer in mein Training und hatte beim zweiten Wettkampf tatsächlich den ersten Platz mit einer neuen persönlichen Bestzeit belegt. Dad war seitdem wesentlich entspannter und ließ mir erneut meine Freiheit, ohne jeden meiner Schritte zu beobachten.

Eigentlich hatte ich danach auch das College ruhiger angehen wollen, aber Professor Willburg hatte uns eine Hausarbeit aufgebrummt, die fünfzig Prozent unserer Note ausmachen würde. Ginge es dabei nur um meine Note, wäre mir das egal, aber es war eine Partnerarbeit, die ich mit Rena zusammen machte, und ich wollte meine Freundin nicht hängen lassen. Daher trafen wir uns zweimal die Woche bei mir, um an dem Projekt zu arbeiten.

Avery und ich gingen inzwischen an drei festen Tagen in der Woche vor den Vorlesungen schwimmen. Ich hätte es vorher nicht für möglich gehalten, aber ich genoss diese Zeit mir ihr unheimlich. Sie war witzig, schlagfertig und ließ mich ständig wissen, dass meine Erfolge sie nicht beeindrucken konnten. Zu Anfang hatte ich noch Vorbehalte gehabt. Schließlich hatte ich schon einmal einer Frau vertraut und war am Ende böse überrascht worden. Aber aus irgendeinem Grund konnte ich mir das bei Avery nicht vorstellen, sie wirkte einfach nicht so, als würde sie sich verstellen. Und zudem war da eine Verbindung zwischen uns. Avery war ebenfalls unheimlich ehrgeizig. Sie versuchte immer mehr, mit mir mitzuhalten, und die Geschwindigkeit, in der sie sich verbessert hatte, machte deutlich, dass sie jahrelang Leistungssport betrieben hatte, und ich hatte das Gefühl, dass sie mich dadurch besser verstand als andere. Sie hatte sich auch nicht ein einziges Mal über Muskelkater oder das frühe Aufstehen beschwert und war den anderen im Kurs mittlerweile um einiges voraus. Das machte sie nicht unbedingt beliebt. Ich hatte die eine oder andere zu laut geflüsterte Bemerkung in ihre Richtung mitbekommen, aber Avery schien sich nicht daran zu stören.

Mittlerweile konnte ich nicht mehr bestreiten, dass ich mich zu ihr hingezogen fühlte. Sie löste etwas in mir aus, das ich schon lange nicht mehr gespürt hatte. Dieses Kribbeln in der Magengegend, wenn sie mich ansah, diese Vorfreude, wenn wir uns trafen, und die Blicke, die immer länger zu werden schienen …

»Frühstück?«, fragte ich Avery, als wir die Schwimmhalle nach unserem Training verließen. Eigentlich war es eine rhetorische Frage, denn wir gingen nach jedem Training etwas essen, trotzdem wollte ich es nicht als selbstverständlich ansehen und Avery die Chance lassen, auch mal Nein zu sagen, wenn ihr danach war.

Sie schulterte ihre Tasche und strich sich eine feuchte Haarsträhne aus der Stirn. »Gerne. Können wir wieder in diesen Omelettladen gehen?«

In *Pete's Diner* waren wir vor einigen Tagen zum ersten Mal gewesen, und wie es aussah, hatte es Avery dort gefallen.

»Klar, immerhin sind Omeletts das perfekte Sportlerfrühstück.«

Avery schnaubte. »Für deinen Sport vielleicht.«

Erstaunt sah ich zu ihr rüber. »Wie meinst du das?«

Avery zog den Reißverschluss ihrer Jacke hoch und schob die Hände in die Taschen. »Beim Ballett musste ich sehr stark auf mein Gewicht achten. Als Tänzerin muss man aufpassen, nicht zu viel zu wiegen, um für die Hebefiguren nicht zu schwer zu werden. Vor allem wenn man so groß ist wie ich. Ich hatte einen strengen Diätplan, der kaum Kohlenhydrate oder Fette zuließ. Daher gab es Omeletts für mich, wenn überhaupt, nur aus Eiweiß, und ich muss dir hoffentlich nicht sagen, dass das nach rein gar nichts schmeckt.«

»Ich würde nie auf die Idee kommen, das überhaupt auszuprobieren«, gestand ich. »Das kann doch nicht gesund sein. Respekt, dass du das überhaupt mitgemacht hast.«

»Ich habe es sogar gerne gemacht, weil der Erfolg mich bestätigt hat. Und ganz ehrlich, würde heute jemand zu mir kommen und sagen ›Hey, wir haben bei deinem Rücken eine Fehldiagnose gestellt, du kannst doch wieder tanzen‹, würde ich es sofort wieder machen.«

»Was wir uns für den Sport alles antun, oder?« Ich war nicht unbedingt besser. Zwar spielte bei mir weniger das Gewicht eine Rolle als der Vergleich von Körperfettanteil zu Muskelmasse, trotzdem musste ich darauf achten und einige Mahlzeiten deswegen durch Eiweißshakes austauschen. Vor allem nach Muskelaufbaueinheiten.

»Allerdings. Wenigstens war ich nie blöd genug, um nach Drogen zu greifen.«

»Nein, das kommt nicht infrage. Wird im Ballett auch so viel gedopt?« Wir waren an *Pete's Diner* angekommen. Der deftige Geruch von Rührei, Omeletts und Speck schlug mir entgegen und ließ mir das Wasser im Mund zusammenlaufen.

»Nein, bei Tänzern ist Kokain viel beliebter. Es putscht auf und dämpft das Hungergefühl.« Sie verdrehte die Augen, um zu verdeutlichen, was sie davon hielt.

Wir gingen an die Theke, um unsere Bestellung aufzugeben, und setzten uns an einen Tisch in der Ecke. Avery hatte sich eine große Tasse Tee bestellt und legte die Hände darum, als müsse sie sich aufwärmen, dabei war es noch immer angenehm warm draußen.

»Was magst du sonst so?«, fragte ich, um die eintretende Stille zu füllen. Obwohl wir mittlerweile regelmäßig Zeit miteinander verbrachten, kam es mir vor, als würde ich Avery kaum kennen. Sie erzählte selten etwas Privates, das nicht mit ihrer Leidenschaft für Ballett zu tun hatte. Ich wusste nicht einmal, welche Musik sie hörte oder ob sie gerne las. Und ich konnte nicht mehr leugnen, dass ich neugierig war. Ich wollte mehr über sie erfahren, denn einerseits war sie so verschlossen, und andererseits stürzte sie sich mit Feuereifer in einen Sport, von dem sie vorgab, ihn nicht leiden zu können.

Avery pustete in ihren Tee und sah zu mir auf. »Wie meinst du das?«

»Na ja, welche Hobbys hast du, was machst du gerne in deiner Freizeit?«

»Ähm …« Avery blickte in ihre Tasse, als könnte sie die Antwort darin finden. Eine leichte Röte bildete sich auf ihren Wangen, als wäre ihr das Gespräch unangenehm. »Ehrlich gesagt ist da nicht wirklich etwas«, murmelte sie so leise, dass ich sie kaum verstehen konnte.

Im ersten Augenblick war ich zu irritiert, um etwas zu sagen. Wie konnte sie keine Hobbys haben? Ihr Leben musste doch noch aus etwas anderem als Ballett bestanden haben.

»Du musst doch irgendwelche Interessen haben«, sagte ich vorsichtig.

Avery ließ die Tasse los und vergrub das Gesicht in den Händen. »Nein, eigentlich nicht. Ich habe keine Ahnung, was mir sonst gefällt. Tanzen war das Einzige, was mir wichtig war. Lizzy war meine einzige Freundin außerhalb des Balletts, und klar haben wir uns auch auf einen Kaffee getroffen und gequatscht oder Fernsehen geschaut, aber mehr nicht. Ganz schön armselig, oder?«

Langsam wurde mir einiges über sie klar. Warum sie wegen meines dahergesagten Spruches so an die Decke gegangen war, zum Beispiel. Klar wäre es schwierig für mich, wenn ich nicht mehr schwimmen könnte, weil ich nicht wüsste, was ich ansonsten *beruflich* machen sollte. Zu schwimmen oder später als Trainer zu arbeiten war das Einzige, was ich mir vorstellen konnte. Davon abgesehen hatte ich jedoch auch Hobbys, die absolut nichts mit Sport zu tun hatten. Wenn Avery die jedoch nicht hatte, war mir klar, warum sie nach ihrem Unfall in ein derart tiefes Loch gefallen war.

»Ich finde es nicht armselig, ich bin nur erstaunt. Gerade als Jugendlicher probiert man doch einiges aus, oder?«

Avery sah auf, und das altbekannte Feuer blitzte wieder in ihren Augen. »Ach ja? Wie viele Hobbys hast du denn? Als hättest du neben dem Training viel Zeit dafür gehabt«, fuhr sie mich an.

Ich biss mir auf die Unterlippe, um ein Grinsen zu unterdrücken. Ich mochte ihre schlagfertige Seite und dass sie sich von niemandem einschüchtern ließ.

»Ja, das stimmt schon, ich hatte auch immer viel Training, aber trotzdem gab es Dinge, die ich zusätzlich ausprobiert habe. Ich spiele Gitarre. Nicht sonderlich gut, aber es macht mir Spaß. Mit den Jungs gehe ich regelmäßig Billard spielen oder bowlen. Meine Mom begleite ich oft ins Theater, und ich lese gerne.«

»Du *liest?*«

»Jap, Bücher. Du weißt schon, diese rechteckigen Dinger mit Seiten, auf denen Buchstaben stehen, die zu einer Geschichte geformt sind.«

»Und du gehst ins Theater? Ernsthaft?« Avery musterte mich skeptisch.

»Ich gehe auch gerne ins Kino, und Theater ist nicht viel anders für mich. Nur dass es live gespielt und nicht mit viel Technik zusammengebastelt wird, bis es gut aussieht.« Averys Mund stand noch immer leicht offen, und ich hatte beinah das Bedürfnis, über den Tisch zu greifen und ihr Kinn hochzudrücken. Meine Finger kribbelten plötzlich von dem unterdrückten Wunsch, sie zu berühren.

»Danke, ich weiß, was Theater ist. Aber das hätte ich dir gar nicht zugetraut.« Avery lehnte sich im Stuhl zurück und legte den Kopf schief. »Ich dachte, dass jeder, der Leistungssport treibt, so ist wie ich. Dass nur der Sport zählt und nichts Weiteres.«

Die Bedienung brachte unser Essen, und ich wartete mit meiner Antwort, bis sie uns alleine gelassen hatte.

»Meine Mom war immer sehr darauf bedacht, dass ich mich nicht nur auf das Schwimmen versteife. Immerhin ist es schwierig, es dort in die Topriege zu schaffen. Mom hat daher aufgepasst, dass die Schule nicht zu kurz kommt und ich mich auch für andere Dinge interessiere. Daher auch die Sache mit dem Theater. Das findet Dad nämlich furchtbar, weshalb sie mich mitgenommen hat. Haben deine Eltern nie etwas mit dir gemacht?«

Avery verzog den Mund, und ich wusste sofort, dass es die falsche Frage gewesen war. »Es gibt nur meine Mom. Mein Vater hat uns verlassen, als ich klein war, ich kann mich kaum an ihn erinnern. Mom ist Architektin und war immer viel arbeiten, weshalb ich viel Zeit bei meinen Großeltern verbracht habe. Sie leben auf einem alten Bauernhof und haben einige Getreidefelder und eine Schweinezucht. Wenn ich dort war, musste ich viel mithelfen. Aber die Arbeit fand ich immer ziemlich langweilig. Ich bin wohl einfach nicht so ein Draußenmensch, und es gab dort auch niemand anderen in meinem Alter. Trotzdem war ich gerne bei meinen Großeltern. Grandma und Grandpa haben sich viel um mich gekümmert. Bei ihnen musste ich nie alleine sein und hatte immer

Unterhaltung. Aber ich war auch froh, wenn ich wieder zurück zu Hause war und wieder ins Training gehen konnte. Ballett war das Einzige, das ich geliebt habe.«

»Dann ist es höchste Zeit, dass du herausfindest, was dir sonst noch Spaß macht.«

Avery verzog spöttisch den Mund. »Und wie soll ich das machen?«

»Indem du dir Sachen suchst, die sich für dich interessant anhören, und sie einfach ausprobierst. Sieh dich um, was alles angeboten wird, und versuch es einfach. Es wird sicher Dinge geben, die du furchtbar findest, aber vielleicht findest du ja etwas anderes, für das du Feuer und Flamme bist. Wenn du magst, kann ich dich auch mal begleiten.«

Avery hatte sich gerade ein Stück Omelett in den Mund geschoben und verschluckte sich fast daran. Hustend legte sie die Gabel auf den Tisch und klopfte sich auf den Brustkorb. »Ist das dein Ernst? Du würdest mit mir kommen? Selbst wenn ich, sagen wir mal, Dinge machen möchte, die du garantiert nicht magst?«

Tatsächlich verbrachte ich inzwischen so gerne Zeit mit ihr, dass es mir beinah egal war, was sie vorschlug. Herausfordernd zog ich eine Augenbraue hoch. »Was schwebt dir denn da vor? Töpfern oder ein Kochkurs?«

Avery prustete vor Lachen los. »Ganz bestimmt nicht. Wenn ich ganz ehrlich bin, fällt mir spontan nur eine Sache ein, die ich machen möchte, aber das hat überhaupt nichts mit Hobbys zu tun. Ich hätte total Lust auf eine Stadtführung in New York. Obwohl ich gar nicht so weit entfernt aufgewachsen bin, war ich noch nie wirklich in der Stadt. Selbst auf der Freiheitsstatue war ich noch nicht.«

Ich musste grinsen. Egal wie klischeehaft ich ihren Wunsch danach fand, die Freiheitsstatue zu besuchen, gegen das Strahlen in ihren Augen war ich machtlos. Genau das hatte ich immerhin erreichen wollen.

»Das geht natürlich nicht.« Ich zwinkerte ihr zu. »Eine Touri-Stadtführung mache ich nicht mit. Aber du kannst eine Special-Theo-Stadtführung bekommen. Dann zeige ich dir nämlich die richtig abgefahrenen Plätze, nicht nur den Touristenkram.«

Avery betrachtete mich misstrauisch, sodass ich schon dachte, sie würde ablehnen.

»Okay«, sagte sie schließlich. »Aber nur wenn ich Lizzy und Virginia mitbringen kann.«

Anscheinend war ihr ein Tag mit mir alleine nicht geheuer. »Dann bringe ich Kayson und Noah mit, und wir haben einen Deal.«

Avery nickte und hielt mir die Hand hin, damit wir diesen besiegeln konnten.

Samstag trafen wir uns um neun Uhr im *Pancake's Heaven*. Noah und Kayson sahen aus, als hätten sie die ganze Nacht nicht geschlafen und wären nur mit Mühe aus dem Bett gekommen. Avery, Lizzy und Virginia dagegen waren hellwach und total aufgekratzt. Es war irgendwie süß, vor allem weil ich Avery bisher noch nicht so aufgeregt erlebt hatte. Sie strahlte eine fast schon kindliche Freude aus, und das Lächeln auf ihren Lippen ließ meinen Magen Saltos schlagen.

»Wahnsinn, was es hier für eine Auswahl gibt.« Lizzy starrte mit leuchtenden Augen auf die Speisekarte. »Wie soll ich mich denn da für ein Gericht entscheiden?«

»Ich mache dir einen Vorschlag.« Avery lehnte sich zu ihrer Freundin und deutete auf das Menü. »Wir nehmen jeder was anderes und teilen dann.«

»Oh, gute Idee.«

»Ich hab noch eine viel bessere.« Kayson beugte sich über den Tisch zu Lizzy und zwinkerte ihr zu. Seit Lizzy den Laden betreten hatte, hatte er den Blick nicht mehr von ihr abgewendet. »Ihr kommt einfach öfter mit, wenn wir samstags hier sind, dann könnt ihr alles von der Karte mal probieren.«

Lizzy seufzte. »Sehr verlockendes Angebot, aber dann nehme ich nur noch mehr zu. Ich bin nicht so sportlich wie ihr, ich muss echt aufpassen, was ich esse.«

»Was ist gegen deine Figur auszusetzen? Du siehst doch toll aus.«

Lizzy errötete und senkte den Blick. »Das sagst du doch jetzt nur so.«

»Nein, das meine ich ernst.« Kayson hielt Lizzy noch immer mit seinen Augen gefangen. Er wirkte irritiert, und ich kannte meinen Freund gut genug, um zu wissen, dass er einer Frau nie Komplimente machen würde, wenn er sie nicht ernst meinte.

»Ich finde es ohnehin viel wichtiger, dass man sich wohlfühlt und glücklich ist«, warf Virginia ein. »Was nutzt mir alles Hungern, wenn ich dadurch unzufrieden bin und den ganzen Tag nur darüber nachdenke, wie viel lieber ich eine Pizza anstatt eines Salats essen würde? Kann mir doch keiner erzählen, dass das gut für die Seele ist, nur weil da am Ende ein Kilo weniger auf der Waage angezeigt wird. Das mag bei euch Sportlern noch was anderes sein, aber für uns Normalos macht es doch wirklich keinen Unterschied.«

»Leute, können wir bitte aufhören, über Gewicht zu reden? Ihr verderbt mir den Appetit«, sagte Noah mit vollem Mund, was alle zum Lachen brachte.

Der Rest des Frühstücks verging wie im Flug. Niemand redete mehr über Gewicht oder Kalorien, was ich ohnehin nicht verstehen konnte, sondern über das, was sie von der Stadtführung erwarteten. Dabei musste ich mir mehrmals das Grinsen verkneifen, denn sie alle nannten die altbekannten Touristenspots, an die jeder bei der Erwähnung von New York sofort dachte. Aber keiner dieser Plätze stand auf der Agenda für heute. Ich wollte ihnen das New York zeigen, das die Einheimischen kannten. Die Insider-Spots, die in den meisten Reiseführern nicht vermerkt waren. Zumindest die Freiheitsstatue würden wir von einem Punkt aber trotzdem sehen.

Nachdem wir mit dem Frühstück fertig waren, fuhren wir mit der U-Bahn nach Manhattan zum Pier 11. Bei dem schönen Wetter war der Pier natürlich total überlaufen, und wir mussten uns einen Weg durch das Gewusel zum Ticketschalter der IKEA-Fähre bahnen. Während ich ein Gruppenticket für uns für die Hin- und Rückfahrt kaufte, lehnte Avery sich nah zu mir. Ihr unvergleichlicher Duft drang mir in die Nase. Frisch und fruchtig, wie eine Blumenwiese im Frühling.

Was war nur mit mir los, dass mir so eine kitschige Beschreibung in den Sinn kam?

Unsere Schultern berührten sich, was ein warmes Kribbeln durch meinen Arm schickte, und mein Puls schoss in die Höhe. Ich sollte mich mittlerweile daran gewöhnt haben, doch es traf mich noch immer unvorbereitet.

»Hast du nicht gesagt, du willst uns die Plätze zeigen, die *nicht* von Touristen bevölkert werden?«, neckte sie mich.

Ich beugte mich zu ihr, bis meine Lippen fast ihr Ohrläppchen berührten. »Du musst wirklich lernen, mir zu vertrauen«, raunte ich ihr zu und stellte zufrieden fest, wie sich eine Gänsehaut auf ihrem Hals bildete. Dann drehte ich mich zu den anderen um. »Wir haben fast eine Stunde, bis die Fähre ablegt, und ich kenne den perfekten Platz zum Warten.«

Wir gingen ein Stück am Ufer entlang bis zu einem Treppenaufgang, der hinter einem Kiosk versteckt lag. Nachdem wir die Treppen hochgegangen waren, traten wir aus der Tür auf das Oberdeck des Pier 15. Hier war deutlich weniger los als unten. Nur vereinzelt saßen Leute in den Stühlen und reckten ihre Gesichter in die Sonne. Rechts von uns erstreckte sich die Skyline von Lower Manhattan, links von uns lag Governors Island in der Upper Bay.

»Wow, das ist ja genial«, sagte Avery begeistert und trat neben mich, während sie sich langsam auf dem Oberdeck umsah. Sie ging zum Geländer, stützte sich mit den Ellbogen ab und schloss die Augen. Ich erwartete, dass sie sie wieder aufschlagen würde, nachdem sie tief eingeatmet hatte, aber sie blieben geschlossen, und ein zufriedenes Lächeln bildete sich auf Averys Lippen.

»Was machst du da?«, wollte ich wissen.

Blinzelnd öffnete Avery die Augen und sah mich an, ihre Wangen leicht gerötet. »Mir vorstellen, dass ich woanders bin.«

»Aber warum? Ich dachte, du wolltest diese Stadtführung machen?«, fragte ich verwundert.

»Wollte ich auch, und es ist wirklich toll bisher«, sagte sie schnell. »Das ist eine Angewohnheit aus dem Krankenhaus. Wann immer die Schmerzen zu schlimm waren oder ich die Therapien nicht mehr ertragen konnte, habe ich mir vorgestellt, woanders zu sein. Ein anderer Ort, eine andere Person, ein anderes Leben. Es war eine Flucht aus einer beschissenen Situation, und auch wenn sie nur kurzzeitig angehalten hat, ging es mir danach besser. Das passiert jetzt manchmal noch automatisch, wenn ich den Moment einfach nur genießen möchte.« Sie hatte den Blick gesenkt und wirkte verlegen. Aber wenn ihr dieser Trick durch eine schlimme Zeit geholfen hatte, war es nichts, was ihr unangenehm sein musste.

»Hast du jetzt Schmerzen?«, wollte ich wissen.

»Nein.« Avery schüttelte den Kopf. »Zumindest nicht mehr als gewöhnlich. Dieser Ort lädt bloß zum Träumen ein.«

Je mehr ich von ihr erfuhr, desto mehr faszinierte sie mich.

»Zeig es mir«, forderte ich sie auf.

Avery sah mich irritiert an. »Was?«

»Ich finde das spannend, kannst du mir zeigen, wie es geht?«

»Du nimmst mich doch auf den Arm …«

»Nein, wirklich nicht. Ich meine das ernst, bitte erklär es mir.« Um sie von meiner Ernsthaftigkeit zu überzeugen, drehte ich den Kopf in Richtung Upper Bay und schloss die Augen. Mit pochendem Herzen wartete ich darauf, dass Avery begann.

»Okay.« Avery räusperte sich, und ich konnte hören, wie sie sich bewegte. Obwohl ich neugierig war, was sie machte, zwang ich mich dazu, die Augen geschlossen zu halten, um sie nicht aus dem Konzept zu bringen. »Kannst du spüren, wie der Wind durch deine Haare streicht und die Sonne deine Nase kitzelt?«

Ich musste mich darauf konzentrieren und die Geräusche um uns herum ausblenden, aber als ich es schließlich fühlte, wusste ich nicht, warum ich es zuvor nicht wahrgenommen hatte. »Ja.«

»Kannst du das Meer riechen und hören, wie die Wellen unten leise ans Ufer plätschern?«

Sobald ich mich darauf fokussierte, trat unsere Umgebung in den Hintergrund, als würden nur noch wir beide existieren. Unwillkürlich machte ich einen Schritt zur Seite, bis meine Schulter ganz leicht die von Avery berührte.

»Erstaunlich«, murmelte ich.

»Jetzt stell dir vor, wir sind an einem Strand, irgendwo in der Karibik. Es ist früh am Morgen, die Sonne geht gerade auf, deswegen sind die Temperaturen noch angenehm. Wir laufen barfuß durch den Sand, links von uns erstreckt sich das Meer, und rechts stehen Palmen am Strand.« Averys Stimme lullte mich ein, sodass ich mir einbildete, sogar den Sand zwischen meinen Zehen fühlen und exotische Vögel singen hören zu können. Doch dann spürte ich eine Berührung an meiner Hand, die mich aus meiner Trance riss.

Erstaunt öffnete ich die Augen. Unsere Hände lagen nebeneinander auf dem Geländer, und Avery hatte den kleinen Finger ausgestreckt, bis er auf meinem Handrücken lag. Es wirkte beinahe unabsichtlich, aber ich war mir ziemlich sicher, dass sie es vorsätzlich tat. Das Herz klopfte mir bis zum Hals, als ich mich langsam zu ihr umdrehte. Sie sah völlig entspannt aus, ein glückliches Lächeln zierte ihre Lippen, das ich noch nie zuvor bei ihr gesehen hatte. Eine Haarsträhne hatte sich aus ihrem Zopf gelöst und wehte ihr um die Nase. Ich hob meine Hand, um sie ihr hinter das Ohr zu schieben.

Sobald mein Finger ihre Stirn berührte, sah Avery zu mir auf. Ein fragender, unsicherer Ausdruck schimmerte in ihren Augen. Sie war mir plötzlich so nah, dass unsere Nasenspitzen sich fast berührten und ich den Kopf senken musste, um sie ansehen zu können. Ich schob ihr die Haarsträhne hinters Ohr und ließ meinen Daumen an ihrer Wange verweilen. »Mit dir würde ich überallhin entfliehen.«

KAPITEL 7

Avery

Mit dir würde ich überallhin entfliehen.

Den ganzen restlichen Tag hallte Theos Aussage in meinem Kopf nach. Auch als wir mit der IKEA-Fähre vorbei an Governors Island und der Freiheitsstatue bis nach Red Hook fuhren. Wir lehnten nebeneinander an der Reling, sprachen kein Wort miteinander, und doch hatte ich das Gefühl, als hätte sich zwischen uns etwas verändert. Ich wusste gar nicht, warum ich Theo davon erzählt hatte. Normalerweise redete ich nicht darüber, dass ich seit dem Unfall oft versuchte, der Realität zu entfliehen. Nicht einmal Lizzy wusste davon. Doch bei Theo waren die Worte einfach aus mir herausgesprudelt. Ich hatte gar nicht darüber nachgedacht, wie sie auf ihn wirken und dass er es vielleicht lächerlich finden könnte. Doch nichts dergleichen war geschehen. Theo hatte erstaunt gewirkt, fast schon verwundert, als hätte mein Versuch ihn ebenfalls an einen anderen Ort katapultiert. Dazu dieser Blick, mit dem er mich bedacht hatte und der auch jetzt noch mein Inneres erwärmte.

Ich ertappte mich dabei, wie ich mir wünschte, mehr über ihn zu erfahren. Ich hatte ihn bisher von zwei völlig unterschiedlichen Seiten kennengelernt. Eine, die er der Welt präsentierte, und eine, die er seinen Freunden zeigte. Wie passten sie zusammen, und warum verschloss er sich, sobald Fremde in der Nähe waren? Er war wie ein Mysterium, das ich nur zu gerne aufdecken wollte.

»Lasst uns ein Gruppenfoto vor der Skyline von Manhattan machen«, schlug Lizzy auf der Rückfahrt mit der Fähre vor und zog einen Selfiestick aus der Tasche. Wir reihten uns am Bug der Fähre auf, steckten die Köpfe zusammen, und wie auf Kommando zog jeder eine Fratze, obwohl wir das nicht abgesprochen hatten. Nachdem das Klicken des Auslösers ertönt war, brachen wir in Gelächter aus, was Lizzy erneut für die Nachwelt festhielt.

»Jetzt müssen wir aber noch ein Foto machen, auf dem wir normal schauen«, sagte Virginia. »Ihr wisst schon, so ein typisches Tourifoto, auf dem wir hübsch lächeln.«

»Da muss Noah passen. Wenn er lächelt, sieht er wie eine Karikatur aus«, warf Theo ein.

Noah verpasste ihm einen Schlag gegen den Oberarm. »Das sagt der, der nie lächelt.«

»Was? Natürlich tue ich das.« Theo sah irritiert zu seinem Freund, und auch ich wusste im ersten Moment nicht, was Noah meinte.

»Nein, du lachst wohl mal – andere aus, zum Beispiel. Du grinst auch zwischendurch – sehr gerne hämisch, wenn du mal wieder meinst, etwas besser zu können als alle anderen. Aber einfach nur lächeln? Das habe ich schon ewig nicht mehr bei dir gesehen.«

»Das stimmt nicht«, sagte Theo und deutete mit dem Finger auf Noah. Mit entschlossenem Gesichtsausdruck öffnete er den Mund, doch kein Ton folgte, und nach einem Moment schüttelte er den Kopf und stapfte mit geballten Fäusten davon.

»Was war das?« Erstaunt sah ich Theo hinterher, bis er im Inneren der Fähre verschwunden war. Wieso war er so plötzlich abgehauen? Noah hatte doch nichts Schlimmes gesagt.

»Er mag es nicht, wenn er einsehen muss, dass andere recht haben«, erklärte Kayson, woraufhin ich den Kopf schüttelte. Denn ich hatte Theo bereits lächeln sehen, sogar mehrfach. Erst gestern morgen zuletzt, als wir nach dem Training wie so oft gemeinsam gefrühstückt hatten. Ich wusste nicht einmal mehr, worüber wir geredet hatten, aber sein Lächeln hatte sich in mein Gedächtnis gebrannt.

»Aber warum ist er deswegen sauer?«, riss Virginia mich aus meinen Gedanken. Sie hörte sich so verwirrt an, wie ich mich fühlte. Sein Verhalten ergab überhaupt keinen Sinn für mich.

Noah zuckte mit den Schultern. »Er ist nicht sauer. Ich kann es dir gar nicht genau erklären, aber er wird in spätestens fünf Minuten wieder zurück sein, und dann ist es, als wäre nie was gewesen.«

Noah und Kayson tauschten einen Blick, den ich nicht deuten konnte, bei dem sich mir jedoch die Nackenhaare aufstellten.

»Aber ist ja auch nicht weiter schlimm, so ist Theo halt«, log Kayson. Keine Ahnung, woher ich wusste, dass er log, aber ich war mir absolut sicher, dass mehr dahintersteckte. Ich verstand zwar nicht, was, aber irgendwas musste da sein, wenn es eine solche Reaktion bei ihm hervorrief.

Es war ein weiteres Puzzlestück in dem großen Bild, das Theo Jemison ausmachte, aber es trug nicht dazu bei, auch nur eine meiner unzähligen Fragen zu beantworten. Im Gegenteil, es warf nur weitere auf.

»Was ist jetzt mit unserem Foto?«, riss Theos Stimme mich aus meinen Gedanken. Mit seinem typischen Grinsen im Gesicht, als hätte er keine Sorgen in dieser Welt, kam er auf das Deck zurück. Ganz wie Noah gesagt hatte, als wäre nie etwas geschehen. »Ich verspreche auch zu lächeln.«

»Ich hoffe, es wird nicht zu anstrengend für dich«, entwich es mir. Es war gar nicht lustig gemeint, trotzdem fing Theo schallend an zu lachen. Es war eines dieser lauten Lachen, bei denen man den Kopf in den Nacken warf und die so ansteckend waren, dass alle mitlachen mussten, obwohl sie die Pointe nicht gehört hatten oder – wie in meinem Fall – eigentlich genervt waren.

Nachdem wir uns etwas beruhigt hatten, stellten wir uns erneut für das Foto auf. Es wurde tatsächlich ein schönes Bild. Eins, mit dem man seiner Mom zeigen konnte, dass man einen wundervollen Tag im Big Apple verbracht hatte. Erst auf den zweiten Blick fiel mir auf, dass Theo gar nicht in die Kamera schaute, sondern mich beobachtete. Und Noah lag falsch, Theo konnte lächeln. Aber konnte es wirklich sein, dass ich für den glücklichen Ausdruck auf seinem Gesicht verantwortlich war? Und warum fing mein Herz bei diesem Gedanken wie wild an zu klopfen?

»Oh, cool. Gehen wir in einen Gay-Club?«, fragte Virginia, nachdem wir am frühen Nachmittag in Hell's Kitchen aus der U-Bahn gestiegen und uns durch das Gewühl zum Ausgang der Station gekämpft hatten. Die Sonne stand mittlerweile tiefer am Himmel, wodurch sie hinter den hohen Häusern verschwunden war. Ein kühler Wind strich mir die Haare aus dem überhitzten Gesicht, und ich reckte meine Nase in die Richtung, aus der er kam. Nach der Fahrt in der überfüllten U-Bahn war die Abkühlung eine Wohltat.

Ich war mir ziemlich sicher, dass ein Gay-Club nicht unser Ziel war. Nicht bei unseren drei männlichen, vor Testosteron strotzenden Stadtführern. Um genau zu sein, wartete ich sogar darauf, dass einer der drei einen abfälligen Spruch über Schwule abließ und dass sie sich ihnen bloß nicht auf drei Meter nähern sollten, wie ich es auf meiner Highschool oft gehört hatte.

Doch Theo überraschte mich ein weiteres Mal. »Wäre das ein Problem?« Er verschränkte die Arme und blitzte Virginia gefährlich an.

»Nein, im Gegenteil, ich würde mich total freuen. Ich wollte schon immer mal in einen Gay-Club.«

Theos Augen verengten sich noch mehr, und er trat einen bedrohlichen Schritt auf Virginia zu. »Und warum? Schwule sind keine Abnormalitäten, die du wie im Zirkus bewundern kannst.«

Virginia blinzelte Theo verständnislos an und ballte die Hände zu Fäusten. »Das weiß ich, du Arsch. Was regst du dich eigentlich so darüber auf?«

»Weil mein Onkel schwul ist und ich es ständig miterlebe, dass die Leute ihn entweder dafür fertigmachen oder ihn ansehen, als stammte er aus dem Kuriositätenkabinett.« Theo wandte sich uns allen zu, vor Wut war er richtig rot im Gesicht. »Dieser Schwulenfetisch von vielen Heterofrauen ist echt abartig. Dieses ›Schwuler bester Freund, der auf Klamotten steht und mit dem ich über Männer schwärmen kann‹. Natürlich gibt es Schwule, die auf Shoppen stehen, aber genauso gibt es Heteromänner, die das mögen. Schwulsein ist nur die Sexualität, es hat nichts mit dem Charakter oder den Hobbys zu tun, warum kapieren die Leute das nicht?« Theo hatte sich regelrecht in Rage geredet, und ich konnte ihn nur mit offenem Mund anstarren. Kurz fragte ich mich, ob er sich so sehr aufregte, weil es ihn selbst betraf und nicht bloß seinen Onkel.

»Fetisch für Heterofrauen?« Virginia schnaubte und war genauso rot im Gesicht wie Theo. »Du hast also einen Blick auf mich geworfen und mich sofort durchschaut, ja? Du meinst, du wüsstest alles über mich und kannst über mich urteilen, ohne mich zu kennen? Ganz schön arrogant, wenn man bedenkt, was für große Reden für die *Schwulen* du schwingen kannst. Denn Leute zu akzeptieren, wie sie sind, heißt auch, nicht über sie zu urteilen, bevor man sie überhaupt kennengelernt hat.«

»Ich weiß gar nicht, warum du dich so aufregst. Du bist es doch, die in einen Gay-Club will, um die süßen Schwulen zu bestaunen«, gab Theo genervt zurück. Er wandte sich ab, um zu gehen, doch Virginia griff nach seinem Arm und hielt ihn davon ab.

»Will ich gar nicht. Was stimmt eigentlich nicht mit dir?«, polterte sie los. »Männer generell interessieren mich überhaupt nicht. Ich stehe auf Frauen. Deswegen will ich in einen Gay-Club.«

Urplötzlich war es still bei uns. Selbst der Wind schien sich gelegt zu haben. Um uns herum waren noch immer viele Menschen unterwegs, aber ich nahm sie überhaupt nicht mehr wahr. Nur noch unsere kleine Gruppe, und die anderen sahen genauso perplex aus, wie ich mich fühlte. Virginia war lesbisch? Wie konnte das sein? Hatte sie nicht letztens erst von diesem Typen aus ihrer Vorlesung geschwärmt? Dieser … ich hatte seinen Namen schon wieder vergessen, aber ich war mir sicher, dass ich ihr noch geraten hatte, sich nicht auf jemanden einzulassen, der sich gerade erst von seiner Freundin getrennt hatte.

Langsam sickerte die Erkenntnis in mein Hirn.

O Mann, ich war so blöd. *Deswegen* hatte sie meinen Rat nicht befolgt. Weil sie gar kein Interesse an ihm hatte, aber genau wusste, dass niemand sie mit anderen Männern nerven würde, wenn wir dachten, sie wäre in ihn verliebt.

»Warum hast du nichts gesagt?« Meine Stimme war nur ein Flüstern, als ich auf meine Freundin zuging, die sich von uns allen abgewandt hatte. Vorsichtig legte ich eine Hand auf ihre Schulter.

Wie in Zeitlupe drehte sie sich zu mir um, und der Schmerz in ihren Augen ließ einen Stich durch mein Herz fahren.

»Ich wusste einfach nicht, wie«, flüsterte sie. »Ich bin es so sehr gewohnt, das hippe Heterogirl zu spielen, weil ich in meinem Dorf in Texas darauf angewiesen war, dass ich nicht wusste, wie ich es abstellen soll. Und ich wollte damit nicht unsere neue Freundschaft gefährden. Ich kenne dich einfach noch nicht gut genug und wusste nicht, wie du zu diesem Thema stehst.«

»O Ginny.« Ohne darüber nachzudenken, zog ich sie in meine Arme. Sie ließ sich gegen mich fallen und krallte sich an mir fest, als wäre ich ihr Rettungsanker. »Du bist so eine wundervolle Person, es ist mir völlig egal, ob du auf Frauen oder Männer stehst. Aber wenn ich das eher gewusst hätte, hätte ich gleich nach den richtigen Kandidatinnen für dich schauen können.«

Ein Laut entwich ihrer Kehle, der eine Mischung aus Schluchzen und Lachen war.

»Jetzt mal ganz ehrlich«, sagte ich, um die Situation etwas aufzulockern. »Auf welche Frauen stehst du? Blond? Brünett? Lang- oder kurzhaarig?«

»Sie sollten vor allem ebenfalls auf Frauen stehen.«

Ich stimmte in Virginias Lachen ein und zog sie noch ein wenig enger an mich heran.

Theo räusperte sich. »Es tut mir leid, das war blöd von mir. Aber es gibt einfach so viele Leute, die sich überhaupt keine Gedanken darüber machen … Ich kenne in der Nähe vom College eine Gay-Bar, und wenn du Lust hast, können wir da mal zusammen hingehen.«

Virginia richtete sich auf und sah Theo an. »Meinst du das ernst?«

»Total.«

»Und du hast keine Angst um deine Männlichkeit?«

Theo lachte. »Keine Sorge, mein Schwanz wird nicht abfallen, nur weil ein anderer Mann mit mir flirtet, und manchmal ist es auch ganz angenehm, wenn nicht dauernd irgendwelche Fangirls um mich herumschleichen. Mein Onkel geht öfter mit uns weg, wenn er in der Stadt ist. Vielleicht könnte ich ihn mitnehmen. Er ist noch keine vierzig und macht jede Party zu einem Erlebnis.«

»Wir waren schon viel zu lange nicht mehr mit Daniel unterwegs, wird echt mal wieder Zeit.« Kayson trat an uns heran und legte eine Hand auf Virginias Schulter. »Was sagt ihr, Mädels?«

Virginia nickte. »Das wäre total cool, wenn wir das machen könnten.«

»Ich wäre auch dabei«, stimmte ich zu.

»Das lasse ich mir nicht entgehen.« Lizzy kam ebenfalls näher und griff nach Virginias Hand. Sie lächelte ihr aufmunternd zu, um ihr zu zeigen, dass wir immer zusammenhalten würden. In diesem Moment liebte ich meine beste Freundin noch ein bisschen mehr.

»Dann ist es abgemacht«, sagte Theo. »Ich rufe Daniel morgen an und frage ihn, ob er demnächst irgendwann Zeit hat. Und jetzt können wir vielleicht endlich auf den Flohmarkt gehen, den ich euch zeigen wollte.«

»Wir gehen auf einen Flohmarkt?« Damit hätte ich nicht gerechnet. Andererseits hatte Theo mich nun schon mehrfach mit Dingen überrascht, die ich ihm zuerst nicht zugetraut hatte, und mir gefiel die Idee, mit dieser verrückten Truppe über einen Flohmarkt zu schlendern, außerordentlich gut.

»Hell's Kitchen hat den besten Flohmarkt«, erklärte Theo und führte uns in eine Seitenstraße. »Manche New Yorker kommen jedes Wochenende her, vor allem in den Sommermonaten. Es wird euch sicher gefallen.«

»Garantiert. Es wundert mich nur, dass du das für uns ausgewählt hast. Ich hätte dich nicht unbedingt für den Typen gehalten, der gerne auf Flohmärkten rumhängt.«

Aus dem Augenwinkel warf Theo mir einen undefinierbaren Blick zu. »Du hast ein ziemlich festgefahrenes Bild von mir, oder?«

»Nein«, sagte ich sofort, dabei hatte er vermutlich recht. Seit unserem ersten Aufeinandertreffen hatte ich ihn in eine Schublade gesteckt, und es fiel mir unglaublich schwer, meine Ansichten über ihn zu ändern. Genauer gesagt wusste ich überhaupt nicht mehr, was ich von ihm halten sollte. Ich kannte Männer wie ihn, die vollkommen überzeugt von sich waren und sich nicht darum scherten, wie es anderen ging. Hatte mir der Artikel, den ich über Theo gelesen hatte, nicht genau das gezeigt? Dass ich bei ihm vorsichtig sein musste? Schließlich hatte ich am eigenen Leib erfahren, wie so etwas enden konnte. Besonders dass Theo für seinen Ruhm über Leichen gehen sollte, erinnerte mich an meinen Ex-Freund Riley und schickte ein kaltes Schaudern über meinen Rücken. Andererseits hatte ich dafür bisher keine Anzeichen erkennen können und schon längst eine andere Seite von Theo kennengelernt. War der Theo heute wirklich dieselbe Person wie die, die in dem Artikel beschrieben wurde?

Kayson erschien auf meiner anderen Seite, legte locker einen Arm um meine Schultern und zog mich ein Stück von Theo weg. »Unser Theo ist einer von der ganz schlimmen Sorte«, sagte er in verschwörerischem Ton.

Unweigerlich musste ich grinsen. »Tatsächlich?«

»O ja.« Er dirigierte mich noch weiter von den anderen weg und senkte den Kopf, bis er mir ins Ohr flüstern konnte. »Lass dich von Theos Art nicht abschrecken. Es ist reiner Selbstschutz, weil die meisten nur daran interessiert sind, einen Star kennenzulernen.«

Ich blieb stehen und sah zu Kayson auf. »Jetzt mal ganz ehrlich, er geht noch zum College, wie bekannt kann er denn sein?«

»Am College kennt ihn jeder – oder meint zumindest, ihn zu kennen. Und in unserem ersten Jahr gab es ein Mädchen, Cecily, die es wirklich auf ihn abgesehen hatte. Damals hat Theo sich noch öfter mit Frauen getroffen, ohne sich Gedanken darüber zu machen. Cecily und er sind einige Wochen ausgegangen, und er hat sie mitgebracht, als er sich mit uns getroffen hat. Theo mochte sie wirklich, doch sie war gar nicht an ihm interessiert. Von einem auf den anderen Tag hat sie sich nicht mehr bei ihm gemeldet, und kurz darauf erschien ein Artikel in der lokalen Zeitung, in dem sie ihn schlechtgemacht hat. Sie hat ihn als Player dargestellt, der ständig feiern geht und immer andere Frauen abschleppt. Zudem hat sie ihm unterstellt, Drogen zu nehmen und nur aufgrund von Doping bei den Wettkämpfen überhaupt eine Chance zu haben.

Das ist natürlich gelogen, Theo muss regelmäßig zur Dopingkontrolle, trotzdem haben die Tests in der Zeit danach unverhältnismäßig zugenommen. Sein Vater hat versucht, gegen den Artikel vorzugehen, und obwohl er irgendwann von der Webseite genommen werden musste, war das Unheil angerichtet. Die Leute hatten ihn gelesen, er war zigmal geteilt worden, und niemand interessierte sich für die Richtigstellung, die die Zeitung veröffentlichen musste.«

Kayson brach ab und sah sich um, als wollte er checken, dass uns niemand belauschte. Ich konnte ihn nur stumm anstarren. Mir schwirrte der Kopf von dem, was ich gehört hatte. Ich wusste genau, von welchem Artikel er sprach. Es war der, den ich bei meinem Internetstalking gefunden hatte. Plötzlich war es mir unangenehm, dass ich alles geglaubt hatte, ohne irgendetwas zu hinterfragen. Es war ungeheuerlich, was diese Cecily getan hatte. Wie konnten Menschen nur so abgrundtief bösartig sein?

»Theo wusste danach, dass sein Ruf nicht mehr zu retten ist, und er hatte auch kein Interesse daran. Er hat sich seinen Ruf zu eigen gemacht. Er war fortan der Player, für den ihn alle hielten. Er ließ sich zumindest kurzzeitig auf Partys blicken, nahm zwischendurch eine Frau mit nach Hause, aber schmiss sie noch vor Morgengrauen wieder raus, damit niemand zu viel von ihm erfahren konnte. Er hat niemanden außer uns und Rena mehr an sich herangelassen. Bis er dich kennengelernt hat.«

»Aber er lässt auch mich nicht an sich heran«, protestierte ich sofort. Denn Theo gab mir immer wieder zu verstehen, dass es einen Punkt gab, den ich nicht überschreiten konnte.

Ein wissendes Grinsen stahl sich auf Kaysons Gesicht. »Doch, das tut er. Er hat dich seinen Freunden vorgestellt, nimmt dich zu seinem privaten Training mit und verbringt außerhalb der Uni Zeit mit dir. Ich glaube eher, dass du Theo auf Abstand hältst – und dass ihm das ziemlich gut gefällt.«

Erneut verschlug es mir die Sprache. Wie hatte er das so schnell herausgefunden? »Warum erzählst du mir das alles?«, fragte ich schließlich. Es waren ziemlich private Dinge, die Kayson über seinen Freund preisgab. Ich konnte mir vorstellen, dass Theo nicht begeistert davon wäre.

Kayson zuckte mit den Schultern. »Du hast es geschafft, Theos Schutzmauern zu durchbrechen, ohne es zu versuchen. Du erweckst nicht den Anschein, als würdest du nur deinen eigenen Vorteil aus der Sache ziehen wollen. Ich wollte dir nur erklären, warum Theo oft wirkt, als wäre ihm alles egal. Aber der Theo, den du heute kennengelernt hast, das ist der richtige Theo. Alles andere ist nur die Fassade, die er der Welt präsentiert.«

Es rührte mich, dass Kayson mir derart vertraute, obwohl ich nicht wusste, ob ich das verdiente. Natürlich würde ich niemals etwas tun, um Theo absichtlich zu schaden, aber ich wusste immer noch nicht, was ich von Theo halten sollte. Kaysons Aussagen erklärten jedoch, warum Theo manchmal abweisend reagierte oder am College wenig mit mir redete. Er wollte für andere Leute keine Angriffsfläche bieten. Das zumindest konnte ich voll und ganz nachvollziehen.

»Danke, dass du mir davon erzählt hast.«

»Es wäre mir lieb, wenn du es Theo nicht verraten würdest.«

Mit dem Ellbogen stieß ich Kayson sanft in die Seite. »Dein Geheimnis ist sicher bei mir.«

Wir gingen zurück zu den anderen, die vor einem Stand mit Töpferware standen. Dort wurden Figuren und allerlei Zeug angeboten, das aussah, als wäre es dem Hundertmorgenwald entsprungen. Aschenbecher, an deren Rändern sich Drachen rekelten, Tassen, von deren Henkeln Feen herabhingen, Teller, in deren Mitte ein Zauberer stand und einen Stab in die Höhe reckte. Alles Dinge, die nicht zum Gebrauch geeignet waren, aber unheimlich hübsch aussahen.

Theo trat an meine Seite. »Was immer Kayson dir erzählt hat, es stimmt nicht«, brummte er.

Ich blickte auf einen Kleiderhaken, an dessen Ende ein Werwolfskopf saß. »Woher willst du das wissen, wenn du keine Ahnung hast, worüber wir geredet haben?«

»Weil ich es mir denken kann.«

Womit er nur bestätigte, dass Kayson die Wahrheit sagte. Aber ich wollte mein Versprechen nicht brechen und Theo auch nicht das Gefühl geben, mehr über ihn zu wissen, als ihm angenehm war. Ich wandte mich ihm zu und legte eine Hand auf seinen Oberarm. »Kayson wollte mit mir über Lizzy reden. Ich glaube, er mag sie.«

Theos Blick zuckte zu Kayson, der am nächsten Stand mit Lizzy stand, und sein Mundwinkel zuckte. »Das glaube ich auch. Meinst du, wir sollten sie verkuppeln?«

Ich musste ein Lachen unterdrücken und schüttelte den Kopf. »Ich glaube, das bekommen sie auch alleine hin«, sagte ich, um ihn von meiner Lüge abzulenken. Zwar erweckte Kayson tatsächlich den Anschein, als würde er Lizzy mögen, aber sicher wusste ich es nicht. Außerdem würde Lizzy mich lynchen, wenn ich über ihren Kopf hinweg eine derartige Aktion planen würde.

Schmollend schob Theo die Unterlippe vor und sah mit einem Mal wie ein kleiner Schuljunge aus, dem sein Lieblingsspielzeug weggenommen wurde. »Aber wo bleibt denn da der Spaß?«

»Mit den Gefühlen deiner Freunde zu spielen ist kein Spaß«, erinnerte ich ihn.

»So war das gar nicht gemeint.«

»Das weiß ich.« Ich beschwichtigte ihn mit einem Lächeln. »Aber der Schuss kann schnell nach hinten losgehen. Du solltest deine Energien lieber darin legen, weitere Dinge zu finden, die mir gefallen könnten. Denn heute war wirklich schön.« Trotz des Gefühlschaos hatte ich so viel Spaß wie schon lange nicht mehr gehabt. Der Tag war im Flug vergangen. Ich wollte nicht, dass er endete, und überlegte jetzt schon, ob ich die anderen wohl noch auf einen Absacker in einer Bar überreden konnte.

»Also bin ich offiziell als dein Spaßplaner engagiert?«

»Das klingt irgendwie zweideutig, aber ich sage jetzt einfach mal Ja, weil du das eh nicht zweideutig gemeint hast.«

Theo blieb stehen und sah mich derart intensiv an, dass ein warmer Schauer über meinen Rücken raste. »Sei dir da mal nicht so sicher.« Er zwinkerte mir zu, ehe er sich abwandte und zum nächsten Stand ging.

KAPITEL 8

Theo

Jungs, wie war euer Wochenende?« Geräuschvoll knallte Rena ihre Tasche neben mir auf den Tisch und setzte sich. Ihre blonden Haare fielen ihr in Wellen um die Schultern, und sie war wie immer perfekt geschminkt. Ich hatte keine Ahnung, wo sie montags die Energie hernahm, sich dermaßen aufzudonnern und so erfrischt auszusehen, während ich mich verzweifelt an meinem Kaffee festhielt und Probleme hatte, die Augen offen zu halten. Dabei hatten mich letzte Nacht ausnahmsweise keine Albträume geplagt. Es war der Gedanke an Avery gewesen, der mich nicht hatte schlafen lassen.

»Wir haben Samstag eine Stadtführung gemacht«, sagte Kayson, der ebenfalls deutlich frischer aussah als ich und irgendwas in sein Heft schrieb. Noah hingegen hatte den Kopf auf seine untergeschlagenen Arme gebettet und schien noch eine Runde zu schlafen. Wenigstens einer, dem ich mich heute verbunden fühlte.

»Eine Stadtführung? Die haben wir in unserem ersten Jahr doch schon gemacht«, sagte Rena misstrauisch.

»Deswegen haben wir sie mit Avery und ihren Freundinnen gemacht«, erklärte Kayson.

»Avery?« Renas anklagender Blick landete auf mir. »Stehst du jetzt auf die, oder was?«

»Natürlich nicht«, wiegelte ich ab, was eine glatte Lüge war. Denn Avery war mir mittlerweile alles andere als egal. Ich wusste gar nicht genau, wann es passiert war, aber sie übte eine Anziehung auf mich aus, der ich mich nicht mehr entziehen konnte. Anfangs hatte ich sie interessant gefunden, weil sie mir mit offener Abneigung begegnet war, doch mittlerweile war es so viel mehr als das. Avery gab nicht viel von sich preis, was den Wunsch in mir weckte, mehr über sie zu erfahren. Denn auch wenn sie weiterhin darauf beharrte, nichts außer Ballett zu mögen, war ich mir sicher, dass noch mehr in ihr schlummern musste. Es war unmöglich, dass sie nur ein Hobby haben sollte und alles andere scheiße fand. Ich freute mich wirklich darauf, Dinge mit ihr auszuprobieren und herauszufinden, was ihr gefiel.

Außerdem fühlte ich mich ihr in gewisser Weise verbunden, weil sie ebenfalls Leistungssport betrieben hatte. Auch wenn sie kein Ballett mehr tanzen konnte, war der Ehrgeiz noch immer da. Er blitzte immer wieder bei unseren Trainings durch, wenn sie versuchte, sich mit mir zu messen. Ihre Verbissenheit war etwas, das ich von mir selbst kannte und das mir aufzeigte, dass wir uns ähnlicher waren als anfangs gedacht.

»Hey, Erde an Theo.« Rena schnippte mit den Fingern vor meinem Gesicht herum und riss mich aus meinen Gedanken.

»Sorry, was hast du gesagt?«

»Ich habe dich gefragt, was das dümmliche Grinsen auf deinem Gesicht zu bedeuten hat, wenn du angeblich nichts von ihr willst?«

Natürlich hatte sie mich längst durchschaut, wem versuchte ich eigentlich noch was vorzumachen?

»Darf ich nicht einfach mal gute Laune haben?«, gab ich dennoch zurück. Ich hatte das Gefühl, dass Rena Avery nicht leiden konnte, und wollte ihr nicht noch mehr Munition liefern.

»Nimm dich in Acht, ich habe kein gutes Gefühl bei ihr«, warnte Rena mich.

Ich schüttelte den Kopf. »Avery ist nicht wie Cecily.« Seit dem Vorfall im letzten Jahr betrachtete Rena jede Frau, die mich nur eine Sekunde länger ansah, als potenzielle Bedrohung. Damit ging es ihr genauso wie mir, doch bei Avery war ich mir einer Sache absolut sicher: Sie verstellte sich nicht. Ihre Reaktionen kamen mir immer derart ehrlich und echt vor, dass ich mich fragte, ob sie überhaupt wusste, was es hieß, eine Maske aufzusetzen.

In diesem Moment betraten Avery und Virginia den Raum und zogen meine Aufmerksamkeit auf sich. Avery trug knallgelbe Shorts, die ihre wohlgeformten Beine toll zur Schau stellten. Ihr weißes Top war nicht vollständig blickdicht, sodass die Konturen ihres BHs darunter sichtbar waren. Hitze schoss in südliche Regionen, und ich musste mich dazu zwingen, ihr ins Gesicht zu sehen, um nicht gleich ein ganz anderes Problem zu bekommen. Als würde sie meine Musterung spüren, hob Avery den Kopf, und unsere Blicke trafen sich. Die Zeit schien für einen Augenblick stehen zu bleiben. Vielleicht war es auch nur mein Herz, das durch unseren Blickkontakt einen Schock bekommen hatte und einen Moment brauchte, um wieder in Gang zu kommen. Trotzdem fühlte es sich an, als wären wir allein in diesem Raum und die anderen Studenten existierten nicht. Averys Wangen färbten sich leicht rot, und ein vorsichtiges Lächeln umspielte ihre Lippen, das ein Kribbeln in meinem Magen freisetzte. Sie schob sich eine Haarsträhne hinter das Ohr und wandte sich Virginia zu, die daraufhin ebenfalls zu uns blickte. Sie winkte uns kurz zu und scheuchte Avery dann in eine Reihe in der Mitte – weit weg von uns. Enttäuschung machte sich in mir breit, denn ich hatte wirklich gehofft, sie würden sich zu uns setzen, damit wir uns unterhalten konnten.

»Du stehst überhaupt nicht auf sie, ist klar«, schnaubte Rena und schüttelte den Kopf, aber ich achtete gar nicht auf sie.

Wo war dieses verdammte Buch?

Rena hatte mir zwei Bücher aufgeschrieben, die ich für unsere Projektarbeit aus der Bücherei ausleihen sollte. Das erste hatte ich fast auf Anhieb gefunden, wegen dem zweiten irrte ich jedoch seit einer Viertelstunde erfolglos durch die Gänge. Man sollte meinen, dass es mir leichter fiel, ein Buch zu finden, aber zu meiner Verteidigung sei gesagt, dass dies erst mein zweiter Besuch in der Bibliothek war.

»Theo? Was machst du denn hier?«, ertönte plötzlich Averys Stimme hinter mir. Ich drehte mich zu ihr um. Sie saß mit ihrem Laptop an einem Tisch, ihre Haare, die heute Vormittag noch offen gewesen waren, hatte sie zu einem Dutt gebunden, aus dem einige Strähnen heraushingen. Sie trug noch immer dieses leicht durchsichtige Oberteil, und erneut fiel es mir schwer, meinen Blick nicht tiefer als zu ihren Schultern gleiten zu lassen. Ich schluckte und mahnte meine aufkommenden Empfindungen zurück.

»Ich suche ein Buch und bin wohl zu blöd, es zu finden.« Weil ich vom Suchen ohnehin genug hatte, ging ich zu ihr an den Tisch und setzte mich neben sie.

Avery klappte den Laptop zu und grinste mich verschmitzt an. »Vielleicht hat sich das Buch jemand anderes ausgeliehen, und du kannst es deswegen nicht finden?«

»Ergibt Sinn.« Der Gedanke war mir noch gar nicht gekommen, doch er klang total logisch.

»Warum fragst du nicht einfach den Bibliothekar? Der könnte dir das nach einem Blick in seinen Computer sofort sagen. Oder wäre das ein Einschnitt in deine Männlichkeit? So wie Männer auch nicht nach dem Weg fragen können, wenn sie sich verfahren haben.« Avery grinste mich herausfordernd an, und ich spürte, wie sich auch meine Mundwinkel nach oben zogen.

»Damit wir nicht mehr in diese Bredouille kommen, hat ein schlauer Mann ja das Navigationsgerät erfunden. So können wir immer behaupten, den richtigen Weg auf Anhieb gefunden zu haben.«

Avery lachte. »Ich muss ehrlich gestehen, dass mein Navi mich auch schon des Öfteren vor einer Katastrophe bewahrt hat. Aber zeig mal her, was suchst du denn?« Avery riss mir den Zettel aus der Hand, ehe ich reagieren konnte, und sprang eine Sekunde später auf. »Ich bin gleich wieder da.« Mit diesen Worten ließ sie mich sitzen und eilte zur Information. Es dauerte nicht lange, bis Avery zurückkam und mit einem zufriedenen »Taadaa« das Buch vor mir auf den Tisch legte.

»Also war ich tatsächlich zu blöd, es zu finden?« Schmunzelnd betrachtete ich das Buch, das viel dicker war als gedacht. Rena hatte sich mit dieser Hausarbeit wirklich einiges vorgenommen.

»Warst du nicht. Das Buch wurde heute Morgen erst zurückgebracht, und Mr Singer ist noch nicht dazu gekommen, es wieder einzusortieren. Wie du siehst, hilft fragen manchmal ungemein.« Sie zwinkerte mir zu.

»Ja, ja, schon gut. Du hast gewonnen. Was treibt dich eigentlich hierher?«, fragte ich, um von meiner Unfähigkeit, nach einem Buch zu fragen, abzulenken.

»Ich arbeite an einem Flyer für Lizzy und Virginia.« Avery öffnete den Laptop und drehte ihn in meine Richtung. »Die beiden wollen eine Band gründen und suchen Musikerinnen dafür.«

»Hey, das sieht echt cool aus. Und das hast du gemacht?«

Avery winkte ab. »Ach, das ist doch gar nichts. Ich habe ein Programm dafür, womit ich das ganz einfach zusammenstellen kann.« Sie kratzte sich an der Nase und blickte verlegen zur Seite.

»Selbst wenn ich zehn Programme dafür hätte, könnte ich das nicht. Ich wusste gar nicht, dass du künstlerisch begabt bist.«

»Von künstlerischer Begabung bin ich weit entfernt. Ich spiele einfach nur gerne damit herum und zeichne ab und zu ein bisschen.«

Ich wollte weiter protestieren, aber es schien, als wäre es Avery unangenehm, darüber zu reden.

»Habt ihr vor, das als Flyer am College zu verteilen?«, fragte ich stattdessen.

»Ja, und vielleicht noch an die Schwarzen Bretter in den einzelnen Instituten aushängen.«

Eine Idee kam mir, und ich lehnte mich näher zu Avery. »Hast du mal überlegt, es auch bei der Collegezeitung zu versuchen?«

Averys Augen weiteten sich. »Nein. Auf die Idee bin ich noch gar nicht gekommen. Aber meinst du, sie drucken das einfach so? Die wollen doch bestimmt Geld dafür, oder nicht?«

»Normalerweise schon.« Ich stützte mich auf den Ellbogen ab und lehnte mich näher zu ihr. »Aber ich hab da ein paar Connections. Geh einfach zu Jason Bradbury, er leitet die Zeitung, und sag ihm, dass ich dich geschickt hätte.«

»Bist du mit ihm befreundet?«

Ein humorloses Lachen entwich mir. »Eher das Gegenteil. Aber er schuldet mir noch was und wird dein Gesuch nicht ablehnen. Versprochen.« Jason war mein Erzfeind. Im letzten Jahr hatte er einen Artikel voller Lügen über mich verbreitet. Es waren bereits Gerüchte über mich im Umlauf gewesen, bevor ich mit dem Studieren angefangen hatte, weil ich der Sohn des Trainers war und schon vor Beginn meines Studiums häufig mit dem Schwimmteam trainiert hatte. Das Interesse an mir war seit meinem ersten Tag am College riesig gewesen. Anfangs hatte ich es für ehrlich gehalten, jedoch recht schnell einsehen müssen, dass die Leute nur jemanden suchten, über den sie sich das Maul zerreißen konnten.

Jason hatte bewusst Lügen über mich verbreitet, und hatte es nur mir zu verdanken, dass er seinen Job bei der Zeitung nicht verloren hatte. Dafür schuldete er mir was, und wenn ich mit Avery meinen Gefallen einfordern konnte, ohne ihm gegenübertreten zu müssen, wäre es quasi ein doppelter Gewinn für mich.

Avery sah mich für einen Augenblick nachdenklich an, ehe sie nickte. »Versuchen kann man es ja mal.«

Avery

Bereits am kommenden Nachmittag machte ich mich zur Collegezeitung auf, um mit Jason zu reden. Die Zeitung lag in einem Gebäude etwas außerhalb des Campus, und man musste klingeln, um eingelassen zu werden. Ein Mädchen mit einem rundlichen Gesicht und einer einnehmenden Ausstrahlung öffnete mir die Tür. »Was kann ich für dich tun?«

»Ich wollte zu Jason Bradbury, Theo Jemison schickt mich.«

Das Lächeln gefror auf ihrem Gesicht, und sie betrachtete mich misstrauisch. Was war nur zwischen Theo und diesem Jason vorgefallen, dass sie mir plötzlich so skeptisch gegenüberstand? Da sie zu überlegen schien, ob sie mich überhaupt reinlassen sollte, hielt ich meinen zuvor ausgedruckten Flyer hoch. »Ich wollte nur fragen, ob die Zeitung diesen Aufruf für die Band meiner Freundinnen drucken würde. Theo meinte, Jason wäre ihm noch einen Gefallen schuldig.«

Ihre Lippen verzogen sich zu einem ironischen Grinsen. »So könnte man das auch nennen. Dann komm mal rein, ich bin Faith.«

Sie zog die Tür ganz auf, und ich folgte ihr in einen dunklen Flur, dessen Wände mit Zeitungsausschnitten behangen waren. Nach dem Flur gelangten wir in einen großen Raum, der von Schreibtischen mit Computern übervölkert war. Die meisten Plätze waren leer, nur an zweien davon wurde emsig gearbeitet. Ich konnte mir vorstellen, dass die Lautstärke hier ein unangenehmes Level erreichte, wenn alle Plätze besetzt waren.

Faith führte mich zu einer geschlossenen Tür und deutete auf einen Stuhl. »Jason hat gerade Besuch, aber du kannst hier solange warten.«

Ehe ich mich bedanken konnte, hatte sie sich bereits abgewandt und ging zu ihrem Arbeitsplatz. Ich setzte mich und ließ meinen Blick durch den Raum wandern. Die Wände waren aus dunklem Holz, nur die Decke war weiß gestrichen, was dem Raum ein irgendwie bedrückendes Gefühl verlieh. Eine Auszeichnung der *New York Times,* die der Collegezeitung für eine besonders gelungene Berichterstattung gratulierte, hing neben der Tür an der Wand.

Gerade als ich aufstehen wollte, um sie mir genauer anzusehen, ging die Tür auf, und niemand Geringerer als Rena kam aus dem Büro. Sie stutzte, und ihre Augen verengten sich, sobald sie mich entdeckte. »Na, hast du schon genug Stoff über Theo gesammelt? Ich wusste, dass man dir nicht trauen kann.«

Es ehrte sie zwar, dass sie sich um ihren Freund sorgte, aber ich konnte nur müde den Kopf schütteln. Ich war ihr keine Rechenschaft schuldig und hatte vor allem keine Lust auf eine erneute Diskussion mit ihr. »Denk doch, was du willst«, sagte ich und schob mich an ihr vorbei.

»Für wen hältst du dich eigentlich?«, fauchte Rena, doch da hatte ich bereits an die Tür geklopft. Nach dem gedämpften »Herein« betrat ich das Büro, ohne Rena zu beachten. Ein hochgewachsener Mann saß hinter dem Schreibtisch. Das T-Shirt spannte sich um seine muskulösen Oberarme, und seine blonden Haare sahen aus, als würde er sich ständig mit den Händen hindurchfahren. Ich musste gestehen, dass ich jemand anderes erwartet hatte, obwohl ich nie zuvor den Chefredakteur einer Zeitung getroffen hatte.

»Jason Bradbury?«, fragte ich.

Ein verschmitztes Grinsen erschien auf seinem hübschen Gesicht. »Der bin ich. Was kann ich für dich tun?« Er deutete auf den Stuhl vor mir, und ich setzte mich.

»Ich habe ein Anliegen«, begann ich und legte den Flyer auf den Tisch. »Meine Freundinnen wollen eine Band gründen, und ich wollte fragen, ob es möglich wäre, das in der Collegezeitung drucken zu lassen?«

Jason zog den Zettel zu sich heran und warf einen flüchtigen Blick darauf. »Nicht schlecht, aber ich muss leider ablehnen. Werbestellen in der Zeitung können wir nur gegen Bezahlung vergeben, ansonsten würden uns die Studenten die Bude einrennen, weil jeder für irgendetwas werben oder aufrufen will.«

»Aber hier könnten wir eine Win-win-Situation draus machen. Die Zeitung könnte exklusiv über die ersten Auftritte der Band berichten«, versuchte ich ein letztes Mal, ihn mit meinen Methoden zu überzeugen.

Jason lachte. »Netter Versuch, aber auch das kommt eher der unbekannten Band als meiner Zeitung zugute. Sorry, Süße.«

Süße? Hatte ich das richtig verstanden? Das anzügliche Grinsen auf seinen Lippen bestätigte meinen Verdacht. Wütend ballte sich meine Hand zur Faust. Was nahm er sich eigentlich raus? Ich biss die Zähne aufeinander, um keinen unpassenden Kommentar loszulassen. Ich war nicht hier, um über Sexismus zu diskutieren, aber seine Überheblichkeit machte es mir leicht, mich nicht schlecht dabei zu fühlen, ihn zu erpressen. Ich setzte ein zuckersüßes Lächeln auf und schob das Blatt zu ihm zurück. »Theo Jemison schickt mich. Er sagt, du schuldest ihm noch etwas.«

Sämtliche Farbe wich aus Jasons Gesicht. Jedoch nur für einige Sekunden, ehe sich rote Flecken auf seinen Wangen bildeten. »Und das konntest du mir nicht vorher sagen?« Seine Stimme war kalt und hart, von seiner aufgesetzten Freundlichkeit war nichts mehr zu spüren.

Ich hob die Schultern. »Ich wollte dir zumindest die Chance geben, das Ganze vernünftig zu klären. Obwohl Theo mich überhaupt erst auf die Idee gebracht hat, hierherzukommen.«

Interessiert zog Jason die Augenbrauen hoch. »Bist du sein neuestes Betthäschen?«

Erst Süße und jetzt Betthäschen? Dieser Typ musste echt an seinem Umgang mit Frauen arbeiten. Hatten seine Eltern ihm keine Manieren beigebracht? »Nicht dass es dich irgendetwas angeht, aber wir sind *Trainingspartner*«, betonte ich so kühl wie möglich.

Jason schüttelte den Kopf, als würde er mich bemitleiden. »Kann mir eigentlich egal sein, aber an deiner Stelle wäre ich bei Theo vorsichtig. Er macht nichts ohne Hintergedanken.« Dann zog er das Flugblatt zu sich heran. »Was auch immer. Wir werden deinen Aufruf in der Ausgabe nächste Woche drucken. Aber damit ist meine Schuld beglichen. Theo kann keine weiteren Gefälligkeiten mehr von mir erwarten.« Jason wandte sich seinem Computer zu und begann auf seine Tastatur einzuhämmern.

»Was für ein unfreundlicher Typ«, regte Lizzy sich auf, als ich ihr und Virginia von dem Vorfall erzählte. Wir hatten uns getroffen, um die restlichen Flyer am Campus zu verteilen, waren aber nicht weiter als bis zum Schwarzen Brett gekommen. »Er hat dich echt Süße genannt? Wer sagt das heutzutage noch?«

»Ein sexistisches Arschloch, das sich dir überlegen fühlt.« Virginia klatschte das Flugblatt ans Schwarze Brett und hämmerte die Reißzwecken in die Ecken, um es zu befestigen.

»Danke, das waren genau meine Gedanken.« Es beruhigte mich, dass meine Freundinnen das genauso sahen. Ich hatte mich schon gefragt, ob ich einfach zu empfindlich reagiert hatte.

»So was sagt man einfach nicht zu einer Frau, die man nicht kennt. Das erinnert mich an die schmierigen Anmachen von Typen auf Partys. *Hey, Süße, soll ich es dir mal so richtig besorgen?*« Virginia machte ein würgendes Geräusch.

»O Gott, ja.« Lizzy drehte sich zu ihr um. »*Ich glaube, du musst mal wieder richtig rangenommen werden.*« Sie schüttelte sich.

»Zum Glück sind nicht alle Männer so.« Virginia blieb an einem Pfeiler stehen und klebte einen weiteren Flyer daran. »Theo, Noah und Kayson scheinen von der vernünftigen Sorte zu sein.«

»Du denkst also nicht, dass an Jasons Worten etwas dran sein könnte?« Eigentlich glaubte ich es selbst nicht. Die Zeiten, in denen ich an Theo gezweifelt hatte, waren längst vorbei. Dennoch rutschte mir dieser Satz heraus, ohne dass ich es verhindern konnte. Dass ich in der Vergangenheit schon mal auf einen Mann hereingefallen war, machte die Sache nicht besser.

Mein Ex-Freund Riley hatte mich nur benutzt, um sich selbst einen Vorteil zu verschaffen, und mich sofort fallen lassen, als es keine Wirkung gezeigt hatte. Zwar war meine Situation mit Riley überhaupt nicht mit Theos vergleichbar, trotzdem konnte ich die alte Angst nicht verhindern, die meinen Rücken hinaufkroch.

»Du glaubst das Geschwätz dieses Idioten hoffentlich nicht. Er war doch nur sauer, dass du ihn ausgetrickst hast. Es ist offensichtlich, dass Theo, Noah und Kayson gut befreundet sind. Und es ist doch verständlich, dass Theo bei neuen Leuten vorsichtig ist, wenn du dir anschaust, wie die Frauen um ihn herumschleichen.« Virginia schnaubte verächtlich.

»Weißt du eigentlich, was zwischen den beiden vorgefallen ist?«, fragte Lizzy.

»Leider nein.« Es interessierte mich brennend. Nach dem Gespräch mit Jason noch mehr als ohnehin schon. Ich fragte mich, ob es etwas mit dieser Cecily zu tun haben könnte, von der Kayson mir erzählt hatte. Aber ich wollte Theo nicht direkt darauf ansprechen, wenn er offensichtlich nicht darüber reden wollte. Zumal ich dann mein Versprechen Kayson gegenüber brechen müsste.

»Ist auch egal«, entgegnete Lizzy. »Ich würde mir deswegen keine Gedanken machen. Theo mag zwar aufbrausend und von sich selbst überzeugt sein, aber er hat dich immer anständig behandelt. Überleg mal, wie lange ihr schon zusammen morgens schwimmen geht. Wenn er wirklich irgendwelche Hintergedanken hätte, hätte er längst mehr versucht.«

Sie hatte ja recht, deswegen versuchte ich jegliche Gedanken an Jason und Riley abzuschütteln.

KAPITEL 9

Theo

Mein Hirn ist nur noch Matsche, lass uns Schluss machen.« Ich lehnte mich in meinem Stuhl zurück und rieb über meine brennenden Augen. Seit drei Stunden saßen wir an der Hausarbeit. Während Rena Zitate aus den ausgeliehenen Büchern heraussuchte, versuchte ich sie an den passenden Stellen unserer Hausarbeit einzutragen. Es war eine Frickelarbeit, und ich spürte bereits das dumpfe Pochen nahender Kopfschmerzen. Wie manche Menschen es schafften, den ganzen Tag am Computer zu sitzen und zu arbeiten, ohne durchzudrehen, war mir ein Rätsel.

»Ich habe hier noch zwei Zitate. Lass uns die noch einarbeiten, dann können wir aufhören.« Sie warf mir diesen einen Blick zu, bei dem ich ihr einfach nichts abschlagen konnte.

»Workaholic«, grummelte ich und setzte mich wieder auf.

»Ich würde auch lieber was anderes machen, aber es gibt nun mal Leute, die auf gute Noten angewiesen sind, weil keine Sportlerkarriere vor ihnen liegt«, gab sie zurück und blätterte zum nächsten Lesezeichen im Buch weiter.

Ich warf ihr einen Blick aus dem Augenwinkel zu. Mit verkniffenem Mund beugte sie sich über das Buch. Renas Cheerleader-Karriere war am Ende ihrer Collegezeit vorbei. Zwar könnte sie danach noch als Cheerleaderin für Sportmannschaften auftreten, doch damit würde sie nicht genug verdienen, um davon leben zu können. Es gab im Erwachsenenbereich keine Wettkämpfe mehr für Cheerleader. Die NCA College Nationals in Daytona waren Renas einzige Möglichkeit, mit ihrem Sport Erfolge zu feiern. Ich wusste, dass sie darunter litt, danach nur noch als hübsche Pausenbegleitung die Pompons schwingen zu können, und fand es auch unfair, dass den Athleten später keine weitere Unterstützung geboten wurde. Leider konnte ich daran aber auch nichts ändern.

Ich ließ ihre Aussage unkommentiert und arbeitete die letzten zwei Zitate, die Rena mir nannte, in unseren Text ein. Als das geschafft war, klappte ich den Laptop zu und schob ihn von mir weg. »Willst du auch was trinken?«

»Cola, bitte.«

Ich holte Gläser aus dem Schrank, während Rena ihre Bücher im Rucksack verstaute.

»Was läuft jetzt eigentlich zwischen dieser Avery und dir?«, fragte Rena, als ich uns eingoss.

Ich hielt inne und blickte zu ihr rüber. Sie zog gerade den Reißverschluss ihres Rucksacks zu. »Gar nichts.« Auch wenn ich nicht leugnen konnte, immer öfter an sie denken zu müssen. »Wir trainieren halt zusammen. Was hast du eigentlich gegen sie?«

Rena setzte sich, zog das Glas zu sich heran und ließ den Zeigefinger über den Rand gleiten. »Ich traue ihr nicht über den Weg.« Eine Falte bildete sich auf ihrer Stirn, wie immer, wenn sie nachdenklich war.

»Du kennst sie doch gar nicht.« Es ehrte sie, dass sie sich Sorgen um mich machte, aber bei Avery war ich mir inzwischen sicher, dass sie nichts im Schilde führte.

»Aber ich kenne diese Art von Frau. Sie tun unschuldig und haben eine schwere Vergangenheit, die bei euch Typen sofort den Beschützerinstinkt weckt. Dabei warten sie nur auf den richtigen Moment, um euch das Messer in den Rücken zu rammen.«

Nur mit Mühe konnte ich ein Augenrollen verhindern. »Du spinnst. Avery hatte keine schwere Kindheit, sondern einen Unfall. Außerdem macht sie es jeden Tag mehr als deutlich, dass sie meine Hilfe weder will noch nötig hat.«

»Du bist total verblendet von ihr. Weißt du, dass ich Avery die Tage bei Jason gesehen habe? Vermutlich hat sie mit ihm schon ausgemacht, was er diesmal Erfundenes über dich schreiben kann.«

Ich konnte das Lachen nicht verhindern, das aus mir herausbrach.

»Das ist nicht witzig, Theo.«

»Doch, das ist es. Avery war nur bei Jason, weil ich sie zu ihm geschickt habe. Ihre Freundinnen wollen eine Band gründen und Werbung für das Vorspielen machen. Was passt da besser, als die Anzeige in der Zeitung zu drucken? Und du kannst dir vorstellen, wie sehr Jason es hassen muss, den Gefallen, den er mir schuldet, für den Aufruf zu einer Frauenband zu verschwenden.«

Rena nickte langsam, auch wenn sie noch nicht überzeugt wirkte. »Ich kann es mir denken. Weißt du schon, ob es geklappt hat?«

»Noch nicht. Ich werde sie morgen beim Training fragen. Was hast du eigentlich bei Jason gemacht?«

»Der Wettkampfplan für die Nationals ist rausgekommen und der Coach hat mich gebeten, ihn bei Jason vorbeizubringen, damit er diesmal nicht *vergisst*, die Slots für die Berichterstattung in der Zeitung frei zu halten. Jason hat den Plan kaum beachtet, sondern stattdessen wieder anzügliche Bemerkungen fallen lassen. Ich hasse diesen schmierigen Typen.« Rena schüttelte sich und stand auf. »Ich muss jetzt auch los, wir sehen uns morgen.«

Ich nickte. »Bis morgen.«

Zur Verabschiedung gab sie mir ein Wangenküsschen. »Ich wäre trotzdem vorsichtig bei Avery.«

»Ja, Mom«, rief ich ihr ironisch hinterher, woraufhin sie mir über die Schulter den Mittelfinger zeigte.

Am nächsten Morgen wartete ich vor dem Hallenbad auf Avery. Die sich verfärbenden Blätter an den Bäumen waren nur die ersten Vorboten für den nahenden Herbst. Auch die Luft hatte sich deutlich abgekühlt, vor allem nachts sackten die Temperaturen in unangenehme Bereiche ab, was ich auch jetzt zu spüren bekam. Vielleicht hätte ich doch besser eine Jacke anziehen sollen. Ich konnte den missbilligenden Kommentar meines Vaters praktisch hören, würde er mich in diesem Aufzug sehen. *Als Sportler solltest du mehr Wert auf deine Gesundheit legen und aufpassen, dass du dich nicht verkühlst.*

Ich vertrieb den Gedanken und wollte gerade reingehen, als Avery um die Ecke kam. Sie trug eine Jeans und einen mintgrünen Hoodie. Die Kapuze war hochgezogen, und nur wenige blonde Haare lugten darunter hervor. Die Trainingstasche hing über einer Schulter, und sie hielt den Kopf gesenkt, sodass sie mich noch nicht bemerkt hatte. Zielstrebig marschierte sie auf das Hallenbad zu und blieb abrupt stehen, als meine Füße in ihr Blickfeld kamen.

»Theo?« Mit geweiteten Augen blickte sie sich um, als wäre ich der letzte Mensch, den sie hier vermutet hätte. »Was machst du hier?« Sie ließ die Tasche zu Boden gleiten und schob die Kapuze runter.

»Ich habe auf dich gewartet.«

Averys Mundwinkel zuckte. »Das hättest du doch auch drinnen machen können. So wie immer.«

Darauf hatte ich keine Antwort. Ich konnte nicht genau erklären, warum ich vor der Halle auf sie gewartet hatte. Es war ein innerer Drang gewesen, dem ich nachgeben musste. Total idiotisch, immerhin hätten wir uns spätestens im Wasser gesehen. Aber aus irgendeinem Grund hatte ich heute Morgen einfach nicht bis nach dem Training warten wollen, um mich mit ihr zu unterhalten.

Ich räusperte mich, um meine plötzliche Unsicherheit zu überspielen. »Ich wollte fragen, wie es mit Jason gelaufen ist.«

Avery schnaubte. »Du hättest mich ruhig warnen können, was für ein unsympathischer Mensch das ist.«

Das machte mich hellhörig. »Warum? Was hat er zu dir gesagt?«

»Nichts Schlimmes. Er hat mich nur Süße genannt. Aber es war eine ekelhafte Mischung aus Mit-mir-Flirten und Auf-mich-Herabsehen. Widerlich.« Avery schüttelte sich. »Oh, und er hat mich für dein neuestes Betthäschen gehalten.«

Ich verdrehte die Augen. »Das macht er mit jeder, die nicht auf seine billigen Anmachsprüche reinfällt.«

»Oh.« Avery senkte den Kopf und murmelte etwas, das ich nicht verstehen konnte.

»Was hast du gesagt?« Ich trat einen Schritt näher und ließ meine Hand langsam ihren Arm hinaufgleiten, bis sie mich wieder ansah.

Avery schluckte, und in ihren Augen spiegelte sich Unsicherheit. Aber auch noch etwas anderes, das ich nicht deuten konnte. »Er hat mich vor dir gewarnt, weil du nichts ohne Hintergedanken machen würdest«, sagte sie leise.

Natürlich. Was hatte ich von diesem hinterhältigen Typen auch anderes erwartet? Meine Hände ballten sich zu Fäusten, und ich wandte mich von Avery ab.

»Und du hast ihm natürlich geglaubt, oder?«, presste ich hervor. Warum sonst hatte sie mich gerade so verunsichert angesehen?

»Natürlich nicht«, platzte sie heraus. »Ich wünschte bloß, du hättest mich vorgewarnt, wie dieser Typ ist, oder mir erklärt, was genau da zwischen euch steht.«

Ein Bild blitzte vor meinem inneren Auge auf, von einem herzförmigen Gesicht, umrahmt von rötlichen Locken. Cecily. Ein kalter Schauder raste über meinen Rücken, und ich blickte Avery tief in die Augen, um mich in der Wirklichkeit zu verankern.

»Letztes Jahr, als ich gerade mit dem College angefangen habe, sind Jason und ich aneinandergeraten. Auf einer Party habe ich mich an seine Freundin rangemacht, allerdings wusste ich damals nicht, dass sie seine Freundin ist, was er mir natürlich nicht geglaubt hat. Aus Rache hat er dann eine Kommilitonin engagiert, die mit ihm zusammen in der Zeitung arbeitet. Ihr Name ist Cecily, sie hat sich in einer Vorlesung neben mich gesetzt, und wir sind ins Gespräch gekommen. Wir sind eine ganze Zeit lang miteinander ausgegangen, und ich dachte, das mit uns könnte was Ernstes werden. Kurze Zeit später war sie plötzlich nicht mehr erreichbar, und tags drauf war in der Collegezeitung ein großer Bericht über mich, der allerlei Lügen verbreitet hat, die mit privaten Fotos von mir unterlegt waren. Doch damit nicht genug, Jason hat diesen Artikel zusätzlich an zwei kleinere New Yorker Zeitungen verkauft. Natürlich konnten wir im Nachhinein beweisen, dass seine Anschuldigungen gelogen waren, und die Zeitungen mussten die Artikel löschen sowie eine Richtigstellung drucken, doch der Schaden war angerichtet. Jason hätte beinahe seine Stellung bei der Zeitung verloren. Um genau zu sein, hat er sie nur deshalb behalten, weil ich zugestimmt habe, nicht rechtlich gegen die Zeitung vorzugehen. Seitdem muss er sich seine Artikel auch immer genehmigen lassen. *Deswegen* hatte ich etwas gut bei ihm.«

Avery sah mich aus großen Augen an, Ärger, Erstaunen und so etwas wie Bewunderung in ihrem Blick. »Wow, was für ein Idiot. Hättest du mir das mal vorher gesagt, dann hätte ich ihm ganz andere Dinge an den Kopf geworfen.« Fassungslos schüttelte Avery den Kopf. »Du hättest von ihm vermutlich alles einfordern können und verschwendest es an diesen blöden Aufruf?«

Ein heiseres Lachen entwich mir. »Du hast Jason doch getroffen, oder? Kannst du dir vorstellen, wie sehr es ihn anpissen muss, dass er den Gefallen für so etwas einsetzen muss? Für den Aufruf zu einer *Frauenband?*«

Sie legte leicht den Kopf schief, und ein zufriedenes Lächeln erschien auf ihren Lippen. »O ja, das muss ganz schön am Ego dieses sexistischen Arschlochs kratzen.«

»Eben«, stimmte ich zu. Ich wusste nicht, wie es geschehen war, aber plötzlich waren wir uns viel näher. Unsere Blicke waren noch immer miteinander verbunden, und als der Wind ihr eine Haarsträhne ins Gesicht blies, konnte ich mich nicht mehr zurückhalten. Ich schob ihr die Strähne hinters Ohr und legte meine Hand auf ihre Wange. Meine Finger begannen zu kribbeln, und der Atem stockte mir in der Brust.

Averys Mund öffnete sich leicht, aber kein Ton kam hervor. Sie schien sich für einen Moment noch näher zu mir zu lehnen. Etwas flackerte in ihren Augen auf, doch es war so schnell wieder verschwunden, dass ich sicher war, es mir nur eingebildet zu haben. Eine Sekunde später zuckte sie zurück und trat zur Seite.

»Ich kann das nicht«, murmelte sie und raste an mir vorbei ins Schwimmbad.

Ich starrte ihr hinterher, unsicher, was soeben geschehen war. Ich hatte gedacht, sie würde dasselbe fühlen wie ich, doch nach ihrem überhasteten Abgang war ich mir nicht mehr so sicher.

Als ich mich zur Mittagspause mit Noah und Kayson in der Mensa traf, dachte ich noch immer über den Vormittag mit Avery nach. Als ich mich umgezogen und den Beckenbereich betreten hatte, war Avery bereits im Wasser gewesen. Sie hatte ihr Programm durchgezogen und war direkt danach abgehauen, ohne mich groß zu beachten. Es war das erste Mal, dass wir nach dem Training nicht frühstücken gegangen waren, und ich verstand es einfach nicht. Hatte ich etwas Falsches gesagt oder getan? Hatte ich womöglich die Zeichen falsch gedeutet, und Avery hatte gar kein Interesse an mir? Nein, das konnte nicht sein. Die Art und Weise, wie sie mich vorhin angesehen hatte, wärmte mich noch immer von innen. Das konnte ich mir unmöglich eingebildet haben.

Sobald ich die Mensa betrat und Noah erblickte, traten all diese Gedanken jedoch in den Hintergrund. Auf den ersten Blick saß er völlig ruhig neben Kayson am Tisch, doch bei genauerer Betrachtung fielen mir sein angespannter Kiefer und die verkniffenen Augen auf. Wut funkelte in ihnen, wie ich es noch nie zuvor bei ihm gesehen hatte. Noah war normalerweise unser Spaßvogel, dem nichts so leicht die Stimmung vermiesen konnte, daher malte sich mein Unterbewusstsein sogleich die schlimmsten Szenarien aus, was passiert sein könnte. War jemand gestorben oder seiner Schwester etwas zugestoßen?

»Was ist los?«, fragte ich anstelle einer Begrüßung und setzte mich zu ihnen.

Noah schien mein Kommen nicht bemerkt zu haben, denn er zuckte beim Klang meiner Stimme erschrocken zusammen. »Musst du dich so anschleichen?«, knurrte er. Fahrig strich er sich mit der Hand durch die blonden Haare. Sein Blick zuckte ununterbrochen durch den Raum, als suchte er etwas oder jemanden.

Fragend sah ich zu Kayson rüber, ob er bereits etwas aus Noah herausbekommen hatte, doch er zuckte nur mit den Schultern. Auffordernd reckte er den Kopf Richtung Ausgang. Ich nickte ihm zu und klopfte Noah im selben Atemzug auf die Schulter. »Komm, lass uns abhauen.« Kayson und ich standen gleichzeitig auf. Nur Noah blickte uns verständnislos an.

»Wo wollt ihr hin?«

»In irgendeine Bar«, erklärte Kayson.

Zögerlich kam Noah auf die Beine. »Was ist mit den Vorlesungen?«

»Scheiß drauf. Als könntest du dich in deinem Zustand darauf konzentrieren«, konterte ich.

Das schien Noah Antwort genug zu sein, denn er folgte uns aus der Mensa. Ein kühler Wind empfing uns, und ich zog die Jacke, die ich nach dem Schwimmtraining am Morgen noch von zu Hause geholt hatte, enger um mich. Kayson schob die Kapuze seines Hoodies über den Kopf und ging links über den Campus, vorbei am Wissenschaftsgebäude und dem Labortrakt, bis wir das College hinter uns ließen. Rechts von uns erstreckte sich ein kleiner Park, in dem zu dieser frühen Uhrzeit bereits einige Betrunkene und Obdachlose beisammensaßen.

Abrupt blieb Noah stehen. Er betrachtete die Gruppe Männer und trat einen unwillkürlichen Schritt auf sie zu. »Ihr könnt mich auch einfach hierlassen, so werde ich bald eh enden.«

Kayson warf mir einen alarmierten Blick zu, packte Noah jedoch am Kragen und zog ihn die Straße entlang. »Red keinen Stuss«, schnaubte er und schob ihn vor sich her. Drei Blocks weiter erreichten wir die *Communo Bar*, eine studentische Sportbar, in der wir uns ab und an ein Basketballspiel ansahen. Hier fragte niemand nach unseren Ausweisen, solange wir keinen harten Alkohol bestellten, und zu dieser Uhrzeit würde verhältnismäßig wenig los sein, sodass wir ungestört sein würden.

Kayson dirigierte Noah zu einem Tisch im hinteren Bereich, während ich zur Bar ging und drei Bier bestellte. Die Bedienung warf mir einen skeptischen Blick zu, stellte die drei Budweiser jedoch kommentarlos vor mir ab. Ich bezahlte, nahm die Flaschen und ging zu meinen Freunden.

»Ich glaube, die Kellnerin verurteilt uns im Stillen dafür, mittags schon Alkohol zu trinken«, sagte ich amüsiert, nachdem ich mich ihnen gegenüber an den Tisch gesetzt hatte.

»Das würde sie nicht mehr tun, wenn sie wüsste, warum wir trinken«, grummelte Noah, setzte die Flasche an und trank sie in einem Zug halb leer.

Kayson betrachtete ihn mit hochgezogener Augenbraue. »Warum genau trinken wir denn?«

Noah seufzte schwer und sah von Kayson zu mir, ehe er den Blick auf den Tisch senkte. »Meine Mom hat vorhin angerufen«, sagte er mit vor Wut zitternder Stimme. »Sie hat mir erzählt, dass Dad sie verlassen hat, weil er mit seiner 25-jährigen Assistentin durchgebrannt ist. Zudem hat er ihr völlig den Geldhahn zugedreht. Das Haus ist zwar abgezahlt, aber Mom hat keine Ahnung, wie sie die nächste Stromrechnung bezahlen soll. Und dabei hat sie nur deswegen nicht mehr angefangen zu arbeiten, weil Dad immer darauf bestanden hat, dass er genug verdient und sie wegen Karla und mir zu Hause bleiben soll. Jetzt steht sie praktisch vor dem Nichts.« Noah stieß ein Stöhnen aus und ließ den Kopf auf die Tischplatte sinken.

Kaysons Hand landete auf Noahs Schulter und drückte zu. »Shit, Mann. Wusstest du davon?« Noahs Vater besetzte einen Managerposten in einer Bank und hatte immer mehr Geld verdient, als die Familie ausgeben konnte.

Noah schüttelte den Kopf, während seine Stirn weiterhin auf seinen verschränkten Armen liegen blieb.

»Ich hatte keine Ahnung«, presste er mit kaum unterdrückter Wut in der Stimme hervor. »Sonst hätte ich ihm längst den Arsch aufgerissen. Ich meine, wie kann er das machen? Karla geht noch zur Highschool, sie ist darauf angewiesen, dass er Mom und sie unterstützt. Hat seine neue Freundin ihm derart den Kopf verdreht, dass es ihm scheißegal ist, was mit seiner Tochter passiert?« Noahs Stimme wurde mit jedem Wort lauter, bis er am Ende regelrecht schrie. Die Verzweiflung schwappte in Wellen aus ihm heraus.

»Was ist mit dir? Unterstützt er dich noch?« Ich wusste, dass sein Dad Noahs Platz im Wohnheim sowie seine Auslagen am College finanzierte. Würde er das ebenfalls absetzen?

Noah hob die Schultern und sah zu uns auf. »Keine Ahnung. Wahrscheinlich. Ich weiß es nicht. Die letzte Überweisung ist noch eingetroffen, das ist aber schon zwei Wochen her. Ich hab mehrfach versucht, ihn anzurufen, aber immer nur die Mailbox erreicht. Ich vermute, dass er mir ebenfalls den Geldhahn zudreht, denn es ist noch nie vorgekommen, dass er nicht mit mir reden will.« Er rieb sich über die Augen, und seine Schultern sackten ab, als würde das Gewicht der ganzen Welt auf ihnen lasten. »Wenn ich Pech habe, bin ich bald obdachlos.«

Daher also sein Spruch gerade, als wir die Typen im Park gesehen hatten. Ehe ich wusste, was ich tat, war ich aufgesprungen und schlug mit der flachen Hand auf den Tisch. Noah und Kayson hatten wohl nicht damit gerechnet, denn sie zuckten bei dem lauten Knall beide zusammen. »Red nicht so einen Stuss«, platzte es aus mir heraus. »Hier wird niemand obdachlos, zur Not ziehst du bei mir ein. Wir finden schon eine Lösung.«

Noahs Blick zuckte zu mir, und zum ersten Mal fiel mir auf, wie müde er aussah. Dunkle Ringe lagen unter seinen Augen, und seine Wangen wirkten eingefallen. Er versuchte sich an einem Lächeln, scheiterte aber kläglich daran. »Das ist nett gemeint, aber davon kann ich immer noch nicht überleben. Oder willst du mein Essen, meine Bücher für das College und alles andere etwa auch bezahlen?«

»Natürlich nicht.« Es kam entrüsteter raus als geplant. »Dann besorgen wir dir halt einen Job. Wir werden alles dafür tun, damit du das College beenden kannst, egal ob sich dein Dad dafür interessiert oder nicht.« Ich verstand auch, dass das nicht alle von Noahs Bedenken zerstörte, immerhin würden wir seiner Mom und Karla nicht helfen können. Aber ich würde meine Freunde niemals im Stich lassen, und vielleicht könnten wir eine Spendenaktion für seine Mom starten, sollte sein Dad nicht zur Vernunft kommen.

Noah betrachtete mich für einen Moment und ich befürchtete schon, dass er erneut protestieren würde, doch dann nickte er geschlagen. »Danke, Mann. Ehrlich.«

»Ist doch selbstverständlich«, wiegelte ich ab.

»Aber können wir jetzt über was anderes reden? Diese Sache bereitet mir Kopfschmerzen«, brummte Noah.

»Klar.« Ich zermarterte mir das Hirn, womit ich meinen Kumpel ablenken könnte, aber das Einzige, was mir einfiel, war die Sache, die mich bereits den ganzen Tag beschäftigte. Avery. Normalerweise redete ich nicht über meine Frauengeschichten, vor allem weil es sonst außer einer heißen Nacht nichts zu erzählen gab. Aber bei Avery fühlte es sich anders an. Vielleicht, weil sie keine *Geschichte* für mich war, sondern wirklich etwas in mir auslöste, das ich nicht recht benennen konnte. Ich stieg bei ihr überhaupt nicht durch, verstand nicht, was sie wollte – was nichts Ungewöhnliches war, weil es mir bei den meisten Frauen so ging. Aber zum ersten Mal verspürte ich den Wunsch in mir, das zu ändern. Ich wollte hinter die Fassade blicken, die sie der Welt präsentierte, und ihre Gedanken und Wünsche erfahren.

Ich nahm einen tiefen Atemzug und erzählte, was vor dem Hallenbad mit Avery geschehen war, denn ich verstand es noch immer nicht. Zuerst kamen mir die Worte stockend über die Lippen, weil ich es nicht gewohnt war, über meine Gefühle zu sprechen, doch dann wurde es immer leichter und war sogar irgendwie befreiend. Allerdings nur bis Kayson den Kopf in den Nacken legte und schallend zu lachen begann. Selbst Noah verzog schmunzelnd den Mund, und plötzlich fühlte ich mich wie der letzte Idiot.

»Das ist nicht lustig.«

»Doch, das ist es«, keuchte Kayson und wischte sich eine Lachträne aus dem Auge. »Normalerweise schmeißen sich die Frauen scharenweise vor deine Füße. Du musst dich nicht mal anstrengen, um sie ins Bett zu bekommen, und das, obwohl du von Anfang an klarmachst, dass du gar nicht wirklich an ihnen interessiert bist. Und dann findest du eine, die dich fasziniert, und genau sie hält dich auf Abstand.« Kayson gluckste noch immer, und diesmal war es an mir, mein Bier in einem Zug halb leer zu trinken, um keinen unpassenden Kommentar abzugeben.

»Was meinst du damit?«, gab ich grummelnd von mir.

Kayson hob die Schultern. »Ich weiß natürlich nicht, was Avery bisher erlebt hat, aber nach allem, was du erzählt hast, klingt es schon so, als hätte sie Probleme, Vertrauen aufzubauen.«

Na toll, das half mir ehrlich gesagt gar nicht.

Noah nickte zustimmend. »Wenn dir wirklich etwas an ihr liegt, solltest du ihr zeigen, dass es dir ernst mit ihr ist.«

»Und wie soll ich das anstellen?« Nach der Aktion heute Morgen konnte ich sie schließlich nicht einfach nach einem Date fragen.

Kayson klopfte mir kameradschaftlich auf die Schulter. »Streng deine grauen Zellen mal etwas an, dann fällt dir sicher etwas ein.«

In dem Moment kam mir eine Idee. »Ich glaube, ich wüsste da was.«

KAPITEL 10

Avery

Mit dem Handy am Ohr ließ ich mich auf mein Bett fallen. Es klingelte einmal, zweimal, dreimal, viermal. Ich dachte schon, dass ich mal wieder einen ungünstigen Zeitpunkt erwischt hatte, als endlich ein Klicken zu vernehmen war.

»Hallo, mein Schatz, wie geht es dir?«, drang Moms Stimme zu mir durch.

Ich atmete erleichtert aus. Es war bereits der dritte Versuch, meine Mom zu erreichen, und ich hatte schon angefangen, mir Sorgen zu machen. »Hey, Mom. Mir geht es gut so weit. Das College ist … anders als gedacht.«

»Gut anders oder schlecht anders?«, hakte sie nach, was mich zum Lachen brachte.

Wenn ich das mal wüsste. Theos Gesicht erschien vor meinem inneren Auge, doch ich schob es ganz schnell wieder weg. An ihn wollte ich jetzt wirklich nicht denken. »Es ist auf jeden Fall schön, mit Lizzy zusammenzuwohnen und so viel Zeit mit ihr zu verbringen«, erklärte ich.

»Das freut mich. Und wie sind deine Kurse?«

Ich erzählte Mom, dass mir die Kurse, die ich ausgewählt hatte, nicht wirklich gefielen, weil sie entweder sterbenslangweilig waren, Vorwissen erforderten, das ich nicht besaß, oder mich an das erinnerten, was ich verloren hatte. Zum ersten Mal sprach ich vor meiner Mom laut aus, dass ich unglücklich mit meiner Studienwahl war, aber keine Ahnung hatte, was ich stattdessen machen sollte. Meine Mom *mhm*te zwischendurch, sagte aber nichts dazu, und ich wurde das Gefühl nicht los, dass sie irgendwie abwesend war.

»Hörst du mir überhaupt zu?«, fragte ich. Im Hintergrund konnte ich weitere Stimmen vernehmen. Wo trieb sie sich schon wieder rum?

»Natürlich, Schatz. Ich bin nur gerade auf der Baustelle, um die Arbeiten an meinem neuen Projekt zu überwachen.«

Bittere Enttäuschung breitete sich in mir aus. Ich hatte extra abends angerufen, in der Hoffnung, meine Mom zu Hause zu erwischen, aber wie es schien, war sie immer noch arbeiten. »Warum lässt du das nicht Seth machen?« Seth war ihr Assistent, den sie eigentlich genau für solche Aufgaben eingestellt hatte. Ich verstand wirklich nicht, warum Mom immer alles alleine machen musste.

Ich hörte sie ins Telefon schnauben. »Dieses Projekt ist zu wichtig, da kann ich die Verantwortung nicht abgeben.«

Ich unterdrückte ein Seufzen. In dieser Sache würde sich Mom vermutlich nie ändern. Ich schluckte meine aufkochenden Emotionen herunter. Wie immer konnte Mom sich nicht auf mich konzentrieren, wenn es um ihre Arbeit ging. So war es früher schon gewesen. Eigentlich sollte ich daran gewöhnt sein, dennoch konnte ich das Brennen hinter meinen Augenlidern nicht verhindern. Gerade heute hätte ich einen guten Rat und einige tröstende Worte von ihr gut gebrauchen können.

Doch ich wusste auch, dass es unmöglich war, daher verabschiedete ich mich von ihr und hoffte, dass ich sie beim nächsten Mal außerhalb der Arbeit erwischen würde.

»Was machen wir, wenn niemand kommt?« Lizzy saß mit übergeschlagenen Beinen auf dem Stuhl, und ihr Fuß zitterte so stark, dass es ihren ganzen Körper durchzurütteln schien.

Wir befanden uns in einem leeren Proberaum am College, den wir für das Vorspielen zur Verfügung gestellt bekommen hatten. Wobei leer nicht der richtige Begriff war. An der einen Wand standen unzählige Notenständer, an der anderen hing eine Ansammlung von Triangeln, und auf einem Podium war ein Schlagzeug, das für mein ungeübtes Auge ziemlich professionell aussah. Ich fühlte mich in den Musikunterricht an der Elementary School zurückversetzt, aber ich freute mich auf das Vorspielen. Ich hatte Lizzy und Virginia gefragt, ob ich zuschauen könnte. Mich interessierte, wie die Auswahl ablaufen würde, außerdem faszinierten mich Leute, die ein Instrument beherrschten. Bei ihnen sah es immer so mühelos aus, als hätten sie ihr Leben lang nichts anderes gemacht. Ich dagegen brach mir halb die Finger, wenn ich ein Instrument nur korrekt zu halten versuchte.

»Wenn niemand kommt, häng ich die Musik an den Nagel. Dann ist es mir offensichtlich nicht bestimmt, in einer Band zu spielen«, schnaubte Virginia. Ihre Regenbogenhaare waren heute zu einem Dutt gebunden, und sie balancierte ihre Gitarre auf einem Knie.

»Du hängst die Musik ganz bestimmt nicht an den Nagel«, empörte Lizzy sich. Sie stimmte gerade ihren Bass und funkelte Virginia entrüstet an. »Ich habe dich spielen gehört, du bist für eine Band geboren.«

Lizzy und Virginia hatten sich in der letzten Woche bereits zweimal getroffen, um gemeinsam zu proben. Lizzy war beide Male völlig begeistert zurück ins Wohnheim gekommen und hatte mit leuchtenden Augen berichtet, was Virginia mit der Gitarre anstellen konnte. Die Hälfte der Begriffe hatte ich nicht verstanden, aber ihre Begeisterung war ansteckend gewesen, weshalb ich es gar nicht abwarten konnte, sie spielen zu hören.

»Ist hier das Vorspielen?« Eine schmale Frau stand in der Tür, und sie blickte sich vorsichtig um, ohne eine von uns direkt anzusehen. Ihre schwarzen Haare reichten ihr bis zu den Schultern, und sie trug eine schwarze Jeans und einen schwarzen Rollkragenpulli. Ihr Kopf war leicht gesenkt, und obwohl sie bisher nicht mehr machte, als in der Tür zu stehen, wirkte sie furchtbar angespannt. Fragend sah ich zu Lizzy, die bloß die Schultern hob. Vielleicht hatte sie Lampenfieber?

Virginia sprang auf. »Ja, da bist du hier richtig. Komm doch rein.«

»Oh, gut. Ich dachte schon, ich wäre falsch, weil noch niemand da ist. Ich bin Mia und spiele Keyboard.« Sie bückte sich, und erst jetzt fiel mir die große Tasche auf, die zu ihren Füßen lag.

Zwei Stunden später bereute ich es, nie ein Instrument gelernt zu haben. Es waren doch noch einige Frauen gekommen. Vor allem Gitarristinnen waren fantastische dabei gewesen. Auch Mia war unheimlich gut am Keyboard, hatte uns mit ihren Klängen vom ersten Ton an verzaubert und die Messlatte für alle kommenden Musikerinnen sehr hoch gelegt. Nicht alle folgenden waren gut gewesen. Bei einigen kam es mir vor, als wären sie noch blutige Anfänger, aber die meisten hatten ihr Handwerk sehr gut beherrscht. Die Entscheidung würde uns nicht leichtfallen. Wir hatten uns zu allen Bewerberinnen Notizen gemacht, die wir in den kommenden Tagen vergleichen würden. Nur eine Schlagzeugerin war leider nicht dabei gewesen, was das Gründen einer Rockband schwierig gestalten könnte.

Wir packten bereits unsere Sachen zusammen, als die Tür mit Schwung aufgestoßen wurde und ein Schwall blonder, lockiger Haare in den Raum stürmte. Mehr konnte ich von der Person im ersten Moment nicht erkennen. Dann hob sie den Kopf, und Virginia neben mir atmete scharf ein.

Stechend grüne Augen blickten von einer zur anderen, und das hübsche Gesicht brach in ein breites Lächeln aus. »Oh, ihr seid noch da, perfekt.« Sie kam auf uns zu und schob sich eine Strähne ihres widerspenstigen Haares hinters Ohr, das sich nach zwei Schritten wieder daraus befreite. »Ich bin Chloe und wollte für euch Schlagzeug spielen. Also falls ich noch nicht zu spät bin …«

»Du kommst gerade richtig.« Lizzy sprang ebenfalls auf. »Und wenn du auch nur annähernd mit den Sticks umgehen kannst, bist du eingestellt.«

Chloe ließ ein glockenhelles Lachen erklingen. »Keine Sorge, ich bin verdammt gut.« Ihr Blick fand den von Virginia, und sie zwinkerte ihr zu, was rote Flecken auf Virginias Wangen erscheinen ließ. Dann setzte sie sich ans Schlagzeug und begann umgehend zu spielen.

»Shiiiiiit«, entwich es Virginia. Sie starrte wie gebannt auf Chloe, ein Ausdruck des Erstaunens auf dem Gesicht.

Schmunzelnd stieß ich sie mit der Schulter an. »Kann es sein, dass sie genau dein Typ ist?«

Sie seufzte, und ein verklärter Blick trat in ihre Augen. »Sie sieht nicht nur umwerfend aus, sondern spielt auch noch Schlagzeug. Wie könnte sie nicht mein Typ sein?« Sie seufzte erneut, diesmal jedoch resigniert. »Aber ich bin mir ziemlich sicher, dass sie hetero ist.«

Ich besah mir Chloe genauer. Woher wollte Virginia das wissen? Mit ihrer wilden Löwenmähne, der Jeans und dem Metallica-T-Shirt sah sie rockig aus, mehr aber auch nicht. Konnte man anderen ihre Sexualität wirklich ansehen?

»Warum glaubst du das?«

Virginia warf mir einen Seitenblick zu und schüttelte lachend den Kopf. »Es ist nur so ein Gefühl. Eine Art sechster Sinn.« Sie blies sich eine blaue Haarsträhne aus der Stirn.

»Und damit hast du nie falschgelegen?«

»Doch, natürlich.«

Grinsend hob ich die Schultern. »Siehst du, es besteht also noch Hoffnung.«

Nachdem Chloe ihr Solo beendet hatte, packten wir unsere Sachen endgültig zusammen. Es war mittlerweile nach sechs, und mein Magen verlangte bereits seit einer Stunde, dass ich ihn endlich fütterte. Wir beschlossen, in einen Diner zu gehen, um dort beim Essen über die Zusammensetzung der Band zu diskutieren.

Ich wollte gerade nach der Klinke greifen, als die Tür geöffnet wurde und beinahe mit mir kollidierte. Erst im letzten Moment konnte ich aus dem Weg springen, wobei mir ein sehr undamenhafter Schrei entwich.

»Pass doch auf!« Ich wirbelte zu dem Störenfried herum und stoppte mitten in der Bewegung, als ich Kayson entdeckte, der mich schuldbewusst angrinste.

»Sorry, ich wusste nicht, dass ihr euch direkt hinter der Tür versammelt habt.«

»Du hast Glück, dass wir noch hier sind. Wir wollten gerade gehen«, sagte Lizzy.

Kaysons Grinsen wurde spitzbübisch. »Ansonsten hätte ich euch schon im Wohnheim gefunden.«

»Hättest du nicht«, entgegnete Lizzy lachend. »Weil wir jetzt gar nicht ins Wohnheim gehen.«

Kayson verengte die Augen, aber seine Mundwinkel zuckten. »Dann irgendwo anders. So groß ist das College immerhin nicht.«

»Aber vielleicht sind wir gut darin, uns zu verstecken.« Lizzy war einen Schritt auf Kayson zugegangen, und ihre Augen funkelten ihn herausfordernd an. Flirtete sie mit ihm? Kayson starrte nur zurück, und ich sah ihn schlucken. Erneut schien er fasziniert von meiner besten Freundin, und zum ersten Mal wich sie nicht von ihm zurück. Ich fragte mich, wie ich mich lautlos von ihnen zurückziehen konnte, damit sie – was immer gerade zwischen ihnen geschah – alleine weiterführen konnten. Doch dann räusperte Kayson sich, und der Bann schien gebrochen. Er zog einige Papierfetzen aus seiner Jeanstasche und reichte sie mir.

»Die sind für euch.«

»Was ist das?«, wollte ich wissen. Sie sahen wie Eintrittskarten aus, aber ich hatte keine Ahnung, wofür.

»Karten für Theos Wettkampf morgen. Es ist der letzte Qualifikationslauf für die überregionalen Meisterschaften, und weil Theo seinen ersten in den Sand gesetzt hat, muss er morgen gewinnen, um dabei zu sein. Ich weiß, dass er sich freuen würde, wenn du dabei wärst, sich nach dem Vorfall vor einigen Tagen aber nicht traut, dich zu fragen. Daher dachte ich, ich besorge die Karten für euch drei einfach und nötige euch dazu, Noah und mich zu begleiten.«

Meine Gedanken fuhren Achterbahn. Theo hatte ihm von der Sache im Schwimmbad erzählt? Was hatte er gesagt? Mein plötzlicher Abgang tat mir unheimlich leid, aber ich war in dem Moment einfach von meinen eigenen Empfindungen überfordert gewesen. Als wir so nah voreinander gestanden hatten, hatte ich etwas zwischen uns gespürt, das zuvor nicht da gewesen war. Etwas, das über freundschaftliche Gefühle weit hinausging. Es hatte mich derart überwältigt, weil es so viel stärker gewesen war als alles, was ich jemals für Riley empfunden hatte, dass ich überstürzt die Flucht ergriffen hatte.

»Du willst uns nötigen, mitzukommen? Und wenn wir keine Lust auf so eine langweilige Schwimmveranstaltung haben? Wie willst du das anstellen?«, durchbrach Lizzys Stimme meinen inneren Monolog.

»Glaub mir, ich habe meine Mittel und Wege.« Kayson schenkte Lizzy ein charmantes Lächeln, ehe er sich wieder mir zuwandte.

»Aber ich bin überzeugt, dass es nicht nötig sein wird, denn Avery wird sich den Wettkampf nicht entgehen lassen wollen. Habe ich recht?«

»Ich …« Mein Sprachzentrum hatte sich endgültig verabschiedet. Ein Teil von mir wollte ganz laut Ja schreien, während sich ein anderer lieber in irgendein Mauseloch verkrochen hätte.

»Glaub mir, er meint es absolut ernst mit dir«, raunte Kayson mir zu.

Mein Herz machte einen Satz. In Kaysons Augen suchte ich nach Anzeichen dafür, ob er mir etwas vormachte, doch ich konnte nichts als Ernsthaftigkeit in ihnen entdecken. In meinen Fingern begann es zu kribbeln, denn ich vertraute Kayson. Ich konnte nicht einmal erklären, warum, aber ich wusste instinktiv, dass er mich nicht hintergehen würde.

»Okay«, krächzte ich und griff nach den Tickets.

»Mädels, scheint, als hätten wir morgen ein Date.« Virginia grinste breit.

»Der Wettkampf ist an der New York State University. Ich hol euch um eins ab, okay?« Kayson zwinkerte Lizzy zu, dann war er schon aus der Tür verschwunden. Ich sah ihm hinterher und fragte mich, wie ich meine aufgewühlten Emotionen bis morgen wieder unter Kontrolle bekommen sollte.

Das Hallenbad der New York State University war riesig. Alles an diesem College erschien mir überdimensional. Die Forschungsgebäude und Wohnheime, die gepflasterten Wege zwischen den einzelnen Gebäuden, und es gab sogar einen angelegten Park. Ich musste den Kopf in den Nacken legen, um die Dächer erkennen zu können, und kam mir klein und unbedeutend dazwischen vor. Auch das Hallenbad spielte in einer ganz anderen Liga als das in unserem Community College. Während es bei uns nur ein 25-Meter-Becken gab, verfügte die State University zusätzlich über ein

50-Meter-Wettkampfbecken, einen Zuschauerrang, einen Sprungturm und mehrere kleinere Becken. Beeindruckt sah ich mich um, während ich den anderen folgte, die nach guten Plätzen für uns suchten. Der Chlorgeruch war hier jedoch genauso furchtbar wie bei uns und kitzelte mir sofort wieder in der Nase. Trotz all den Stunden, die ich bereits in der Schwimmhalle verbracht hatte, konnte ich mich einfach nicht damit anfreunden.

Doch das alles trat in den Hintergrund, als ich Theo mit einem älteren Mann am Beckenrand stehen sah. Theo trug eine knielange Badehose, wie man sie sonst nur bei Schwimmwettkämpfen im Fernsehen sah, und eine Badekappe. Unzählige Wassertropfen glitzerten auf seinem Körper, als wäre er gerade erst aus dem Wasser geklettert. Mein Blick wurde wie magisch von seinen breiten Schultern angezogen. Wie muskulös er war. Es war nicht das erste Mal, dass ich ihn so wenig bekleidet sah, aber irgendwie wurde es mir erst jetzt richtig bewusst. Sein Anblick ließ mir im wahrsten Sinne des Wortes das Wasser im Mund zusammenlaufen. Wenn ich ihn so betrachtete, konnte ich noch weniger glauben, dass er all die schmeichelhaften Worte zu mir gesagt hatte.

Der Mann neben Theo redete jetzt eindringlicher auf ihn ein. Selbst von hier oben konnte ich die Furche auf seiner Stirn und seine zusammengekniffenen Augen erkennen.

»Das ist Theos Dad«, erklärte Kayson, als hätte er meine Gedanken erraten. Das hatte ich mir schon gedacht. Theo hatte mir schließlich von seinem ehrgeizigen Vater erzählt.

»Was macht er, wenn Theo verliert?« Ich hatte von ehrgeizigen Eltern gehört, die ihr Leben durch die Erfolge ihrer Kinder auslebten und sie für Misserfolge regelrecht bestraften.

Kaysons Grinsen beruhigte mich jedoch umgehend. »Dann bekommt Theo Extratraining aufgebrummt, und sein Dad bewacht ihn etwas stärker, damit er am Wochenende nicht auf Partys rumhängt. Chris weiß zwar genau, dass sein Sohn für seine

Karriere alles hintanstellt, aber auch, dass er ab und an auf eine Party geht.«

Ich konnte nicht anders, als ebenfalls zu lächeln. Chris hatte seine Ansprache beendet und klopfte Theo auf die Schulter, der sich danach von seinem Vater entfernte. »Weiß Theo, dass sein Vater es weiß?«

Ein Lachen brach aus Kayson heraus. »Nein, er denkt noch immer, er könnte ihn täuschen.«

Wir setzten uns zu unseren Freunden, die sich bereits mit Getränken und Knabbereien eingedeckt hatten. Jeder hielt einen großen Getränkebecher und eine Chipstüte in der Hand. Nur Lizzy aß Popcorn. Wie ich sie kannte, vermutlich die zuckerfreie Variante. Ich holte mir ebenfalls eine Cola und betrachtete gebannt das Geschehen am Beckenrand. Die ersten Wettkämpfe mussten kurz bevorstehen, denn alle Schwimmer und Schwimmerinnen wurden aus dem Becken beordert, und der Schiedsrichter nahm seine Position auf einem Hochsitz ein.

Den ersten Wettkampf bestritten die Frauen. Sie stellten sich hinter die Startblöcke, dehnten noch mal einzelne Muskeln und rückten ihre Brillen zurecht. Ein erster, langer Pfiff ertönte, nach dem sie die Blöcke erklommen. Sobald alle oben waren, erklang »Auf die Plätze«, und die Frauen brachten sich in Position. Beim zweiten Pfiff sprangen sie vom Startblock und glitten elegant und pfeilschnell durchs Wasser. Augenblicklich wurde es laut auf den Rängen. Die Zuschauer pfiffen und feuerten die Schwimmerinnen an. Ob diese das im Wasser überhaupt wahrnahmen? Oder blendeten sie ihre Umwelt ohnehin aus, wenn sie sich auf das Schwimmen konzentrierten, wie ich es beim Ballett früher auch gemacht hatte?

Als Nächstes kamen die Männer an die Reihe. Auch Theo war unter ihnen und steuerte zielstrebig den Startblock rechts von der Mitte an. Die mittlere war die beste Bahn, wie ich mittlerweile gelernt hatte, und wurde nur von demjenigen belegt, der aus vorherigen Wettkämpfen die schnellste Zeit vorzuweisen hatte. Daher ergab es Sinn, dass Theo eine daneben belegte, wenn er bei einem der letzten Wettkämpfe Dritter geworden war. Wie gebannt beobachtete ich Theo, wie er sich auf den Startblock stellte, nach vorne beugte und beim Startsignal kraftvoll ins Wasser sprang. Von Anfang an schien er sich von den anderen der Gruppe absetzen zu können. Er schoss regelrecht durchs Wasser, seine Bewegungen waren perfekt und trieben ihn immer weiter voran.

Kayson, Noah, Lizzy und Virginia waren von ihren Plätzen aufgesprungen und feuerten Theo lautstark an, doch ich konnte mich nicht rühren. Mit angehaltenem Atem beobachtete ich Theo. Ich wollte, dass er diesen Wettkampf gewann und zu den überregionalen Meisterschaften fuhr. Ihn hier so in seinem Element zu sehen machte mir klar, dass er fürs Schwimmen geboren war.

Doch ich musste mir keine Sorgen machen. Theo setzte sich immer weiter von seinen Gegnern ab, bis er am Ende fast eine ganze Körperlänge vor dem Zweitplatzierten an den Beckenrand schlug. Er riss sich die Brille vom Gesicht und reckte die Faust in die Höhe. Auch mich hielt es jetzt nicht mehr auf dem Sitz. Ich sprang auf, schrie ihm ein lautes »Ja« entgegen, das er vermutlich nicht hören konnte, und zog Lizzy in meine Arme.

»Wahnsinn«, brüllte sie mir ins Ohr.

»Ich wusste, dass er es schafft«, jubelte Noah und legte ebenfalls die Arme um uns.

Aus dem Augenwinkel sah ich, dass Theos Dad zu ihm an den Beckenrand trat und ihm den Arm um die Schultern legte. Dass Theo klatschnass war, schien ihn dabei nicht zu stören.

»Kommt, lasst uns runtergehen.« Kayson deutete zum Ende der Zuschauerränge, wo eine Treppe nach unten führte.

»Können wir da denn mit Straßenschuhen hin?«, fragte Virginia skeptisch.

»Nicht bis an den Beckenrand, aber unter der Tribüne befindet sich ein Bereich, den wir betreten dürfen. Theo wird zu uns kommen, wenn er uns sieht.« Kayson ging bereits vor, und wir beeilten uns, ihm zu folgen. Der Gedanke, gleich Theo gegenüberzustehen, ließ mein Herz stolpern. Seit ich vor einigen Tagen vor ihm geflohen war, hatte ich mich von ihm ferngehalten. Ich war auch nicht zu unserem gemeinsamen Training morgens gegangen, weil ich nicht gewusst hatte, wie ich ihm mein Verhalten erklären sollte. Eigentlich war es lächerlich, weil nicht wirklich etwas passiert war. Aber die Tiefe meiner eigenen Gefühle hatte mich erschreckt. Wo kamen sie so plötzlich her? Anfangs hatte ich Theo für einen arroganten Arsch gehalten und nichts mit ihm zu tun haben wollen. Wann hatte sich das geändert? Und warum hatte ich nicht mitbekommen, dass es sich änderte?

Mit jedem weiteren Schritt die Treppe hinab wuchs meine Nervosität. Wie würde Theo auf mich reagieren? Wäre er froh, mich zu sehen? War er noch immer sauer, wie ich ihn abgefertigt hatte? Oder wäre es ihm am Ende einfach gleichgültig, dass ich da war?

Kayson hat gesagt, es ist ihm wichtig, dass ich hier bin, redete ich mir selbst Mut zu.

Ehe meine Gedanken mich selbst in die Verzweiflung treiben konnten, waren wir am Fuß der Treppe angekommen. Unter der Tribüne befand sich eine Bar und eine Ansammlung kleinerer Tische, an denen man zusammenstehen konnte. Kayson steuerte zielstrebig einen dieser Tische an. Der Atem stockte mir, als ich Theo an diesem entdeckte. Er hatte ein blaues Handtuch um die Schultern gelegt und die Schwimmkappe abgenommen. Seine kurzen Haare waren anscheinend trotz der Kappe durchnässt. Als würde Theo meinen Blick auf sich spüren, wandte er sich in diesem Augenblick zu mir um. Seine Augen fanden meine und ließen mich nicht mehr los. Auch ich konnte meinen Blick nicht abwenden, während ich langsam auf ihn zuging. Hatte er mich schon immer auf diese Weise angesehen? Als würde er niemand anderen im Raum bemerken? Seine komplette Aufmerksamkeit ruhte auf mir, als würde niemand außer uns existieren. Es war aufregend und unheimlich zugleich.

»Avery.« Die Art, wie er meinen Namen aussprach mit dieser leicht rauen Stimme, schickte einen Schauer über meinen Rücken. »Nur wegen dir bin ich heute so schnell geschwommen. Danke, dass du gekommen bist.«

Er hatte gewusst, dass ich da war? Ich sah zu Kayson hinüber, doch Theo schüttelte den Kopf.

»Ich habe dich gesehen, sobald du die Halle betreten hast«, erklärte er.

»Du hast doch nur darauf gewartet, dass ich komme.« Ich grinste zu ihm hoch. Woher ich den Mut nahm, mit ihm zu flirten, wusste ich nicht, aber es war auf einmal erschreckend einfach.

»Ich habe gehofft, dass du kommen würdest, aber nachdem du mich gestern beim Training versetzt hast, war ich mir alles andere als sicher.« Ein Wassertropfen löste sich aus Theos Haaren, und ich beobachtete fasziniert, wie er seinen Hals und dann seine Brust hinablief. Plötzlich wurde mir warm, und ich riss meinen Blick wieder hoch.

»Ich wusste einfach nicht, was ich von der Situation halten sollte«, sagte ich heiser.

Theo wirkte erleichtert. »Das lässt sich ja ändern. Ich werde dir beweisen, dass es mir ernst mit dir ist.«

Ohne mein Zutun verzogen sich meine Lippen zu einem Lächeln. »Ist das eine Drohung?«

Theo lachte. »Nein, ein Versprechen.« Eine Gänsehaut lief mir über den Rücken.

»Ich freue mich darauf«, sagte ich ehrlich.

Theo hielt mich für einen weiteren Moment mit seinem Blick gefangen, dann wandte er sich den anderen zu. »Gehen wir meinen Sieg feiern, oder was?«

KAPITEL 11

Theo

Laute Musik empfing mich, als ich die Etage betrat, in der sich Noahs und Kaysons Zimmer befand. Sobald ich um die Ecke ging, erkannte ich auch, woher sie kam. Die Tür stand sperrangelweit offen, und Noah hockte im Schneidersitz auf dem Boden, eine Bierbong in den Händen.

»Du darfst nur rein, wenn du daraus trinkst«, rief er mir entgegen und reckte den Trichter in die Höhe, ein herausforderndes Funkeln in den Augen.

»Vergiss es«, entgegnete ich lachend. »Ich habe dir schon mal gesagt, dass ich das nicht mache.«

»Ach, komm schon, sei nicht immer so ein Spielverderber.« Schmollend schob er die Unterlippe vor, was mich noch mehr zum Lachen brachte. »Du musst deinen Sieg doch gebührend feiern.«

»Das werde ich auch, aber sicher nicht damit.« Kopfschüttelnd schob ich mich an ihm vorbei ins Zimmer. Seit Beginn unseres Studiums versuchte Noah mich zu Bierbong zu überreden. Das sei eine Sache, die jeder in seinem Studium einmal machen musste, war seine Begründung. Allerdings gab es einen Grund, warum ich einen großen Bogen darum machte. Während der Highschool hatte ich mich derart daran übersoffen, dass ich zwei Tage durchgehend gekotzt hatte. Zugegeben, damals war irgendein Wodkagemisch anstatt Bier drin gewesen, trotzdem hatte ich seitdem die Schnauze voll davon. Mir wurde schon schlecht, wenn ich so ein Teil auch nur ansah. Außerdem konnte man Bier auch hervorragend aus Flaschen trinken.

Als ich das Zimmer betrat und Avery erblickte, stolperte ich fast über meine eigenen Füße. Sie hatte sich seit dem Wettkampf umgezogen und trug jetzt einen süßen, bunt gemusterten Rock, der nur die Hälfte ihrer Oberschenkel bedeckte und ihre unfassbar langen und wohlgeformten Beine zur Schau stellte. Ihre Füße steckten in Riemchensandalen mit einem leichten Absatz, was sie fast auf Augenhöhe mit mir brachte. Ich starrte sie schamlos an und stellte zufrieden fest, dass sich ihre Wangen rot färbten, als sie meinen Blick bemerkte.

Meine Beine trugen mich zu ihr, ohne dass ich ihnen den Befehl dazu gegeben hatte. »Du siehst umwerfend aus«, sprach ich den ersten Gedanken aus, der mir in den Sinn kam.

»Danke.« Jetzt wanderte ihr Blick an mir herab und blieb an meinem Shirt hängen, das sich eng um meinen Brustkorb spannte. »Du aber auch.« Sie zog ihre Unterlippe zwischen die Zähne und sah wieder zu mir auf.

»Möchtest du etwas trinken?«

»Ich hab schon was.« Sie hob die Hand, in der sie eine Bierflasche hielt. »Noah hat mich bereits versorgt.«

Mein Mund verzog sich zu einem schiefen Lächeln. »Hat er auch versucht, dich zu Bierbong zu überreden?«

Avery lachte. »Ja, hat er, aber ich habe ihm gesagt, dass ich mich nicht auf dieses Niveau herablasse.«

Ich stimmte in ihr Lachen mit ein. »Das hat ihm sicher nicht gepasst, oder?«

»Nein, absolut nicht. Er meinte, Bierbong müsste auf der College-Bucketlist jedes Studenten und jeder Studentin stehen, und ich würde das Erbe aller ehemaligen Studenten verschandeln, wenn ich mich dem verwehre.«

Mein Schmunzeln konnte ich nicht verhindern. »Das mit dem Erbe ist neu, ansonsten ist es dasselbe, was er auch immer zu mir sagt.«

Averys Blick schnellte zu mir, und ihre Augen weiteten sich. »Sag bloß, du machst den Mist auch nicht mit?«

»Nope.«

Sie zog die Augenbrauen hoch. »Ehrlich gesagt hätte ich dich für genau den Typen gehalten, der sich damit brüstet, bei so etwas vorne mit dabei zu sein.«

Genau der Typ war ich auch mal gewesen, aber ich würde den Teufel tun, ihr das unter die Nase zu reiben. »Hast du Lust, ein bisschen rauszugehen?«, fragte ich, um von dem Thema abzulenken.

Averys Augen weiteten sich überrascht, ehe sich ein verschmitztes Lächeln auf ihren Lippen ausbreitete. »Ist das deine neue Masche?« Ihre Stimme war tiefer und rauer als zuvor und jagte einen Schauer über meinen Rücken.

Ich räusperte mich. »Keine Masche, versprochen. Ich würde nur gerne mit dir alleine sein.«

Für einen Moment sah sie mich schweigend an, dann nickte sie. »Lass uns abhauen.«

Ich holte zwei weitere Biere, dann bedeutete ich Avery, mir zu folgen. Wir verließen das Wohnheim, und ich schlug den Weg in den kleinen Park ein, der zum Campus gehörte. Wir gingen in gemächlichem Tempo nebeneinanderher, nur die vereinzelten Lampen am Wegesrand spendeten spärliches Licht. Bei jedem dritten oder vierten Schritt stießen unsere Schultern sanft aneinander, was jedes Mal einen Stromstoß durch meinen Körper schickte.

»Woher kennst du eigentlich Lizzy? Ihr wirkt ziemlich vertraut miteinander.«

»Ich habe Lizzy im Kindergarten kennengelernt, und seitdem sind wir unzertrennlich. Dabei sind wir eigentlich total unterschiedlich. Ich war immer von Ballett fasziniert, während Lizzy mit Sport überhaupt nichts anfangen kann. Aber wir waren beide eher Außenseiter in der Schule. Niemand wollte mit mir oder ihr etwas zu tun haben. Das schweißt einfach zusammen. Und ich weiß, dass ich mich jederzeit auf sie verlassen kann. Sie ist immer für mich da, würde sofort alles stehen und liegen lassen, um mir zu helfen. Es gibt einfach keine bessere Freundin auf der Welt.«

»Solche Freunde sind die besten.« Ich musste an Noah und Kayson denken. Abgesehen von Rena waren sie die ersten Freunde dieser Art, die ich hatte, und ich würde sie für nichts auf der Welt eintauschen wollen.

»Wie war es bei dir auf der Schule?« Avery hatte sich mir zugewandt, und ihre Augen schienen im Halbdunkel zu leuchten.

»Ich war bis zur Highschool auf einer Privatschule, und das ist leider nicht einmal annähernd so cool, wie es klingt. Als Sohn eines ehemaligen Schwimmstars hat mich dort keiner ernst genommen. Da waren Kinder von Hollywoodsternchen und Footballstars, dagegen war ich nur ein armes Würstchen, für das sich keiner interessiert hat. Deswegen wollte ich auch unbedingt auf dieses Community College, an dem mein Dad unterrichtet. Nicht weil ich dort endlich einmal angehimmelt werde, sondern weil die Leute mich als normalen Menschen wahrnehmen.« Ich wusste nicht, wann ich zuletzt so ehrlich zu jemandem gewesen war, den ich gerade erst kennengelernt hatte. Aber bei Avery fühlte ich mich sicher. Vielleicht lag es daran, dass sie sich nicht von dem Rummel um mich herum beeindrucken ließ, vielleicht war es auch einfach diese Verbindung, die ich zwischen uns spürte. Im Prinzip war es auch egal, weil ich bei ihr zum ersten Mal das Gefühl hatte, ich selbst sein zu können, ohne mich verstellen zu müssen.

Wir gelangten zu einer Bank und steuerten auf sie zu, ohne uns abzusprechen. Avery setzte sich mit untergeschlagenen Beinen hin und lehnte sich zu mir, bis unsere Schultern sich berührten. »Das muss schwierig gewesen sein«, sagte sie leise. »Ich wüsste nicht, wie ich die Schulzeit ohne Lizzy überstanden hätte.«

»Ich war ja nicht alleine, ich hatte Rena. Und ich hab immer gedacht, ich bräuchte niemand anderen«, gestand ich. »Erst hier habe ich festgestellt, wie wichtig Freunde sind.«

»Noah und Kayson sind toll.«

Stille senkte sich über uns, aber es war ein einvernehmliches Schweigen. Mit Avery musste ich nicht jede Sekunde mit Worten füllen, und das war ganz angenehm. Ihre Schulter lehnte noch immer an meiner und gab mir das Gefühl, durchgehend unter Strom zu stehen. Ich war nicht alleine, weil ich die ganze Zeit fühlte, dass sie neben mir war, auch wenn sie keinen Mucks von sich gab.

Irgendwann räusperte sich Avery. »Ich habe gesehen, wie dein Dad vor dem Wettkampf auf dich eingeredet hat. Ist er sehr streng?«

Überrascht blickte ich zu ihr. Mir war nicht klar gewesen, dass sie uns so genau beobachtet hatte. »Nein, eigentlich nicht. Er möchte, dass ich Erfolg habe und bei jedem Wettkampf mein Bestes gebe. Dadurch, dass er früher selbst geschwommen ist, weiß er einfach ganz genau, wann ich im Training geschludert oder wann ich einfach zu viel gefeiert habe. Er versucht mich auf den Profisport vorzubereiten, weil *ich* dahin will. Würde ich ihm heute sagen, ich hätte keine Lust mehr darauf, würde er das sofort akzeptieren. Weil er aber weiß, dass es mein Traum ist, bei Olympia zu schwimmen, versucht er, mir nichts durchgehen zu lassen.«

Avery nickte. »Also drängt er dich zu nichts, was du nicht willst?«

Ich stupste sie leicht mit der Schulter an. »Das würde er nie tun. Und wenn er es versuchen würde, würde meine Mom dem sofort einen Riegel vorschieben. Ich komme mit beiden wirklich gut klar, auch wenn ich mich manchmal über sie aufrege. Aber wer tut das nicht?«

Nachdenklich legte Avery die Stirn in Falten. Es dauerte einen Moment, bis sie mir antwortete. »Ich weiß gar nicht, ob ich mich jemals richtig über meine Mom aufgeregt habe. Dazu war sie gar nicht oft genug da. Ich war immer eher enttäuscht, wenn sie mal wieder keine Zeit für mich hatte.«

Das klang unglaublich traurig und weckte den Wunsch in mir, meine Hand auf ihre zu legen, aber ich ballte sie stattdessen zur Faust. »Interessiert sich deine Mom gar nicht für dich?«, fragte ich.

»Nein, so ist es auch nicht, das wäre unfair ihr gegenüber. Das Leben hat ihr nicht wirklich eine Chance gelassen. Sie hat meinen *Erzeuger* während des Studiums kennengelernt. Es war Liebe auf den ersten Blick, und die beiden hatten viele Pläne für die Zeit nach dem College. Sie wollten die Welt bereisen und ihre Freiheit genießen. Doch dann ist Mom schwanger geworden, kurz bevor sie ihren Abschluss in der Tasche hatten. Mein Vater ist damit nicht klargekommen. Er hat nur all seine Pläne den Bach runterschwimmen sehen und ist abgehauen. Mom stand alleine da, bevor ich überhaupt geboren wurde. Aber sie hat einen sehr guten Abschluss hingelegt und einen Job in einem renommierten Architekturbüro gefunden, und meine Großeltern haben zugesagt, sich um mich zu kümmern, wenn sie arbeiten ist. Leider verlangt ihr Job, dass sie viel unterwegs ist. Es ist nicht so, als würde Mom mich nicht lieben, sie ist nur leider zu selten da, um es mir zu zeigen. Aber sie hat immer alles dafür getan, dass es mir gut geht. Es gibt viele Kinder, die es deutlich schlechter haben.«

Das war durchaus wahr, trotzdem klang Avery nicht überzeugt von ihren Worten. Es gab so vieles, was ich ihr gerade sagen wollte: dass sie eine liebevolle und aufopferungsvolle Mutter verdient gehabt hätte, die alles stehen und liegen ließ, um zu ihrer Tochter zu eilen, wenn diese sie brauchte. Dass es die Pflicht von Eltern war, ihre Kinder nicht alleine zu lassen. Dass sie ihre Mutter nicht in Schutz nehmen sollte. Aber ich sagte nichts davon. Denn ich wollte nicht über ihre Mutter urteilen, wenn ich sie gar nicht kannte. Aber es erklärte zumindest, warum Avery sich so sehr an ihr geliebtes Ballett geklammert hatte.

Es passte zu dem, was sie mir über ihre Hobbys erzählt hatte. »Du erinnerst dich, dass ich mit dir Dinge ausprobieren wollte, um herauszufinden, was dir gefällt?«

Avery blinzelte mich an, verwirrt von meinem plötzlichen Themenwechsel. »Ja?«, fragte sie vorsichtig.

»Was hältst du davon, wenn wir morgen damit anfangen? Ich habe mir einige Sachen einfallen lassen. Die anderen können auch mitkommen.«

»Womit genau anfangen?« Avery wandte sich mir zu, wobei ihre Schulter sich leider von meiner löste.

»Das ist eine Überraschung.«

»Überraschungen sind blöd«, grummelte sie leise, aber ein flüchtiges Lächeln umspielte ihre Lippen und strafte ihre Worte Lügen.

Mit den anderen zusammen hatten wir uns für den nächsten Tag verabredet und fuhren mit der U-Bahn nach Manhattan, wo ich heute Morgen noch einen der letzten freien Räume in einem Escape-Room ergattert hatte. Nach unserem Gespräch gestern begrüßte Avery mich mit einer Umarmung, die zu lang war, um noch als freundschaftlich durchzugehen. Trotzdem war sie für meinen Geschmack viel zu kurz. Die U-Bahn war an einem Samstagnachmittag natürlich derart mit Touristen überfüllt, dass uns nichts anderes übrig blieb, als zu stehen. Wann immer die Bahn bremste, sah ich, wie Avery schmerzhaft das Gesicht verzog.

»Alles okay?«, fragte ich sie leise. Ich schien der Einzige zu sein, der es mitbekommen hatte, und wollte die anderen nicht auf ihr Unbehagen aufmerksam machen.

»Immer wenn die Bahn anhält, zieht es durch meinen ganzen Rücken«, murmelte sie und hob entschuldigend die Schultern.

Entschuldigte sie sich gerade dafür, dass das Bahnfahren ihr Schmerzen bereitete? Kurz sah ich sie nachdenklich an. »Warte mal.« Ich schob mich an ihr vorbei und drückte mich mit der gesamten Länge meines Körpers gegen ihren Rücken. Zusätzlich legte ich meine freie Hand auf ihre Hüfte. Ich hoffte, dass es sie stabilisieren würde, aber wenn ich ganz ehrlich war, machte ich es auch, weil ich sie berühren wollte. Dann beugte ich mich vor, bis ich ihr ins Ohr raunen konnte. »Wenn die Bahn das nächste Mal hält, lass dich einfach gegen mich fallen, und ich halte dich fest. Vielleicht hilft dir das ja.«

Avery schnaubte verächtlich, als würde sie meine wahren Absichten genau durchschauen, aber sie widersprach nicht und löste sich auch nicht von mir. Trotzdem blieb sie stocksteif stehen, als die Bahn sich langsam wieder in Bewegung setzte, und ihre Hand krampfte sich noch ein wenig mehr um den Haltegriff. Doch sobald die Bahn erneut bremste, ließ sich Avery tatsächlich gegen mich fallen. Ich fing ihr Gewicht auf, und ihr Körper presste sich dabei eng an mich.

Die Bahn kam zum Stehen, und ich hörte, wie Avery erleichtert ausatmete. Mit einem Lächeln wandte sie sich zu mir um.

»Das bringt tatsächlich was«, sagte sie erstaunt.

Von da an war sie deutlich entspannter. Es kam mir sogar so vor, als würde sie sich auch während der Fahrt oder wenn die Bahn stand enger an mich schmiegen. Ich genoss diese Nähe zwischen uns sehr und senkte den Kopf, bis ich den blumigen Duft ihrer Haare einatmen konnte.

Viel zu schnell erreichten wir die Haltestelle, an der wir aussteigen mussten. Wir zwängten uns aus der überfüllten U-Bahn und folgten dem Strom an Menschen nach oben auf die Straße. Kayson führte die Gruppe die zwei Blocks an, die wir bis zu unserem Ziel laufen mussten. Ich war gespannt, wie den Mädels meine Idee gefallen würde.

Vor einem braunen Hochhaus blieb Kayson stehen. »Wir sind da.«

Lizzy legte den Kopf in den Nacken, um das Schild lesen zu können. »Ein Escape-Room?« Sie hörte sich zweifelnd an.

»Was ist denn das?«, fragte Avery.

Okay, nicht ganz die Reaktionen, die ich erwartet hatte, aber ich würde sie schon noch überzeugen. »Ein Escape-Room ist eine Mischung aus Puzzle- und Detektivspiel«, erklärte ich. »Man wird in einen Raum eingeschlossen, in dem sich Hinweise und Aufgaben befinden, die man lösen muss, um den Schlüssel zu finden, mit dem man die Tür wieder öffnen kann.«

Bereits während ich redete, begann Avery wild den Kopf zu schütteln und drei Schritte rückwärtszugehen. »Ich kann das nicht«, kam es leise über ihre Lippen.

Lizzy legte beschützend einen Arm um ihre Schultern. »Ich glaube nicht, dass das eine gute Idee ist.«

Hilflos sah ich von einer zur anderen. Was war hier gerade los? Avery starrte mit leerem Blick auf das Plakat des Escape-Rooms, das an der Wand hing. Ihre Brust hob und senkte sich beim Atmen schnell, und sie schien uns gar nicht mehr richtig wahrzunehmen. Lizzy hatte weiterhin den Arm um sie gelegt und sah ihre Freundin mitfühlend an.

Ich ging einen vorsichtigen Schritt auf sie zu und, als Avery nicht vor mir zurückwich, einen weiteren. Und dann noch einen, bis ich direkt vor ihr stand. »Avery?« Vorsichtig legte ich meine Hände an ihre Wangen. Ihre Haut fühlte sich kühl unter meinen Fingerspitzen an, und sie wirkte ein wenig blass um die Nase.

Sie blinzelte, sobald ich ihre Haut berührte, ihr Blick klärte sich, und sie sah zu mir auf. »Es tut mir leid, aber ich kann das nicht«, wiederholte sie.

»Das ist okay. Kannst du mir sagen, warum? Nur damit ich diesen Fehler beim nächsten Mal nicht noch mal mache.«

Avery wandte sich ab, als könne sie mir dabei nicht in die Augen sehen. »Es ist total lächerlich.«

»Wenn es dir eine solche Angst bereitet, ist es ganz bestimmt nicht lächerlich.«

Es dauerte etwas, bis sie weitersprach. So lange, dass ich schon befürchtete, gar keine Antwort zu erhalten. »Ich habe Angst vor geschlossenen Räumen, aus denen ich nicht entkommen kann. Als ich klein war, so vier oder fünf, habe ich mich mal versehentlich in einer Kammer auf dem Dachboden meiner Großeltern eingeschlossen. Die Tür hat schon ewig gehakt, und eigentlich war es mir auch verboten, da überhaupt reinzugehen. Aber genau das hat es für mich interessant gemacht. Daher habe ich mich reingeschlichen, als Granny und Grandpa draußen auf der Farm waren. Sobald die Tür zu war, habe ich sie nicht mehr aufbekommen. Ich hab daran gerüttelt, dagegengeschlagen und -getreten, aber sie ließ sich kein Stück bewegen. Irgendwann bin ich panisch geworden. Da oben unterm Dach war es furchtbar heiß, und der Raum hatte kein Fenster. Ich habe nach meinen Großeltern gerufen, aber sie haben mich natürlich nicht gehört. Es hat mehrere Stunden gedauert, bis sie mich gefunden haben. Ich war zu der Zeit schon völlig dehydriert und von der Hitze halb im Delirium.«

Ich sah, dass sie am ganzen Körper zitterte, und zog sie in meine Arme.

»Das ist ja schrecklich«, murmelte ich. Ich wollte mir gar nicht ausmalen, wie sich das für ein kleines Mädchen anfühlte. Selbst Erwachsene würden in einer derartigen Situation in Panik ausbrechen, für ein Kind musste es noch viel furchtbarer sein. »Wir müssen das nicht machen, wir können auch einfach zurück ins Wohnheim gehen.«

Avery drehte den Kopf, bis sie mich ansehen konnte, blieb aber in meinen Armen stehen. »Aber was …« Sie schluckte und begann erneut. »Was genau passiert da drin?«

»Es ist so, wie ich gesagt habe. Man kommt in einen Raum, in dem der Schlüssel für die Tür versteckt ist. Manchmal ist es kein Schlüssel, sondern die Zahlenkombination für den Öffnungsmechanismus, aber das Prinzip ist immer dasselbe. Man hat eine Stunde Zeit, um die Rätsel zu lösen und den Code zu finden, sonst hat man verloren. Aber die Tür öffnet sich natürlich trotzdem automatisch nach der abgelaufenen Zeit.«

»Die Tür öffnet sich auf jeden Fall?« Ein hoffnungsvoller Ton schwang in Averys Stimme mit.

»Natürlich. Und es gibt sogar einen Notrufknopf, mit dem man die Tür jederzeit öffnen kann. Man ist nicht wirklich eingesperrt, es soll nur der Anschein erweckt werden, als käme man ohne den Schlüssel nicht raus.«

Avery atmete einige Male tief ein und aus. Ihr Blick ruhte dabei auf mir und schien mich zu durchbohren. Etwas Fragendes lag darin, aber auch Angst.

Ich löste einen Arm von ihr und hielt ihr die Hand hin. »Falls du es versuchen möchtest, verspreche ich dir, die ganze Zeit an deiner Seite zu bleiben. Du wirst nie alleine sein, und sollte es dir nicht gut gehen, werden wir das Spiel sofort beenden.«

Das Herz schlug mir bis zum Hals, während Avery einen Moment länger zögerte und Lizzy einen fragenden Blick zuwarf. Diese nickte kurz, ehe Avery ihre Hand in meine legte und ihre Finger mit meinen verflocht. »Okay«, sagte sie leise, aber mit fester Stimme.

KAPITEL 12

Avery

Das Herz schlug mir bis zum Hals, als wir den Escape-Room betraten. Theos Hand lag beruhigend in meiner, und auch wenn das meinen Puls nicht verlangsamte, ließ es mich zumindest etwas freier atmen. Entgegen meiner Vorstellung gelangten wir aber zuerst in einen Empfangsbereich. Dunkle Couches besetzten einen Wartebereich, und an einem Tresen stand eine Frau mit Rastazöpfen, die uns freundlich anlächelte. »Willkommen bei *Mission Escape Room*. Ich bin Diana. Wie kann ich euch helfen?«

Theo trat vor und zog mich an der Hand unweigerlich mit sich. »Mein Name ist Theo Jemison, ich habe einen Raum gebucht.«

Sie nickte und wandte sich dem Computer zu. Nachdem sie ein wenig herumgeklickt hatte, zog sie die Unterlippe zwischen die Zähne. Ihre Stirn runzelte sich, und als sie wieder aufblickte, lag ein entschuldigender Ausdruck in ihren Augen. »Der Raum ist leider noch eine halbe Stunde belegt. Ich weiß, du hattest diesen Timeslot im *Avengers Adventure* gebucht, aber wir hatten vorhin technische Probleme, wodurch die Gruppe vor euch erst später in den Raum konnte.«

Innerlich stöhnte ich auf. Das durfte doch nicht wahr sein. Jetzt sollte ich hier eine halbe Stunde warten, in der sich meine Angst vor dem, was mich in dem Raum erwarten würde, bis ins Unermessliche steigern konnte? Ich hatte mutig sein und mich meiner Angst stellen wollen. Viel zu lange schon trug ich sie mit mir herum und ging jeder Situation aus dem Weg, in der sie mich überfallen könnte. Mit Theo und den anderen zusammen fühlte ich mich jedoch sicher genug, ihr endlich die Stirn zu bieten. Aber auf keinen Fall wollte ich eine halbe Stunde hier sitzen und auf die Misere warten.

Theo warf einen Blick auf mich und schien den Tumult zu bemerken, der in mir tobte. »Gibt es eine andere Möglichkeit? Einen anderen Raum, der gerade frei ist, vielleicht?«

Diana klickte wieder auf ihrer Maus herum. »Wir haben tatsächlich einen freien Raum. Ich müsste nur eben alles einstellen, dann könnt ihr in zwei Minuten rein.«

»Okay, das machen wir.« Theo drückte meine Hand, und ich konnte ein erleichtertes Seufzen nicht verhindern. Zwei Minuten würde ich hinbekommen.

Diana verschwand durch einen Seitengang, und wir wandten uns unseren Freunden zu. »Wir kriegen einen anderen Raum«, informierte Theo die anderen. Noch bevor er damit fertig war, kam Diana bereits zurück.

»Folgt mir.« Sie führte uns den Gang entlang, in dem sie vorhin schon verschwunden war. In unregelmäßigen Abständen kamen wir an verschlossenen Türen vorbei, hinter denen sich vermutlich weitere Escape-Rooms verbargen. Wie es den Spielern darin wohl erging?

Ehe ich mir in Gedanken einen Strick drehen konnte, blieben wir vor einer geöffneten Tür stehen. Diana gab uns eine kurze Sicherheitseinweisung, erklärte uns die Notausgänge und die Benutzung des Notschalters, dann drückte sie uns einen feuerroten Briefumschlag in die Hand. »Darin findet ihr den ersten Hinweis zur Lösung des Rätsels. Wenn ich die Tür hinter euch geschlossen habe, habt ihr eine Stunde Zeit. Viel Erfolg.«

Sobald wir den Raum betraten und ich das Klicken der schließenden Tür hörte, begann mein Herz unkontrolliert zu rasen. Ich war eingeschlossen, und ein Teil von mir war davon überzeugt, dass ich nie wieder aus diesem Raum herauskommen würde. Ich nahm das Zimmer um mich herum überhaupt nicht wahr, sondern fühlte mich in die kleine Kammer auf dem Dachboden meiner Grandma zurückversetzt. Ich konnte die Hitze auf meiner Haut spüren, die damals dort geherrscht hatte, dabei hatte mich die Kühle der Klimaanlage gerade noch frösteln lassen. Es kam mir sogar so vor, als hätte ich wieder diesen alten, modrigen Geruch in der Nase, von dem mir die Luft wegblieb. Ich versuchte einzuatmen, aber egal was ich versuchte, ich bekam keinen gescheiten Atemzug zustande und geriet immer mehr in Panik. Es war wie ein Teufelskreis. Je angestrengter ich zu atmen versuchte, desto weniger gelang es mir, was meine Angst vergrößerte und mir das Atmen noch weiter erschwerte. Tränen traten mir in die Augen, und ein Rauschen setzte in meinen Ohren ein, das alle anderen Geräusche übertönte. Es war eine ganz blöde Idee gewesen, diesen Escape-Room zu betreten. Was, wenn ich nicht mehr rechtzeitig rauskam und zusammenbrach?

Warme Hände legten sich auf meine Wangen, die ein elektrisierendes Kribbeln durch meine Haut jagten. Meine Gedanken traten in den Hintergrund, und ich konnte meine Umgebung wieder wahrnehmen. Die *richtige* Umgebung. Theos grünbraune Augen betrachteten mich voller Sorge, und hinter ihm entdeckte ich Lizzy, die erschrocken die Hände vor den Mund geschlagen hatte. Virginia stand neben mir, ihre Hand lag beruhigend auf meinem Oberarm, was mir zuvor gar nicht aufgefallen war. Und um uns herum erkannte ich den Raum, in dem wir uns befanden. Er hatte nicht die entfernteste Ähnlichkeit mit der Kammer, in der ich eingeschlossen gewesen war, sondern vielmehr mit … einem Labor?

Überrascht atmete ich ein, meine Lunge füllte sich mit der klimatisierten Luft des Raumes, und mein Körper sog begierig den Sauerstoff daraus. Ein Keuchen entwich mir, das ich jedoch ignorierte, während ich mich umsah. Ein langer Labortisch stand an der einen Wand, auf dem einige mit bunter Flüssigkeit gefüllte Erlenmeyerkolben standen, aus denen Rauchschwaden waberten. An der gegenüberliegenden Wand hingen zwei Tafeln, die mit allerlei Formeln beschrieben waren. Ein leicht chemischer Geruch lag in der Luft, der mich jedoch eher an eine Wäscherei als den Chemieunterricht in der Schule erinnerte.

Theo trat erneut vor mich und betrachtete mich mit forschendem Blick. »Ist alles okay? Sollen wir abbrechen?« Er deutete über seine Schulter zu Noah, der bereits den Finger über den roten Notfallknopf hielt.

Ich horchte in mich hinein. Die Angst war noch immer da, aber sie war in den Hintergrund getreten. Mein Herzschlag war noch leicht erhöht, aber nicht mehr panisch, und meine Atmung hatte sich ebenfalls wieder normalisiert. Ich war wieder im Hier und Jetzt, nicht mehr gefangen in der Vergangenheit.

»Nein, wir können es versuchen. Aber bleibst du bei mir?« In Theos Gegenwart fühlte ich mich irgendwie sicher, auch wenn ich nicht genau benennen konnte, wann und wie es dazu gekommen war.

»Klar.« Wie selbstverständlich griff er wieder nach meiner Hand, was ein beruhigendes Gefühl der Sicherheit durch meine Adern fließen ließ. »Also, Virginia, was steht jetzt auf dem ersten Hinweis?«

Eine Stunde später standen wir wieder auf der belebten Straße vor dem Escape-Room. Wir hatten es tatsächlich geschafft, die Aufgaben zu lösen und den Code zu knacken, mit dem sich die Tür öffnen ließ. Es war knifflig gewesen, aber zum Glück hatten die Aufgaben nur bedingt etwas mit Chemie zu tun gehabt. Wir waren uns alle einig, dass wir ansonsten kläglich versagt hätten. Beim letzten Problem war ich sogar auf den entscheidenden Hinweis gekommen, der zur Lösung geführt hatte.

Doch das war nicht das, worauf ich besonders stolz war. Ich hatte es tatsächlich geschafft, mich meiner Angst zu stellen und sie niederzuringen. Es war nicht so, als sei sie plötzlich weg gewesen. Sie war die ganze Zeit da und hatte versucht, mich wieder in ihren Strudel aus erdrückenden Gedanken hineinzuziehen. Doch mein eigener Wille, das nicht zuzulassen, sowie Theos Hand, die meine nicht eine Sekunde losgelassen hatte, hatten sie davon abgehalten, zu gewinnen. Jetzt fühlte ich mich wie euphorisiert davon, als könnte ich alles schaffen.

Ich lehnte mich näher zu Theo, der meine Hand noch immer nicht losgelassen hatte. »Danke.«

Er sah zu mir hinab, ein warmes Funkeln in den Augen. »Wofür? Dafür, dass ich dich überhaupt erst in diese Situation gebracht habe?«

Mein Mundwinkel zuckte. »Du konntest es ja nicht wissen. Aber du hast mir da durchgeholfen, und mir hat das Spiel wirklich Spaß gemacht. Daher danke.«

»Gern geschehen.« Theos Blick ruhte noch immer auf mir, und ein warmes Kribbeln setzte in meinem Magen ein. »Gehst du mit mir aus?«

Ich brauchte einen Moment, bis die Bedeutung seiner Worte zu mir durchdrang. Mein Herz setzte für einen Moment aus, stolperte und begann dann viel zu heftig zu klopfen. Schmetterlinge zogen in meinen Bauch ein, und ich spürte, wie sich meine Lippen zu einem Lächeln verzogen. »Ich gehe sehr gerne mit dir aus.« Mir war bewusst, dass es mehr bedeutete als die gemeinsamen Frühstücke nach unseren Trainingseinheiten. Es war ein offizielles Date, nach dem Theo gefragt hatte. Meine Lippen begannen zu kribbeln, als der Wunsch in mir aufkam, Theo auf der Stelle zu küssen.

Überraschung zeichnete sich auf Theos Zügen ab, als hätte er niemals mit dieser Antwort gerechnet. »Wirklich?«

»Ganz ehrlich«, bestätigte ich. Theo sagte nichts mehr, aber das strahlende Lächeln, das sich auf seinen Lippen ausbreitete, war mir genug. Es sagte mehr, als Worte es je gekonnt hätten, zumal ich es noch nie bei ihm gesehen hatte. *Ah, so sieht es also aus, wenn Theo glücklich ist,* schoss mir durch den Kopf, und mein Herz stolperte in meiner Brust.

»Kommt ihr?« Noahs blonder Schopf erschien neben uns und erschreckte mich fast zu Tode. Ich hatte völlig vergessen, dass wir uns noch immer mitten in Manhattan befanden und unsere Freunde auf uns warteten. »Wir wollen noch was essen gehen.«

»Was läuft jetzt eigentlich zwischen Theo und dir?«, fragte Virginia mich völlig unvermittelt. Es war Sonntag, und das Wetter zeigte sich noch mal von seiner sommerlichen Seite, weshalb Lizzy, Virginia und ich beschlossen hatten, es uns mit einem kleinen Picknick im Park gemütlich zu machen. Unser *Picknick* bestand dabei zwar nur aus Cola und Triple-Choc-Cookies, aber wer wollte schon kleinlich sein. Wir hatten uns mit unserer Decke ein sonniges Plätzchen ausgesucht, und ich war fast eingeschlafen, als Virginia mich mit ihrer Frage in die Realität zurückholte.

Ich rappelte mich ein wenig auf und rieb mir über die Augen. »Wie meinst du das?«

Virginia setzte sich ebenfalls auf und band ihre Haare im Nacken zu einem Knoten. »Na ja, er ist gestern ja kaum von deiner Seite gewichen. Es hat ziemlich vertraut gewirkt, wie er dir mit deiner Angst geholfen hat. Ich kann mir nicht vorstellen, dass er das vor zwei Wochen getan hätte, als wir unser Sightseeing gemacht haben … oder dass du es zugelassen hättest.«

Das war erst zwei Wochen her? Virginia hatte recht, aber es kam mir vor, als wäre so viel seitdem passiert, dass deutlich mehr Zeit vergangen sein musste. Je näher ich Theo kennengelernt hatte, desto mehr fühlte ich mich zu ihm hingezogen. Was an ein Wunder grenzte, wenn man unseren holperigen Start betrachtete. »Er hat mich nach einem Date gefragt.«

»*Was?*« Lizzy drehte sich voller Empörung zu mir um. »Warum weiß ich davon noch nichts? Ich bin deine beste Freundin, du musst mir so was sagen.« Sie schmiss einen Cookie nach mir, der mich jedoch um mindestens einen Meter verfehlte und im Gras landete.

Nur mit Mühe konnte ich ein Lachen verhindern. »Ich hätte dir schon noch davon erzählt, aber nicht gestern vor den anderen.«

»Und was ist mit heute Morgen?«

Jetzt brach das Lachen aus mir heraus. »Erwartest du wirklich geistige Anstrengungen von mir, bevor ich meinen ersten Kaffee getrunken habe?« Nach dem Frühstück hatten wir uns direkt mit Virginia getroffen und waren hergekommen.

»Hmpf. Okay. Aber dann will ich jetzt alles wissen. Bis ins kleinste Detail.«

»Er holt mich nächsten Samstag um sechs ab. Aber er wollte mir mal wieder nicht verraten, wohin wir gehen.«

Lizzy riss die Augen auf. »Solange es nicht wieder ein Escape-Room ist.«

»Das wird er nicht noch mal wagen.« Virginia verschränkte die Arme vor der Brust und funkelte angriffslustig.

»Ich hab versucht, es aus ihm herauszubekommen, aber er wollte einfach nicht damit rausrücken. Außerdem meinte er, er hätte ja wohl gezeigt, dass er mit schwierigen Situationen umgehen kann.« Ein Lächeln breitete sich auf meinen Lippen aus.

Auch Lizzy lächelte. »Du vertraust ihm wirklich, oder?«

Mein Blick senkte sich zu dem Becher in meiner Hand, und ich betrachtete die dunkle Flüssigkeit. »Ich denke schon«, murmelte ich und wechselte dann schnell das Thema. »Ich glaube, Kayson steht auf dich.«

Lizzy brach in schallendes Gelächter aus. »Ganz bestimmt nicht«, japste sie. »Versuch nicht, von dir abzulenken.«

»Das tue ich gar nicht. Aber ist dir schon mal aufgefallen, dass er ständig mit dir flirtet?«

»Quatsch«, widersprach Lizzy sofort.

»Doch, das tut er«, kam Virginia mir zu Hilfe. »Du weißt nicht, wie er dich anschaut, wenn du in eine andere Richtung siehst.«

Lizzy blickte von Virginia zu mir, als hätten wir den Verstand verloren. Ihr Mund stand leicht offen, und für einen Moment schienen ihr die Worte zu fehlen. »Einer wie Kayson wird nie etwas von einer wie mir wollen«, sagte sie leise.

Virginia zog die Stirn kraus. »Was meinst du damit?«

»Na, sieh mich doch an.« Lizzy breitete die Arme aus und schob uns ihre Brust entgegen. Ich wusste, worauf sie uns aufmerksam machen wollte. Sie war nicht unbedingt schlank und glaubte deswegen, ein Sportler wie Kayson könnte sie sowieso nicht attraktiv finden. Ich entdeckte die Traurigkeit in ihren Augen und wollte sie tröstend in meine Arme ziehen, doch ich wusste, dass sie das nicht zulassen würde. Ich hatte ihr schon Hunderte Male gesagt, dass sie viel mehr zu bieten hatte, aber Lizzy war auf dem Ohr taub.

Virginia betrachtete Lizzy vom Scheitel bis zur Sohle. »Das mache ich, aber ich kann nichts Negatives feststellen.«

Lizzy schnaubte und trank ihren Becher in einem Zug leer. »Was soll ein durchtrainierter Sportler wie Kayson schon an einer schwabbeligen Wuchtbrumme wie mir finden. Wenn ich nicht mit euch befreundet wäre, würde er vermutlich nicht einmal mit mir reden. Wenn er mit mir flirtet, dann nur aus Nettigkeit.«

Virginias Mund öffnete und schloss sich einige Male, ohne dass sie einen Ton herausbrachte. Sie schüttelte den Kopf und versuchte es erneut. »Das ist doch Schwachsinn. Du bist wahnsinnig hübsch, hast eine tolle Ausstrahlung und bist eine total nette Person. Es gibt durchaus Menschen, denen das wichtiger ist als die Figur.«

»Aber nicht Kayson.« Damit war das Gespräch für Lizzy beendet, und sie wandte sich mit verschränkten Armen von uns ab. Virginia schien erneut protestieren zu wollen, doch ich bedeutete ihr mit einem Kopfschütteln, dass es nichts brachte. Ich würde ihr später erklären, dass Lizzys Trauma über ihr Gewicht viel tiefer saß, als sie der Welt weismachen wollte.

Die Woche verging wie im Flug, und als Theo mich am Samstag abholte, war ich aufgeregt wie ein Teenager vor dem ersten Date. Was irgendwie passend war, denn es war mein erstes Date. Ever. Mit meinem ersten und einzigen Freund bisher war ich nie ausgegangen. Ich kannte ihn aus der Ballettschule, und dass wir zusammengekommen waren, war einfach so passiert. Wir hatten uns ständig gesehen, und irgendwann hatte er mich nach einer besonders guten Trainingsstunde überraschend geküsst, und von da an waren wir ein Paar gewesen. Erst im Nachhinein hatte ich erfahren, dass er bewusst meine Nähe gesucht hatte, um durch die Beziehung mit mir in den Fokus unseres Trainers zu geraten. Ich war immer die beste Balletttänzerin im Team gewesen, und Riley hatte gedacht, er könnte durch mich mehr Aufmerksamkeit erlangen und auch eine Hauptrolle ergattern. Die Erkenntnis, dass er mich nur benutzt hatte, um zu mehr Einsatzzeit zu kommen, hatte mir den Boden unter den Füßen weggezogen, und mein Vertrauen in Menschen – und Männer im Besonderen – war danach endgültig erschüttert.

Ich schüttelte den Kopf, um mich von diesen Gedanken zu befreien. Vor meinem ersten Treffen mit Theo wollte ich wirklich nicht über meine verkorkste Beziehung mit Riley nachdenken.

»Wow, du siehst umwerfend aus«, sagte Lizzy, sobald ich unser kleines Bad verließ.

Ich blickte an mir herab, ich trug eine weiße Skinny Jeans und ein enges Top, das am Rücken hochgeschlossen war. Ich hatte keine große Oberweite, aber das bisschen, was ich besaß, hatte ich so weit wie möglich nach oben gepusht. »Meinst du, es wird ihm gefallen?«

Lizzy grinste verschwörerisch. »Er wird seinen eigenen Namen vergessen, wenn er dich sieht.«

Das glaubte ich kaum. Theo würde sich nicht von einem leicht bekleideten Frauenkörper aus der Fassung bringen lassen. Beim Schwimmtraining war er schließlich dauernd von Frauen mit atemraubenden Körpern in knapp sitzenden Badeanzügen umgeben. Nie ließ er seine Augen über ihre Brüste wandern, sondern blickte allen nur in die Augen, wenn er mit ihnen redete. Wahrscheinlich hatte er durch die unzähligen Trainings bereits so viele Frauenkörper gesehen, dass sie nichts Besonderes mehr für ihn waren.

Es klopfte an der Tür, was weitere Grübeleien verhinderte. Erleichtert riss ich die Tür auf und vergaß für einen Moment, zu atmen, als ich Theo erblickte. Er trug eine schwarze Jeans, die unheimlich gut auf seinen Hüften saß, seine üblichen Chucks hatte er gegen schwarze Anzugschuhe getauscht, und das hellblaue Hemd schmiegte sich eng an seinen Oberkörper. Plötzlich fühlte ich mich underdressed und fragte mich, was Theo wohl mit mir vorhatte.

»Wow«, entwich es mir. »Ich glaube, ich habe das Falsche an.«

Theos Blick glitt über meinen Körper, zog mich regelrecht aus, und zum ersten Mal konnte ich Verlangen in seinen Augen erkennen, die heute mehr grün als braun wirkten. Als würde sich die Farbe je nach Stimmungslage ändern. »Absolut nicht.« Seine Stimme war deutlich rauer als gewöhnlich und schickte eine Gänsehaut über meinen Körper.

»Seid ihr sicher, dass ihr es zu euerm Date schafft, oder wollt ihr nicht lieber gleich hier übereinander herfallen?«, riss mich Lizzys amüsierte Stimme aus der Trance, in der Theos Augen mich gefangen gehalten hatten.

Ich räusperte mich und trat einen Schritt von ihm zurück, um meine beste Freundin gespielt böse anzufunkeln. »Hier fällt niemand über irgendwen her«, sagte ich mit Autorität in der Stimme.

»Da wäre ich mir nicht so sicher.« Lizzy warf Theo ein wissendes Grinsen zu. »Behandele meine beste Freundin anständig und bring sie mir heil wieder zurück.« Dann bohrte sie ihm den ausgestreckten Zeigefinger in die Brust und raunte ihm zu: »Und solltest du ihr jemals wehtun, werde ich dir die rechte Kniescheibe zertrümmern.«

»Lizzy!«, rief ich empört, während Theo sich erschrocken hinter mich stellte, als hätte er Angst, sie könnte ihre Drohung umgehend wahr machen. »Wie kommst du überhaupt auf solche Ideen?«

»Ich habe mir gedacht, dass Schwimmer doch sehr auf funktionierende Knie angewiesen sind und es daher eine stärkere Wirkung erzielen würde, anstatt ihm mit einem Tritt in die Weichteile zu drohen.«

Seit wann war meine beste Freundin so gewaltbereit? Das Funkeln in ihren Augen ließ mich fast sicher sein, dass sie nur scherzte, aber eben nur fast. Um weiteren Gewaltandrohungen aus dem Weg zu gehen, packte ich mit einer Hand Theos Arm, griff mit der anderen meine Jacke und zog ihn hinter mir zur Tür raus. »Bis später, Lizzy«, rief ich ihr über die Schulter zu und zog die Tür hinter uns ins Schloss.

Theo atmete erleichtert aus, sobald wir im Flur waren. »Sie macht mir Angst.«

»Eigentlich kann sie keiner Fliege was zuleide tun«, versuchte ich ihn zu beruhigen und schlüpfte in meine Jacke.

Skeptisch zog er eine Augenbraue hoch, was mich zum Lachen brachte. »Das klang aber gerade ganz anders.«

Sie weiß halt, wie mein Ex mich behandelt hat. Ich sprach diesen Gedanken nicht aus, aber Theo musste etwas in meinem Blick entdeckt haben, denn er nickte bloß und hielt mir seinen Arm hin. »Wollen wir dann?«

»Sehr gerne.« Ich hakte mich bei ihm unter und folgte ihm die Treppen runter.

KAPITEL 13

Theo

»Alles okay bei dir?«

Averys Stimme durchbrach das Kreisen meiner Gedanken, in das ich versunken war, seit wir die U-Bahn betreten hatten. Je näher wir unserem Ziel kamen, desto sicherer war ich, die falsche Entscheidung getroffen zu haben. Noch heute Morgen hatte ich es für eine glänzende Idee gehalten, Avery ins Ballett auszuführen, doch jetzt war ich mir da nicht mehr so sicher. Was, wenn es zu viel Traurigkeit in ihr hervorrufen würde, weil es sie mit dem konfrontierte, was sie nicht mehr machen konnte? Vielleicht sah sie sich Ballett auch gar nicht gerne an, sondern mochte es nur, selbst zu tanzen. Wir hatten nie wirklich darüber gesprochen, und jetzt wollte ich mir in den Hintern treten, vorher nicht daran gedacht zu haben.

»Sicher.« Ich versuchte, meine Stimme unbekümmert klingen zu lassen, doch sie kam gepresst und unsicher heraus.

Avery durchschaute mich sofort. »Mach mir nichts vor. Los, raus mit der Sprache, was ist los?« Dabei bedachte sie mich mit einem derart intensiven Blick, dass mir heiß und kalt zugleich wurde.

Ich schluckte und sah zur Seite. »Ich bin mir gerade nicht mehr sicher, ob das, was ich mir für unser Date überlegt habe, auch wirklich das Richtige für dich ist«, gestand ich.

»Warum? Was ist es diesmal? Ein Fallschirmsprung? Hauswand-running? Oder hast du mich für einen Wrestlingkampf angemeldet?« Sie versuchte, es als Scherz klingen zu lassen, aber ich hörte die Anspannung in ihrem Tonfall.

Überrascht sah ich zu ihr auf. Waren das ihre tiefsten Ängste? Das würde ich mir für später merken. »Nein, keine Angst«, beruhigte ich sie, zog die Karten aus meiner Hemdtasche und reichte sie ihr.

Sie betrachtete sie. Blinzelte. Dann fiel ihr die Kinnlade runter. »Theo.« Es war kaum mehr als ein Flüstern, doch der Laut schien eine direkte Verbindung zu meinem Herzen zu finden, das in meiner Brust zu brennen begann. »Ich habe seit meinem Unfall kein Ballett mehr geschaut.«

O Gott, waren das etwa Tränen in ihren Augen?

»Fuck, wir müssen das natürlich nicht machen, wenn du nicht willst.« Augenblicklich stellte sich mein schlechtes Gewissen ein. Verdammt, ich hätte sie vorher fragen müssen.

Avery schüttelte den Kopf. »Ist schon okay, ich liebe Ballett, trotz allem. Ich hätte nur nie damit gerechnet.«

»Wirklich?« Ich war noch immer unsicher, ob es ihr gefiel, doch dann brach ein strahlendes Lächeln auf ihrem Gesicht aus. Mit dem Handrücken wischte sie eine Träne von ihrer Wange, ehe sie nach meiner Hand griff und unsere Finger miteinander verflocht. »Das ist das beste Date, das ich mir vorstellen kann«, sagte sie ehrfürchtig.

Mir fiel ein Stein vom Herzen. »Ich würde mit dem Urteil noch warten, vielleicht ist die Gesellschaft ja ganz mies«, scherzte ich, um meine Erleichterung zu überspielen.

Avery zog die Augenbrauen nach oben, was ihre Stirn süß in Falten legte. Der Wunsch kam in mir auf, sie mit meinen Fingern zu glätten. »Ich komme mit der Gesellschaft ganz gut klar, denke ich.« Ein verschmitztes Lächeln umspielte ihre Lippen, während sie ihre Augen langsam über mein Gesicht wandern ließ. Die Temperatur in der U-Bahn schien bei ihrer Musterung um zehn Grad anzusteigen, und mein Blick klebte förmlich an ihren Lippen. Wie gerne ich sie jetzt küssen würde.

Räuspernd riss ich mich davon los und sah in ihre blauen Augen, die mich amüsiert anfunkelten, als wüsste sie genau, was in mir vorging. »Ganz gut, also?«, fragte ich gespielt entrüstet. »Das sind doch die besten Voraussetzungen für einen gelungenen Abend.«

Averys glockenhelles Lachen war das schönste, was ich seit Langem gehört hatte.

Vor dem Ballett gingen wir noch etwas essen. Ich hatte ein Restaurant gewählt, das in der Nähe des Broadways in einer kleinen Seitenstraße lag. Hier war ich schon einige Male mit meiner Mom gewesen, bevor wir ins Theater gegangen waren. Die Einrichtung war eher rustikal. Schwere, dunkle Eichenholztische standen im Raum verteilt, auf denen bunt bestickte Decken lagen. Die Wände waren mit Postern verziert, die Szenen aus Theater- oder Ballettstücken zeigten. Das Ambiente war etwas gehoben, aber keinesfalls versnobt, wie es in vielen anderen Lokalen am Broadway der Fall war.

Die Kellnerin führte uns zu einem Tisch, reichte uns die Speisekarte und fragte nach unseren Getränkewünschen. Ohne darüber nachzudenken, bestellte ich für uns beide Cola. Erst als ich Averys erstaunten Blick bemerkte, fiel mir auf, was ich da getan hatte. »Sorry, ich wollte dich nicht bevormunden«, sagte ich schnell. »Wenn du was anderes …«

»Nein, nein«, unterbrach sie mich. »Ich wundere mich nur, dass du weißt, was ich trinken wollte.«

»Ähm …« Verlegen blickte ich auf den Tisch. Eigentlich hatte ich das nur gewählt, weil es das Getränk war, das ich mit den Jungs immer nahm, wenn wir unterwegs waren. Irgendwas sagte mir, dass es nicht die richtige Antwort wäre.

Avery strich eine Falte auf der Tischdecke glatt. Erst jetzt fiel mir auf, dass ihre Fingernägel blassrosa lackiert waren. Hatte sie das extra für diesen Anlass getan? Ich hatte sie nie zuvor mit lackierten Nägeln gesehen. »Du kennst mich ziemlich gut mittlerweile«, murmelte sie.

Tat ich das? Es stimmte, dass ich ihre Reaktionen mittlerweile gut einschätzen konnte, gleichzeitig wusste ich kaum etwas von ihr. Sie war immer noch ein Mysterium für mich. Wann immer ich eine neue Seite von ihr entdeckte, kamen damit gleichzeitig neue Fragen auf. Selbst über ihren Unfall wusste ich noch nichts, außer dass sie seitdem nicht mehr tanzen konnte. Ich wollte sie fragen, doch jetzt erschien mir nicht der richtige Augenblick für dieses Gespräch zu sein.

»Was ist deine Lieblingsfarbe«, platzte es stattdessen aus mir heraus. *Ernsthaft, Theo? Was ist deine Lieblingsfarbe?* Eine blödere Frage hätte ich echt nicht stellen können.

Avery blinzelte. »Ich … keine Ahnung.«

Ich zog eine Augenbraue hoch. Vielleicht war die Frage doch nicht so dämlich. »Du weißt es nicht?«

»Ja … Nein … Ich meine …« Avery schnaufte und fuhr sich durch die Haare. »Ich mag so viele Farben. Es wäre doch langweilig, sich nur auf eine zu beschränken, oder? Ich meine, ich finde dieses Lieblings-Irgendwas einfach so überbewertet. Niemand hat doch nur *ein* Lieblingslied. Vielleicht gibt es ein *Lieblingslied zurzeit,* aber auch das wechselt doch ständig. Man kann doch nicht wochenlang nur ein Lied hören, da würde ich komplett durchdrehen. Außerdem hab ich immer das Gefühl, die Leute wollen anhand deiner Lieblingssachen Rückschlüsse auf deinen Charakter ziehen, und ich will meine Persönlichkeit nicht an einem Lied, einer Farbe oder einem Essen festmachen lassen.« Sie hatte sich regelrecht in Rage geredet, bis ihre Wangen leicht gerötet waren. Sie sah unheimlich süß aus, und ihre Rede war eins der Dinge, warum ich Avery so mochte. Sie war anders als die meisten Frauen, die ich kannte, und berührte damit einen Teil in mir, von dem ich nicht gewusst hatte, dass er existierte. Außerdem hatte sie mir gerade mehr Einblick in ihre Persönlichkeit gewährt, als wenn sie einfach nur eine Farbe genannt hätte.

Ich wollte ihr gerade antworten, als die Kellnerin an unseren Tisch trat, um unsere Bestellung aufzunehmen. Wir hatten die Speisekarten bisher nicht einmal aufgeschlagen. Unsere Blicke kreuzten sich, und zeitgleich brachen wir in Gelächter aus. Wir waren so voneinander gefangen gewesen, dass wir völlig vergessen hatten, wo wir waren. Die Kellnerin warf uns einen verdutzten Blick zu, und nachdem wir uns beruhigt hatten, bat ich sie, uns noch fünf Minuten zu geben.

»Sie wirkte nicht begeistert.« Avery kicherte noch immer.

»Sie wird es überleben. Ich bin sicher, dass sie schon viel schlimmere Gäste erlebt hat.«

»Vermutlich.« Avery legte den Kopf schief. »Aber wir sollten uns jetzt wirklich was aussuchen, bevor sie nachher noch aus Rache in unser Essen spuckt.«

Bei dem Gedanken schüttelte es mich. »In deinem Kopf scheint es echt gruselig zu sein.«

Avery streckte mir die Zunge raus und schlug die Karte auf. Gewissenhaft suchten wir unser Essen aus, damit wir der Kellnerin bei ihrem nächsten Rundgang zu unserem Tisch unsere Bestellung aufgeben konnten. Sie wartete nicht mal die fünf Minuten, um die wir sie gebeten hatten, sondern kam schon nach höchstens zwei wieder vorbei. Aber diesmal waren wir vorbereitet.

»Erzähl mir von deiner Kindheit«, sagte Avery, nachdem die Kellnerin wieder gegangen war. »Du kommst aus New York, oder?«

»Jein«, gestand ich. »Genau genommen bin ich in Hempstead aufgewachsen, das liegt gleich hinter der Stadtgrenze zu Queens, aber erzähl das bloß keinem.« Drohend hob ich meinen Zeigefinger, was Avery zum Kichern brachte.

»Meine Lippen sind versiegelt«, versicherte sie mir. »Was noch?«

»Hm.« Darüber musste ich tatsächlich kurz nachdenken. »Ich bin Einzelkind, habe aber vier Onkel und damit verbunden einige Cousinen und Cousins, sodass es mir trotzdem vorkommt, als wäre ich in einer Großfamilie aufgewachsen. Meine Mom ist Sekretärin, hat aber schon immer nur halbtags gearbeitet, um zu Hause zu sein, wenn ich aus der Schule kam. Meinen Dad habe ich als Kind kaum gesehen. Er war den ganzen Tag beim Training und am Wochenende bei Wettkämpfen. Erst als ich ein Teenager war und Dad seine aktive Karriere aufgegeben hat, hat sich das geändert.«

Avery betrachtete mich nachdenklich. »Und trotzdem hast du dich auch dazu entschieden, schwimmen zu wollen? Obwohl du wusstest, dass du deine Familie dann genauso wenig sehen würdest?«

»Es war keine bewusste Entscheidung. Meine Eltern haben mich mit fünf in einen Schwimmkurs gesteckt, damit ich die Grundlagen lerne. Sie wollten nicht unbedingt, dass ich in *Daddys Fußstapfen* trete, sondern nur sichergehen, dass ich nicht im Meer untergehe, wenn wir im Urlaub sind. Doch sobald ich mich ohne Hilfsmittel im Wasser fortbewegen konnte … ich weiß nicht genau, wie ich es beschreiben soll, aber ich war in meinem Element. Es hat einfach klick gemacht. Meine Mom sagt immer, sie haben mich früher gar nicht aus dem Wasser rausbekommen.«

Avery lächelte verträumt. »So ging es mir mit Ballett auch. Ich hatte eigentlich gar keine Lust darauf. Das war so ein Mädchending, das ich nie machen wollte. Lizzy wollte es unbedingt ausprobieren, deswegen habe ich sie begleitet.«

»Lizzy?«, entwich es mir erstaunt. Ich hatte bisher immer gedacht, dass Lizzy sich mit einem Buch auf der Couch viel wohler fühlte als bei sportlichen Aktivitäten.

»Ja, Lizzy.« Avery nickte eifrig. »Sie hatte damals mit ihrer Mom eine Ballettaufführung gesehen und war danach Feuer und Flamme, selbst eine professionelle Tänzerin zu werden. Sie musste mich regelrecht zwingen, sie zu begleiten. Nach zwei Stunden hat sie das Handtuch geschmissen, weil es ihr zu anstrengend war, während ich in diesen Stunden festgestellt habe, dass Tanzen genau das ist, was ich machen möchte.«

Erstaunlich, wie ähnlich es uns ergangen war. Bisher hatte ich immer gedacht, der Einzige zu sein, der seine Bestimmung gefunden hatte, ohne danach zu suchen. Doch Avery war es anscheinend genauso ergangen. »Eine weitere Gemeinsamkeit auf unserer Liste.«

Kurz lachte Avery auf, wurde jedoch sofort wieder ernst. Ihre Hände lagen flach auf der Tischplatte, die Fingerspitzen zu mir ausgestreckt. Ich wollte nach ihnen greifen, sie für immer festhalten, aber Averys Stimme holte mich in die Gegenwart zurück. »Stimmt wohl, auch wenn ich das am Anfang nie gedacht hätte. Ich fand dich bei unserer ersten Begegnung einfach nur arrogant und überheblich.«

Ich schmunzelte. »Das hat man gemerkt. In der Vorlesung hatte ich kurzzeitig Angst, du würdest mir den Kopf abreißen.«

»Glaub mir, das wollte ich auch. Als du dann auch noch im Schwimmkurs aufgetaucht bist, habe ich gedacht, das Schicksal hätte sich endgültig gegen mich verschworen.«

»Da hatte das Schicksal wohl was anderes im Kopf.« Eigentlich glaubte ich nicht an so einen Scheiß, aber irgendwie gefiel mir die Vorstellung, dass Avery und ich uns nicht durch bloßen Zufall über den Weg gelaufen waren.

Avery schien das anders zu sehen, denn sie verdrehte die Augen und tippte sich mit dem Zeigefinger an die Stirn, gerade in dem Moment, als die Kellnerin mit unserem Essen kam.

Nach dem Essen machten wir uns zu Fuß auf den Weg zum Lincoln Center, in dem sich das David H. Koch Theater befand, wo das New York City Ballet *Ein Sommernachtstraum* aufführte. Unterwegs hakte Avery sich bei mir unter. Ihre Nähe tat gut, aber die verstohlenen Blicke, die sie mir immer wieder zuwarf, fühlten sich noch besser an. Sie setzten ein Prickeln in mir frei, das meinen ganzen Körper zu erfassen schien und mir ein Hochgefühl verschaffte, wie ich es sonst nur vom Schwimmen kannte.

Wir sprachen nicht viel unterwegs, und ich merkte, wie fasziniert Avery von dem Treiben um uns herum war. Ich selbst war ebenfalls immer wieder beeindruckt von der Stimmung auf dem Broadway, kurz bevor die Abendvorstellungen begannen. Averys Blick flog von den riesigen Leuchtreklamen, die den Broadway taghell erstrahlen ließen, obwohl die Dämmerung längst eingesetzt hatte, zu den Anzeigetafeln, die verkündeten, was an diesem Abend in den einzelnen Theatern und Opern aufgeführt wurde. Besondere Aufmerksamkeit schenkte sie den Leuten um uns herum. Um diese Uhrzeit war es besonders leicht, die Touristen von den Theatergängern zu unterschieden. Wer sich ein Stück am Broadway ansah, war in feinste Abendgarderobe gekleidet, während die Touristen noch immer in Jeans und T-Shirt herumliefen und ihre Handys in die Höhe hielten, um das funkelnde Farbspektakel festzuhalten.

Als wir das Lincoln Center erreichten, krallte Avery sich mit beiden Händen an meinem Oberarm fest und stieß ein leises Quietschen aus. Mit leuchtenden Augen sah sie zu dem Schild auf, das das Programm für heute zeigte. »Wir schauen *Ein Sommernachtstraum?* O Gott, ich *liebe* das Stück.« Kurzzeitig wurde der

Druck auf meinen Bizeps stärker, dann stellte sie sich auf die Zehenspitzen und küsste meine Wange.

Ich erstarrte zur Salzsäule, ehe ich mich langsam zu ihr umdrehte. Dort, wo Averys Lippen mich berührt hatten, kribbelte meine Haut wie verrückt, und ich konnte nur daran denken, wie unbedingt ich sie küssen wollte. *Richtig* küssen, sodass wir atemlos und mit geschwollenen Lippen zurückbleiben würden. Ein Kuss, der keinen Zweifel mehr daran lassen würde, was das zwischen uns war.

Aber jetzt, kurz bevor wir das Theater betraten, war wohl nicht der richtige Zeitpunkt dafür. Vor allem da ich das Gefühl hatte, dass Avery immer noch nicht vollends überzeugt war. Und ich wollte sie nicht überfallen. Wenn ich sie küsste, wollte ich sicher sein, dass sie es genauso sehr wollte wie ich.

Mich nun von ihrem Blick loszureißen war mit das Schwerste, das ich je getan hatte. Ich räusperte mich und deutete zum Eingang. »Wollen wir?«

Avery nickte, und einen kurzen Moment hatte ich das Gefühl, sie wäre enttäuscht. Trotzdem hakte sie sich erneut bei mir unter, und wir betraten das Lincoln Center. Averys flache Absätze klackerten laut auf dem polierten Marmorboden, als wir die Eingangshalle in Richtung David H. Koch Theater durchquerten. Am Eingang zeigten wir unsere Karten und wurden eingelassen. Avery sah sich beeindruckt um, betrachtete die Bilder an der Wand, die Aufnahmen von Szenen aus dem Theater zeigten, und die hohe, mit Stuck verzierte Decke. Sie wirkte wie ein kleines Kind, das Alice ins Wunderland gefolgt war, und ich war unheimlich erleichtert, ihr hiermit eine Freude machen zu können.

»Das ist toll«, sagte Avery. »Ganz anders als die Theater, in denen ich bisher gewesen bin. Viel erhabener.« Sie seufzte leise, und Wehmut trat auf ihre Züge. »Genau in so einem Theater wollte ich auch immer tanzen.«

Ich wusste nicht, was ich darauf erwidern sollte. In dem Moment lief ein Kellner an uns vorbei, der ein Tablett voller gefüllter Sektgläser auf einer Hand balancierte. »Wünschen Sie eine Erfrischung, Madam und Sir?«, fragte er und blieb vor uns stehen.

Ich dankte ihm und nahm zwei Gläser vom Tablett, von denen ich eins Avery reichte. Sie stieß ihr Glas leicht gegen meins. »Auf uns«, sagte sie, ihre Stimme viel tiefer und sanfter als gewöhnlich.

»Auf uns«, erwiderte ich und trank einen Schluck der prickelnden Flüssigkeit. Kaum hatte ich das Glas an meine Lippen gesetzt, erklang der Gong, der den Theaterbesuchern mitteilte, dass die Vorstellung bald beginnen würde. Wir machten uns auf den Weg zu unseren Plätzen, was geschlagene zehn Minuten dauerte, weil wir ganz vorne saßen.

»Wen musstest du bestechen, um an diese Karten zu kommen?«, fragte Avery, als wir uns gesetzt hatten.

»Niemanden, Mom und ich haben Goldkarten für das Lincoln Center, die uns für alle Veranstaltungen Vorkaufsrecht genehmigen. Aber für heute hatte ich einfach Glück. Die Karten für diese Plätze wurden wohl kurzfristig zurückgegeben.«

Avery kicherte. »O mein Gott. Du bist so ein richtiger Theaternerd, das hätte ich nie vermutet.« Sie wirkte ungläubig, aber gleichzeitig auch so, als würde es ihr gefallen.

Bevor ich ihr antworten konnte, wurden die Lichter gedimmt, und die Vorstellung begann. Sofort starrte Avery wie gebannt auf die Bühne. Als die ersten Tänzer in unser Blickfeld traten, beugte sie sich sogar vor und stützte sich mit den Ellbogen auf den Knien ab. Ihr Blick klebte regelrecht an den Bewegungen vor ihr, und ein verträumtes Lächeln schlich sich auf ihr Gesicht.

So ging es das ganze Stück lang. Avery ließ das Geschehen vor uns nicht eine Sekunde aus den Augen. Es war, als hätte sie alles andere um sie herum vergessen. Einschließlich mich. Aber das störte mich überhaupt nicht. Denn genau deswegen hatte ich sie hergebracht, um ihr ein Stück von dem zurückzugeben, was sie verloren hatte. Um ihr zu zeigen, dass Ballett noch immer eine Rolle in ihrem Leben spielen konnte, auch wenn sie nicht mehr selbst tanzen konnte. Sie konnte noch immer ein Teil davon sein, wann immer sie wollte.

Ich dagegen konnte keine Sekunde die Augen von Avery lassen. Auf ihrem Gesicht spielten sich so viele Emotionen ab, und ich wollte jede einzelne davon in mich aufsaugen. Avery faszinierte mich weitaus mehr als das Ballettstück, obwohl auch das wirklich gut war, wenn man von dem wenigen ausging, das ich mitbekam.

Als es aufs Finale zuging, löste sich eine Träne aus Averys Augenwinkel und lief über ihre Wange hinab. Sie schien es gar nicht mitzubekommen – oder es störte sie nicht –, denn sie wischte sie nicht weg. Als wäre sie völlig im Reinen mit sich und hätte kein Problem damit, andere sehen zu lassen, was in ihr vorging.

Sobald die Vorführung beendet war, sprang Avery von ihrem Sitz auf und klatschte voller Begeisterung. Fast der gesamte Zuschauersaal tat es ihr gleich. Weil ich noch immer Avery betrachtete, folgte ich mit einer kurzen Verzögerung und stimmte in das Klatschen mit ein. Ich war so auf sie fixiert gewesen, dass mir nicht einmal aufgefallen war, dass die Musik geendet hatte.

Die Tänzerinnen und Tänzer nahmen sich an die Hand, traten an den Bühnenrand und verbeugten sich, woraufhin die Begeisterungsstürme noch einmal zunahmen. Danach traten sie zurück, und jeder Einzelne durfte alleine nach vorne treten, um sich seinen Applaus abzuholen. Erst danach verließen sie die Bühne, und die große Deckenbeleuchtung sprang an.

»Danke, dass du mich hergebracht hast.« Ich konnte gar nicht so schnell reagieren, wie Avery mir in die Arme sprang und sich an mir festkrallte. Ihre Haare hingen in mein Gesicht, und ihr blumiger Duft vernebelte mir die Sinne. Nur langsam hob ich die Arme, um die Hände an ihre Hüften zu legen und sie ebenfalls festzuhalten. Avery presste sich so eng an mich, dass ich jede Kontur ihres Körpers spüren konnte. Sofort schoss mein Blut in meine Lenden, und ich fühlte mich wieder wie ein Jugendlicher, der seine Triebe nicht kontrollieren konnte.

»Immer wieder gerne.« Vor allem wenn das der Dank dafür war.

Avery lehnte sich ein Stück zurück, bis sie mich ansehen konnte. Dabei waren unsere Gesichter nur Zentimeter voneinander entfernt. Mein Blick senkte sich zu ihren Lippen, die sie in dieser Sekunde mit ihrer Zunge befeuchtete. Mit aller Macht, die ich aufbringen konnte, hielt ich mich davon ab, an Ort und Stelle über sie herzufallen. Wir standen noch immer im prall gefüllten Balletttheater. Auch wenn die anderen Gäste den Saal langsam verließen, war das nicht der passende Ort für den ersten Kuss.

Doch wie so oft hatte ich die Rechnung ohne Avery gemacht. Sie beugte sich langsam vor, und ehe ich wusste, wie mir geschah, hatte sie meinen Mund mit ihrem gefunden. In dem Moment, als unsere Lippen sich berührten, war Denken für mich nicht mehr möglich. Ich konnte gar nicht mehr zählen, wie oft ich mir diesen Moment vorgestellt hatte, doch die Wirklichkeit war so viel besser, als es meine Vorstellungskraft je sein könnte.

Averys Lippen waren warm und weich, und sie schmeckte leicht nach Erdbeeren, was vermutlich an dem Labello lag, den sie ständig auftrug. Zögernd forderte ihre Zunge Eintritt und nahm mich völlig für sich ein. Sie erforschte meinen Mund, und ich erwiderte ihren Kuss vollkommen. Ich genoss es, mich von Avery leiten zu lassen, und auch mein Körper reagierte umgehend darauf. Sämtliche Zellen in mir schienen vor Lust zu vibrieren und verlangten nach mehr. Mehr von dieser Frau, die mir völlig den Kopf verdreht hatte.

Meine Hände fuhren an ihrem Rücken nach oben, bis ich sie auf die nackte Haut an ihren Schultern legen konnte. Ein Beben durchfuhr Avery, und sie löste sich keuchend von mir. Aber nur so weit, bis ihre Nasenspitze wenige Millimeter von meiner entfernt war. In ihren Augen loderte das gleiche Verlangen, das auch durch meine Venen pulsierte. Ich schluckte trocken.

»Gehen wir zu dir?«

KAPITEL 14

Avery

Gehen wir zu dir?«

In Theos Augen veränderte sich etwas, nachdem ich diese Worte ausgesprochen hatte. Das Feuer darin erlosch ein wenig, und wenn ich es nicht besser gewusst hätte, hätte ich gesagt, er wirkte verhalten. Aber ich konnte die Zeichen nicht falsch gedeutet haben, oder? Er wollte mich genauso sehr wie ich ihn. Er hatte mich auf dieses Date geführt und mir damit den schönsten Abend beschert, den man einer anderen Person machen konnte. Schon mehrfach hatte ich das Gefühl gehabt, dass er kurz davor gewesen war, mich zu küssen, sich aber aus irgendeinem Grund zurückgehalten hatte. Deswegen hatte ich gerade das Zepter in die Hand genommen. Denn ich wollte nicht länger warten. Ich wollte ihn ebenfalls. Und ich hatte genau gespürt, was unser Kuss mit ihm angestellt hatte.

»Ich weiß nicht«, sagte Theo zögerlich, was wie ein Schlag in die Magengrube war. Seine Ablehnung schmerzte mehr als gedacht, und ich wollte einen Schritt von ihm zurücktreten, doch Theos Arme hielten mich wie ein Schraubstock an seine Brust gepresst.

»Willst du nicht?«, fragte ich so leise, dass ich mich selbst kaum verstehen konnte.

Theo sah sich um, vermutlich um zu checken, ob uns jemand zuhören konnte. Aber die anderen Gäste waren bereits gegangen, nur einige Mitarbeiter flitzten durch die Reihen, um aufzuräumen, aber niemand schenkte uns Beachtung.

»Natürlich will ich. Ich kann seit Tagen an nichts anderes denken als daran, *wie* sehr ich dich will. Aber wie du selbst so schön gesagt hast, du bist keine schnelle Nummer für mich, und ich will nicht, dass du das denkst.«

Seine Befürchtungen waren irgendwie süß. Die Kälte verschwand aus meinem Herzen, und ich schmiegte mich enger an ihn.

»Das tue ich nicht«, versicherte ich ihm. »Ich glaube nicht, dass du das alles hier organisiert hättest, wenn du nur eine schnelle Nummer wolltest.« Das hatte Theo überhaupt nicht nötig. Die Frauen lagen ihm scharenweise zu Füßen, er könnte ohne größere Anstrengung jeden Abend eine andere mit nach Hause nehmen.

Theos Blick bohrte sich in meinen, als würde er nach meinen innersten Gefühlen suchen. Ich ließ ihn schauen, versuchte nicht einmal zu blinzeln, denn er würde nichts anderes finden als das, was ich ihm gesagt hatte. »Bist du sicher?«, fragte er schließlich.

So sicher wie nie zuvor in meinem Leben. Ich nickte, stellte mich auf die Zehenspitzen und drückte ihm einen Kuss auf die Lippen. Er erwiderte ihn und zog mich noch enger an sich.

»Lass uns gehen«, murmelte ich an seinem Mund.

Diesmal war Theo es, der nickte, und nach einem weiteren Kuss entließ er mich aus seinen Armen. Allerdings nur, um sofort nach meiner Hand zu greifen und unsere Finger miteinander zu verschränken. Ich genoss das Kribbeln, das dabei durch meinen Arm jagte, und gemeinsam verließen wir das mittlerweile leere Theater.

Die Fahrt zu Theo verbrachten wir überwiegend schweigend. Theos Hand war ein beruhigendes Gewicht in meiner. Mit seinem Daumen malte er unablässig Kreise auf meinem Handrücken, was den warmen Knoten des Verlangens in meinem Bauch unablässig vergrößerte. Ich fühlte mich, als würde ich ununterbrochen unter Strom stehen, und wenn ich nicht bald ein Ventil fand, um diese überschüssige Energie loszuwerden, würde ich noch durchdrehen. Es war eine Mischung aus Lust und etwas anderem, Tieferem, das ich nicht genau deuten konnte, aber gerne erforschen wollte.

Theo wohnte in einem Wohngebiet etwas außerhalb des Campus. Die Häuser waren fünfstöckig, mit einer dunklen Fassade, und um diese Uhrzeit war es gespenstig ruhig. Kein Auto fuhr durch die Straße, keine Menschenseele war zu sehen. Das kannte ich seit meinem Umzug nach New York gar nicht mehr. »Ist das hier die Twilight-Zone?«, fragte ich und drängte mich enger an ihn. Ich hatte nicht unbedingt Angst, aber unheimlich war es irgendwie schon. New York war doch bekannt als die Stadt, die niemals schlief, aber das galt anscheinend nicht für die komplette Stadt.

Theo lachte leise. »Nein, aber das hier ist eine respektable Gegend.« Bei *respektabel* malte Theo mit der freien Hand Gänsefüßchen in die Luft. »Hier wird nicht auf der Straße herumgelungert, es gibt eine Nachbarschaftswache, die für Ordnung sorgt und liebend gern Falschparker anschwärzt, und als ich eingezogen bin, hat der Vermieter mir eingebläut, bloß nicht auf die Idee zu kommen, Partys zu feiern, sonst würde ich schneller wieder rausfliegen, als ich gucken könnte.«

Ich schnaubte. »Das sind ja fast Kleinstadtverhältnisse.«

»Selbst die Studenten wissen, dass sie die Siedlung nach Einbruch der Dunkelheit besser meiden. Ich bin mir auch ziemlich sicher, dass mein Dad diese Wohnung absichtlich für mich ausgesucht hat, damit ich nicht so viel Unsinn bauen kann.«

»Du musst die Siedlung dafür doch nur verlassen«, entgegnete ich schulterzuckend. Was Theos Vater genau wusste, wenn Kayson recht hatte.

Theo schloss die Tür zu seiner Wohnung auf und ließ mich zuerst eintreten. Ich streifte meine Jacke ab und hing sie an die Garderobe rechts von der Tür. Links führte ein schmaler Flur in ein geräumiges Wohnzimmer, von dem drei weitere Türen abgingen. Das Wohnzimmer wurde dominiert von dunkelbraunen Möbeln, in die ein überdimensionaler Fernseher eingelassen war. Es war einer dieser neuen Curved TVs, die einem ein Kinovergnügen für zu Hause versprachen. Wie mein Lieblingsfilm *Save the Last Dance* darauf wohl wirken würde?

Gegenüber befanden sich eine helle Ledercouch sowie ein Glastisch, auf dem sich allerlei Zeitschriften stapelten, und an der Wand hingen einige Regale, in denen Filme und Videospiele aufgereiht waren. »Darf ich mich umsehen?«, fragte ich Theo, der hinter mir stehen geblieben war.

»Fühl dich ganz wie zu Hause. Möchtest du was trinken?« Theo bewegte sich nach rechts, wo ich die Küche erkennen konnte.

»Ja, Wasser, bitte.« Ich wandte mich nach links zu der Tür, die mir am nächsten war. Dahinter befand sich das Bad, in dem es nichts außer einer Dusche und einer Toilette zu sehen gab. Nur wenige Kosmetikartikel standen herum, sodass dieser Raum mir nicht mehr über Theos Leben verriet. Vom nächsten Raum erhoffte ich mir deutlich mehr, denn dort war das Schlafzimmer. Aber ich wurde enttäuscht, denn auch hier befanden sich keine persönlichen Gegenstände. Nur ein großes Bett und ein dunkler Schrank mit Spiegeltüren, keine Poster oder persönlichen Bilder an den Wänden. Nichts, das mir dabei half, ein bisschen mehr über Theo Jemison zu erfahren.

Ich zog die Tür hinter mir zu und machte mich auf die Suche nach Theo. Ich fand ihn in der Küche, wo er gerade Wasser in zwei

Gläser füllte. Hier herrschte heilloses Chaos. Dreckiges Geschirr stapelte sich auf der Spüle, und der Kühlschrank war mit unzähligen Postkarten beklebt. Ich ging darauf zu, um sie mir genauer anzusehen. Sie stammten von allen möglichen Orten aus den USA, sogar eine aus Hawaii war dabei. Einige waren schon leicht vergilbt und an den Ecken abgegriffen, als würde Theo sie schon sehr lange besitzen. Ich fragte mich, ob Theo zu den Menschen gehörte, die sich selbst Postkarten aus dem Urlaub mit nach Hause nahmen.

Ich lehnte mich mit der Schulter an den Kühlschrank und deutete mit dem Daumen darauf. »Hast du die Orte alle besucht?«

Theo schüttelte den Kopf und reichte mir eins der Gläser. »Mein Dad. Dort war er überall bei Wettkämpfen, als ich noch klein war. Immer wenn ich ihn wegen der Schule nicht begleiten konnte, hat er mir eine Karte geschickt.«

Das war … nicht unbedingt das, was ich seinem Vater zugetraut hätte, zeigte aber, wie eng das Verhältnis der beiden war.

»Wie kommt es eigentlich, dass ich hier nichts über deine Schwimmerfolge finde? Du müsstest doch unzählige Medaillen und Pokale haben, oder?«

»So viele, dass ich sie gar nicht mehr zählen kann.« Erstaunlich, dass Theo es sagte, ohne dabei arrogant zu klingen. Es wirkte eher, als wäre er der Sache überdrüssig.

»Ist das etwas Schlechtes?«, hakte ich vorsichtig nach.

»Nein, es ist nur schon lange nichts Besonderes mehr. Ich schwimme Wettkämpfe, seit ich acht bin, und ich lande dabei regelmäßig auf dem Treppchen. Anfangs fand ich die Auszeichnungen noch toll und hab sie alle aufgehängt, aber irgendwann … ich habe mittlerweile so viele davon, wenn ich meine Wände komplett damit tapezieren würde, hätte ich immer noch welche übrig.« Theo rieb sich über seine kurzen Haare. »Ich weiß nicht, wie ich es erklären soll, ohne überheblich zu wirken. Mein Traum sind die

Olympischen Spiele. Sollte ich es jemals dahin schaffen und eine Medaille bekommen, würde ich mir diese einrahmen und aufhängen. Aber der Rest? Der ist nur der Weg dahin und zeigt mir, dass ich mein Ziel noch lange nicht erreicht habe.«

Mit einem Mal stand Theo direkt vor mir. Er drückte mich mit dem Rücken gegen den Kühlschrank, und das Glas Wasser in meiner Hand war zwischen unseren Oberkörpern eingequetscht. »Wolltest du eigentlich nur mit zu mir, um etwas über mich herauszufinden?« Seine Stimme war viel tiefer und rauer als zuvor.

Ich schluckte. Daran hatte ich vorher gar nicht gedacht, es war mir nur darum gegangen, dass wir hier nicht von Mitbewohnern gestört werden konnten. Ich reckte ihm meine Brust entgegen und gab mich selbstbewusst. »Nicht nur, aber wenn ich schon mal hier bin …«

»Unfassbar«, murmelte Theo und senkte den Kopf, bis er seine Lippen auf meine pressen konnte. Diesmal war der Kuss nicht vorsichtig wie zuvor, sondern wild und ungestüm, sodass mein Hinterkopf mit Wucht gegen den Kühlschrank stieß. Doch ich registrierte den Schmerz kaum. Alles, was ich wahrnahm, waren seine Lippen auf meinen, seine Zunge, die mich zu erobern schien, und seine Zähne, die sanft an meiner Unterlippe zupften. Das alles gab mir die Aussicht auf mehr.

Theo schob ein Knie zwischen meine Beine und drückte auf meine bereits heftig pochende Mitte. Es war nicht genug, und für einen Moment war ich versucht, mich schamlos an ihm zu reiben. Ich wollte mir Erleichterung verschaffen, nur ein kleines bisschen, bevor die Anspannung in mir bis ins Unermessliche stieg.

Schnell verwarf ich diesen Gedanken wieder und schob Theo stattdessen ein Stück von mir, bis ich das Glas auf der Arbeitsplatte abstellen konnte. Theo sah mich verwundert an. Seine Augen waren vor Lust wie verschleiert, und seine Lippen glänzten von unserem Kuss. Rötliche Flecken hatten sich auf seinen Wangen gebildet, und in seinem Schritt war eine deutliche Beule zu sehen. Er hatte nie attraktiver auf mich gewirkt als in diesem Moment.

»Komm.« Ich hielt ihm meine Hand hin, die er sofort ergriff. Ich führte ihn aus der Küche und durch das Wohnzimmer hindurch, bis wir vor der Tür zu seinem Schlafzimmer angekommen waren. Als ich gerade die Klinke runterdrücken wollte, legte Theo seine Hand über meine und hielt mich davon ab.

Er drehte mich, bis ich ihn ansehen musste, und legte seine freie Hand an meine Wange. Alles an ihm war plötzlich unheimlich sanft. »Bist du dir sicher?«

Ich lächelte und schmiegte mein Gesicht in seine Hand. »Das hast du mich schon mal gefragt.«

»Manche Dinge kann man nicht oft genug fragen.« Die Ernsthaftigkeit in seiner Stimme erwärmte mich von innen. Sie setzte völlig neue Gefühle in mir frei, die ich zuvor nicht mit Theo verbunden hatte.

Ich drückte die Klinke runter und stieß die Tür nach innen auf.

»Komm mit, und ich zeige dir, wie sicher ich bin.« Inzwischen vertraute ich Theo vollkommen, auch wenn ich nicht sagen konnte, wann es passiert war. Irgendwann zwischen der Party, auf der er mich vor der Langeweile gerettet hatte, den unzähligen Schwimmstunden und den Treffen mit unseren Freunden hatte ich sämtliche Bedenken über ihn verloren.

Theos Lippen prallten erneut auf meine, und während er mich küsste, schob er mich langsam in den Raum. Wir taumelten ein wenig, weil ich mit dem Oberteil an der Türklinke hängen blieb, und das Lachen über unsere Ungeschicklichkeit erstickte in unseren Küssen. Ich spürte Theos heißen Atem auf meinem Gesicht, gleichzeitig schob er seine Hände unter mein Oberteil. Im Gegensatz zu meiner überhitzten Haut fühlten sie sich kühl und ein bisschen rau an. Ein Beben ging durch meinen Körper, und mir entwich ein Laut zwischen Seufzen und Stöhnen. Dabei war mir vorher gar nicht bewusst gewesen, dass ich zu solchen Tönen in der Lage war.

»Nur falls ich es dir noch nicht gesagt habe, ich will dich auch«, raunte Theo mir zu.

O ja, daran bestand kein Zweifel mehr. Sein Atem kam in keuchenden Stößen, seine Hände hatten sich in meine Seiten gekrallt, und seine Erektion drängte sich gegen meinen Hüftknochen, dabei waren wir beide noch vollständig angezogen.

Mit den Waden stieß ich gegen das Bett, und Theo versuchte mich darauf zu drücken, doch ich hatte andere Pläne. Ich drehte uns, bis Theo mit dem Rücken zum Bett stand, und schob stattdessen ihn nach unten. Seine Hände glitten von meinen Seiten, und er nahm sie nach hinten und stützte sich darauf ab, sodass er zu mir hochschauen konnte. Den Ausdruck in seinen Augen konnte ich nicht beschreiben. Er war voller Verlangen, aber es lag auch noch etwas anderes darin, das mein Herz stärker gegen meinen Brustkorb wummern ließ.

Ich griff nach dem Bund meines Shirts und zog es mit einer flüssigen Bewegung über meinen Kopf. Theo atmete scharf ein. Sofort setzte er sich wieder auf und zog mich zu sich heran. Beinahe andächtig fuhren seine Finger über meinen Bauch. Dann beugte er sich vor und platzierte einen Kuss knapp oberhalb meines Bauchnabels. Seine Bartstoppeln kitzelten meine Haut, was ein heftiges Pochen in meinem Unterleib freisetzte, und plötzlich wünschte ich mir, seinen Mund an einer ganz anderen Stelle zu spüren. Ich legte meine Hände auf seine Schultern und konnte die harten Muskeln darunter spüren, dann schob ich mich näher zu ihm, sodass ich mich rittlings auf seinen Schoß setzen konnte. Theos Gesicht rutschte dabei von meinem Bauch hoch, bis es zwischen meinen Brüsten verweilte. Mit den Fingern schob er meinen BH zur Seite und umschloss meine rechte Brustwarze behutsam mit seinen Lippen.

Sofort hatte ich das Gefühl, innerlich zu explodieren. Meine Brüste waren unheimlich empfindlich, und ich wusste genau, dass ich alleine davon kommen konnte, wenn er sich lange genug mit ihnen beschäftigte. Der Knoten in meinem Unterleib wurde rasch größer, und ich begann mich an Theos Härte zu reiben, um den Effekt noch zu verstärken. Theos Hände wanderten zu meinem Rücken, fuhren an meiner Wirbelsäule hinauf … und erstarrten plötzlich. Sein ganzer Körper erstarrte, er schien nicht einmal mehr zu atmen. Quälend langsam hob er den Kopf, und mir graute davor, was ich in seinem Blick lesen würde. Plötzlich war die Wärme in mir verschwunden.

Ich wusste genau, was er ertastet hatte. Meine Narbe. Die riesige, schwulstige Narbe, die sich über meinen halben Rücken zog und sich auch nach über einem halben Jahr noch nicht zurückgebildet hatte. Die für mich untrennbar mit dem Wissen darum verbunden war, was ich verloren hatte. Erstaunlich, dass ich sie ausgerechnet jetzt vergessen hatte, wo sie zum ersten Mal jemand anderes als meine Mom oder meine Ärzte sehen würde. Selbst bei Lizzy passte ich immer höllisch auf, ihr den Anblick zu ersparen, aber bei Theo? Ich hatte nicht einmal daran gedacht.

Ich wartete auf die Fragen, die unweigerlich folgen mussten. Wir hatten bisher nicht über meinen Unfall gesprochen, dabei war ich sicher, dass er neugierig war. Ich wäre es an seiner Stelle auf jeden Fall. Doch Theo stellte keine Fragen. Er sah mich nur an, ein Lächeln auf den Lippen und Verständnis in den Augen, während sich seine Finger auf meinem Rücken wieder zu bewegen begannen. Langsam und bedächtig fuhren sie über die Narbe, zuerst hinauf, dann herab und zurück nach oben. Immer wieder, bis die Wärme langsam in meine Gliedmaßen zurückkehrte. Dann schob Theo beide Hände an meinem Rücken hoch, bis er meine Schultern umfassen konnte. Mit einem Ruck zog er mich an sich und presste seinen Mund auf meinen.

»Es ist nichts, was dir unangenehm sein muss«, murmelte er an meinen Lippen. »Es zeigt nur, was du schon überstanden hast.«

Aber die Narbe ist hässlich, schoss es mir durch den Kopf. Ich kam allerdings nicht dazu, es auszusprechen, denn Theo überfiel mich mit einem Kuss, der mir den Atem raubte und den ich bis in meine Zehenspitzen fühlen konnte. Mein Unfall war nicht mehr wichtig. Sein hingebungsvoller Kuss machte mehr als deutlich, dass Theo kein Problem damit hatte, und das ließ mich meine Bedenken zumindest für diesen Moment vergessen.

Gemeinsam rutschten wir auf dem Bett nach hinten, bis wir in der Mitte saßen, dann ließ Theo sich auf den Rücken fallen. Ich stützte mich auf den Händen ab und sah auf ihn herunter. Seine Wangen waren gerötet und seine Lippen geschwollen von unseren Küssen. Er zog die Unterlippe zwischen die Zähne und legte die Hände auf meine Oberschenkel. Er fuhr an ihnen hoch, bis er an meiner Hüfte angekommen war, und senkte den Daumen, um ihn über meine empfindlichste Stelle kreisen zu lassen. Obwohl uns der Stoff meiner Jeans von direktem Körperkontakt trennte, schoss heißes Verlangen durch meinen Körper, und ich stöhnte auf.

Theos Augen verdunkelten sich, und ehe ich wusste, wie mir geschah, hatte er uns gedreht, bis ich unter ihm lag. Ein diabolisches Grinsen bildete sich auf seinem Gesicht. Ohne etwas zu sagen, senkte er den Kopf und begann Küsse auf meiner Haut zu verteilen. Zuerst auf meinem Mundwinkel, dann über meinen Hals hinab, bis er an meinen Brüsten anlangte. Seine Lippen hinterließen eine brennende Spur, die das Pochen in meinem Unterleib nur verstärkte. Theos Hand schob sich hinter meinen Rücken und löste mit einem Griff meinen BH-Verschluss. Nachdem er ihn mir ausgezogen hatte, umfasste er mit der Hand meine rechte Brust, während er die linke mit seinen Lippen umschloss.

Ich sog scharf die Luft ein, bäumte mich ihm entgegen und krallte mich an seinen Schultern fest, als wären sie mein Rettungsanker. Jede von Theos Berührungen schickte einen Stromstoß durch meinen Körper, der das Feuer in mir nur weiter entfachte.

Es dauerte nicht lange, bis Theo von meinen Brüsten abließ und sich seinen Weg weiter nach unten arbeitete. Er hauchte Küsse auf meine Haut, saugte daran und leckte darüber, bis er am Bund meiner Jeans angekommen war. Ein Schauer lief durch meinen Körper, als er sie öffnete. Ich wollte ihn endlich überall spüren und konnte es gar nicht abwarten, auch Theo seiner Kleidungsstücke zu entledigen. Daher schob ich ihn ein wenig von mir und richtete mich auf, sobald Theo mir die Jeans und meinen Slip über den Hintern gezogen hatte, und begann sein Hemd aufzuknöpfen.

Als wir endlich nackt nebeneinanderlagen, ließ ich meinen Blick über seinen Körper wandern. Von den breiten Schultern über seinen muskulösen Oberkörper und die ausgeprägten Bauchmuskeln bis hin zu seinen schmalen Hüften, von denen mir seine Erektion entgegensprang. Gleichzeitig spürte ich Theos Augen auf mir, die meinen Körper genauso in sich aufzusaugen schienen. Als sich unsere Blicke kreuzten, musste ich lächeln. Ich konnte Bewunderung in ihnen lesen, aber auch einen Hunger nach mehr.

Auch Theo lächelte, und ohne Vorwarnung stieß er mich nach hinten, sodass ich wieder auf dem Rücken lag. Dann machte er da weiter, wo er eben aufgehört hatte. Er schob meine Beine auseinander und fuhr mit den Händen an meinen Oberschenkeln hinauf, bis er dort ankam, wo ich ihn haben wollte. Er beugte sich langsam nach vorne, und beim ersten Kontakt seiner Zunge mit meiner lustvoll pochenden Mitte entwich mir ein Stöhnen, und Sterne explodierten hinter meinen geschlossenen Lidern. Theo umkreiste meinen Knubbel und drang zusätzlich mit zwei Fingern in mich ein, bis ich vor Verlangen kaum noch klar denken konnte. Ich wollte eine Hand in Theos Haaren vergraben, aber sie waren zu kurz, um sie packen zu können. Die Anspannung in mir wuchs, doch kurz bevor ich Erlösung fand, ließ Theo von mir ab.

Keuchend riss ich die Augen auf und hob meine Hüften an, um Theo zu bedeuten, dass er nicht aufhören sollte. Aber er hatte sich bereits auf Hände und Knie aufgerichtet und krabbelte zu mir hoch. Seine Lippen glitzerten feucht, und seine Augen waren dunkel vor Verlangen, als er die Nachttischschublade aufzog, um ein Kondom hervorzuholen. Geschickt zog er es sich über, ehe er zwischen meine Beine glitt. Langsam drang er in mich ein, bis er mich komplett ausfüllte und keuchend sein Gesicht an meinem Hals vergrub.

»Fuck«, stieß Theo hervor. »Du fühlst dich so verdammt gut an.«

Seine Schultern waren angespannt, und seine Erektion zuckte in mir, als wäre er bereits kurz davor, zu kommen. Ich schlang meine Arme um ihn und verteilte Küsse auf seiner Schulter, hielt mich ansonsten aber still, bis sich seine Atmung etwas beruhigt hatte. Erst danach bewegte ich meine Hüften leicht, um ihn noch tiefer in mich aufzunehmen. Ein Stöhnen entwich mir, das von Theo wiedergegeben wurde, und der Bann schien gebrochen.

Theo zog sich aus mir zurück, bis nur noch seine Spitze in mir steckte, und stieß wieder in mich hinein. Zuerst langsam, doch dann immer schneller, bis ich mich nur noch an seinen Schultern festkrallen konnte, um von dem Orkan an Gefühlen in meinem Inneren nicht mitgerissen zu werden. Wir fanden einen Rhythmus, der die Hitze in meiner Mitte schnell ansteigen ließ, doch ich würde so keine Erlösung finden, das wusste ich.

Ich führte eine Hand zwischen unseren Körpern nach unten, doch Theo, der zu ahnen schien, was ich vorhatte, schob sie zur Seite und ließ stattdessen seine Hand langsam nach unten gleiten, bis er an meinem Kitzler angekommen war. Mit dem Daumen umkreiste er ihn, während er weiterhin in mich hineinstieß, und so dauerte es nicht lange, bis der Orgasmus mich vollständig überrollte. Theo folgte mir kurz darauf und brach danach kraftlos auf mir zusammen. Unser keuchender Atem und das Wummern des Pulses in meinen Ohren waren für einige Zeit die einzigen Geräusche, die ich wahrnahm. Theos Gewicht, das mich in die Kissen drückte, ließ mich eine Geborgenheit empfinden, die mir gänzlich unbekannt war. Am liebsten würde ich mich nie wieder bewegen, aber ich wusste, dass wir nicht auf ewig in dieser Position verweilen konnten.

»Du bist unglaublich, weißt du das?«, durchbrach Theo schließlich die Stille. Er richtete sich auf die Ellbogen auf, bis er mich ansehen konnte.

Ich gab ein protestierendes Geräusch von mir und versuchte ihn wieder auf mich zu ziehen, doch Theo ließ sich kein Stück bewegen. »Ich bin total normal«, sagte ich stattdessen.

Theo schnaubte und drückte mir einen Kuss auf den Mundwinkel. »Träum weiter.« Dann zog er sich völlig von mir zurück und stand auf, um das Kondom zu entsorgen. Ich wickelte mich bis zum Kinn in die Bettdecke ein, plötzlich fühlte es sich im Zimmer deutlich kühler an, aber es dauerte nicht lange, bis Theo zurück war. Er krabbelte hinter mir unter die Decke, legte seine Arme um mich und zog mich an seine Brust.

»Schlaf gut«, murmelte er und küsste meine Schulter.

KAPITEL 15

Avery

Hitze umfing mich, als ich aufwachte. Ich hatte keine Ahnung, wie spät es war. Die Rollos waren heruntergezogen und ließen kein bisschen Licht von draußen herein. Theo war noch immer um mich geschlungen und strahlte eine Körperwärme aus, dass ich das Gefühl hatte, mich in einem Backofen zu befinden. Mir war viel zu warm, trotzdem wollte ich mich nicht aus dem Kokon seiner Arme befreien. Denn Theo Jemison, der Typ, der die Frauen nach dem Sex normalerweise sofort nach Hause schickte, hatte sich die ganze Nacht keinen Millimeter von mir wegbewegt. Zusätzliche Wärme durchflutete meinen Körper, und mein Gehirn zeigte mir Bilder von dem, was letzte Nacht geschehen war. Sofort schoss Verlangen durch mich, und ich presste meine Oberschenkel zusammen. Leider wurde mir dadurch noch heißer, sodass ich es kaum noch unter der Decke aushielt.

Ich schob meinen Fuß nach vorne, bis ich kühle Luft fühlen konnte, und schlug die Decke ein Stück zurück. Ein erleichtertes Seufzen entwich mir. Meine Beine lagen an der kühlen Luft, und ich fühlte mich nicht mehr ganz so, als würde ich gleich zu kochen beginnen.

»Was machst du da?«, grummelte Theo verschlafen hinter mir. Er zog seine Beine zurück, um sie wieder unter die Decke zu stecken.

»Mir ist warm«, erklärte ich.

Theo murmelte etwas, das ich nicht verstehen konnte, sich aber alles andere als nach Zustimmung anhörte. Ich grinste in mich hinein. Nie hätte ich vermutet, dass Theo ein Morgenmuffel war. Es war irgendwie beruhigend, diese Seite an ihm zu entdecken. Wenn wir uns morgens zum Schwimmtraining trafen, war er immer voller Energie, sodass ich vermutet hatte, er würde auch so aus dem Bett springen. Doch das schien nicht der Fall zu sein.

»Wie spät ist es eigentlich?«, fragte Theo nach einer Weile.

»Keine Ahnung.« Eine Uhr hatte ich gestern nicht umgelegt, und mein Handy musste sich noch in meiner Handtasche befinden, von der ich nicht sicher war, wo ich sie abgelegt hatte. In der Küche? Im Wohnzimmer? Auch egal.

»Ich will nicht aufstehen.« Theo kuschelte sich noch enger an mich und verstärkte den Griff seiner Arme um mich. Federleicht verteilte er Küsse an meiner Schulter, und eine Gänsehaut breitete sich an den Stellen aus, die seine Lippen berührten.

Ich kicherte. »Dann bleib einfach liegen.«

»Aber ich brauche Kaffee«, protestierte er.

Jetzt konnte ich das Lachen nicht mehr verhindern. »Dann kann ich dir auch nicht helfen.«

Theo biss mir leicht in die Schulter. »Vielen Dank für dein Mitgefühl«, knurrte er, aber ich konnte das Lächeln in seiner Stimme hören.

Noch immer lachend, drehte ich mich in seinen Armen um, bis ich ihn ansehen konnte. Seine Augen waren noch gar nicht richtig geöffnet, der Abdruck des Kissens zierte seine Wange, und er wirkte, als würde er noch halb schlafen. Ich beugte mich vor, bis ich ihn küssen konnte. »Wenn du mir zeigst, wie deine Kaffeemaschine funktioniert, würde ich mich eventuell dazu herablassen, dir einen zu machen.«

»Dazu müsste ich aber trotzdem aufstehen.«

Ich hob eine Schulter. »Daran wirst du nicht vorbeikommen.«

»Sklaventreiber.« Ächzend richtete Theo sich auf und rieb über seine Augen, ehe er aufstand und seine Boxershorts suchte, die, wie all unsere Klamotten, gestern achtlos auf dem Boden gelandet waren. Ich beobachtete ihn, bis er das Zimmer verließ und ich ihn im Bad verschwinden hörte, dann sprang ich auf, klaute mir ein T-Shirt aus seinem Schrank und zog es über, bevor ich in die Küche ging.

Theo stockte mitten in der Bewegung, als er mich erblickte. Seine Augen wanderten an meinem Körper hinab und wieder herauf, und etwas Warmes blitzte in ihnen auf. »Ich mag es, wenn du meine Sachen trägst.« Im Vorbeigehen gab er mir einen Kuss auf die Stirn und schaltete dann die Kaffeemaschine ein.

Wenig später machten wir es uns mit unseren Tassen auf seiner Couch bequem. Ich legte meine Beine über Theos Schoß ab und nippte an meinem Milchkaffee. Fast augenblicklich setzte die Wirkung des Koffeins ein, und ich fühlte mich wacher. »Das tut gut«, sagte ich und seufzte zufrieden.

»Ich weiß heute gar nicht mehr, wie ich es früher geschafft habe, ohne Kaffee wach zu werden«, stimmte Theo mir grinsend zu.

»Das frage ich mich bei dir auch. Ich wusste gar nicht, dass du so grummelig am Morgen bist.«

»Bin ich auch nicht«, protestierte er. »Ich schlafe nur gerne aus, wenn ich ausnahmsweise mal nicht früh rausmuss.«

»Ja, ja«, zog ich ihn auf. »Das hätte ich jetzt auch gesagt.«

Gespielt empört wandte er sich mir zu und stellte seine Tasse auf dem Tisch ab. »Na warte«, knurrte er, ehe er sich auf mich stürzte. Zielsicher fand er meine empfindlichen Seiten und begann, mich zu kitzeln. Kreischend wand ich mich unter ihm, um ihm irgendwie zu entkommen, aber das Einzige, was ich fertigbrachte, war, mich mit Kaffee zu überschütten. Als Theo endlich von mir abließ, war ich völlig außer Atem und hatte die Hälfte meines Kaffees auf dem Shirt und der Couch verteilt.

»Sieh nur, was du angerichtet hast«, sagte Theo in gespielter Empörung und deutete auf die Flecken.

Ich tastete nach einem trockenen Zipfel an dem Shirt und wischte damit die Flecken von der Couch. Zum Glück war sie aus Leder und damit relativ unempfindlich. »Ich habe keine Ahnung, was du meinst«, konterte ich möglichst unschuldig. »Außerdem ist das alles deine Schuld.«

Theo lachte und stand auf. »Komm, ich geb dir ein neues T-Shirt.«

Ich folgte ihm ins Schlafzimmer und zog mir mit dem Rücken zu ihm das Shirt über den Kopf. Ehe ich nach dem trockenen greifen konnte, das Theo mir aufs Bett gelegt hatte, spürte ich Theos Fingerspitzen auf meiner Haut, die über die Narbe an meiner Wirbelsäule strichen. Ein Schauer raste über meinen Rücken, und ich konnte nicht sagen, ob er von seiner Berührung kam oder davon, dass ich die Narbe in seiner Gegenwart erneut vergessen hatte.

»Wie genau ist es eigentlich passiert?«

Schnell zog ich das frische T-Shirt über und wandte mich ihm zu. Das war definitiv ein Gespräch, das ich bekleidet führen wollte.

»Ich war auf dem Weg zum Vortanzen an der Juilliard, als mich irgendein Spinner von der Straße abgedrängt hat. Es hat ziemlich geregnet, und man konnte kaum etwas erkennen, aber dieser Idiot ist gerast wie ein Depp. Mein Auto hat sich überschlagen und ist dann so blöd gegen einen Baum geprallt, dass die Tür nach innen gepresst wurde. Ich wurde eingequetscht, und das hat meine Wirbelsäule irreparabel geschädigt.«

Theo verzog den Mund. »Scheiße.«

Ich wartete darauf, dass er all die Fragen stellte, die ich schon hunderte Male gehört hatte. *Bist du zu schnell gefahren? Hast du vielleicht nicht richtig auf den Weg geachtet? Bist du sicher, dass du nicht aus Versehen auf die andere Fahrbahn geraten bist, du hast doch gesagt, man hat kaum etwas gesehen? Wie kommt man überhaupt auf die Idee, bei so einem Wetter ins Auto zu steigen?* Fragen, die implizierten, dass das, was mir geschehen war, wenigstens zum Teil meine eigene Schuld war.

Doch Theo fragte nichts dergleichen, stattdessen sagte er: »Wenigstens scheint das Arschloch genug Anstand gehabt zu haben, den Notruf abzusetzen.«

Ich schnaubte. »Hat er oder sie nicht, das hat Lizzy gemacht. Wir haben unterwegs telefoniert, deswegen wusste sie sofort, dass etwas Schlimmes passiert war.«

Theo starrte mich an, die Augen weit aufgerissen und den Mund zu einer harten Linie gepresst. Sekunden vergingen, die sich für mich wie Stunden anfühlten, bis er sich schließlich umdrehte und wortlos ins Wohnzimmer zurückging.

Was war jetzt passiert? Ich sah ihm hinterher und überlegte, was ich Falsches gesagt hatte, das ihn in diesen Zustand gebracht haben konnte, aber mir fiel einfach nichts ein. Als ich hörte, wie der Fernseher angestellt wurde, kam endlich Bewegung in mich, und ich folgte Theo.

Er lag auf der Couch, im Fernsehen lief eine alte Folge von *The Big Bang Theory*, und er beachtete mich gar nicht. »Alles okay?«, fragte ich.

Beim Klang meiner Stimme wandte er sich mir zu, ein Lächeln auf den Lippen, das irgendwie gespielt wirkte. »Sicher. Komm, setz dich zu mir.« Er klopfte auf die freie Stelle vor sich. Für einen Moment zögerte ich. Ich wollte, dass er mir seinen plötzlichen Stimmungsumschwung erklärte, aber vielleicht war es auch nichts, und seine Laune würde sich wieder normalisieren, wenn ich mich zu ihm legte.

Seufzend gab ich nach und ging zu ihm. Theo schlang einen Arm um mich und zog meinen Rücken fest an seine Brust. Trotzdem war es nicht mehr wie vorher. Theo war schweigsam und verhielt sich fast schon krampfhaft still hinter mir. Es kam mir vor, als würde plötzlich etwas zwischen uns stehen, aber ich hatte das Memo nicht bekommen, auf dem stand, was es war. Den Rest des Tages verbrachten wir auf der Couch und guckten eine Serie nach der anderen, aber die ganze Zeit kam es mir vor, als wäre Theo irgendwie abwesend und nicht ganz bei der Sache. Als ich mich abends von Theo verabschiedete, konnte ich nur hoffen, dass es sich bis zum nächsten Tag wieder ändern würde, wo wir wieder zum Schwimmen verabredet waren.

Ich betrachtete das dunkle und abgeschlossene Hallenbad, und ein mulmiges Gefühl breitete sich in mir aus. Theo war zu unserem morgendlichen Schwimmtraining noch nie zu spät gekommen. Normalerweise war er immer vor mir da gewesen. Ich zog mein Handy aus der Tasche. Vielleicht hatte er mir geschrieben, dass er sich verspäten würde. Doch da war nichts. Keine Nachricht, kein verpasster Anruf. Gar nichts. Hatte er verschlafen? Ich zögerte für den Bruchteil einer Sekunde, dann wählte ich Theos Nummer und hielt mir das Handy ans Ohr. Es klingelte und klingelte und klingelte … dann sprang der Anrufbeantworter an.

Das ungute Gefühl wuchs und ließ meine Eingeweide verkrampfen. Das war überhaupt nicht Theos Art. Hatte ihn etwas aufgehalten? War er über Nacht krank geworden? War seinen Eltern etwas zugestoßen? Oder steckte etwas anderes dahinter? Theos seltsames Verhalten vom Vortag fiel mir wieder ein. Hatte er mich vielleicht absichtlich versetzt?

Nein, das konnte ich mir nicht vorstellen! Es gab sicher eine logische Erklärung für Theos Fortbleiben. Er würde mich nicht einfach ignorieren, nachdem er mit mir geschlafen und die Nacht mit mir verbracht hatte. Und nicht nur das. Die unzähligen Stunden fielen mir wieder ein, in denen er mit mir trainiert hatte und danach mit mir frühstücken gewesen war. Der Sightseeingtrip oder wie er sich im Escape-Room um mich gekümmert hatte. Und vor allem das wundervolle Date.

Oder machte ich mir selbst etwas vor? Wenn ein Mann sich nach der gemeinsamen Nacht nicht mehr meldete, war das eigentlich ein sehr eindeutiges Zeichen. Hatte ich mich wirklich so in Theo getäuscht? Wollte er mich am Ende doch nur ins Bett bekommen, und sobald er sein Ziel erreicht hatte, war ich ihm egal?

Ich hockte mich auf die kleine Mauer neben dem Eingang und zog meine Jacke enger um mich. Der Herbst hatte Einzug in New York gehalten, und es war deutlich kühler geworden. Trotzdem wollte ich noch nicht aufgeben. Vielleicht würde Theo ja noch kommen.

Eine halbe Stunde später musste ich jedoch einsehen, dass er nicht mehr kam. Es war mittlerweile halb sieben, normalerweise waren wir um diese Uhrzeit bereits seit einer halben Stunde im Wasser. Zweimal hatte ich noch versucht, Theo anzurufen, immer mit demselben Ergebnis. Er ging einfach nicht ran. Meine Stimmung war dreimal umgeschlagen. Von Angst, was geschehen sein könnte, über Verzweiflung, warum er mich einfach so versetzte, bis hin zu Wut, dass er nicht wenigstens den Anstand besaß, mir ehrlich zu sagen, warum er mich plötzlich nicht mehr sehen wollte. Denn er konnte mir sowieso nicht ewig aus dem Weg gehen. Wir studierten am selben College, hatten einen Kurs zusammen, und er trainierte den Schwimmkurs, den ich belegt hatte. Früher oder später würde er mir über den Weg laufen und mir Rede und Antwort stehen müssen.

Ich war viel zu früh für meine erste Vorlesung. Obwohl ich mir noch etwas zum Frühstück geholt hatte, nachdem Theo mich versetzt hatte, war ich deutlich eher am College als gewöhnlich. Aber es hätte sich auch nicht mehr gelohnt, noch mal ins Wohnheim zu gehen, außerdem war ich um diese Uhrzeit noch nicht bereit für Lizzys Vermutungen, was mit Theo geschehen sein könnte.

Mein Kaffee wurde langsam kalt, und ich war noch immer allein im Raum. Ich holte meine Unterlagen hervor und blätterte durch die Aufzeichnungen, die ich bisher gemacht hatte, ohne mich wirklich darauf konzentrieren zu können. Stattdessen kritzelte ich kleine Zeichnungen auf ein leeres Blatt. Ein Hund, der in einem eingezäunten Vorgarten mit einer Frisbeescheibe spielte. Ich führte meinen Bleistift über das Papier, ohne wirklich hinzusehen, und sofort breitete sich die beruhigende Wirkung aus. Malen erdete mich, ließ die lauten Gedanken in mir für einen Moment verstummen und ließ mich befreiter atmen.

Dabei sollte ich mir lieber Gedanken machen, welche Kurse mir gefielen und welche ich wechseln wollte. Ich wusste noch immer nicht, was ich studieren und mit dem Rest meines Lebens anfangen wollte, doch dafür hatte ich heute keinen Kopf. Insgeheim wartete ich darauf, dass Theo den Raum betrat, damit ich ihn zur Rede stellen konnte. Jedes Mal wenn die Tür geöffnet wurde, spannte ich mich automatisch an, doch nie war es Theo.

Als Virginia sich neben mich setzte, war der Raum bereits zur Hälfte gefüllt. Sie murmelte ein »Guten Morgen«, ohne mich anzusehen, und klammerte sich an ihrer Kaffeetasse fest, als wäre sie ihr Rettungsanker. Normalerweise hätte ich sie aufgezogen, an einem Montagmorgen nicht ausgeschlafen zu sein, doch heute fehlte mir die Energie dazu.

Das schien auch Virginia aufzufallen, wenn auch mit einiger Verzögerung. »Alles okay?«, fragte sie und sah mich von der Seite an.

Ein Schnauben entwich mir, denn absolut nichts war okay.

Virginia wandte sich mir vollständig zu und wirkte mit einem Mal viel wacher. »Ist das Date etwa nicht gut gelaufen?«

Jetzt hätte ich fast gelacht. »Das *Date* ist hervorragend gelaufen, nur danach scheint irgendetwas schiefgegangen zu sein«, flüsterte ich ihr zu, damit uns niemand belauschen konnte. Dann berichtete ich ihr, was geschehen war. Angefangen bei unserem Besuch im Ballett, über die Nacht, die ich bei Theo verbracht hatte, bis zu der Tatsache, wie seltsam er geworden war, nachdem ich ihm von dem Unfall erzählt hatte, und dass er mich beim Training versetzt hatte. »Ich kann ihn seitdem auch nicht mehr erreichen«, schloss ich und hielt mein Handy hoch, das neben mir auf dem Tisch lag.

Virginia öffnete den Mund, aber kein Ton kam hervor. Dann schüttelte sie den Kopf. »Das ergibt überhaupt keinen Sinn«, sagte sie schließlich.

»Ich weiß«, pflichtete ich ihr bei.

»Er wusste doch vorher schon von dem Unfall und seinen Folgen, warum sollte es erst jetzt ein Problem sein, nachdem du gesagt hast, was genau passiert ist?« Virginia hörte sich so fassungslos an, wie ich mich fühlte.

»Keine Ahnung. Um genau zu sein, ist Theo in dem Moment seltsam geworden, als ich ihm erzählt habe, dass der Unfallverursacher einfach abgehauen ist. Und das ergibt sogar noch weniger Sinn.«

Virginia tippte sich nachdenklich mit dem Zeigefinger an die Unterlippe. »Und wenn er vielleicht doch einfach ein Problem mit deiner Narbe hat? War das der Moment, an dem er sie zuerst gesehen hat?«

»Nein«, widersprach ich sofort und hielt dann inne. »Doch, das stimmt. Am Abend zuvor hat er sie zwar zuerst bemerkt, aber da hat er sie nur ertastet. Gesehen hat er sie da erst.«

»Sie zu sehen ist bestimmt noch mal etwas anderes, als bloß zu wissen, dass sie da ist«, sagte Virginia nachdenklich, schüttelte dann jedoch den Kopf. »Aber das kann trotzdem nicht der Grund sein. Wenn es ihn wirklich abgeschreckt hätte, wärt ihr gar nicht im Bett gelandet. Ist an dem Abend noch etwas anderes passiert, was sein Verhalten ausgelöst haben könnte?«

Kurz dachte ich darüber nach. »Nein, eigentlich nicht. Der ganze Abend war total schön. Der Morgen auch, bis wir über den Unfall gesprochen haben.«

Virginia wickelte sich eine Haarsträhne um den Finger und tippte sich mit dem Ende gegen das Kinn. Schließlich hob sie die Schultern. »Tut mir leid, aber für mich sieht es ganz danach aus, als hätte er dich doch bloß ins Bett kriegen wollen. Wenn ihn wirklich etwas beschäftigen würde, würde er doch mit dir darüber reden. So wirkt es jedoch, als wäre ihm egal, wie es dir geht.«

Es tat weh, das überhaupt in Betracht zu ziehen, doch insgeheim musste ich ihr zustimmen.

Ich konnte Virginias Worte den Rest des Tages nicht vergessen. Sollte es wirklich so einfach sein? War Theo, wie anfangs von mir befürchtet, nur ein riesengroßes Arschloch, der mich hatte rumkriegen wollen und mich dann wie eine heiße Kartoffel fallen ließ? Es stimmte, dass ich Theo zuerst für so oberflächlich gehalten hatte. Aber in den letzten Wochen hatte er mir eine andere Seite an sich gezeigt. Ich wusste einfach nicht mehr, was ich glauben sollte. Zu unserer Vorlesung war Theo genauso wenig erschienen wie mittags in der Mensa. Nur Kayson und Noah waren da gewesen, aber weder der eine noch der andere wussten, wo Theo war oder warum er fehlte.

Selbst Lizzy konnte mich nicht beruhigen, obwohl sie anderer Meinung als Virginia war.

»Meinst du wirklich?«, fragte sie skeptisch. »Ich kann mir das irgendwie nicht vorstellen. Das passt überhaupt nicht zu dem Theo, den wir kennengelernt haben.«

Sie verunsicherte mich noch mehr. Hatte ich mich zu schnell von Virginia beeinflussen lassen? »Aber was soll es dann sein? In

Zeiten der Digitalisierung kann es ja wohl nicht schwierig sein, eine Nachricht zu schreiben, dass man irgendwo nicht hinkommen kann. Außerdem hat Theo sich schon abweisend verhalten, bevor ich nach Hause gegangen bin. Gestern wollte ich das nicht wahrhaben, aber es war so.«

Lizzy seufzte. »Das ist wirklich seltsam, das stimmt. Trotzdem kann ich mir nicht vorstellen, dass Theo so oberflächlich ist. Es steckt sicher etwas anderes dahinter, auch wenn wir nicht wissen, was es ist.« Sie schob sich eine Haarsträhne hinters Ohr. »Aber vielleicht ist er ja jetzt beim Kurs, und du kannst ihn fragen.«

Ich gab einen undefinierbaren Laut von mir, von dem ich selbst nicht wusste, was ich damit ausdrücken wollte. Ich wusste nicht mal, ob ich Theo überhaupt sehen wollte. Einerseits wollte ich Klarheit haben. Wenn Theo mich wirklich nur ausgenutzt – oder ein anderes Problem mit mir – hatte, sollte er ehrlich genug sein, mir das zu sagen. Andererseits hatte ich mich den Tag über derart in meine Wut hineingesteigert, dass ich befürchtete, ihm mit ausgefahrenen Krallen ins Gesicht zu springen, sobald ich ihn sah. Lizzy und Virginia konnten beide recht haben, aber Theo war der Einzige, der mir sagen konnte, was wirklich los war.

»Lass uns über was anderes reden«, sagte ich geschlagen zu Lizzy und hakte mich bei ihr unter. »Wie war das Bandtreffen?«

Gestern hatten Lizzy und Virginia sich zum ersten Mal mit den Mitgliedern ihrer neu gegründeten Band getroffen, und weil ich zu sehr mit mir selbst – und Theo – beschäftigt gewesen war, war ich bisher noch nicht dazu gekommen, sie danach zu fragen.

Diesmal war Lizzy es, die einen leidenden Laut von sich gab und mir einen gequälten Gesichtsausdruck zuwarf.

»So schlecht?« Beim Vorspielen waren Mia und Chloe, die sie ausgewählt hatten, wirklich gut gewesen. Was war passiert, dass es anscheinend trotzdem nicht gut gelaufen war?

»Nicht schlecht, aber …« Lizzy schien nach den richtigen Worten zu suchen. »Wir haben gestern nicht geprobt, sondern uns nur getroffen, um einige Dinge zu besprechen und uns etwas kennenzulernen. Was für Typen sind wir, passen wir überhaupt zusammen, was für Vorstellungen von einer Band haben wir, welche Musik wollen wir spielen, solche Dinge halt.«

»Ergibt Sinn«, stimmte ich zu. »Und das lief nicht gut?«

»Chloe ist toll«, sagte Lizzy sofort. »Sie hat gute Ideen und hat sich eingebracht, ohne im Mittelpunkt stehen zu wollen. Aber Mia …« Lizzy stockte und kniff sich in die Nasenwurzel. »Ich kann sie überhaupt nicht einschätzen. Sie war total ruhig, hat kaum etwas gesagt, und manchmal hatte ich sogar das Gefühl, als hätte sie überhaupt keine Lust auf uns und die Band. Sie war so … argh, ich kann es nicht mal beschreiben. Ich hoffe, das geht nicht in die Hose.«

»Vielleicht ist sie einfach nur schüchtern.«

»Ich weiß, aber das ist es ja. Sie kam mir nicht schüchtern vor, eher als würde sie absichtlich Abstand halten. Ich habe gar kein Gefühl für sie bekommen, dabei kann ich andere normalerweise gut einschätzen.«

Ich grinste in mich hinein. Da lag also Lizzys Problem, sie konnte Mia nicht direkt durchschauen. »Ich denke, du wirst ihr eine Chance geben müssen, wenn du sie nicht direkt rausschmeißen willst.«

»Auf keinen Fall, dafür ist sie am Keyboard viel zu gut«, sagte Lizzy sofort.

Wir waren vor dem Hallenbad angekommen, und augenblicklich schoss mein Puls in die Höhe. Alles an diesem Gebäude verband ich mit Theo, was die vielen Gefühle wieder hervorholte, die unter der Oberfläche brodelten. Ich erinnerte mich an die schönen Stunden, die wir hier verbracht hatten, wie viel wir gelacht und herumgeblödelt hatten. Aber auch der Schmerz, den ich seit heute

Morgen verspürte, kam mit voller Macht zurück. Dass Theo mich nach dieser Nacht einfach versetzt hatte, hatte meine Welt aus den Angeln gehoben, und dass ich keine Begründung dafür hatte, machte es noch schwerer zu ertragen.

An der Tür zögerte ich für den Bruchteil einer Sekunde, ehe ich sie aufzog. Was würde ich machen, wenn ich Theo gleich gegenüberstand? Und, viel wichtiger, was würde es bedeuten, wenn er nicht da war?

Lizzy und ich zogen uns in Rekordzeit um und gingen in die Schwimmhalle. Einige der anderen Kursteilnehmerinnen standen bei einem Mann am Beckenrand, der uns den Rücken zugekehrt hatte. Mein Magen verkrampfte sich schmerzhaft, denn ich erkannte sofort, dass er nicht Theo war. Obwohl er ebenfalls groß und dunkelhaarig war, waren seine Haare viel zu lang und seine Kopfform völlig anders. Ich wollte bereits umdrehen, aber Lizzy packte mein Handgelenk und zog mich hinter sich her.

»Hey«, begrüßte sie den Typen fröhlich. »Wo ist Theo?«

»Hi, Theo ist diese Woche verhindert und hat mich gebeten, diesen Kurs für ihn zu übernehmen«, erklärte er. »Ich bin Daniel.«

»Also hast du mit ihm gesprochen?«, hakte Lizzy weiter nach.

Daniels Blick wurde misstrauisch. »Ja, wieso?«

Lizzy ließ sich von ihm nicht beeindrucken. Wenn möglich, wurde ihr Lächeln nur noch strahlender. »Wir haben uns nur gewundert, warum er heute nicht am College war. Ich war mit seinem Kumpel Mittag essen, und niemand hat ihn gesehen oder von ihm gehört. Ich wollte nur sichergehen, dass ihm nichts passiert ist«, plapperte sie munter drauflos.

Daniels Züge entspannten sich. »Nein, es ist alles in Ordnung mit ihm. Sein Dad hat ihm wohl einen Termin aufgedrückt, wegen dem er keine Zeit hat.«

»Ach so, dann ist ja gut. Danke.« Lizzy zog mich zu unserer Schwimmbahn, obwohl ich am liebsten abgehauen wäre. Ich wusste gar nicht, wie ich mich aufs Schwimmen konzentrieren sollte, ohne unterzugehen. Denn jetzt war es amtlich. Theo ging mir mit voller Absicht aus dem Weg. Er hatte keinen Unfall gehabt, war nicht von einer plötzlichen Krankheit heimgesucht worden, und niemand aus seiner Familie war über Nacht ins Krankenhaus eingeliefert worden. Er hatte seinem Teamkollegen eine fadenscheinige Ausrede aufgetischt, um mich nicht sehen zu müssen. Zu den verkrampften Eingeweiden gesellte sich nun auch noch ein schmerzhafter Stich in meinem Herzen, der mir kurzzeitig den Atem raubte. Was hatte ich nur getan, um eine derartige Behandlung zu verdienen?

KAPITEL 16

Theo

Meine Albträume hatten ein Gesicht bekommen.
Avery.

Was für eine beschissene Wendung des Schicksals war es bitte, dass ich endlich eine Frau kennengelernt hatte, mit der ich mir mehr vorstellen konnte, und dann stellte sich heraus, dass ich für den Unfall mitverantwortlich war, der ihr Leben zerstört hatte. Dass *ich* in dem Auto gesessen hatte, das sie von der Straße abgedrängt hatte. Ich war zwar nicht gefahren, aber welchen Unterschied machte das noch?

Die Ironie daran war, dass meine Albträume praktisch aufgehört hatten, seit ich Avery kennengelernt hatte. Es war, als hätte sie den Teil meines Unterbewusstseins, der meine Schuldgefühle in sich trug, mit ihrem bloßen Lächeln zum Verstummen gebracht. Ich hatte die Nächte wieder ruhig schlafen können, ohne ständig schweißgebadet und mit rasendem Herzschlag aufzuwachen. Was eine Erleichterung es gewesen war, nachdem ich sieben Monate kaum eine Nacht durchgeschlafen hatte. Doch seit Sonntag konnte ich kaum noch die Augen schließen, ohne die Bilder wieder vor mir zu sehen.

Dabei hatte ich den Zusammenhang zuerst gar nicht gesehen. Als Avery mir von ihrem Unfall berichtet hatte, hatte ich zuerst gedacht, dass irgendein anderer Idiot es gewesen war. Ein anderer Tag, eine andere Landstraße, ein anderer Sturm. Trotzdem hatten mich die Schuldgefühle sofort wieder gepackt, weil mir sehr wohl bewusst war, dass wir etwas Ähnliches vielleicht einer anderen Person angetan hatten. Erst nachdem Avery gegangen war, hatte ich mich an meinen Laptop gesetzt und den Vorfall aus reiner Neugierde gegoogelt. Über ihren Namen hatte ich nur einen Zeitungsartikel gefunden, der darüber berichtete, aber nachdem ich ihn gelesen hatte, war mir unmissverständlich klar gewesen, dass Brady und ich am selben Tag auf derselben Landstraße unterwegs gewesen waren.

Ich war schuld.

Ich war schuld, und ich konnte die Bilder nicht mehr aufhalten, die seitdem nahezu ununterbrochen auf mich einströmten. Monatelang hatte ich versucht, sie zu verdrängen, doch jetzt schien ich überhaupt kein Mittel mehr gegen sie zu finden.

»Musst du so rasen?«, fragte ich mit Blick auf die Geschwindigkeitsanzeige. Ich war wirklich kein ängstlicher Autofahrer, aber wie Brady die Straße überhaupt noch erkennen konnte, war mir ein Rätsel. Regen klatschte ununterbrochen auf die Windschutzscheibe, so stark, dass auch die Scheibenwischer der Wassermassen nicht Herr werden konnten. Dass es draußen so dunkel war, als hätte die Dämmerung bereits eingesetzt, machte die Sache nicht besser. Nicht zum ersten Mal fragte ich mich, ob es eine gute Idee gewesen war, bei diesem Sturm aufzubrechen, aber mittlerweile waren wir fast auf halbem Weg nach Philadelphia, daher würde es uns auch nichts mehr bringen, jetzt noch umzudrehen.

»Mach dich mal locker.« Brady grinste mich von der Seite an, was im Zwielicht eher wie eine Grimasse wirkte. »Es ist eh keine Sau auf der Straße. Außerdem machen wir das für deine Zukunft.«

Uns war tatsächlich kein Auto mehr begegnet, seit wir New York verlassen hatten, trotzdem würde ich mich wohler fühlen, wenn Bra-

dy etwas langsamer fahren würde. Aber es hatte keinen Sinn, mit meinem Cousin zu diskutieren, wenn es ums Autofahren ging. Er fühlte sich unantastbar, sobald er hinter dem Steuer saß. »Wenn Dad das erfährt, bringt er mich um«, sagte ich stattdessen.

»Wie soll er das denn erfahren?«, entgegnete Brady.

»Du kennst meinen Dad, er hat einen sechsten Sinn für so was. Vermutlich steht er heute Abend bei mir vor der Tür und zählt eins und eins zusammen, wenn ich nicht da bin.« Immerhin hatte er mir mehr als deutlich zu verstehen gegeben, dass ich nicht zu diesem Treffen fahren sollte. Doch ich konnte einfach nicht anders. Das olympische Schwimmteam hatte mich zu einem Treffen nach Philadelphia eingeladen. Sie hatten meine Karriere in den letzten Jahren verfolgt und konnten sich vorstellen, mich in ihr Team aufzunehmen, sobald ich das College beendet hatte. Zwar hatte ich bis dahin noch Zeit, aber es wäre eine tolle Möglichkeit für mich, meine Karriere bereits jetzt in die richtigen Bahnen zu lenken. Dann könnte ich schon in ein, zwei Jahren richtig durchstarten.

Dad wollte nicht, dass ich es machte. Er war der Meinung, dass es mich zu sehr ablenken würde. »Sie werden dir Versprechungen machen, von denen niemand weiß, ob sie sie einhalten können. Ob du es in ein olympisches Team schaffst, liegt nicht an deiner aktuellen Leistung, sondern an der in deinem Abschlussjahrgang. Es sind noch zwei Jahre bis dahin, Theo. Du solltest dich jetzt auf deine aktuellen Wettkämpfe konzentrieren. Damit *sicherst du deine Zukunft am besten.« Das waren seine exakten Worte gewesen. Zwar verstand ich, was er damit meinte, trotzdem wollte ich mir diese Chance nicht nehmen lassen. Ich war erwachsen und konnte meine eigenen Entscheidungen treffen.*

Plötzlich tauchten direkt vor uns Scheinwerfer aus der Dunkelheit auf. Vor einer Sekunde waren wir noch völlig alleine auf der Landstraße gewesen, wo kam dieses Auto plötzlich her? Und warum fuhr es auf unserer Seite? Oder waren wir diejenigen, die falsch waren?

Mein Puls schoss in die Höhe, trotzdem dauerte es einen Moment, bis ich reagieren konnte.

Meine Hand schoss zum Armaturenbrett, um mich daran festzuhalten. »Brady!«, *rief ich im selben Augenblick, als mein Cousin ein lautes »Fuck!« ausstieß. Das Auto kam immer näher und ich sah uns schon frontal damit zusammenstoßen.*

In letzter Sekunde riss Brady das Lenkrad nach links. Ich knallte mit der Schulter gegen die Tür, das Kreischen von Metall auf Metall ertönte, als uns das andere Auto an der Tür touchierte. Brady riss das Lenkrad in die andere Richtung, um uns zurück auf unsere Seite der Straße zu lenken. Dabei geriet unser Wagen auf der nassen Fahrbahn gefährlich ins Schlingern, doch Brady schaffte es, ihn wieder unter Kontrolle zu bringen.

Mein Herz hämmerte in meiner Brust, und mein Atem kam in abgehackten Zügen. »Was zur Hölle war das?« Ich drehte mich um, konnte aus der Heckscheibe aber nichts weiter sehen als die dunkle Regenwand, die uns umgab.

»Das war verdammt knapp.« Brady keuchte genauso sehr wie ich und hatte die Geschwindigkeit deutlich verringert. Mit beiden Händen umklammerte er das Lenkrad und stierte aufmerksam auf die Straße, als könnte er das nächste Auto dadurch eher erkennen.

Erneut wandte ich mich um. »Wir sollten zurückfahren«, sagte ich. »Schauen, ob es dem anderen gut geht.«

Ich war mir nicht sicher, aber ich meinte, gesehen zu haben, wie das Auto von der Straße abgekommen war.

Brady schnaubte. »Der ist sicher schon lange weg.«

»Also ist er auf der Straße geblieben?«

»Ja … keine Ahnung, Mann. Ich hab nur versucht, selbst nicht im Graben zu landen. Sorry, dass ich da nicht auf das verdammte Auto geachtet habe, das uns fast abgedrängt hat«, herrschte er mich an.

»Aber was ist, wenn er Hilfe braucht?«, wagte ich einen weiteren Versuch.

Brady wandte sich mir mit verengten Augen zu. »Dann soll er verdammt noch mal nach seinem Handy greifen und Hilfe holen. Ich fahre jedenfalls nicht zurück. Wenn es dir so wichtig ist, kann ich dich hier rauslassen, und du kannst zurückgehen, aber glaub bloß nicht, dass ich auf dich warte.«

Ich sagte nichts mehr. Brady würde sich nicht umstimmen lassen, egal was ich argumentierte. Für den Rest der Fahrt blickte ich nach draußen und versuchte das ungute Gefühl in mir zu ignorieren, das mir mitteilte, dass wir etwas ganz Dummes getan hatten.

In Philadelphia hatte ich mich kaum auf das Gespräch konzentrieren können, das dementsprechend schlecht gelaufen war. Ständig hatte ich auf dem Handy die Newsseiten gecheckt. Doch in den großen Zeitungen war nichts über einen Unfall im Wald zu finden gewesen. Einerseits war ich erleichtert gewesen und hatte mir eingeredet, dass dann schon nichts passiert sein konnte. Andererseits war meinem Unterbewusstsein wohl die ganze Zeit klar gewesen, dass mehr passiert war, wie mir die Albträume immer wieder gezeigt hatten. Und jetzt hatte ich Gewissheit. Zwar hatten wir kein Menschenleben ausgelöscht, wie ich in meinen schlimmsten Vorstellungen befürchtet hatte, aber wir hatten einem Menschen den Lebensinhalt genommen. Avery.

Ich würde ihr nie wieder unter die Augen treten können. Jeder Blick auf sie würde mich daran erinnern, was ich ihr angetan hatte. Meine Schuldgefühle fraßen mich jetzt schon innerlich auf, wie schlimm würde es dann werden, wenn sie bei mir war? Und ihr erzählen, was geschehen war – was wir getan hatten –, konnte ich noch weniger. Sie würde mich danach zu Recht hassen, und ich wusste nicht, ob ich das ertragen könnte. Ich wollte, dass sie mich so in Erinnerung behielt, wie sie mich kennengelernt hatte, und nicht als den Typen, der ihre Karriere zerstört hatte.

Es gab allerdings auch noch einen anderen Grund, warum ich ihr nichts erzählen durfte. Wenn Avery davon erfuhr, wäre es ihr gutes Recht, uns anzuzeigen. Was wir getan hatten, war Fahrerflucht und unterlassene Hilfeleistung. Ich hatte keine Ahnung, wie die Strafen dafür aussahen, aber nur mit einem blauen Auge würden wir bestimmt nicht davonkommen. Eine Verurteilung würde sich garantiert negativ auf meine Karriere auswirken, und – auch wenn mich das jetzt zum größten Arschloch machte – ich war nicht sicher, ob ich bereit war, diesen Preis zu zahlen.

Nein, lieber versuchte ich einfach, Avery zu vergessen und es darauf beruhen zu lassen. Es würde schwer sein, Avery aus dem Weg zu gehen, aber ich wusste nicht, wie ich ihr sonst mitteilen sollte, dass ich sie nicht mehr sehen wollte. Denn ich würde sie nicht anlügen können, wenn sie vor mir stand. Ich würde es nicht über mich bringen, ihr zu sagen, dass ich kein Interesse an ihr hätte. Sie würde mir ansehen, dass ich log. Also wählte ich den feigen Weg und meldete mich gar nicht mehr, antwortete nicht mehr auf ihre Nachrichten und mied alle Plätze, an denen wir uns über den Weg laufen könnten. Mein schlechtes Gewissen wurde dadurch zwar nicht kleiner, aber mir fiel einfach keine andere Lösung ein.

In den nächsten zwei Tagen wurde mir jedoch etwas klar: Ich vermisste Avery so sehr, dass es körperlich wehtat. Ich hatte noch nie Liebeskummer gehabt, aber jetzt verstand ich, warum unzählige Lieder darüber geschrieben wurden. An der Stelle, wo einmal mein Herz gesessen hatte, befand sich nur noch ein schwarzes Loch, das alle Fröhlichkeit aus mir heraussaugte und mich stattdessen mit Schmerz erfüllte, als würde jemand ununterbrochen einen Pfahl in mich stoßen. Ich vermisste Averys Lachen, ihre blauen Augen und den Geruch ihrer Haare. Mir fehlten die Gespräche mit ihr, das gegenseitige Necken und ihre sarkastischen Kommentare, wenn ich Blödsinn redete. Ständig sah ich sie vor meinem inneren Auge, ließ unsere Treffen Revue passieren und wünschte mir, sie wäre bei mir. Doch das vergrößerte den Schmerz in mir nur. Wie hielten andere Menschen diese Qualen aus, ohne verrückt zu werden? Würde es jemals aufhören, so verdammt wehzutun, wenn ich an sie dachte? Wie war es überhaupt möglich, sich in so kurzer Zeit so sehr an jemanden zu gewöhnen, dass man an nichts anderes mehr denken konnte?

Sobald mein Handy klingelte, zuckte ich zusammen, in der Hoffnung, dass es Avery sein könnte. Doch sie war es nie. Nach dem ersten Tag hatte sie aufgehört, mich anzurufen. Dabei wünschte ich mir nichts sehnlicher. Es fiel mir immer schwerer, mich nicht selbst bei ihr zu melden. Einzig, dass ich nicht wusste, wie ich ihr mein Verhalten erklären sollte, hielt mich davon ab. Aber der Wunsch wurde von Tag zu Tag größer.

Ich war gerade auf dem Weg zum Training – das Einzige, was ich aktuell nicht schleifen ließ –, als mein Handy erneut klingelte. *Bitte lass es Avery sein,* durchfuhr es mich, doch die Enttäuschung setzte ein, sobald ich aufs Display schaute. Es war nur Kayson. Ich schluckte das bittere Gefühl herunter und nahm den Anruf an. »Was gibt's?«

»Hey, Mann. Du lebst ja doch noch«, begrüßte er mich.

Ich verdrehte die Augen. »Natürlich lebe ich noch, wir haben die Woche erst telefoniert, schon vergessen?« Er hatte mich Montagabend angerufen, nachdem ich nicht am College gewesen war.

»Aber das ist schon wieder einige Tage her. Ich bin es nicht gewohnt, dich so lange nicht zu sehen.«

Ein Schnauben entwich mir. »Wie überstehst du nur die Semesterferien ohne mich?«

»Es ist hart, Mann. Es ist hart.« Kayson stieß ein theatralisches Seufzen aus, das mich zum Lachen brachte. Er hatte die Begabung, mich immer aufheitern zu können, egal wie beschissen es mir eigentlich ging.

»Weswegen ich anrufe«, kam Kayson gleich zum Punkt. »Du hast hoffentlich nicht vergessen, welcher Tag morgen ist.«

»Morgen ist Samstag?« Ich wusste tatsächlich nicht, worauf er hinauswollte.

»Morgen ist das Spiel gegen die Lions, Theo. Du hast versprochen, dass du kommst.«

Shit, das hatte ich vollkommen vergessen. Die Columbia Lions waren *das* Team in New York. Es war den Red Hawks seit zehn Jahren nicht mehr gelungen, gegen sie zu gewinnen, aber Kayson war fest entschlossen, dieses Jahr die Wende herbeizuführen. Er hatte trainiert wie nie zuvor und gemeinsam mit dem Coach eine Strategie entwickelt, um die Schwächen der Lions am besten auszunutzen. Bei diesem Spiel konnte ich ihn nicht hängen lassen. Außerdem kam Kayson auch immer zu meinen Wettkämpfen.

»Natürlich komme ich«, versicherte ich ihm.

»Das will ich dir auch geraten haben«, sagte Kayson mit strenger Stimme, die einen amüsierten Unterton durchklingen ließ. »Du hast eh keine andere Wahl. Ich hab Noah angeordnet, dich um zehn abzuholen, und komm bloß nicht auf die Idee, die Tür nicht aufzumachen.«

»Würde mir nie einfallen.«

Ein Schnauben drang an mein Ohr. Vermutlich erinnerte Kayson sich daran, wie er mal eine Stunde vergeblich an meiner Tür geklingelt hatte, obwohl ich zu Hause gewesen war. Das war aber nicht meine Schuld gewesen. Die Klingel war ausgefallen, weshalb ich ihn gar nicht gehört hatte.

»Ich verspreche, morgen abmarschbereit zu sein, wenn Noah bei mir ist.« Das Hallenbad kam in mein Blickfeld, und ich verlangsamte meine Schritte. »Ich muss jetzt aufhören und mich zwei Stunden von meinem Dad quälen lassen«, sagte ich.

»Viel Spaß, wir sehen uns morgen.«

Ich verabschiedete mich, schob das Handy zurück in meine Hosentasche und drückte die Tür auf. Niemand war im Vorraum zu sehen, vermutlich war ich erneut einer der Letzten. Innerhalb von fünf Minuten war ich umgezogen und betrat den Schwimmbereich. Die Atmosphäre war eine völlig andere als bei dem Grundkurs, den ich trainierte, was nicht zuletzt daran lag, dass der Anteil an Männern und Frauen deutlich ausgeglichener war. Obwohl einige Leute in Grüppchen zusammenstanden und sich unterhielten, war es deutlich ruhiger, denn alle waren dabei bereits konzentriert. Das Beste jedoch war, dass niemand mir großartig Beachtung schenkte. Obwohl ich am College als der Star des Schwimmteams galt, war ich beim Training nur einer von vielen. Hier hatte ich keinen Sonderstatus, und selbst Dad behandelte mich genau wie alle anderen auch.

Eine Hand landete auf meiner Schulter. »Ich hab schon gedacht, du kommst nicht mehr«, sagte Daniel statt einer Begrüßung.

Ich drehte mich zu ihm um und blickte in sein grinsendes Gesicht. »Wieso sollte ich nicht kommen? Ich bin doch immer da.«

Dad würde mich in der Luft zerreißen, sollte ich dem Training fernbleiben, ohne ernsthaft krank oder verletzt zu sein. Außerdem wollte ich es auch gar nicht. Wasser war mein Element, ohne Schwimmen würde ich mich nicht mehr vollständig fühlen.

Daniel zuckte mit den Schultern und trat einen Schritt näher. »Aber du hast alles andere diese Woche sausen lassen«, raunte er mir leise zu, damit uns niemand hören konnte.

Also wusste er, dass ich nicht nur meinen Trainingskurs, sondern auch meine Vorlesungen geschwänzt hatte. Ahnte er, was dahintersteckte? Einen Moment später schüttelte ich den Kopf über mich selber. So ein Schwachsinn. Woher sollte Daniel das wissen? Er wusste ja nicht einmal, dass ich nach Philadelphia gefahren war. Außer Brady wusste niemand davon, und er hatte ein ebenso großes Interesse daran, es nicht zu verraten, wie ich auch. Die ganze Sache machte mich langsam paranoid.

»Ich habe einen topsecret Auftrag erhalten. Eventuell musst du auch nächste Woche noch mal für mich einspringen.« Solange ich nicht entschieden hatte, was ich zu Avery sagen wollte, konnte ich ihr unmöglich unter die Augen treten. Auch wenn es mich mittlerweile nervte, in meiner eigenen Wohnung eingesperrt zu sein.

Ein wissendes Funkeln trat in Daniels Augen. »Du musst aber ein ganz unersättliches Häschen abgeschleppt haben, wenn sie dich so sehr beschäftigt.«

Ich zwang ein Grinsen auf meine Lippen und hob die Schultern. Daniel war ein netter Typ und einer der wenigen, mit denen ich im Training überhaupt klarkam. Trotzdem waren wir weit davon entfernt, Freunde zu sein, dafür herrschte unter den Schwimmern am LaGuardia Community College ein zu großer Konkurrenzkampf. Sollte er ruhig denken, ich würde die Zeit mit Bettsport verbringen. Bei meinem Ruf war das ohnehin das Erste, an das alle dachten. Sollte sich dieses Gerücht am College rumsprechen, würde es Avery zumindest einen Grund geben, warum ich sie ignorierte. Auch wenn es nicht die feinste Art war und sie es nicht verdiente, so verletzt zu werden.

Ein schmerzhafter Stich fuhr bei dem Gedanken durch mein Herz, denn eigentlich wollte ich genau das Gegenteil als sie von mir fernhalten. Aber es musste sein, es war besser so. Nicht nur für mich, sondern vor allem auch für sie.

KAPITEL 17

Avery

Das ist doch alles Mist.« Lizzy stöhnte genervt und schob ihre Bücher von sich. »Das werde ich mir nie merken können.«

Blinzelnd sah ich auf. Wir saßen in der Bibliothek, in die wir heute zum Lernen geflüchtet waren, weil es im Gemeinschaftsraum unseres Wohnheims zu laut dafür gewesen war. Allerdings hatte ich mich auch hier nicht auf meine Unterlagen konzentrieren können, da meine Gedanken ununterbrochen um Theo kreisten. Sechs Tage war es her, seit ich ihn zuletzt gesehen und mit ihm gesprochen hatte. Er war weder am College noch bei unserem Schwimmkurs gewesen, dabei wusste ich von Kayson, dass es ihm gut ging und er wie gewöhnlich zu seinem Training ging. Unzählige Erklärungen hatte ich mir für dieses Verhalten einfallen lassen, doch mittlerweile konnte es nur noch einen Grund dafür geben: Er wollte nicht mit mir reden.

Er wollte mich nicht einmal sehen. Obwohl ich es anfangs nicht wahrhaben wollte, musste ich mir eingestehen, dass Virginia wohl doch recht gehabt hatte. Theo war ein Arschloch, der mich nur ins Bett bekommen wollte.

Ich verstand es einfach nicht. Warum hatte er dann so viel Mühe investiert, wenn er doch praktisch jede andere Frau am College mit einem simplen Fingerschnippen bekommen konnte? Hatte er sich selbst damit etwas beweisen wollen? Oder seinen Kumpels? Hatte es vielleicht sogar eine Wette gegeben, wie man es aus Teenieromanzen kannte? Das würde Theo endgültig zum wandelnden Highschoolklischee machen – und mich zum größten Trottel der Ostküste.

Unbewusst rieb ich mit der Hand über die Stelle neben meiner Brust, unter der sich mein Herz seit einer Woche schmerzhaft zusammengezogen hatte. Warum tat es immer noch weh? Ich wollte, dass sich die Traurigkeit wieder in Wut verwandelte, weil Theo es nicht verdient hatte, dass ich ihm hinterhertrauerte. Aber meine Gefühle wollten sich nicht vorschreiben lassen, was sie zu empfinden hatten.

»Hallo? Erde an Avery?« Lizzy wedelte mit der Hand vor meinem Gesicht herum. »Bist du noch unter uns?«

»Ja, ich kann mich nur überhaupt nicht konzentrieren heute.« Ich ließ den Kopf auf meine verschränkten Arme sinken.

»Da geht es dir wie mir. Alles, was ich lese, ergibt in meinem Kopf überhaupt keinen Sinn. Sollen wir für heute aufhören?«

»Das klingt gut«, gestand ich und richtete mich auf. »Lass uns ganz weit wegfahren und vor Montag nicht zurückkommen.«

Lizzy stützte sich mit den Ellbogen auf der Tischplatte ab und betrachtete mich mit schief gelegtem Kopf. »Unsere Mittel, um möglichst weit wegzufahren, sind leider begrenzt.«

»Hmpf, Spielverderberin.« Einfach mal abhauen, dahin, wo uns niemand kannte, auch wenn es nur für wenige Tage war, klang gerade äußerst verlockend für mich. Vielleicht könnte ich dabei den ganzen Mist in meinem Leben, der nie ein Ende zu nehmen schien, endlich vergessen.

»Ich hab eine viel bessere Idee«, sagte Lizzy unvermittelt, während sie ihre Sachen zusammenräumte. »Wir tun uns jetzt was Gutes.«

»Etwas Gutes?«, fragte ich wenig überzeugt. »Wie soll das aussehen?«

Lizzy blickte auf und schob sich eine Haarsträhne hinters Ohr. »Das wirst du gleich sehen.« Ein diebisches Grinsen stahl sich auf ihr Gesicht, bei dem ich etwas Angst davor bekam, was sie sich ausgedacht hatte.

Lizzys Vorstellung davon, *sich selbst etwas Gutes zu tun*, bestand offensichtlich aus Maniküre und Pediküre.

Zuerst war ich skeptisch gewesen, ob das etwas für mich war. Nie zuvor hatte ich jemanden an meinen Finger- oder Fußnägeln herumhantieren lassen. Zudem hatte ich meine nackten Füße lange vor anderen Leuten versteckt. Wie bei allen Balletttänzerinnen hatten sie alles andere als hübsch ausgesehen. Blaue Flecken, geschwollene oder blutige Zehen und eingewachsene Zehennägel waren bei uns leider an der Tagesordnung. Um das Elend nicht sehen zu müssen, hatte ich meine Füße bisher möglichst ignoriert. Doch in den letzten Monaten waren die Stellen verheilt, und mithilfe der Damen im Beautysalon würden sie jetzt hoffentlich wirklich ansehnlich werden.

Während an unseren Händen und Füßen herumgewerkelt wurde, lagen Lizzy und ich in Massagesesseln und tranken erfrischenden Eistee. Ich konnte es fast nicht glauben, aber es dauerte keine halbe Stunde, bis ich so tiefenentspannt war wie schon lange nicht mehr. Das war vermutlich auch der Grund, warum ich zugesagt hatte, mit Lizzy auf diese Verbindungsparty heute Abend zu gehen. Ich hatte gar nicht richtig hingehört, als sie davon erzählt hatte, aber in meiner Verfassung hätte ich vermutlich auch einer Expedition an den Nordpol zugestimmt.

»Was soll ich nur anziehen?«, maulte ich mit Blick auf meinen Kleiderschrank.

»Es ist nur eine Studentenparty«, sagte Lizzy kopfschüttelnd und schlüpfte in ihre Jeans. Sie betrachtete sich in dem kleinen

Spiegel, den wir im Bad abgehängt und auf einen Stuhl gestellt hatten, um unsere Outfits wenigstens halbwegs sehen zu können. Lizzy verzog den Mund, behielt die Hose aber an und suchte nach einem passenden Oberteil.

»Es besteht nicht zufällig die Möglichkeit, dass wir die Party sausen lassen und stattdessen hierbleiben?«, versuchte ich meine beste Freundin noch umzustimmen.

Pfeilschnell drehte sie sich um und deutete mit dem Finger auf mich. »Vergiss es. Du hast versprochen, mitzukommen. Außerdem habe ich Virginia schon geschrieben, dass wir sie dort treffen. Sie hat online eine Frau kennengelernt, mit der sie sich auf der Party verabredet hat.«

Ich blies die Backen auf. Es schien, als käme ich aus der Nummer nicht mehr raus. Ich wollte Virginia auch nicht alleine lassen, wenn sie unsere Unterstützung benötigte. Leider löste das mein Klamottenproblem aber immer noch nicht. Ich wandte mich erneut meinem Kleiderschrank zu, doch alles wirkte genauso unpassend auf mich wie zuvor. Am Ende entschied ich mich für eine simple Jeans und ein hochgeschlossenes Oberteil. Ich hatte ohnehin kein Interesse daran, mit jemandem zu reden, den ich nicht kannte. Mein Plan war, mich möglichst schnell zu betrinken und dann zu sagen, ich würde nach Hause gehen, weil es mir nicht gut ging. Dafür musste ich nicht gut aussehen.

Wir hörten die Musik schon von Weitem. Laute Technobeats dröhnten uns entgegen, und auf der Wiese vor dem Haus saßen vereinzelt Studenten und rauchten. Es war ein anderes Wohnheim als das der letzten Party, trotzdem kam es mir wie ein Déjà-vu vor, was vorrangig daran lag, dass ich genauso wenig Lust hatte.

Lizzy zog mich hinter sich die Stufen hoch und ins Innere. Dort war die Musik so laut, dass man sein eigenes Wort kaum verstehen konnte. Dafür war es auf der Tanzfläche noch recht übersichtlich. Nur zwei Frauen tanzten dort. An den Wänden standen einige Leute herum, doch davon abgesehen war der Gemeinschaftsraum noch leer.

»Ist ja noch nicht viel los.« Ich musste brüllen, damit Lizzy mich verstehen konnte.

Eine Falte hatte sich auf Lizzys Stirn gebildet, und sie blickte sich skeptisch um. »Vielleicht kommen die anderen noch?«

»Es ist schon nach zehn«, gab ich zurück. Normalerweise waren die Partys auf dem Campus um diese Uhrzeit bereits proppenvoll. Ich ließ meinen Blick erneut durch den Raum wandern und entdeckte Virginia, die aus der Küche auf uns zugestürmt kam. Sie hatte sich richtig aufgebrezelt für ihr Date. Ihre regenbogenfarbenen Haare fielen in Wellen über ihre Schultern, und sie trug ein bauchfreies Glitzertop zu einer weißen Jeans.

»Da seid ihr ja endlich.« Virginia zog uns in eine Umarmung. »Ich dachte schon, ihr kommt nicht mehr. Ich bin so unfassbar nervös, das glaubt ihr mir nicht.« Sie hopste auf den Fußballen herum und wickelte sich eine Haarsträhne um den Finger, die sie eine Sekunde später hinters Ohr schob. Dann zupfte sie an ihrer Unterlippe herum, schien zu bemerken, was sie da tat, und schob die Hände in ihre Hosentaschen.

Es war irgendwie süß, sie so aufgeregt zu sehen. »Wann kommt deine Angebetete denn?«, wollte ich wissen.

»Nach dem Spiel erst. Wie vermutlich alle.« Virginia breitete die Arme aus, als wollte sie uns den fast leeren Raum zeigen, der uns entgangen sein könnte.

»Was für ein Spiel?«, fragte Lizzy.

»Na, das Basketballspiel der Red Hawks gegen die Lions. Habt ihr das nicht mitbekommen? Der Campus ist übersät mit Plakaten davon.« Virginia führte uns in die Küche, wo zwei Typen bereits an einem Bierfass zugange waren.

»Die Plakate habe ich gesehen, mir war nur nicht bewusst, dass das heute ist.« Das erklärte aber, warum es noch so leer war. Das

LaGuardia Community College war total verrückt nach Basketball. Bei diesem Spiel würde die Halle bis zum Bersten gefüllt sein.

»Warum bist du nicht mit deinem Date gemeinsam zum Spiel gegangen? Das wäre doch eine gute Möglichkeit gewesen, sich unverfänglich kennenzulernen.« Lizzy nahm zwei Pappbecher mit Bier, die sie Virginia und mir in die Hand drückte, ehe sie einen weiteren für sich nahm.

»Weil ich Basketball total langweilig finde.« Virginia trank einen Schluck. »Ich wollte da nicht alleine mit jemandem sitzen, von der ich gar nicht weiß, ob ich mit ihr klarkomme. Was, wenn wir uns gar nichts zu sagen haben, wenn wir voreinander stehen? Hier kann ich zur Not zu euch flüchten, wenn das mit Mary und mir nicht klappen sollte.«

Wir gingen zurück in den Aufenthaltsraum, in dem sich mittlerweile ein paar mehr Leute tummelten. Es war noch weit von voll entfernt, aber die Steigerung war deutlich zu erkennen. Wir stellten uns an die Seite, die am weitesten von den Boxen weg war, damit wir uns über die Musik noch unterhalten konnten.

»Wie hast du Mary überhaupt kennengelernt?«, fragte ich interessiert.

Virginia kicherte. »Über eine Dating-App. Ich war neugierig. Eigentlich halte ich von dem ganzen Kram nicht viel, weil die meisten es doch nur dazu benutzen, möglichst unkompliziert an einen One-Night-Stand zu kommen. Und so war es anfangs auch. Fast alle, die mich angeschrieben haben, waren nur an einer schnellen Nummer interessiert. Ich war schon kurz davor, die App wieder zu löschen, als ich über Marys Profil gestolpert bin. Sie hat sehr sympathisch gewirkt, daher habe ich sie angeschrieben. Wir haben uns von Anfang an gut verstanden, viel geschrieben, und auf ihren Fotos sieht sie auch echt heiß aus. Bleibt zu hoffen, dass die Fotos auch wirklich von ihr sind.«

Lachend stupste ich Virginia mit dem Ellbogen an. »Meine Mom hat früher immer gesagt, hinter allen Fotos von hübschen jungen Männern würden sich alte, pädophile Säcke verstecken, die mir nur an die Wäsche wollen.«

Virginia verschluckte sich fast an ihrem Bier. »Wenn sich hinter Marys Foto ein Kerl befindet, kann er sowieso gleich wieder gehen, egal wie alt er ist.«

»Das glaube ich jetzt nicht«, stieß Lizzy plötzlich hervor.

Erschrocken wandte ich mich ihr zu. »Was ist los?«

»Siehst du das?«

Ich folgte der Richtung, in die Lizzy deutete, und entdeckte ein Pärchen, das aufreizend miteinander tanzte. Nichts Ungewöhnliches für eine Studentenparty, zumal mir beide Personen auf den ersten Blick unbekannt waren. »Was ist mit ihnen?«

»O mein Gott, ist das etwa Mia?«, brachte Virginia hervor, ehe Lizzy mir antworten konnte.

Im ersten Moment konnte ich auch den Namen nicht einordnen, dann fiel mir das Gespräch wieder ein, das ich mit Lizzy geführt hatte. Mia war die neue Keyboarderin in der Band. Als ich erneut zu ihr blickte, erkannte ich auch ihre dunklen Haare, die sie heute jedoch zu einem Zopf zusammengebunden hatte. Sie wirkte völlig verändert gegenüber dem Vorspielen, weshalb ich sie zuerst nicht erkannt hatte. Bei unserem ersten Treffen hatte sie schüchtern, fast schon introvertiert gewirkt, jetzt war sie das komplette Gegenteil davon. Sie tanzte ausgelassen, schmiegte sich dabei eng an ihren Partner, und ein verführerisches Lächeln zierte ihr Gesicht.

»Ich wusste gar nicht, dass sie einen Freund hat«, sagte Virginia.

Lizzy hob die Schultern. »Was wissen wir überhaupt über sie? Also davon abgesehen, dass sie eine tolle Keyboarderin ist?«

Virginia starrte noch immer auf das Paar, das eng umschlungen tanzte. Mia war nicht nur am Keyboard gut, sie hatte auch ein tolles Rhythmusgefühl. Sie hatte bestimmt mal Tanzstunden genommen.

»Gehen wir zu ihr?«, fragte Virginia, als Mia und ihr Partner den Tanz beendet hatten und zur Bar gingen.

»Warum nicht.« Lizzy hakte sich bei mir unter und setzte sich in Bewegung, sodass mir keine Wahl blieb, als ihr zu folgen.

Mia und ihr Partner unterhielten sich angeregt, als wir bei ihnen ankamen. Lizzy tippte Mia auf die Schulter. »Ich wusste gar nicht, dass du auch hier bist.«

Erschrocken wirbelte Mia herum. Verwirrung zeichnete sich auf ihren Zügen ab, bis sie erkannte, wer vor ihr stand. Dann überkam sie eine erstaunliche Wandlung. Mit einem Mal wirkte sie kühl und distanziert, ihr Körper spannte sich an. Ihre komplette Haltung drückte Ablehnung aus. Von der Frau, die ausgelassen mit ihrem Partner getanzt hatte, war nichts mehr zu erkennen. Als hätte sie eine Tür zugeschlagen, mit der sie die Außenwelt von sich fernhalten wollte. Ich verstand jetzt, warum Lizzy das Gefühl hatte, Mia konnte sie nicht leiden. Mir würde es an ihrer Stelle genauso gehen. Doch ich meinte, noch etwas anderes in Mias Augen zu erkennen. Da waren Angst und Unsicherheit, die sie nicht ganz verstecken konnte, und ich fragte mich, was diese Emotionen in ihr hervorgerufen hatte.

»Oh, hey, was macht ihr denn hier?«, fragte Mia.

Virginia machte eine ausladende Handbewegung. »Was man auf einer Party so macht. Ist das dein Freund?«

Wild schüttelte Mia mit dem Kopf. »Das ist bloß …«

»Ich bin ihr Date.« Der Typ lehnte sich vor und legte einen Arm um Mias Schultern. Mia zog die Stirn kraus, als würde sie an der Bezeichnung etwas stören. Doch dann klärte sich ihr Gesicht, und sie wandte sich ihrer Begleitung zu.

»Wir sollten dann auch gehen, oder?« Sie wartete sein Nicken ab, dann wandte sie sich erneut uns zu. »War schön, euch zu treffen, wir sehen uns bei den Proben.« Sie griff nach seiner Hand und zog ihn regelrecht von uns weg.

Einige Sekunden herrschte Schweigen, als wir ihnen hinterherstarrten, bis sie in der Masse der anderen Studenten verschwunden waren.

»Was für eine seltsame Begegnung«, rutschte es mir heraus.

»Allerdings«, stimmte Lizzy zu.

Plötzlich packte Virginia mich am Arm und drückte fest zu. »Da ist sie. Da ist Mary.«

Ich sah in dieselbe Richtung wie Virginia und entdeckte eine braunhaarige Frau, die sich suchend umblickte. Sie wirkte unscheinbar, doch als sie Virginia erblickte, breitete sich ein Lächeln auf ihrem Gesicht aus, das sie erstrahlen ließ. »Na los, geh zu ihr«, forderte ich Virginia auf, die noch immer meinen Unterarm umklammerte, als würde ihr Leben davon abhängen.

»Okay.« Sie nickte, atmete tief durch und straffte die Schultern, ehe sie sich auf den Weg machte.

»Viel Spaß«, sagte Lizzy und drückte im Vorbeigehen ihre Hand.

Während ich Virginia beobachtete, wie sie auf Mary zuging, spürte ich ein Prickeln in meinem Nacken, als würde mich jemand beobachten. Ich rieb über die Stelle, um das Gefühl loszuwerden. In einem Raum voller Menschen war es nur natürlich, dass mich irgendjemand ansah. Doch das Kribbeln verschwand nicht. Im Gegenteil, es wurde sogar stärker, je länger ich am Rand der Tanzfläche ausharrte. Unauffällig schaute ich mich um. Ich versuchte mir die Leute genau anzusehen, aber es war mittlerweile so voll und das Licht so dämmrig, dass ich Schwierigkeiten hatte, einzelne Gesichter zu erkennen. Hatte ich es mir vielleicht nur eingebildet? Ich wollte mein Gefühl gerade als Hirngespinst abtun, als zwei Typen, die mir im Weg standen, zur Seite traten und den Blick auf eine nur allzu bekannte Person freigaben.

Mein Herz setzte für einen Schlag aus, als ich Theo erkannte, nur um danach in einen viel zu schnellen Trab zu verfallen. All die Gefühle, die ich in den letzten Tagen zu verdrängen versucht hatte, kochten in mir hoch. Wut darüber, wie er mich behandelt hatte, Schmerz, weil er mich so einfach ignorieren konnte, Scham, weil ich anscheinend tatsächlich auf ihn hereingefallen war, aber auch Sehnsucht, weil ich ihn trotz allem vermisste. O Gott, ich vermisste ihn so sehr, dass es wehtat.

Doch darauf wollte ich mich nicht konzentrieren. Für einen Moment kämpften die Empfindungen in mir, und am Ende gewann die Wut die Oberhand. Meine Hände ballten sich zu Fäusten. Wie konnte er es wagen, auf dieser Party aufzutauchen, nachdem er mir die ganze Woche aus dem Weg gegangen war. Ich war mir mittlerweile sicher, dass Theo derjenige gewesen war, dessen Blick ich gespürt hatte. Warum starrte er mich an, wenn er mich doch offensichtlich nicht mehr sehen wollte?

Wie von selbst setzten sich meine Beine in Bewegung und brachten mich zu ihm.

KAPITEL 18

Theo

Avery zu sehen war ein Schock. Im ersten Moment dachte ich sogar, dass mein übermüdetes Hirn mir einen Streich spielte. Nach kaum zehn Stunden Schlaf in einer Woche, in der ich Avery mehr als alles andere vermisst hatte, war ich mir sicher, sie mir bloß einzubilden. Doch dann entdeckte ich Lizzy an ihrer Seite. Mein Herz begann zu rasen, und ich wollte schon zu ihnen eilen, um mich bei Avery zu entschuldigen, doch ich konnte mich im letzten Moment davon abhalten. *Es ist besser so,* redete ich mir ein und hoffte, es irgendwann auch zu glauben.

Es war unheimlich schwer, mich von ihr abzuwenden und mich auf das Gespräch von Noah und Kayson zu konzentrieren. Hoffentlich würden sie Avery nicht sehen. Ich hatte ihnen nicht gesagt, dass sie der Grund war, warum ich letzte Woche nicht im College gewesen war, und ich wusste nicht, wie ich ihnen mein Verhalten erklären sollte. Selbst ihnen hatte ich nichts von dem Unfall mit Brady erzählt. Aber vielleicht konnte ich auch einfach abhauen, immerhin hatte ich Kayson nur versprochen, beim Spiel dabei zu sein, nicht bei der anschließenden Party.

Noahs Blick zuckte zu einer Stelle neben meiner Schulter, und ein Lächeln breitete sich auf seinem Gesicht aus. »Hey, Avery.«

Shit, sie war zu uns rübergekommen?

Eine Sekunde später boxte mir jemand mit erstaunlicher Kraft auf den Oberarm. »Du Arschloch«, brüllte Avery mich an.

Vorsichtig drehte ich mich zu ihr um. Avery war sicher kein gewalttätiger Typ, aber trotzdem befürchtete ich, dass sie mir eine scheuern könnte. Verdient hätte ich es allemal. Doch sie schrie mich nur weiter an.

»Was war das für eine beschissene Aktion? Du hast doch nicht ernsthaft gedacht, mir den Rest unserer Studienzeit aus dem Weg gehen zu können, oder? Und dir ist ja wohl klar, dass ich eine Erklärung verlange. Ich dachte, ich wäre keins von deinen Betthäschen? Warum ignorierst du dann meine Nachrichten und lässt sogar den Schwimmkurs von jemand anderem leiten, damit wir uns bloß nicht begegnen?«

Es verschlug mir die Sprache. Avery kam mir wie eine Naturgewalt vor, die über mich hinwegfegte. Ich hatte von Anfang an gewusst, dass sie nicht schüchtern war, doch unsere Geschichte vor dem halben Campus auszubreiten war etwas anderes. Ich hatte keine Ahnung, was ich sagen sollte.

Mit zu Fäusten geballten Händen trat Avery einen Schritt näher. »Hast du nichts dazu zu sagen? Ist es dir etwa unangenehm vor deinen Freunden? Oder fandest du am Ende meine Narbe so widerlich, dass du den Anblick keinen Augenblick länger ertragen konntest?«

Das löste mich aus meiner Starre. »Was? Nein! Das hat überhaupt nichts damit zu tun.«

»Ach nein? War das nicht genau der Moment, in dem du seltsam geworden bist? Als du sie gesehen hast und wir über den Unfall geredet haben?«

Sie wusste gar nicht, wie recht sie hatte, allerdings hatte ich gehofft, sie hätte es nicht bemerkt. Nachdem Avery mir erzählt hatte, wie es zu dem Unfall gekommen war, konnte ich nur noch daran denken, dass Brady und ich einer anderen Person etwas Ähnliches angetan haben könnten. Wenn ich zu dem Zeitpunkt schon gewusst hätte, dass es Avery gewesen war … ich wusste nicht, wie ich reagiert hätte.

»Ich war einfach geschockt, dass es Menschen gibt, die zu solchen Taten fähig sind.« Mein Magen drehte sich bei diesen Worten um, und Übelkeit kroch meine Kehle hinauf.

Avery schnaubte. »Also hast du doch nur versucht, mich ins Bett zu bekommen, um mich danach fallen zu lassen. Wo du immer so darauf pochst, dass du den Frauen ehrlich sagst, dass du nur an einer Nacht interessiert bist. Hast du mir vorgemacht, an mehr interessiert zu sein, weil ich dir nicht sofort zu Füßen gelegen habe? Wow, ich weiß echt nicht, was ich dazu sagen soll. Meinen Respekt hast du jedenfalls verloren.«

Ich konnte förmlich sehen, wie ihre Wut in Gleichgültigkeit umschlug, als sie sich von mir abwandte. Kayson schlug mir auf den Hinterkopf und zischte mir etwas zu, doch ich konnte ihn über das Rauschen in meinen Ohren nicht verstehen. Mit jedem Schritt, den Avery sich von mir entfernte, wurde das schmerzhafte Ziehen in meinem Herzen stärker. Meine Hände begannen zu zittern, und ich schob sie in meine Hosentaschen, damit es niemand bemerkte.

Was machte diese Frau nur mit mir? Mein ganzes Gefühlsleben stand kopf, und ich wusste überhaupt nicht mehr, was ich denken, fühlen oder tun sollte. Was richtig und was falsch war. Das hier war es doch, was ich gewollt hatte: dass Avery genug von mir hatte und mich nicht mehr sehen wollte, damit ich nie in Versuchung geriet, ihr die Wahrheit zu erzählen. Dass sie dabei dachte, ich hätte sie nur ins Bett bekommen wollen, kam mir doch gerade recht. Jetzt konnte ich sicher sein, dass Avery nicht mehr meine Nähe suchen würde.

Aber es tat so unfassbar weh, und alles in mir sträubte sich dagegen, Avery gehen zu lassen.

Ehe ich wusste, was ich tat, setzten sich meine Beine in Bewegung. Wie von einer unsichtbaren Macht getrieben, folgte ich Avery. Denn was mein Kopf nicht zulassen wollte, hatte mein Herz längst beschlossen. Ich wollte Avery nicht gehen lassen, weil ich mich in sie verliebt hatte, und ich würde alles versuchen, um sie wiederzubekommen.

Erst auf der Straße holte ich sie ein. Als ich nach ihrem Arm griff, um sie aufzuhalten, bereitete ich mich innerlich auf alles vor. Dass sie mich ignorierte, mich erneut anschrie oder sich von mir losriss. Worauf ich nicht vorbereitet war, war, Tränen in ihren Augen glitzern zu sehen, von denen eine bereits ihre Wange hinabrollte.

»Avery.« Ich hob meinen Arm, um ihr die Träne von der Wange zu wischen, doch Avery stieß ihn weg.

»Was willst du noch? Hast du deinen Triumph nicht genug ausgekostet?«

»Es tut mir leid.«

Ein höhnisches Lachen entwich ihr. »Was jetzt genau? Dass du mich verarscht hast? Dass du danach nicht mal den Mumm hattest, mir das zu sagen, sondern dich wie ein Feigling vor mir versteckt hast? Dass du mir noch immer keine Erklärung gegeben hast?«

Nein, etwas ganz anderes.

Ich schob diesen Gedanken ganz weit weg. Das war nicht der richtige Moment. Stattdessen trat ich einen Schritt auf Avery zu, bis uns nur noch wenige Millimeter trennten. Sie blickte mich an, ihre Wimperntusche war verschmiert, aber das machte sie für mich nur noch schöner. Ich hob meine Hand, um sie an Averys Wange zu legen. Dass sie mich diesmal nicht von sich stieß, war ein gutes Zeichen, oder?

»Es tut mir leid, dass ich dich ignoriert und mich nicht mehr bei dir gemeldet habe. Mir wurde einfach alles zu viel. Was ich für dich empfinde, ist so stark, dass es alles andere in den Schatten stellt. Ich konnte mich überhaupt nicht mehr aufs Training konzentrieren, und ich habe sogar überlegt, das Training sausen zu lassen, um stattdessen Zeit mit dir zu verbringen. Als du mir von deinem Unfall erzählt hast, war ich geschockt und habe mich gefragt, wie es wäre, an deiner Stelle zu sein. Aber ich kann mir einfach nicht vorstellen, meinen Sport zu verlieren. Und dann hat mich am Sonntagabend auch noch mein Dad angerufen und gefragt, was mit mir los ist. Meine Leistungen seien abgesackt, und er meinte, wenn ich so weitermache, brauche ich bei den überregionalen Meisterschaften gar nicht erst antreten. Mir wurde einfach alles zu viel. Ich …« Ich rieb mir über das Gesicht. »Ich könnte meine Karriere für nichts auf der Welt aufs Spiel setzen und hab gedacht, wenn ich dich nicht mehr sehe, kommt die Konzentration von alleine zurück.«

Es behagte mir nicht, Avery anzulügen. Ihr einen Vorwand aufzutischen fühlte sich falsch an, und ich wusste, dass ich ihr bald die Wahrheit sagen musste. Aber nicht jetzt. Jetzt war nicht der richtige Augenblick dafür.

Avery schüttelte den Kopf. »Aber so funktioniert das nicht.«

Ein trockenes Lachen brach aus mir heraus. »Das habe ich auch festgestellt, es ist dadurch nur schlimmer geworden. Dich gar nicht mehr zu sehen hat mich völlig aus der Bahn geworfen. Ich konnte nicht mehr schlafen, nichts mehr essen und hatte keine Motivation, um aufzustehen und zum Training zu gehen.«

Ich hatte mich gefühlt, als wäre ich von der Realität abgeschnitten gewesen, als würde das Leben um mich herum geschehen, aber ich hätte keinen Anteil daran.

Avery betrachtete mich prüfend. Unter ihrem Blick fühlte ich mich wie bloßgelegt. Ich schluckte, wandte mich jedoch nicht ab. »Warum hast du nichts gesagt?«, fragte sie leise.

»Ich wusste nicht, wie«, gestand ich. »Ich wusste, dass ich die Worte nicht aussprechen kann, wenn du vor mir stehst. Alleine beim Gedanken daran hat sich mein Hals zugezogen. Und eine Nachricht wollte ich dir auch nicht einfach schreiben. Mich gar nicht zu melden war der komplett falsche Weg, das ist mir bewusst. Wenn ich könnte, würde ich es sofort rückgängig machen.«

Der Wind blies eine blonde Haarsträhne in Averys Gesicht, die sie sich abwesend hinters Ohr klemmte. Ihr Blick ruhte noch immer auf mir, aber er zeigte nicht mehr so eine deutliche Abneigung.

»Die letzten Tage waren furchtbar, Theo.«

Ich senkte den Blick, weil ich den Schmerz in ihren Augen nicht mehr ertrug. »Das tut mir wirklich leid, ich wollte dir nicht wehtun, aber ich wusste einfach nicht, was ich tun sollte.«

Avery stieß ein trauriges Seufzen aus. »Ich glaube dir.«

Erleichterung durchströmte mich. So sehr, dass mir fast die Knie nachgaben. Die Verzweiflung der letzten Woche fiel langsam von mir ab.

»Aber ich bin mir nicht sicher, ob ich dir schon verzeihen kann.« Averys Stimme kam wie durch dichten Nebel zu mir heran.

Mein Mund öffnete sich, doch meine Stimme versagte. Ich räusperte mich und versuchte es erneut. »Ich weiß, dass ich einen Fehler gemacht habe. Ich hätte dich niemals gehen lassen dürfen. Ohne dich fühlt sich alles grau und sinnlos an. Ich kann verstehen, wenn ich es verbockt habe, aber du fehlst mir so schrecklich, dass es mir körperlich wehtut.«

Die Andeutung eines Lächelns war auf Averys Lippen zu sehen. Sie kam einen Schritt näher, und obwohl wir uns nicht berührten, fühlte es sich wie eine Umarmung an.

»Du hast mir auch gefehlt«, sagte sie zögerlich. »Aber woher weiß ich, dass du dich nicht nächste Woche wieder umentscheidest?«

Erneut wehte der Wind ihr eine Haarsträhne ins Gesicht, doch diesmal machte Avery keine Anstalten, sie wegzuwischen. Dafür kribbelten meine Finger in dem Wunsch, es zu tun, doch ich wagte nicht, sie zu berühren.

»Ich weiß jetzt, dass ich ohne dich noch viel unkonzentrierter bin. Wenn wir zusammen sind, habe ich vielleicht keine Lust, dich alleine zu lassen, aber ohne dich habe ich auf *gar nichts* Lust. Ich habe nicht eine einzige Einheit vor den Vorlesungen absolviert, weil es ohne dich keinen Spaß gemacht hat.«

Unter gesenkten Lidern sah sie zu mir auf, und wenn ich es im Halbdunkel richtig erkannte, färbten sich ihre Wangen leicht rot. »Ich könnte deine persönliche Motivatorin sein, die dich dazu nötigt, pünktlich zu allen Trainings zu erscheinen.«

Auch meine Mundwinkel verzogen sich zu einem Lächeln. »Ich hätte nichts dagegen, mich von dir herumkommandieren zu lassen.«

Ein Augenrollen war ihre Antwort. »Ich will dich ja nur ein bisschen antreiben. Du vergisst, dass ich jahrelang selbst Leistungssport gemacht habe. Ich weiß, wie das ist. Und ich weiß, wie wichtig dir der Sport ist. Ich kann nachvollziehen, wenn das Training manchmal wichtiger ist als alles andere.« Avery legte die Arme um meinen Körper und schmiegte sich an mich.

Mein Herz hämmerte, als wollte es aus meiner Brust herausspringen. Vorsichtig legte ich meine Arme ebenfalls um sie und zog sie eng an mich. Ihr wieder so nah zu sein fühlte sich fantastisch an. Augenblicklich kamen meine aufgewühlten Emotionen zur Ruhe. Alles in mir kam zur Ruhe, als hätte jemand die Tür zur Außenwelt zugeschlagen. Ich senkte den Kopf und presste einen Kuss auf ihre Haare, deren blumiger Duft mich zusätzlich benebelte.

Avery legte den Kopf in den Nacken und sah mich an. Der Ausdruck in ihren Augen veränderte sich, wurde weicher, zärtlicher, und ehe ich einen klaren Gedanken fassen konnte, küssten wir uns. Ein erstickter Laut verließ meine Kehle, sobald sich unsere

Lippen berührten, halb Überraschung, halb Erleichterung. Ich wusste nicht einmal, wer wen zuerst geküsst hatte, aber dass Avery meinen Kuss mit voller Inbrunst erwiderte, war das Einzige, was zählte.

Sie in meinen Armen zu halten fühlte sich mittlerweile so vertraut an, als würden wir uns schon viel länger kennen. Ihre Lippen bewegten sich im Einklang mit meinen, und die kleinen Laute, die Avery ausstieß, trieben mich in den Wahnsinn. Ich hätte auf ewig in diesem Kuss versinken können, doch irgendwann löste sich Avery von mir.

»Tu das nie wieder«, murmelte sie an meinen Lippen.

»Versprochen.« Ich wollte nicht länger ohne Avery sein, das hatte ich in der letzten Woche gelernt. Lieber nahm ich vorübergehend das schlechte Gewissen in Kauf, das die ganze Zeit unterschwellig vorhanden war. Ich wollte Avery die ganze Wahrheit sagen – ich *würde* es tun –, ich musste nur den richtigen Moment dafür abpassen.

»Wollen wir reingehen?« Averys Daumen malten sanfte Kreise auf meine Wange und lenkten mich von ihren Worten ab. Ich nickte, obwohl ich lieber mit ihr alleine wäre. Nach der letzten Woche konnte ich mir nichts Schöneres vorstellen, als mit Avery im Bett zu liegen und sie einfach nur zu halten – und den ganzen Schlaf nachzuholen, den ich verpasst hatte. Doch Avery griff bereits nach meiner Hand und zog mich hinter sich her zurück ins Wohnheim.

Im Gemeinschaftsraum war es voll geworden. Auf der provisorischen Tanzfläche drängten sich die Leute aneinander, hüpften und tanzten um die Wette. Die Musik schien noch lauter geworden zu sein, und die dröhnenden Bässe ließen die Härchen in meinem Nacken vibrieren. Ich entdeckte Kayson und Noah links von uns, wo wir sie stehen gelassen hatten, doch das war nicht die Richtung, in die Avery mich zog. Sie bahnte sich einen Weg mitten durch die Tanzenden, und ich konnte nicht anders, als ihr zu folgen. Momentan würde ich bis ans Ende der Welt mit ihr gehen, wenn es sein musste. Ich versuchte meinen Kumpels mit einem Winken zu bedeuten, uns nachzukommen, war mir aber nicht sicher, ob sie mich bemerkt hatten.

Als wir an der Rückseite des Raumes aus der Menge der Tanzenden heraustraten, blieb Avery stehen und sah sich um. »Wen suchst du?« Ich musste brüllen, um die Musik zu übertönen.

»Lizzy und Virginia«, schrie Avery zurück.

Ich hielt ebenfalls nach ihnen Ausschau, doch bevor ich in dem Gewühl von Menschen ein bekanntes Gesicht ausmachen konnte, schien Avery sie entdeckt zu haben und zog mich weiter. Wir hielten vor Virginia an, die mit einer braunhaarigen Frau zusammenstand. Avery sagte etwas zu Virginia, das ich nicht verstehen konnte, dann stellte sie sich ihrer Begleitung vor.

»Sieh an, wer wieder von den Toten erwacht ist.« Virginias Tonfall war herablassend, und sie baute sich mit verschränkten Armen vor mir auf. »Ich dachte schon, du hättest das Interesse an Avery bereits verloren.«

Ich schüttelte den Kopf. »Ich musste mir nur über einige Dinge klar werden.«

»Bezüglich Avery? Ich wüsste nicht, was es da zu überlegen gibt«, sagte sie schnippisch.

»Bezüglich mir selbst«, stellte ich klar. Als Averys Freundin war es ihr gutes Recht, sauer zu sein, und ich wollte nicht, dass sie die falschen Schlüsse über mich zog – auch wenn sich schon wieder mein schlechtes Gewissen meldete.

Virginia hob die Augenbrauen und betrachtete mich skeptisch. Es war offensichtlich, dass sie mir nicht glaubte. »Ich hoffe für dich, dass du alle Zweifel ausgeräumt hast. Wenn du Avery noch mal einfach sitzen lässt, muss ich dir leider wehtun.«

Erneut zog sich etwas in mir zusammen. Ich würde Avery nie wieder ignorieren, dafür war die letzte Woche viel zu schlimm gewesen. Aber ich konnte nicht versprechen, dass ich ihr nie wieder wehtun würde. Wenn Avery erfuhr, dass ich in dem Wagen gesessen hatte, der sie von der Straße abgedrängt hatte, würde sie das sicher nicht weniger verletzen. Einerseits wollte ich ihr diesen Schmerz gerne ersparen, andererseits wusste ich auch, dass das unmöglich war. Nicht auf Dauer zumindest.

Ehe ich dazu kam, Virginia zu antworten, trat Lizzy in mein Blickfeld. Mit verengten Augen boxte sie mir mit mehr Kraft auf den Oberarm, als ich ihr zugetraut hätte. »Da bist du ja wieder. Ich dachte schon, du wurdest entführt.«

Schuldbewusst verzog ich den Mund. Es schien, als hätte ich nicht nur bei Avery etwas gutzumachen. »Klar, ich wurde von Aliens entführt, die seltsame Experimente an mir durchgeführt haben. Aber ich war wohl nicht das richtige Testobjekt, deswegen haben sie mich wieder freigelassen.«

Unbeeindruckt verschränkte Lizzy die Arme vor der Brust und verzog keine Miene. »Das ist nicht witzig, Theo.«

»Sorry«, entschuldigte ich mich sofort. »Ich wollte Avery nie verarschen, falls es das ist, was du denkst. Ich musste mir nur über einige Dinge klar werden. Aber ich habe gemerkt, dass ich nicht mehr ohne Avery sein möchte.«

»Ich hoffe sehr für dich, dass deine Entscheidung diesmal länger als ein paar Tage anhält.« Mit diesen Worten wandte Lizzy sich ab.

Ein seltsames Ziehen breitete sich in meiner Brust aus. Die Schuldgefühle kehrten mit aller Macht zurück. Ich hatte nichts anderes als diese Behandlung von Averys Freundinnen verdient. Doch wenn sie mich jetzt schon lynchen wollten, wie würden sie wohl reagieren, wenn sie die Wahrheit erfuhren?

Ich schob den Gedanken beiseite. Darüber würde ich mir den Kopf zerbrechen, wenn es so weit war. Heute war nicht der richtige

Moment, um es Avery zu sagen, aber ich nahm mir fest vor, es so bald wie möglich zu tun. Erst mal würde ich jetzt aber alles daransetzen, Avery glücklich zu machen. Von jetzt an würde ich ihr jeden Wunsch von den Augen ablesen. Vielleicht konnte ich meine Schuld damit irgendwann begleichen.

Red dir das nur ein, Jemison.

Ich ignorierte die Stimme in meinem Kopf und wandte mich Avery zu, die sich noch immer mit Virginia und ihrer Begleitung unterhielt. Anders als bei unserem Date war Avery heute schlicht gekleidet. Sie trug Jeans und ein weißes T-Shirt, hatte die Haare zu einem Pferdeschwanz gebunden und war bis auf die Wimperntusche ungeschminkt. Trotzdem konnte ich mich an ihr nicht sattsehen. Ihre Augen funkelten, und ein beständiges Lächeln umspielte ihre Lippen. Aber ich bemerkte auch die dunklen Ringe unter ihren Augen, die darauf schließen ließen, dass sie ebenso schlecht geschlafen hatte wie ich. Mein schlechtes Gewissen stieg in mir auf, bitter wie Galle. Ich war dafür verantwortlich und würde es nicht mehr rückgängig machen können. Ich wusste nicht, ob es richtig war, Avery nicht auf der Stelle die Wahrheit zu sagen, aber ich wollte ihr diesen Schmerz hier und heute ersparen. Genau genommen wollte ich ihr diesen Schmerz nie wieder zufügen. Trotzdem war es der einzig richtige Weg, oder? Ich musste ihr irgendwann erzählen, was wirklich los war.

Avery schien meine Musterung zu bemerken, denn sie drehte den Kopf in meine Richtung. Unsere Blicke verhakten sich regelrecht ineinander, und ehe ich wusste, was ich tat, ging ich langsam auf sie zu. Wie von selbst legten sich meine Arme um ihre Hüften, als würden sie nirgendwo anders hingehören, und ich zog sie eng an meine Brust. »Tanz mit mir«, raunte ich ihr zu.

Averys Augenbrauen wanderten in die Höhe. »Tanzen? Du? Das hätte ich jetzt nicht von dir erwartet.«

»Babe, es gibt so einiges, das du noch nicht von mir weißt.« Ich ließ meine Hände weiter südlich wandern, bis ich die Rundungen ihres Pos packen und sie noch enger an mich ziehen konnte. Avery schlang ihre Arme um meinen Hals und stellte sich auf die Zehenspitzen, bis sie einen Kuss auf meinen Hals direkt unter mein Ohr setzen konnte.

»Babe? Gefällt mir.« Ihr warmer Atem traf auf meine Haut und ließ einen wohligen Schauer über meinen Rücken rasen. Ich hatte schon wieder vergessen, worüber wir gesprochen hatten, als sie sich von mir löste. »Also los, lass uns tanzen.«

Avery zog mich hinter sich her auf die Tanzfläche. Wir tanzten ausgelassen zu schnellen Liedern, eng umschlungen zu langsamen und hörten erst auf, als Avery von der ganzen Bewegung der Rücken wehtat. Und wieder wurden die Schuldgefühle übermächtig, denn ich war dafür verantwortlich, dass sie diese Probleme überhaupt hatte, dass sie sie vermutlich für den Rest ihres Lebens behalten würde. Doch als Avery wie selbstverständlich mit mir nach Hause ging, schob ich jeden Gedanken daran wieder ganz weit weg, für den Moment spielte es keine Rolle mehr.

KAPITEL 19

Avery

Mitten in der Nacht wurde ich wach. Es war stockduster um mich herum, und für einen Augenblick wusste ich nicht, wo ich war. In meinem Wohnheim auf jeden Fall nicht. Mit den dünnen Vorhängen dort war es nie so dunkel im Zimmer. Ein Geräusch erklang hinter mir, das meinen Puls in die Höhe jagte, weil es sich anhörte, als würde es von einem leidenden Tier stammen. Ich drehte mich um, und meine Augen hatten sich mittlerweile so weit an die Dunkelheit gewöhnt, dass ich zumindest Schemen erkennen konnte. Theo lag neben mir, und schlagartig fiel mir alles wieder ein. Ich wusste noch immer nicht, was ich von Theos Worten halten sollte. Er hatte ehrlich gewirkt, aber insgesamt war mir seine Erklärung etwas dürftig erschienen. Aber den Schmerz in seinen Augen … den hatte ich wiedererkannt, denn er war derselbe, den ich seit einer Woche in mir trug. Und den konnte er mir nicht vorgemacht haben.

Theo gab erneut diesen Laut von sich, bei dem sich mir die Nackenhaare aufstellten. Hatte er Schmerzen? Ich suchte nach dem Schalter der Nachttischlampe und knipste sie an. Gleißendes Licht flutete das Schlafzimmer, und ich musste für einen Moment die Augen schließen, weil es mich so blendete. Dann richtete ich meinen Blick auf Theo. Er hatte die Bettdecke bis zu seinen Füßen runtergestrampelt, und seine Hand war in das Bettlaken gekrallt. Doch das Schlimmste war sein Gesicht. Es war im Schlaf zu einer Fratze verzogen, als würde ihm etwas höllisch wehtun. Schon wieder stieß er diesen Laut aus, warf den Kopf von rechts nach links, und jetzt war ich mir sicher, dass er einen Albtraum haben musste. Kurz haderte ich mit mir, was ich tun sollte, dann beschloss ich, ihn zu wecken.

Doch ich kam überhaupt nicht dazu. Noch bevor ich meine Hand auf Theos Schulter legen konnte, schoss er plötzlich in eine aufrechte Position. Seine Augen waren weit aufgerissen, sein Atem kam in abgehackten Zügen, und er sah sich hektisch im Zimmer um. Theos Blick fiel auf mich, doch er war völlig leer und ausdruckslos, als würde er mich gar nicht erkennen.

»Theo?« Vorsichtig griff ich nach seiner Hand, die sich eiskalt in meiner anfühlte, um ihn nicht weiter zu erschrecken. Was musste er geträumt haben, um so durch den Wind zu sein?

Noch immer starrte Theo mich an, ohne mich wirklich wahrzunehmen. War er überhaupt schon richtig wach? So langsam machte es mir Angst, dass ich ihn nicht von dem befreien konnte, was ihn gefangen hielt.

„Es ist alles okay, es war nur ein Traum. Du bist in deinem Schlafzimmer«, redete ich leise auf ihn ein, ohne zu wissen, ob es etwas brachte. Ich fühlte mich total hilflos, weil ich keine Ahnung hatte, was man in solchen Situationen am besten tat.

Theo blinzelte. Einmal. Zweimal. Dreimal. Dann hob er die Hände und rieb sich übers Gesicht. Als er den Blick erneut auf mich richtete, war er deutlich klarer und wacher.

»Avery? Du bist hier?«, fragte er erstaunt. Er streckte die Hand nach mir aus, als müsste er sich versichern, dass ich real und nicht bloß ein Produkt seiner Einbildung war.

»Ich bin mit dir von der Party hergekommen, erinnerst du dich?« Ich rutschte näher an ihn heran und legte meinen Kopf auf seine Schulter. Alles in mir zog sich zusammen. Was hatte Theo nur geträumt, um so neben der Spur zu sein?

»Ich dachte …« Theo brach ab und schüttelte den Kopf. »Es muss nur ein Traum gewesen sein.«

Ehe ich michs versah, hatte Theo mich in seine Arme gezogen und hielt mich so fest, als würde sein Leben davon abhängen. Er vergrub den Kopf in meiner Halsbeuge und atmete zitternd aus. Sein ganzer Körper begann zu zittern, und ich schlang meine Arme ebenfalls um ihn. Beruhigend strich ich ihm über den Hinterkopf, bis das Beben in ihm langsam abebbte.

»Möchtest du darüber reden?«, fragte ich leise.

»Auf gar keinen Fall. Lass uns weiterschlafen.« Theo legte sich bereits wieder hin und zog die Decke hoch. Für einen Moment betrachtete ich ihn. Konnte er wirklich so einfach wieder schlafen? Selbst mein Herz hämmerte noch wie verrückt, wie musste es ihm da gehen? Aber ich wollte ihn auch nicht dazu drängen, mit mir über etwas zu reden, das er ganz offensichtlich vergessen wollte, daher folgte ich seinem Beispiel, schaltete das Licht aus und legte mich zu ihm. Ich kuschelte mich eng an seinen Rücken, um ihm – und mir – zu versichern, dass alles in Ordnung war, und schloss die Augen. Trotzdem dauerte es eine Ewigkeit, bis ich zurück in den Schlaf fand.

Das nächste Mal weckte mich der Geruch von frisch gebrühtem Kaffee. Ohne die Augen zu öffnen, atmete ich tief ein und drehte mich im Bett auf die andere Seite. Automatisch schob ich meinen Arm dorthin, wo Theo geschlafen hatte, aber natürlich war der Platz leer und bereits kalt. Wer sonst sollte den Kaffee gekocht haben?

Die Tür wurde geöffnet, und Theo trat ein. In den Händen hielt er ein Tablett, auf dem nicht nur zwei Tassen dampfender Kaffee standen, sondern auch zwei Teller, die mit Pancakes beladen waren. Wie auf Knopfdruck begann mein Magen laut zu knurren.

Theos Mund verzog sich zu einem Grinsen. »Hunger?« Er stellte das Tablett auf dem Nachttisch ab und krabbelte zu mir aufs Bett, bis er über mir war. Auf Händen und Knien abgestützt, beugte er sich vor und drückte einen sanften Kuss auf meine Lippen. »Guten Morgen, Babe.«

Bei dem Spitznamen breitete sich wohlige Wärme in mir aus. »Guten Morgen.« Ich küsste ihn erneut. »Ich bin hungrig wie ein Stier.«

»Ich auch, deswegen war ich so frei, schon mal Frühstück zu machen, während du noch selig geschlummert hast.« Theo richtete sich auf und setzte sich neben mich, dann griff er zum Tablett und reichte mir eine der Tassen.

»Warum hab ich wohl so lange geschlafen? Du hast mich schließlich die halbe Nacht wach gehalten«, konterte ich. Damit meinte ich nicht Theos Albtraum, der uns geweckt hatte, sondern den Sex, den wir nach unserer Rückkehr von der Party gehabt hatten. Zwei Mal.

Theo sagte nichts darauf, aber das anzügliche Wackeln seiner Augenbrauen war Antwort genug. Ich boxte ihm auf den Oberarm. »Füttere mich erst mal, bevor du über mich herfällst«, ermahnte ich ihn.

Lachend reichte Theo mir einen Teller. »Ich verspreche, mich zu benehmen«, sagte er mit einem Zwinkern, ehe er sich seinen eigenen Pancakes widmete.

Eine Weile aßen wir schweigend, bis Theo seinen noch halb vollen Teller beiseitestellte und mich ansah. Ernsthaftigkeit war auf seine Züge getreten, was mein Herz zum Pochen brachte. »Es tut mir leid, dass ich dich so ignoriert habe. Ich wollte dir nicht das Gefühl geben, nur mit dir gespielt zu haben.«

Mein Blick senkte sich auf die Pancakes, und ich stocherte mit einem Stück in der Schokosoße herum. »Es ist okay. Es hat mich nur so verdammt an meinen Ex erinnert«, sprach ich das aus, was ich bisher nicht einmal zu denken gewagt hatte.

»Darf ich fragen, was dein Ex gemacht hat?«

Ein überraschtes Lachen brach aus mir heraus, und ich sah zu ihm auf. »Natürlich darfst du fragen.« Ich würde sogar antworten, denn ich hatte beschlossen, Theo nichts mehr zu verheimlichen. Nach einem tiefen Atemzug stellte ich meinen Teller ebenfalls beiseite.

»Riley und ich waren vor knapp einem Jahr zusammen. Auch gar nicht lange, bloß einige Monate. Ich kannte ihn aus dem Balletttraining, aber er ist mir lange Zeit nicht aufgefallen. Er hat nie zu den Guten gehört, war immer eher mittelmäßig, weshalb ich nicht viel mit ihm zu tun hatte. Unser Trainer hat uns oft in Gruppen mit ähnlichem Talent zusammengepackt. Eines Tages kam Riley nach dem Training auf mich zu und hat gefragt, ob ich ihm bei einer Figur helfen könnte. So haben wir mehr Zeit miteinander verbracht, kamen uns näher und waren kurz darauf zusammen.«

Als Riley mir damals Beachtung geschenkt hatte, hatte ich mich zum ersten Mal begehrt gefühlt. Ich war zum ersten Mal als Frau wahrgenommen worden, zumindest hatte ich das geglaubt – was seinen Verrat nur noch schmerzhafter gemacht hatte.

Sanft umschlossen Theos Finger meine Hand. »Was ist dann passiert?«

Ich ignorierte das stechende Gefühl in mir und redete weiter: »Er hat mich verarscht, und ich habe es überhaupt nicht bemerkt. Riley hat mich gebeten, mit unserem Trainer zu reden, ob er nicht in meiner Gruppe mittrainieren darf. Er wolle auch beim Training mehr Zeit mit mir verbringen und Übungen mit mir machen. Das wollte ich genauso, denn ich hatte mich wirklich in ihn verknallt. Also bin ich zu unserem Trainer gegangen. Ich war glücklich, dass er zugestimmt hat, auch wenn es offensichtlich war, dass Riley in unserer Gruppe einfach nicht mithalten konnte. Zwei Monate später hat er mich von einem auf den anderen Tag einfach fallen gelassen. Erst im Nachhinein hab ich erfahren, dass Riley sich erhofft hat, durch die Beziehung mit mir mehr Aufmerksamkeit von unserem Trainer zu bekommen. Er wollte nicht mehr in den Hintergrund gedrängt werden, sondern eine Hauptrolle ergattern. Er war der Meinung, dass er ein super Balletttänzer sei, dessen Talent nicht genug gewürdigt wird. Dabei war er einfach nicht gut genug. Das wurde nur noch auffälliger, als er mit uns tanzte. Trotzdem hat er, als ich ihn zur Rede gestellt habe, *mir* Vorhaltungen gemacht, *ich* hätte mich nicht genug angestrengt, um ihm eine bessere Rolle zu verschaffen.«

»Shit.« Unvermittelt zog Theo mich in seine Arme und hielt mich fest an sich gedrückt. »Und dann komm ich daher und zieh das Gleiche ab. Tut mir leid, Babe.«

Wärme breitete sich in meinem Inneren aus. Eigentlich hatte ich Theo längst verziehen, trotzdem tat es gut, seine Worte zu hören. Bereits während meiner Erzählung hatte ich die Wut auf Riley und das Mitgefühl in Theos Augen lesen können. Und doch glaubte ich, einen Funken Zurückhaltung bei Theo zu erkennen. Als wäre irgendetwas da, was er mir nicht sagen wollte oder konnte.

»Sieh an, wer den Weg nach Hause geschafft hat«, begrüßte Lizzy mich gut gelaunt, als ich unser Zimmer im Wohnheim betrat. Sie lag in Jogginghose und einem ausgeleierten T-Shirt auf ihrem Bett und las wie so oft ein Buch. Manchmal fragte ich mich, wie schnell sie eigentlich las, denn ständig sah ich sie mit einem neuen Buch.

Seufzend ließ ich mich zu ihr aufs Bett fallen und kuschelte mich an sie. »Ich wäre noch länger bei Theo geblieben, aber ich muss noch was für die Uni vorbereiten, und er hat Training.«

Mit einem Lächeln schob Lizzy eine Haarsträhne aus meiner Stirn und klemmte sie hinter mein Ohr. »Alles wieder okay bei euch?«

Ich nickte. »Er hat sich immer wieder entschuldigt. Er hatte Angst, dass unsere Beziehung seiner Karriere schadet.«

»Idiot.« Lizzy verdrehte die Augen, auch wenn ihr Grinsen breiter wurde. »Aber anscheinend hat er jetzt kapiert, dass er vor seinen Gefühlen nicht davonlaufen kann.«

»Das hoffe ich. Wenn er so was noch mal abzieht, breche ich ihm die Beine, dann kann er sehen, was mit seiner Karriere ist«, sagte ich im Scherz, ehe ich wieder ernst wurde. »Ich hab ihm eben sogar von Riley erzählt.«

»Wow.« Lizzy richtete sich auf und legte ihr Buch achtlos zur Seite. Dann griff sie nach meiner Hand. »Das klingt fast so, als könntest du die Geschichte endlich hinter dir lassen.« Bisher war Lizzy die Einzige gewesen, die davon wusste. Nicht einmal meiner Mom hatte ich gesagt, was wirklich vorgefallen war. Alle dachten, dass es zwischen Riley und mir einfach nicht gepasst hatte, so sehr hatte ich mich dafür geschämt, nicht erkannt zu haben, dass er mich bloß benutzt hatte. Theo davon zu erzählen war ein großer Schritt für mich gewesen.

»Es ist mir sogar erstaunlich leichtgefallen. Ich hab gedacht, ich würde die Worte nie über die Lippen bringen, aber dann sind sie einfach aus mir herausgesprudelt«, gestand ich.

»Bei der richtigen Person ist es plötzlich ganz leicht«, sagte sie wissend.

Mit dem Ellbogen stupste ich sie in die Seite. »Komm mir nicht mit deinem Zen-Scheiß«, entgegnete ich lachend.

Lizzy grinste breit, wurde dann aber ernst. »Wie hat Theo darauf reagiert?«

»Ziemlich verärgert. Danach hat er sich sofort noch mal entschuldigt, dass er mich genauso behandelt hat, auch wenn es bei ihm einen anderen Grund hatte. Er schien gleich ein schlechtes Gewissen zu haben.«

»Ich konnte mir die ganze Zeit nicht vorstellen, dass Theo dir nur etwas vorgespielt hat.« Lizzy nickte bekräftigend und wirkte sichtlich zufrieden, dass sie recht behalten hatte.

Bevor ich dazu kam, ihr zu antworten, klopfte es an unserer Tür. Erstaunt zog ich die Augenbrauen hoch. »Erwartest du jemanden?«, fragte ich meine beste Freundin.

Sie schüttelte den Kopf. »Vielleicht ist es Theo, der bereits Sehnsucht nach dir hat?«

Darauf konnte ich nur mit den Augen rollen. »Ganz bestimmt nicht. Wie gesagt, er ist beim Training.« Ich robbte mich vom Bett, um die Tür zu öffnen.

Virginia stand davor, und sobald sie mich erblickte, ließ sie sich wortlos in meine Arme fallen. Ich fing sie auf und hielt sie fest. »Hey, alles okay? Was ist passiert?« Mit dem Fuß trat ich die Tür zu und führte Virginia zu meinem Bett, wo wir uns setzten, ohne einander loszulassen.

Virginia murmelte etwas an meinem Hals, das ich nicht verstehen konnte.

»Was?«, hakte ich nach und warf Lizzy einen hilflosen Blick zu. Ich war ganz schlecht darin, andere zu trösten, vor allem wenn ich keine Ahnung hatte, worum es ging.

Mit einem Seufzen löste Virginia sich von mir und strich sich durch die Haare. Ihre blauen Augen wirkten glanzlos und traurig, aber wenigstens waren sie trocken.

»Das mit Mary war der totale Reinfall«, erklärte sie.

»Wieso?«, fragte Lizzy. Sie stand auf und kam zu uns, um sich auf Virginias andere Seite zu setzen. »Es sah so aus, als hättet ihr euch gut verstanden.«

»Haben wir auch. Allerdings hat sie vergessen, mir mitzuteilen, dass sie nur auf eine lockere Affäre aus ist.«

Ich griff nach ihrer Hand. »Das tut mir leid.«

»Was ist denn dagegen einzuwenden?«, wollte Lizzy wissen. »Wenn ihr euch gut versteht, ist das doch nichts Verwerfliches.«

»Nein, natürlich nicht«, sagte Virginia schnell. »Es ist nur nicht das, was ich suche. Ich hatte in der App extra angegeben, dass ich nur eine feste Beziehung will, deswegen fühle ich mich gerade ein bisschen verarscht, dass sie das einfach übergangen hat.«

»Oh, okay, das ist natürlich mies«, stimmte Lizzy zu. »Sie hätte von Anfang an mit offenen Karten spielen müssen.«

Ich legte meine Arme um Virginia und zog sie zu mir. »Irgendwo da draußen gibt es die Richtige für dich, und du wirst sie sicher bald finden.«

Ein kraftloses Schnauben kam ihr über die Lippen. »Fragt sich nur, wann. In diesem Leben oder im nächsten.«

Es gefiel mir gar nicht, Virginia, die normalerweise das blühende Leben war, so hoffnungslos zu sehen. »Vielleicht kennst du sie ja auch schon«, versuchte ich sie aufzumuntern. »Was ist mit Chloe?«

»Chloe hat einen Freund. Ich hab doch gesagt, sie ist hetero.«

»Oh.« Das war natürlich ungünstig, und ich hatte keine Ahnung, was ich darauf erwidern sollte.

»Ich glaube, ich muss Theo doch mal fragen, ob sein Angebot mit dem Gay-Club noch steht. Es muss in New York doch irgendeine Frau geben, die mich interessant findet. Gerade in New York.«

»Die gibt es bestimmt, du musst sie nur finden«, sprach Lizzy ihr Mut zu.

»Und ich frage Theo noch mal wegen dem Gay-Club.«

»Apropos.« Virginia verengte die Augen. »Was genau hat er dir gestern eigentlich erzählt, dass du ihm verziehen hast?«

Ich erzählte ihnen alles, was gestern vor dem Wohnheim zwischen Theo und mir passiert war.

»Und jetzt seid ihr wieder zusammen?« Virginia wickelte sich eine blaue Haarsträhne um den Zeigefinger und taxierte mich.

»Ich hab ihm verziehen, ja. Man konnte ihm ansehen, dass er mich genauso vermisst hat wie ich ihn.« Ich konnte das dümmliche Grinsen nicht verhindern, genauso wenig wie die Schmetterlinge, die meinen Magen bevölkerten.

»Jeder hat eine zweite Chance verdient.« Lizzy sah mich um Virginia herum an und lächelte mir zu.

»Das schon«, stimmte Virginia zu. »Er hat gestern auch aufrichtig gewirkt, als täte es ihm leid. Ich weiß nur nicht, ob ich ihm so schnell verziehen hätte. Aber vielleicht bin ich einfach deutlich nachtragender.«

»Ich werde das auch nicht vergessen«, stellte ich klar. »Und er wird sich in nächster Zeit ordentlich ins Zeug legen müssen, um zu beweisen, dass er seine Entschuldigung auch wirklich ernst gemeint hat. Noch mal könnte er so was sicher nicht mit mir abziehen.«

»Denkst du, er würde das noch mal versuchen?«, fragte Lizzy.

Ich horchte in mich hinein, um ehrlich antworten zu können. »Nein, eigentlich nicht.«

Lizzy nickte, und wir hingen jeder unseren eigenen Gedanken nach, bis Virginia sich räusperte. »Habt ihr Lust, irgendeinen Film mit mir zu schauen? Ich will jetzt nicht alleine zurück in mein Wohnheim.«

»Klar«, sagte ich, und Lizzy sprang auf, um ihren Laptop zu holen. »Was willst du denn gucken?«

»Irgendeine Romcom. Lustig, leicht und mit einem kitschigen Ende.«

Mit einem breiten Grinsen kam Lizzy zurück. »Gut, dass Netflix davon einige im Angebot hat.«

KAPITEL 20

Theo

Ich war auf einer regennassen Landstraße unterwegs. Der Regen trommelte gegen die Windschutzscheibe, und die Scheinwerfer schienen die Dunkelheit kaum zu durchdringen. Ich rieb mir über die Augen, um die Müdigkeit abzuschütteln, die mich seit einigen Meilen fest im Griff hatte. Warum hatte ich mir nur in den Kopf gesetzt, diese Fahrt ausgerechnet heute anzutreten? Vielleicht wäre es doch besser gewesen, auf meinen Dad zu hören und erst morgen loszufahren. Doch dafür war es bereits zu spät. Ich war schon fast eine Stunde unterwegs, umkehren lohnte sich jetzt nicht mehr.

Plötzlich tauchten Scheinwerfer in der Dunkelheit auf, die direkt auf mich zuhielten. Zuerst nur ganz klein, doch sie kamen rasch näher. Mein Herz begann gegen meinen Brustkorb zu hämmern, und Adrenalin jagte durch meine Adern. *Was zur Hölle? Spinnt der?* Er musste auf meiner Spur fahren und wich einfach nicht aus, obwohl er mich entdeckt haben musste. Der war doch lebensmüde!

Das Auto kam in einer erschreckenden Geschwindigkeit näher, sodass mir nur eine Möglichkeit blieb, einer Kollision aus dem Weg zu gehen. Ich riss das Lenkrad herum, um auf der linken Spur an ihm vorbeizufahren, doch ich hatte die nasse Fahrbahn unterschätzt. Der Wagen rutschte über den Asphalt, geriet ins Schleudern und kam von der Fahrbahn ab. Krampfhaft umklammerte ich das Lenkrad, doch ich konnte die Katastrophe nicht aufhalten. Frontal prallte ich gegen einen Baum. Das Kreischen von Metall und berstendem Glas übertönte meinen eigenen Schrei, als ich mit der Stirn gegen das Lenkrad knallte.

Keuchend schreckte ich aus dem Schlaf. Dunkelheit umfing mich, und für einen Moment befürchtete ich, noch immer in dem zerstörten Auto zu sitzen. Das rasende Pochen des Pulses in meinen Ohren war alles, was ich hören konnte, und ich schien kaum genügend Luft in meine Lunge zu bekommen.

Dann spürte ich die weiche Matratze unter mir und die Decke in meiner Hand, die ich fest umklammert hielt. Ich war zu Hause, in meinem Bett. Nicht im Graben irgendeiner Landstraße. Es war nur ein Traum gewesen.

Erleichterung wollte sich trotzdem nicht einstellen. Diese Albträume überfielen mich seit einer Woche. Seit ich mich mit Avery ausgesöhnt hatte, um genau zu sein. Dabei war es nicht mal so, dass mir Albträume neu waren, aber die Dinge, die sie mir zeigten, hatten sich verändert. Bisher hatten sie mir die Szene immer so gezeigt, wie ich sie erlebt hatte. Wieder und wieder hatte ich neben Brady im Auto gesessen, und wir waren fast mit dem anderen Auto kollidiert. Doch jetzt saß ich in dem Auto, das von der Straße abkam und mit einem Baum zusammenstieß. Was wollte mein Unterbewusstsein mir damit mitteilen?

Diese Frage war eigentlich überflüssig, denn ich wusste genau, was es zu bedeuten hatte. Mein schlechtes Gewissen fraß mich von innen auf. Das merkte ich nicht nur an meinen Träumen, sondern auch an allem anderen. Ich hatte überhaupt keinen Appetit mehr und musste mich meistens zum Essen zwingen. Konzentration war ein Fremdwort für mich geworden, was ich am College zwar nicht sonderlich schlimm fand, aber mittlerweile konnte ich nicht einmal Dads Ansprachen beim Training folgen – was ihm leider nicht verborgen geblieben war. Gestern hatte er mich nach dem Training zur Seite genommen und gefragt, ob alles in Ordnung sei. Ich war mir ziemlich sicher, dass er mir meine fadenscheinige Ausrede, bloß schlecht geschlafen zu haben, nicht abkaufte.

Das Schlimmste jedoch war, dass ich es nicht genießen konnte, mich mit Avery zu treffen, dabei waren das die schönsten Stunden in der Woche. In ihrer Gegenwart schmerzte mein Herz auf eine Weise, die mir gänzlich unbekannt war. Als wollte es vor Schuld aufhören zu schlagen und zugleich vor Freude aus meiner Brust herausspringen. Jedes Mal wenn ich Avery sah, wurde ich daran erinnert, was ich getan hatte. Ganz besonders dann, wenn ich merkte, dass sie Schmerzen im Rücken hatte. Trotzdem schaffte sie es noch immer, mich mit einem Kuss oder einer Berührung alles andere vergessen zu lassen. Bei ihr konnte ich ich selbst sein, ohne mich verstecken zu müssen. Ihr musste ich nichts vormachen, bei ihr konnte ich mich fallen lassen und auch mal Schwäche zeigen.

Aber damit das wirklich zutraf, müsste ich ihr dann nicht endlich die Wahrheit sagen? Konnte ich wirklich behaupten, bei Avery mein wahres Gesicht zu zeigen, wenn sie dieses entscheidende Detail nicht kannte? Es war nicht fair ihr gegenüber. Sie sollte die Möglichkeit bekommen, selbst zu entscheiden, ob sie noch mit mir zusammen sein wollte, wenn sie die Wahrheit kannte. Die ganze, schreckliche und ungeschönte Wahrheit. Und ganz davon abgesehen wusste ich nicht, wie lange ich dieses Versteckspiel noch würde durchziehen können, ehe ich daran zerbrach.

Ich wusste gar nichts mehr, nur eins: Ich brauchte Rat. Ich kam aus dieser Sackgasse, in die ich mich manövriert hatte, nicht mehr alleine raus. Einerseits wollte ich Avery davon erzählen, einfach weil sie die Wahrheit mehr als verdient hatte. Andererseits hatte ich eine Heidenangst davor, dass sie mich danach nicht mehr ansehen würde, was ihr gutes Recht wäre. Trotzdem könnte ich es nicht ertragen, wenn Avery mir aus dem Weg ging. Wie schmerzhaft das war, hatte ich bereits erlebt. Es war ein Dilemma.

Seufzend schob ich die Decke zurück und stand auf. Schlafen konnte ich sowieso nicht mehr, also konnte ich die freie Zeit auch sinnvoll nutzen.

»Yo, Theo.« Kayson begrüßte mich mit einem Handschlag, zog mich zu sich und stieß seine Schulter an meine. »Alles klar?«

»Sicher«, log ich, was mir einen skeptischen Blick einbrachte. Meine Augenringe waren mittlerweile so dunkel, dass man sie vermutlich noch aus einer Meile Entfernung sehen konnte. Ich wusste nicht, wann ich das letzte Mal länger als zwei Stunden am Stück geschlafen hatte, und so langsam konnte ich vor meinen Freunden nicht mehr verbergen, dass etwas nicht stimmte.

Zum Glück hakte Kayson nicht nach. »Wann ist dein nächster Wettkampf?«, fragte er stattdessen.

»In drei Wochen.« Da würde die nationale Collegemeisterschaft beginnen. Durch meinen Sieg im letzten Wettkampf hatte ich mich dafür qualifiziert. Die nationalen Meisterschaften bestanden aus sieben Wettkämpfen, die an unterschiedlichen Colleges im ganzen Land abgehalten wurden. Zwei davon waren noch vor Weihnachten angesetzt, die anderen im neuen Jahr. Es würde anstrengend werden, weil ich für die meisten weit reisen musste, und wenn sich an meiner Situation bis dahin nichts änderte, wusste ich jetzt schon, dass ich hemmungslos versagen würde.

»Der erste ist wieder in Philly, oder?« Kayson zog die Tür zur Mensa auf, die wir gerade erreicht hatten. Der Geruch von gebratenem Fleisch und irgendwelchen Soßen schlug mir entgegen und ließ Übelkeit in mir aufsteigen. Eigentlich müsste ich tierisch hungrig sein, nachdem ich mir heute früh nur einen Müsliriegel reingezwängt hatte, aber mein Magen schien andere Pläne zu haben.

»Genau, an der Pennsylvania State University, wo wir letztes Jahr auch schon waren.« In der Mensa war es so laut, dass ich meine Stimme erheben musste, um von Kayson verstanden zu werden.

»Alles klar, ich organisiere dann wieder einen Bus, damit wir dich begleiten können. Die Mädels wollen sicher auch mit.«

»Danke, Mann.« Ich hoffte, dass sie keine Enttäuschung erleben würden, weil ich mein Potenzial nicht abrufen konnte. Bis dahin musste ich meine Probleme in den Griff kriegen.

Genau in der Sekunde sah ich Avery auf mich zukommen. Ihre blonden Haare waren zu einem Zopf geflochten, und ihr Lächeln wurde breiter, je näher sie mir kam. Die mittlerweile bekannte Mischung aus Freude und Schuld breitete sich in mir aus, wodurch mein Herz gleichzeitig zu hüpfen anfing und sich mein Magen zu einem schmerzhaften Ball verknotete. Würde das jemals aufhören?

»Hey.« Sie legte die Arme um mich und zog mich eng an sich.

»Hey, Babe.« Sanft umfasste ich ihre Wangen und gab ihr einen Kuss. Ein Kribbeln schoss durch meinen Körper, als unsere Lippen sich berührten, was zumindest vorübergehend meinen inneren Tumult besänftigte. Averys Hände wanderten an meinem Rücken hoch und wieder runter, während sie unseren Kuss vertiefte. Bald wusste ich gar nicht mehr, wo wir uns überhaupt befanden. Nur noch die Frau in meinen Armen zählte, alles andere wurde unwichtig.

»Ihr wisst schon, dass ihr gerade die Aufmerksamkeit der kompletten Mensa auf euch zieht?«, drang Kaysons belustigte Stimme zu mir durch.

Sofort beendete Avery den Kuss, blieb aber weiterhin an mich gepresst stehen. »Na und? Lass sie doch gucken, wenn sonst nichts Aufregendes in ihren Leben passiert.« Sie ließ ihren Blick über die

Studenten gleiten, die sich schnell wieder von uns abwandten. »Die meisten sind doch eh nur neidisch.«

Kaysons Mund verzog sich zu einem breiten Grinsen, und er legte Avery einen Arm um die Schultern, während wir uns an der Essensausgabe anstellten. »Es werden sogar schon Wetten abgeschlossen, wie lange es dauert, bis Theo dich wieder abschießt.«

»Pff.« Avery verdrehte die Augen. »Wer sagt denn, dass Theo mich abschießt und nicht umgekehrt?«

»Nicht wahr? Ich habe ihnen gesagt, dass sie für diesen Fall auch Wetten annehmen müssten, aber wie so oft hat niemand auf mich gehört.« Kayson grinste zufrieden, weil er Avery damit zum Lachen brachte, während sich in mir alles zusammenzog. Aber die beiden wussten ja nicht, wie wahrscheinlich dieser Ausgang war.

»Dann wette du doch darauf. Damit wäre zumindest eine Person an diesem Campus auf meiner Seite«, schlug Avery vor.

»Hey«, ging ich dazwischen und zog Avery zu mir heran. »Bin ich der Einzige, der gar nicht erst über ein mögliches Ende unserer Beziehung nachdenken will, egal von wem das ausgehen mag?«

Avery drehte sich zu mir um, ein verschmitztes Funkeln in den Augen. »Keine Sorge, ich habe nicht vor, dich abzuschießen. Auch nicht, wenn wir den Leuten damit eins auswischen würden.«

Mit unseren vollen Tellern gingen wir zu dem Tisch, den Lizzy und Noah bereits besetzt hatten. Die beiden waren in eine Diskussion über irgendeine Band verwickelt, von der ich noch nie etwas gehört hatte, und blickten kaum auf, als wir uns zu ihnen setzten.

»Nicht mehr lange bis Thanksgiving«, sagte Kayson. »Fahrt ihr alle nach Hause?«

»Klar.« Avery nickte, aber Noahs Blick verdunkelte sich.

»Ich muss auf jeden Fall zu Hause nach dem Rechten sehen«, sagte Noah schließlich. »Mom sagt zwar, sie kommt klar, aber …« Er ließ den Rest des Satzes in der Luft hängen, aber ich konnte mir in etwa vorstellen, was er damit meinte. Seit sein Dad die Familie verlassen hatte, hatten seine Mom und seine Schwester es nicht leicht.

»Was ist denn passiert?«, wollte Avery wissen.

Während Noah ihr erzählte, was vorgefallen war, wanderte Averys Hand unter dem Tisch auf mein Bein. Wärme schoss durch mich hindurch, gleichzeitig verstärkte sich der Knoten um meinen Magen. Warum hatte ich mir überhaupt etwas zu essen geholt? Ich wusste doch genau, dass ich nichts runterbekommen würde. Je länger ich so dasaß, desto mehr festigte sich mein Entschluss, dass ich etwas ändern musste. So konnte es nicht weitergehen, sonst würde ich das Ende des Semesters nicht mehr erleben.

»Theo? Hörst du mir überhaupt zu?« Rena zog das Buch weg, auf dem ich mich aufgestützt hatte. Ich stieß einen erschrockenen Schrei aus und landete mit dem Gesicht voran auf dem Tisch.

Ächzend rappelte ich mich auf. »Natürlich höre ich dir zu«, leierte ich meinen Standardspruch herunter, obwohl ich kein Wort mitbekommen hatte.

»Ach ja?« Sie stemmte die Hände in die Hüften. »Und was habe ich gesagt?«

»Irgendwas über diesen Kram.« Ich deutete auf den Berg an aufgeschlagenen Büchern und Zeitschriften vor mir, den Rena mitgebracht hatte. Dass ich keine Lust auf dieses Projekt hatte, war nichts Neues, dass ich mich aber nicht einmal für Rena zusammenreißen konnte, schon.

»Pff, red keinen Stuss. Du bist schon den ganzen Tag superabwesend. Ach, eigentlich schon die ganze Woche. Was ist los mit dir?«

»Gar nichts«, sagte ich ausweichend. »Also, was müssen wir jetzt hier machen?« Ich zog ein Buch zu mir heran, ohne zu wissen, ob es überhaupt das war, mit dem wir gerade arbeiteten.

Schnaubend entriss Rena mir das Buch, klappte es zu und legte es zur Seite. Dann zog sie einen Stuhl heran und setzte sich direkt vor mich. »Du weißt, dass du mit mir über alles reden kannst, oder?«

»Natürlich.« Die Antwort kam mir automatisch über die Lippen, erst danach dachte ich darüber nach. In den letzten Tagen hatte ich mir gewünscht, mit jemandem darüber reden zu können, doch Kayson und Noah waren einfach selbst zu eng mit Avery befreundet. Aber Rena kannte Avery praktisch kaum, und wir waren schon so lange befreundet, dass ich ihr alles anvertrauen konnte. Wir hatten viel zusammen durchgemacht, meine Eltern hatten Rena praktisch als die Tochter aufgenommen, die sie nie gehabt hatten. Rena kam aus einem schwierigen Elternhaus. Ihre Eltern waren stinkreiche Anwälte, die nie zu Hause gewesen waren. Wann immer es ihr in dem riesigen Haus zu einsam geworden war, war Rena zu uns geflüchtet, wodurch sie während der Highschool viel Zeit mit mir verbracht hatte. Sie war wie eine Schwester für mich, und wir hatten uns früher schon unsere am besten gehüteten Geheimnisse verraten, die wir sonst niemandem anvertrauen würden.

Warum war sie mir nicht vorher eingefallen?

»Rena, ich … ich hab Mist gebaut«, begann ich und erzählte ihr die komplette Geschichte, wie Brady und ich auf der Landstraße beinahe mit diesem Auto kollidiert waren und ich vor Kurzem herausgefunden hatte, dass Avery dringesessen hatte.

Rena hörte mir aufmerksam zu, ohne mich zu unterbrechen, wofür ich ihr dankbar war. Ihr Gesicht blieb völlig ausdruckslos, bis ich zu der Stelle gelangte, dass Avery in dem verunglückten Wagen gesessen hatte. Da riss sie erschrocken die Augen auf. »Ihr seid für Averys Unfall verantwortlich? Bist du sicher?«

»Leider ja. Ich habe einen Zeitungsartikel gefunden. Tag, Zeitpunkt und Ort passen perfekt. Das können nur wir gewesen sein.«

»Shit.« Rena wirkte ehrlich schockiert. »Was hast du jetzt vor? Willst du es ihr sagen? Sie wird ausflippen … zu Recht, wie ich anmerken will.«

Mit den Fingern massierte ich meine Schläfen, hinter denen ein beständiges Pochen eingesetzt hatte. »Ja, das ist ja das Problem. Ich weiß, dass ich es ihr irgendwann sagen muss, denn sonst basiert unsere Beziehung auf ewig auf einer Lüge, und das kann ich nicht durchhalten. Es wäre auch einfach nicht fair ihr gegenüber. Aber ich weiß einfach nicht, wie ich es ihr sagen soll. Ich will sie auf keinen Fall schon wieder verlieren, aber das wird höchstwahrscheinlich passieren, wenn ich ihr die Wahrheit sage.«

Rena betrachtete mich nachdenklich. Ihre blauen Augen, die so ganz anders als Averys waren, bohrten sich regelrecht in mich hinein, was mich irgendwie ins Schwitzen brachte. Ich hatte das Gefühl, dass mir nicht gefallen würde, was sie mir sagen würde. »Ich verstehe dein Dilemma. Du hast Averys Lebenstraum zerstört, das ist nichts, was man mit einer einfachen Entschuldigung wieder wettmachen kann. Andererseits ist das wirklich etwas, das sie wissen muss. Du kannst nicht mit ihr zusammenbleiben und so tun, als wäre nichts gewesen.«

»Das ist ja mein Problem. Ich kann mich nicht dazu durchringen, es ihr zu sagen, aber je länger ich es ihr verschweige, desto beschissener fühle ich mich. Mich von ihr fernzuhalten funktioniert aber auch nicht, das habe ich bereits versucht.«

»Je länger du nichts sagst, desto schlimmer wird es«, gab Rena zu bedenken. »Je länger du damit wartest, desto mehr wird sie sich hintergangen fühlen.«

Ich hatte befürchtet, dass sie so etwas sagen würde. »Aber meinst du nicht, dass sie sich ohnehin von mir trennt, wenn sie das weiß?« Das war meine größte Angst.

»Möglich.« Abwesend ließ Rena die Finger über den Einband eines Buchs gleiten, den Blick in die Ferne gerichtet. »Es wäre sogar verständlich. Ich kann dir nicht sagen, wie Avery reagieren wird, aber ich finde, sie hat die Wahrheit verdient. Du musst natürlich selbst entscheiden, womit du leben kannst, aber wenn du eine ehrliche Beziehung führen willst, die auf Vertrauen basiert, sollte sie es wissen.«

Ich stützte die Ellbogen auf der Tischplatte ab und ließ den Kopf in meine Hände sinken. Sie hatte vollkommen recht, doch das ließ meine Angst leider nicht geringer werden.

KAPITEL 21

Avery

»Was ist das? Hörst du das auch?«

Wir waren auf dem Weg zur Bandprobe, als Lizzy mitten im Gang stehen blieb. Wenn ich es einrichten konnte, ging ich mit zu den Proben. Ich mochte die Mädels aus der Band, und sie hatten unbestreitbar Talent, sodass es Spaß machte, ihnen zuzuhören.

Lizzy wandte den Kopf von rechts nach links, einen angestrengten Ausdruck auf dem Gesicht. Zuerst wusste ich nicht, was sie meinte. Ich hörte nichts außer dem Rauschen in meinen Ohren. Doch dann konnte ich es auch ausmachen, eine leise Melodie, die von irgendwo erklang.

»Hier macht irgendwo jemand Musik, oder?« Fragend wandte ich mich Lizzy zu. Ich wusste nicht, warum sie das aufhorchen ließ, denn immerhin befanden wir uns in der Musikalischen Fakultät.

»Ja, und zwar ziemlich gut!«

Wir gingen weiter zu unserem Proberaum, und je näher wir diesem kamen, desto lauter wurde die Musik. Die Melodie kam mir bekannt vor, auch wenn ich sie keinem Lied zuordnen konnte.

»Ist Mia etwa schon da?« Wir waren vor der Tür angekommen, und Lizzy blieb mit der Hand auf der Türklinke stehen. Es war eindeutig, dass die Musik aus dem Raum kam. Kurz darauf erklang zudem Mias Stimme.

Jetzt wusste ich, warum mir die Melodie so bekannt vorgekommen war. *Scars* von Papa Roach war eins meiner absoluten Lieblingslieder, aber ich hatte es nicht zuordnen können, weil ich es nie zuvor auf einem Keyboard gehört hatte.

Mias Stimme war tiefer als gewöhnlich, weich und verursachte mir eine Gänsehaut. Sie transportierte die Gefühle des Songs auf eine unglaublich einfühlsame Weise. Sie war sonst immer so distanziert und verschlossen, aber in der Musik schien sie alle Emotionen rauslassen zu können.

»Wow.« Lizzy rieb sich über die Arme. »Sie kann wundervoll singen, warum hat sie das nicht gesagt?«

»Ihr solltet wirklich überlegen, ob ihr sie als zweite Sängerin dazunehmt.«

Lizzy nickte und biss sich auf die Unterlippe. »Ja, krass, wie viel Gefühl in ihrer Stimme steckt. Das hätte ich ihr gar nicht zugetraut.«

Ich nickte, und wir hörten Mia weiter schweigend zu. Als das Lied endete, ging Mia direkt zum nächsten Stück über, das ich diesmal sofort als *Welcome to My Life* von Sunrise Avenue ausmachen konnte. Auch hier transportierte sie die Bedeutung des Liedes perfekt in ihrer Stimme.

»Was steht ihr hier draußen rum?« Virginias Stimme ließ uns aufschrecken.

»Pssst«, machten wir beide gleichzeitig, doch es wäre gar nicht nötig gewesen. An Virginias erstauntem Blick erkannte ich sofort, dass sie Mia ebenfalls gehört hatte.

»Wahnsinn, ist das Mia? Ich wusste nicht, dass sie so singen kann.« Langsam kam Virginia näher, bis sie ihr Ohr gegen die Tür legen konnte. »Wie lange steht ihr schon hier?«

»Fünf Minuten vielleicht?«, sagte ich.

»Wir sollten reingehen und Mia sagen, dass sie als zweite Stimme mit Lizzy zusammen singen soll.«

»Unbedingt«, stimmte ich Virginia zu.

»Okay.« Lizzy drückte die Klinke runter und öffnete die Tür. Sofort verstummte die Musik von innen. Mia sah uns erschrocken an.

»Da seid ihr ja. Ich dachte schon, heute würde keiner kommen.« Sie versuchte sich an einem Lächeln, das ihr nur zum Teil gelang.

Lizzy räusperte sich. »Wir standen draußen und haben dich singen gehört. Warum hast du nicht gesagt, dass du so eine fantastische Stimme hast?«

Röte bildete sich auf Mias Wangen. »Ihr habt nicht gefragt. Außerdem dachte ich, dass schon beschlossen wäre, dass du singst.«

»Ach.« Lizzy winkte ab. »Wir können doch auch beide singen, zusammen oder abwechselnd. Wir müssen unbedingt ausprobieren, wie unsere Stimmen zueinanderpassen.«

Für einen Moment wirkte Mia zu überrumpelt, um etwas zu sagen. Als wäre es total abwegig, dass jemand – vor allem Lizzy – mit ihr gemeinsam singen wollte. Doch dann nickte sie, und auf ihren Lippen erschien ein Lächeln, das mir zum ersten Mal echt vorkam. »Gerne.«

»Wo ist eigentlich Chloe?«, wunderte ich mich. Normalerweise war sie immer die Erste, die da war.

»Sie kommt etwas später, sie hat noch einen Termin mit einem Dozenten«, erklärte Virginia.

»Woher weißt du das schon wieder?«, fragte ich erstaunt.

»Es gibt so neumodische Kommunikationsmittel namens Handy. Damit hat sie mir geschrieben. Ist vielleicht noch nicht bis zu dir durchgedrungen«, entgegnete sie trocken.

»Haha.« Ich streckte ihr die Zunge raus. »Ich hatte mich auch eher gewundert, dass du mit ihr anscheinend in Kontakt stehst. Also von der Band abgesehen.«

Jetzt wurde auch Virginia rot und senkte den Blick. Interessant. »Nicht was du jetzt denkst, ich hab dir doch schon gesagt, dass Chloe einen Freund hat. Aber wir verstehen uns ganz gut«, sagte Virginia ausweichend. Dass Chloe vergeben war, wusste ich, trotzdem war Virginias Verhalten auffällig, als würde mehr dahinterstecken, als sie mir gestehen wollte. Vielleicht wollte sie es aber auch nur vor den anderen nicht sagen. Ich würde sie in einer ruhigen Minute mal darauf ansprechen.

»Sagt mal«, erklang Mias Stimme leise. Geschlossen drehten wir uns zu ihr um, wobei sie auf ihrem Stuhl kleiner zu werden schien. Sie räusperte sich. »Mir ist da eine Idee gekommen. Die Lieder, die wir bisher ausgesucht haben, sind zwar alle richtig gut, aber ist euch aufgefallen, dass sie ausschließlich von männlichen Bands sind? Grundsätzlich stört mich das nicht, ich höre sie ja auch selber, aber da wir eine reine Frauenband sind, wäre es da nicht cool, wenn wir auch Lieder von Frauenbands spielen würden? Also zusätzlich? Müssen wir natürlich nicht, ist nur so eine Idee.«

Für einen Moment war es still, dann fanden Lizzy und Virginia im gleichen Moment die Sprache wieder.

»Warum sind wir da nicht eher draufgekommen?«

»Am besten noch mit feministischen Texten, so was sollte es doch geben.«

Erneut bildeten sich rote Flecken auf Mias Wangen, aber ihr Lächeln machte deutlich, dass ihr die Reaktion gefiel.

»Ich wüsste auch schon einige Bands, ich suche bis zur nächsten Probe ein paar Lieder raus, okay?«, warf Virginia ein.

Plötzlich wurde die Tür geöffnet, und eine leicht zerzauste Chloe trat ein. Ihre Lockenmähne stand ihr noch wilder vom Kopf ab als sonst, einzelne Strähnen klebten ihr im Gesicht, und eine Schweißperle rollte ihre Stirn hinab.

»Sorry, dass ich zu spät bin, aber Professor Richards hat mal wieder kein Ende gefunden. Ehrlich, wenn der einmal anfängt zu reden, kann ihn nichts und niemand stoppen.« Chloe keuchte ein wenig, es wirkte, als wäre sie von ihrer Fakultät hierher gerannt.

»Kein Problem.« Virginia ging auf sie zu, bis sie direkt vor ihr ankam. Sie standen so dicht beieinander, dass sie sich fast berührten. »Wir haben bisher auch nur gequatscht. Mia hatte die Idee, auch Songs von Frauenbands mit feministischen Texten zu spielen. Davon kennst du doch auch welche, oder? Magst du mir dabei helfen, passende Lieder für uns auszusuchen?«

Chloe starrte Virginia an, ohne etwas zu sagen. Ihr Mund war leicht geöffnet, und ich konnte sehen, wie sie ihre Unterlippe mit der Zunge benetzte. Die Zeit schien stehen zu bleiben, während Virginia und Chloe einander taxierten. Schließlich räusperte Chloe sich und nickte. »Klar, gerne.«

Ein strahlendes Lächeln breitete sich auf Virginias Gesicht aus. »Cool, super.«

Lizzy klatschte in die Hände. »Wollen wir dann endlich mal anfangen? Wir müssen *It's My Life* noch einmal proben und uns dann überlegen, mit welchem Lied wir weitermachen.«

Alle stimmten zu und gingen zu ihren Instrumenten, während ich mir einen Stuhl an die Seite zog und sie beobachtete.

Am nächsten Tag schienen die Vorlesungen kein Ende zu nehmen. Mein Studium kam mir von Tag zu Tag sinnloser vor. Ich war seit mittlerweile zwei Monaten am College, es ging mit großen Schritten auf Thanksgiving und damit auf die Midterms zu, und ich hatte mir noch immer nicht überlegt, was ich denn nun studieren wollte. Im Gegenteil, in den letzten Wochen waren meine Gedanken so mit Theo beschäftigt gewesen, dass für kein anderes Thema Kapazitäten frei gewesen waren. Und während ich es durchaus genoss, ununterbrochen an ihn zu denken, brachte es mich bei meiner Berufswahl nicht weiter.

Wenn ich doch mal darüber nachdachte, fiel mir das Gespräch mit Lizzy und Virginia wieder ein, als ich den Flyer für sie gestaltet hatte. Könnte ich vielleicht wirklich etwas in Richtung Grafikdesign machen? Das wäre zumindest etwas, das mich interessierte und für das ich mich begeistern könnte. Aber würden meine rudimentären Kenntnisse dafür ausreichen? Selbst wenn ich im neuen Jahr im ersten Semester einsteigen würde, war ich mir sicher, dass sich alle anderen seit Jahren mit dem Thema beschäftigten und mir dadurch sicher meilenweit voraus waren. Die paar Flyer und Plakate, die ich fürs Ballett entworfen hatte, konnten nicht wirklich zählen. Genauso wenig wie die Zeichnungen, die ich mittlerweile zwar öfter anfertigte, die aber noch weit davon entfernt waren, vorzeigbar zu sein. Würde man mich überhaupt annehmen, wenn ich nur so wenige Arbeiten in meine Mappe legte? Man musste sicher schon richtig gut sein, um überhaupt zugelassen zu werden.

Wobei ich das ehrlich gesagt gar nicht wusste, weil ich mich bisher nicht damit beschäftigt hatte. Aber in meinen Fingern begann es zu kribbeln, wenn ich nur daran dachte. Mein Herzschlag beschleunigte sich, und ich wurde vor Begeisterung total unruhig, sodass ich beschloss, es zumindest zu versuchen. Denn so wie es jetzt war, ging es einfach nicht weiter. Diese Lust- und Antriebslosigkeit, die ich in meinen Vorlesungen verspürte, konnte ich nicht länger ertragen.

Sofort am nächsten Vormittag würde ich meine Vorlesungen schwänzen, um mich beim Immatrikulationsbüro über einen Studienwechsel und die nötigen Anforderungen für ein Grafikdesignstudium zu informieren.

Sobald ich nach der Vorlesung die Fakultät verließ, blies mir ein eisiger Wind die Haare ins Gesicht. Ich stieß einen leisen Fluch aus und zog meine Kapuze hoch, in der Hoffnung, dass sie mich zumindest ein wenig vor dem Wind schützen würde, und trat den Weg zur Bibliothek an. Ich wollte mich ein wenig informieren, um morgen nicht völlig unvorbereitet zur Beratung zu gehen.

Ich setzte mich mit drei Büchern über die Inhalte des Grafikdesignstudiums an einen Tisch. Es dauerte nicht lange, bis ich völlig in meine Lektüre versunken war. Alleine über dieses Studium zu lesen begeisterte mich mehr als alle meine jetzigen Vorlesungen zusammen. Konnte es sein, dass ich damit wirklich etwas gefunden hatte, das mir zusagte?

»Lass uns diesen Tisch nehmen«, durchbrach plötzlich eine bekannte Stimme meine Nachforschungen. Erstaunt sah ich auf, konnte aber niemanden entdecken. Hatte ich mir bloß eingebildet, Rena zu hören? Stühlerücken war zu hören sowie das Geräusch von Büchern, die auf den Tisch geknallt wurden. Es schien von dem Platz zu kommen, der hinter dem Regal rechts von mir lag.

Erleichtert atmete ich aus. Auf eine Begegnung mit Rena konnte ich heute getrost verzichten. Zwar hatte sie schon länger keine blöde Bemerkung mehr in meine Richtung abgelassen, aber aus den Blicken, die sie mir zwischendurch zuwarf, war deutlich zu erkennen, dass sie mir noch immer nicht traute.

Ich versuchte mich erneut auf mein Buch zu konzentrieren, doch es dauerte nicht lange, bis Rena erneut sprach. »Ich muss dir noch was erzählen.«

»Klar«, sagte ihre Begleitung, die ich jetzt als Hayden erkannte, eine von Renas Cheerleader-Freundinnen, mit denen sie ständig abhing.

»Aber versprich mir, dass du mit niemandem darüber sprichst. Ich sollte es nicht mal dir erzählen, aber es geht mir einfach nicht aus dem Kopf«, sagte Rena eindringlich.

Eine kurze Pause, dann: »Du weißt, dass du mir vertrauen kannst.«

Ich verdrehte die Augen. Jetzt würde sicher eine von Renas Lästerrunden folgen. Das wollte ich wirklich nicht hören, weshalb ich die beiden auszublenden versuchte.

»Du erinnerst dich an Avery? Theos neue Freundin, die diesen Unfall hatte?«

Bei Renas Worten wurde ich hellhörig, und es lief mir eiskalt den Rücken hinab.

»Was ist mit ihr?«, fragte Hayden.

»Theo hat mir gestern gesagt, dass er für ihren Unfall verantwortlich ist.«

»*Was?*« Haydens überraschte Äußerung übertönte zum Glück den erstaunten Laut, der meinen Lippen entwich. Wie sollte Theo für meinen Unfall verantwortlich sein? Das konnte nicht möglich sein!

»Ja«, sprach Rena unbeirrt weiter. »Er saß in dem Auto, das sie von der Straße abgedrängt hat. Er kam gestern zu mir, weil er nicht wusste, was er tun soll. Er hat Angst, dass sie sich von ihm trennt, wenn sie davon erfährt.«

»Könnte man ihr nicht verdenken«, murmelte Hayden. »Aber bist du *ganz* sicher, dass das stimmt? Kann ich mir bei Theo gar nicht vorstellen.«

»Ja. Er hat mir sogar Zeit und Ort genannt. Und wieso sollte er deswegen lügen? Er wird sich das doch nicht ausgedacht haben, das wäre doch schwachsinnig«, beharrte Rena.

Mein Innerstes fühlte sich an, als wäre es zu Eis gefroren. Ich verstand Renas Worte, und sie ergaben auch einen Sinn, aber ich konnte trotzdem nicht begreifen, was ich da hörte. Theo sollte derjenige gewesen sein, der mich auf dem Weg zur Juilliard von der Straße abgedrängt hatte? Der meinen Lebenstraum zerstört und danach nicht einmal den Notruf abgesetzt hatte? Der Mann, in den ich mich verliebt hatte, sollte gleichzeitig für mein schlimmstes Erlebnis verantwortlich sein?

»Das ist richtig krass«, sagte Hayden. »Was hast du ihm geraten?«

»Ich finde, sie sollte es wissen«, seufzte Rena. »So etwas kann man doch nicht seiner Freundin verheimlichen!«

Mir schwirrte der Kopf, und meine Hand ballte sich zur Faust. Alles in mir sträubte sich dagegen, Renas Worten zu glauben. Ich wollte mir einreden, dass Rena genau wusste, dass ich ihr Gespräch hören konnte, und uns mal wieder auseinanderbringen wollte. Dass nichts daran wahr war, weil Theo mich nie derart hintergehen würde.

Aber er hat dich schon mal enttäuscht, hast du das vergessen? Ich verabscheute diese kleine Stimme in mir. Nein, ich hatte das nicht vergessen, aber ich wünschte, ich könnte es.

Eine Erinnerung schoss mir in den Kopf, die mein Blut zu Eis gefrieren ließ.

Der Moment, als Theo am Morgen nach unserem ersten Sex seltsam geworden war, hatte nichts mit meiner Narbe zu tun gehabt. Wir hatten über den Unfall gesprochen, genauer gesagt hatte ich gerade erzählt, dass der Unfallverursacher einfach abgehauen war. *Das* war der Augenblick gewesen, an dem die Stimmung gekippt war.

Noch immer saß ich wie zur Salzsäule erstarrt auf dem Stuhl. Rena und Hayden unterhielten sich weiter, aber ich nahm sie überhaupt nicht mehr wahr, während in mir ein wahrer Orkan wütete. Meine Gefühle brodelten, und ich hatte keine Ahnung, was ich jetzt tun sollte. Theo zur Rede stellen? Renas Worte nicht beachten und so tun, als wäre nichts geschehen? Aber wollte ich das wirklich einfach auf sich beruhen lassen?

Nein!

Urplötzlich kam Wut in mir auf. Endlich. Eine Emotion, mit der ich umzugehen wusste und die mir sagte, was zu tun war. Ich konnte nicht einfach nichts tun. Die Unwissenheit würde mich in den Wahnsinn treiben, und sollte Theo nichts mit dem Unfall zu tun haben, würden ihn einige Fragen danach nicht umbringen.

Mechanisch packte ich meine Sachen zusammen und zog meine Jacke an. Die Bücher ließ ich einfach auf dem Tisch liegen und schickte gedanklich eine Entschuldigung an die Bibliothekarin, die sie später für mich einräumen musste.

Leise, damit Rena und Hayden mich nicht bemerkten, setzte ich mich in Bewegung. Wenn mich nicht alles täuschte, müsste Theo jetzt beim Training sein, weshalb ich den Weg zum Hallenbad einschlug.

KAPITEL 22

Avery

Je näher ich dem Schwimmbad kam, desto unruhiger wurde ich. Mein Herz begann unkontrolliert zu pochen, meine Hände zitterten, und meine Eingeweide zogen sich schmerzhaft zusammen. Dreimal war ich kurz davor, mein Vorhaben abzublasen und umzukehren, denn wenn ich ehrlich zu mir war, wollte ich dieses Gespräch überhaupt nicht führen. Ich wollte wieder zu der Unwissenheit zurück, in der ich so glücklich gewesen war, bevor Rena mich aus ihr gerissen hatte. Aber egal was ich tat, ich würde nicht vergessen können, was sie gesagt hatte.

Deswegen musste ich mit Theo reden. Nur so würde ich Gewissheit darüber bekommen, was an diesem 2. Februar wirklich geschehen war.

Der Eingangsbereich des Hallenbads war hell erleuchtet, aber verlassen, als ich ankam. Das konnte nur bedeuten, dass das Training bereits begonnen hatte. Kurz zögerte ich, doch dann ging ich weiter durch in die Schwimmhalle.

Ich ließ meinen Blick flüchtig durch die Halle schweifen. Deutlich mehr Studenten als bei meinem Schwimmkurs tummelten sich vor den Startblöcken. Sie standen in kleinen Gruppen beisammen und unterhielten sich mit gedämpften Stimmen. Theo entdeckte ich sofort, er stand mit dem Typen zusammen, der in seiner

Abwesenheit unseren Kurs geleitet hatte. Daniel, wenn ich mich richtig erinnerte.

Ich ging schnurstracks auf die beiden zu. Daniel bemerkte mich zuerst, woraufhin er Theo anstupste und in meine Richtung deutete. Ein Lächeln breitete sich auf Theos Gesicht aus, sobald er mich erblickte, aber es schlug ziemlich schnell in ein Stirnrunzeln um. Ob es wegen meiner angespannten Haltung war oder weil ich mit Straßenschuhen den Beckenbereich betreten hatte, konnte ich nicht sagen.

»Avery, was machst du hier?«, fragte Theo, als ich vor ihm stehen blieb. Er trat einen Schritt auf mich zu, als wollte er mich zur Begrüßung küssen, doch ich wich vor ihm zurück.

»Warst du es?« Meine Stimme zitterte mit einer Mischung aus Wut und Unsicherheit. Daniel warf mir einen irritierten Blick zu, doch das war mir egal. Ich wollte Antworten, und ich wollte sie jetzt.

»War ich was?«, fragte Theo, doch ein leiser Unterton verriet seine gespielte Unwissenheit. Er wusste genau, worauf ich ansprach, und mein Magen verkrampfte sich erneut.

Meine Hände ballten sich zu Fäusten, und ich ertrug es kaum, Theo länger anzusehen. »Warst du es, der mich von der Straße abgedrängt hat und dann einfach abgehauen ist?«, presste ich hervor.

Theos Blick senkte sich auf den Boden, und seine Schultern begannen zu beben. Schuld stand über sein ganzes Gesicht geschrieben, was mir Antwort genug war, bevor er überhaupt einen Ton sagte. »Avery … ich …«

»Du warst es, oder?« Meine Stimme erhob sich, bis sie durch den hohen Raum schallte. Mehrere der anderen drehten sich interessiert in unsere Richtung, um zu sehen, was der Tumult zu bedeuten hatte. Doch es war mir egal, ich nahm sie nicht einmal richtig wahr. Meine komplette Aufmerksamkeit war auf Theo gerichtet.

Ich wollte ihn sagen hören, was er getan hatte. Wollte, dass er es vor all diesen Leuten hier zugab.

»Avery, lass uns …«

»Sag es!«, brüllte ich ihn an. Ich wollte jetzt keine Ausflüchte hören oder mich mit einem »Wir reden später« abfertigen lassen.

Geschlagen stieß Theo die Luft aus und nickte. »Ja, ich war in dem Wagen, aber …«

Ich ließ ihn nicht ausreden, ich explodierte einfach nur. Zum ersten Mal in meinem Leben überkam mich der Wunsch, jemandem eine reinzuhauen. Die Wut in mir wurde zu einem gleißenden Licht, das mich völlig einnahm und ein Ventil suchte.

»Du Arschloch«, schrie ich ihn an. »Wie konntest du das tun? Erst hast du meinen Lebenstraum zerstört, und dann schaffst du es nicht mal, ehrlich zu mir zu sein? Was war das eigentlich für eine beschissene Aktion? Einfach abzuhauen, nachdem du ein anderes Auto gestreift hast? Hat es dir einen Kick gegeben? So sehr, dass du nicht einmal genug Anstand besessen hast, den Notruf abzusetzen?« Ich konnte nicht fassen, dass Rena die Wahrheit gesagt hatte. Aber jegliche Zweifel an ihrer Aussage verpufften bei dem schuldbewussten Ausdruck in Theos Augen. Er war es wirklich gewesen, und all meine Gefühle wurden plötzlich in den Hintergrund gedrängt von dieser unbändigen Wut. Ein verräterisches Brennen setzte hinter meinen Lidern ein, doch ich würde Theo nicht die Genugtuung geben, vor ihm zu weinen. Ich rammte mir die Fingernägel in die Handflächen und konzentrierte mich auf den Schmerz, bis das Brennen nachgelassen hatte.

»Avery, so war das nicht.« Theo versuchte nach meinem Arm zu greifen, doch ich schlug seine Hand weg. Ich konnte seine Berührung jetzt nicht ertragen.

»Fass mich nicht an. Fass mich nie wieder an. Ich möchte nicht einmal mehr von dir angesehen werden. Vergiss am besten, dass du mich jemals gekannt hast.« Dass er mir auch jetzt noch irgendwelche Ausflüchte auftischen wollte, machte mich noch fassungsloser. Er hatte mich im Ungewissen gelassen, obwohl er längst wusste, wer ich war. Wie konnte er mir das antun?

Ohne ihn eines weiteren Blickes zu würdigen, wandte ich mich ab und stolzierte aus der Halle heraus. Dass dabei die Blicke aller anderen auf mich gerichtet waren, ignorierte ich komplett.

»Avery«, rief Theo mir nach, als ich an der Tür angekommen war. Er besaß doch tatsächlich die Dreistigkeit, mich noch mal anzusprechen.

Mit verengten Augen wirbelte ich herum. »Wie oft denn noch, Theo? Ich will nichts mehr mit dir zu tun haben. Du kannst dir deine Ausreden und Lügen dahin schieben, wo die Sonne nicht scheint. Ich will kein einziges Wort davon hören. Verschwende deine Energie lieber darauf, dir ein neues Opfer auszusuchen.« Damit wandte ich mich ab und verließ fluchtartig das Gebäude.

Theo

Totenstille breitete sich aus, nachdem Avery gegangen war. Niemand sprach oder bewegte sich, ich selbst konnte kaum noch atmen. Ein riesiges Loch klaffte in meiner Brust, wo einmal mein Herz gesessen hatte, während ich noch immer zu begreifen versuchte, was gerade passiert war. Die Worte, die Avery mir entgegengeschleudert hatte, wirbelten in meinem Kopf herum, und ich wusste, dass jedes davon berechtigt war, auch wenn ich es nicht wahrhaben wollte. Der altbekannte Schmerz in meinem Inneren flammte auf und ließ mich zusammenzucken.

Jemand berührte mich am Arm und sprach mit mir, doch ich konnte ihn über das Rauschen in meinen Ohren nicht verstehen. Ich drehte mich um und sah in Daniels fragendes Gesicht.

»Was hast du gesagt?« Es kam krächzend heraus, ich erkannte meine eigene Stimme kaum wieder.

»Ich wollte wissen, was das war? Stimmt das, was sie gesagt hat? Hast du ihren Unfall verursacht und bist dann einfach abgehauen?« Seine Stimme hatte einen harten Klang, den ich von Daniel nicht gewohnt war. Ein kalter Schauer raste über meinen Rücken. Erst jetzt wurde mir bewusst, dass mein gesamtes Team Averys Beschuldigungen gehört hatte. Ich sah mich um und bemerkte, dass die anderen mich durchweg skeptisch oder gar feindselig betrachteten. Einige redeten leise miteinander, wobei sie mir immer wieder wenig unauffällige Blicke zuwarfen. Andere betrachteten mich gleich mit unverhohlener Abneigung, als hätten sie mir so etwas sowieso schon immer zugetraut und jetzt endlich die Bestätigung bekommen. Zum ersten Mal verfluchte ich es, im Mittelpunkt zu stehen.

»Ich weiß es nicht«, sagte ich ausweichend zu Daniel. Ich musste erst einmal selbst begreifen, was gerade geschehen war. Woher wusste Avery das alles? Die einzige Person, der ich von dem Unfall erzählt hatte, war Rena. Konnte sie mich verpetzt haben? Eigentlich traute ich ihr nicht zu, dass sie mich derart hinterging, sonst hätte ich niemals mit ihr geredet. Aber woher sollte Avery es wissen, wenn nicht von ihr?

Aus dem Augenwinkel bemerkte ich eine Bewegung, die mein Blut noch mehr gefrieren ließ. Mein Dad kam mit schnellen Schritten auf mich zu. Den Ausdruck auf seinem Gesicht konnte ich nicht deuten, aber er sah alles andere als glücklich aus. Hatte er etwa mitbekommen, was Avery gesagt hatte?

»Was ist hier los?«, polterte er los, als er vor uns zum Stehen gekommen war. »Warum seid ihr noch nicht im Wasser? Braucht ihr eine Extraeinladung? Das Training hat vor fünf Minuten begonnen. Ihr wisst doch genau, dass ihr mit dem Aufwärmen beginnen sollt, wenn ich mich etwas verspäte. Los jetzt.« Dad klatschte zweimal in die Hände, und sein Gesichtsausdruck duldete keinen Widerspruch. Alle setzten sich sofort in Bewegung, zogen ihre Schwimmbrillen auf und verteilten sich auf die einzelnen Bahnen. Auch ich versuchte, so zu tun, als wäre nichts gewesen, und schloss mich den anderen an.

Ich sollte erleichtert sein, dass Dad offenbar nichts von Averys Rede mitbekommen hatte, doch dieses Gefühl wollte sich bei mir nicht einstellen. Mein Magen war noch immer ein verknotetes, schmerzendes Etwas, und je mehr Zeit verstrich, desto mehr realisierte ich, dass ich Avery unwiderruflich verloren hatte. Es gab keine Möglichkeit, sie zurückzugewinnen. Ich wusste seit Wochen davon und war nur zu feige gewesen, Avery die Wahrheit zu sagen. Egal was ich tat, es würde den Verrat nicht wettmachen können.

Diese Erkenntnis traf mich völlig unvorbereitet. Das Loch in meiner Brust riss auf und spülte Schmerz in jede Zelle meines Körpers. Ich krümmte mich zusammen, sodass ich mich am Startblock abstützen musste, und ein Keuchen kam über meine Lippen. Warum musste es nur so verflucht wehtun?

Daniel sprang von dem Startblock neben mir ins Wasser, was mich aus meinen Gedanken riss. Ich konnte mich jetzt nicht meinen Gefühlen hingeben und zusammenbrechen. Ich musste dieses Training hinter mich bringen, damit wenigstens Dad keinen Verdacht schöpfte. Später, wenn ich zu Hause war, konnte ich alles rauslassen, doch jetzt musste ich funktionieren.

Es war schwer, meine Gefühle wegzuschließen und ins Wasser zu springen, als wäre nichts gewesen. Und obwohl ich mir alle Mühe dabei gab, gelang es mir nur unzureichend. Ich war unkonzentriert, bekam einen Großteil von Dads Anweisungen überhaupt nicht mit und schwamm so schlecht wie schon lange nicht mehr.

Als Dad das Training endlich für beendet erklärte, machte ich insgeheim drei Kreuze. Ich wollte nur noch nach Hause auf die

Couch oder wahlweise meinen Frust in Alkohol ertränken – obwohl ich sonst so gut wie nie trank. Auf jeden Fall weg von hier. Weg von den Blicken, die mich das ganze Training über verfolgt hatten. Weg von den geflüsterten Bemerkungen, die manchmal – vermutlich absichtlich – so laut gewesen waren, dass ich sie mitbekommen hatte.

»Hättest du Theo das zugetraut?«, hatte Jess an Grace gewandt gefragt.

»Mich wundert das nicht«, war die Antwort gewesen. »Er hält sich doch sowieso für unantastbar. Wird Zeit, dass er seine gerechte Strafe bekommt.«

Bei einem anderen Gespräch hatte ich Tyler, meinen stärksten Konkurrenten im Team, gehört, wie er Daniel schadenfroh mitgeteilt hatte, dass er sich nun keine Sorgen mehr um seine Platzierung machte. Es sei offensichtlich, dass Averys kleine Ansprache mich völlig aus der Bahn geworfen hatte und ich bei den folgenden Wettkämpfen nur versagen konnte.

Unter normalen Umständen hätte ich mir das nicht gefallen lassen. Ihre Worte hätten mich dazu angestachelt, meinen Einsatz zu vergrößern, mich mehr anzustrengen, mehr zu leisten. Doch aktuell konnten sie mir nicht egaler sein. Die Bedeutung meines nächsten Wettkampfs verpuffte im Angesicht der Tatsache, dass Avery vermutlich nie wieder ein Wort mit mir reden würde.

Avery

Mein Körper wollte nicht aufhören zu zittern, selbst dann nicht, als ich im Wohnheim ankam. Meine Gedanken überschlugen sich regelrecht in meinem Kopf, während Wut und Enttäuschung um die Oberhand kämpften.

Jetzt ergab alles einen Sinn. Theos seltsames Verhalten an dem Morgen, als ich ihm von meinem Unfall erzählt hatte. Hatte er da schon gewusst, dass er es gewesen war, der mich in dem Graben liegen gelassen hatte? Warum hatte ich nicht mehr danach gefragt, warum er so seltsam geworden war? Im Nachhinein konnte ich nicht nachvollziehen, dass ich nicht mehr gebohrt hatte. Aber nein, ich war viel zu verblendet vor Verliebtheit gewesen, und ich wollte mich selbst dafür treten, nicht vorsichtiger gewesen zu sein.

Wie konnte Theo es wagen, mich derart zu hintergehen? Eine dämliche Ausrede hatte er mir aufgetischt, warum er mich ignoriert hatte, und ich hatte sie auch noch geglaubt. Wie ein zahmes Reh war ich ihm gefolgt und hatte sogar ein schlechtes Gewissen gehabt, weil ich ihn von seinem Training ablenkte. Wie konnte man nur so niederträchtig handeln? Als wären die Gefühle anderer Leute nur dafür da, um mit ihnen zu spielen. Mir fiel der überhebliche Satz wieder ein, den Theo damals hinter mir in der Vorlesung von sich gegeben hatte.

Also wenn ich keinen Sport mehr machen könnte, würde ich mich umbringen, weil mein Leben sinnlos wäre.

War auch dieser Satz bereits Kalkül gewesen? Hatte Theo da schon gewusst, wer ich war? Kurz zuvor hatte ich Professor Ramirez meinen Namen genannt und dann von dem Unfall berichtet. Wenn Theo sich also über mich informiert hatte, hatte er in dem Moment ganz genau gewusst, wer ich war.

Gleißende Wut durchfuhr mich, wie ich sie nie zuvor verspürt hatte. Sie breitete sich in jeden Winkel meines Körpers aus, bis ich von einer Unruhe erfasst wurde, die mich vom Bett aufspringen und durch unser kleines Wohnheimzimmer laufen ließ. Meine Hände waren zu Fäusten geballt, so stark, dass sich meine Fingernägel schmerzhaft in meine Handflächen bohrten. Doch der Schmerz verschaffte mir keine Abhilfe. Eher im Gegenteil. Es kam mir vor, als würde sich die Wut nur verstärken. Als würde mit jedem donnernden Herzschlag mehr davon in meinen Körper gepumpt werden und sich dort anreichern. Ich wollte irgendwo reinschlagen, laut schreien oder etwas zerstören, um dieser Gefühle in mir Herr zu werden, die mich zu überschwemmen drohten. Doch ich konnte mich gerade noch beherrschen, ich lief einfach in unserem Zimmer auf und ab und brodelte innerlich.

Ich versuchte mich in eine andere Welt zu versetzen, wie ich es im Krankenhaus immer getan hatte. Ich schloss die Augen und stellte mir vor, ich wäre an einem anderen Ort, zu einer anderen Zeit, in einem anderen Leben. Doch sofort erschienen Bilder in meinem Verstand, wie ich Theo gezeigt hatte, wie man der Realität entfliehen konnte. Damals, auf dem Oberdeck vom Pier 15. Es schien eine Ewigkeit her zu sein und gleichzeitig, als wäre kaum Zeit seitdem vergangen. Meine Kehle zog sich zusammen, und eine Träne löste sich aus meinem Augenwinkel. Der Schmerz übermannte mich, und mit einem Keuchen riss ich die Augen wieder auf, um diese Erinnerung zu verdrängen.

Ich wusste nicht, wie lange ich mit meiner Verzweiflung alleine war, bis die Zimmertür mit Wucht aufgestoßen wurde und Lizzy hereingestürmt kam. Ihr Brustkorb hob und senkte sich beim Atmen so schnell, als wäre sie hierhergerannt, und sie blickte mich gehetzt an.

»Stimmt es, was ich über Theo gehört habe?«

»Was?« Zu mehr war ich nicht imstande. Wie konnte Lizzy schon davon gehört haben? Ich wusste, dass sich Gerüchte am College wie ein Lauffeuer verbreiteten, aber das war selbst für New Yorker Verhältnisse etwas zu schnell.

»Ich bin Daniel über den Weg gelaufen. Der unseren Kurs letztens übernommen hat. Er hat mir erzählt, Theo wäre für deinen Unfall verantwortlich.« Lizzys Stimme überschlug sich fast beim Sprechen.

In mir löste sich etwas. Der Druck auf meiner Brust gab ein wenig nach, meine Fäuste lockerten sich, und ich spürte, wie meine Knie nachgaben. Bevor ich in mich zusammensacken konnte, war Lizzy bei mir und zog mich in ihre Arme.

»Ich bringe ihn um«, gab Lizzy gepresst von sich, während sie mich zum Bett dirigierte. Kraftlos ließ ich mich darauf fallen und vergrub mein Gesicht an Lizzys Brust. Hinter meinen geschlossenen Lidern begann es zu brennen, und es dauerte nicht lange, bis die Tränen aus mir herausbrachen. Einmal angefangen, wollten sie einfach kein Ende nehmen. Ich schluchzte immer wieder laut auf und krallte mich an Lizzy fest, als wäre sie mein Rettungsanker. Es schien, als würden die angestauten Gefühle aus mir herausfließen, als hätte jemand den Stöpsel einer Badewanne gezogen.

Lizzy hielt mich einfach nur fest, strich mir beruhigend über den Rücken und wiegte mich leicht. Sie sagte kein Wort, trotzdem fühlte ich mich so geborgen wie schon lange nicht mehr, wie ein Baby in den Armen seiner Mutter. Und in diesem Moment wünschte ich mir nichts sehnlicher, als von meiner Mom in den Arm genommen zu werden, während sie mir versicherte, dass alles wieder gut werden würde.

Irgendwann versiegten die Tränen, und ich löste mich langsam von Lizzy. Mit dem Ärmel wischte ich über mein Gesicht.

»Sorry deswegen«, murmelte ich und deutete auf den vollgeheulten Fleck auf Lizzys Schulter.

Sie winkte bloß ab. »Das ist doch nichts. Weißt du schon, was du jetzt machst?«

»Keine Ahnung.« Mein Kopf war wie leer gefegt. Wie hatte mich meine Intuition nur derart im Stich lassen können? Eigentlich dachte ich, eine gute Menschenkenntnis zu besitzen, und gerade seit Riley war ich immer extrem vorsichtig, was neue Leute betraf, aber bei Theo schienen mich all meine Sinne verlassen zu haben.

Theo.

Beim bloßen Gedanken an ihn keimten die Wut und der Schmerz wieder in mir auf. Ich wollte ihn nie wiedersehen, wollte nie wieder seine Stimme hören oder von seinen ach so tollen Erfolgen beim Schwimmen erfahren. Ich wusste nicht, was ich tun würde, wenn er mir das nächste Mal unter die Augen trat. Aber mir war auch klar, dass ich dieses Szenario nicht umgehen konnte. Wir studierten am selben College, und selbst wenn ich meine Kurse wechselte und das Hallenbad nie wieder betrat, würde ich ihm irgendwann unweigerlich über den Weg laufen.

»Willst du ihn anzeigen?«, fragte Lizzy.

»Was?« Erstaunt sah ich zu ihr auf. Dieser Gedanke war mir noch gar nicht gekommen. Was vermutlich daran lag, dass ich noch überhaupt keinen klaren Gedanken gefasst hatte, seit ich aus dem Schwimmbad gestürmt war.

»Na ja, er hat Fahrerflucht begangen. Dafür kann er belangt werden, wenn du das möchtest.«

Dass Theo dann seine gerechte Strafe bekommen würde, klang durchaus verlockend. Er hätte es nicht anders verdient! Aber wenn ich ehrlich war, war ich im Moment einfach viel zu aufgewühlt, um irgendeine Entscheidung treffen zu können.

»Ich weiß es nicht. Ich glaube, ich brauche erst mal Abstand zu der ganzen Sache.« Auch wenn ich keine Ahnung hatte, wie das am College funktionieren sollte. Alles hier erinnerte mich an Theo, selbst wenn ich es schaffen sollte, ihm aus dem Weg zu gehen.

Lizzy schien ähnlich zu denken. »Dann fahr doch nach Hause«, schlug sie vor.

Abrupt wandte ich mich ihr zu. »Ich kann doch nicht einfach abhauen.« Weglaufen hatte noch nie jemandem geholfen.

»Warum nicht? In einer Woche sind ohnehin Thanksgivingferien. Ob du die Woche davor fehlst, fällt doch niemandem auf.«

Lizzy hatte recht, nächste Woche war bereits Thanksgiving, das hatte ich völlig vergessen. Konnte ich wirklich einfach jetzt schon nach Hause fahren? Meine Kurse wollte ich ohnehin wechseln, also wäre es nicht schlimm, diesen fernzubleiben. Ich konnte sicher sein, dort Theo nicht über den Weg zu laufen. Außerdem … die Sehnsucht nach meiner Mom drängte sich in mein Bewusstsein.

Ja, ich konnte. Und ich würde. Mom wusste sicher, was jetzt zu tun war.

KAPITEL 23

Avery

Der Ford Fiesta war noch immer ein ungewohntes Auto für mich, was auch daran lag, dass ich ihn heute erst zum dritten Mal fuhr. Mein roter Fiat, den ich abgöttisch geliebt hatte, obwohl er nur noch als Schrottlaube durchging, hatte den Zusammenprall mit dem Baum leider nicht überlebt, was eine mittlere Katastrophe für mich gewesen war. Das Auto hatte aus dem letzten Loch gepfiffen, irgendwas hatte beim Fahren ständig geklappert, die rote Farbe war an einigen Stellen bereits abgeblättert, und das hintere Fenster hatte sich nicht mehr richtig schließen lassen, sodass bei Geschwindigkeiten über fünfzig Meilen immer ein eisiger Wind durchs Auto gepfiffen hatte. Trotzdem hätte ich es für nichts auf der Welt eingetauscht. Während meiner Highschoolzeit hatte es mich sicher überall hingebracht und mich nie im Stich gelassen.

Es gab aber noch einen anderen Grund für mein Unbehagen. Seit dem Unfall hatte ich immer ein wenig Angst, mich hinters Steuer zu setzen. Obwohl ich mich an den Unfallhergang nur schemenhaft erinnern konnte, würde ich nie den Moment vergessen, in dem die Scheinwerfer plötzlich vor mir aufgetaucht waren. Das war auch der Grund, warum ich seitdem kaum noch gefahren war – und weil der Verkehr in New York katastrophal war.

Je näher ich meiner Heimatstadt kam, desto seltsamer fühlte ich mich. Zwar freute ich mich auf meine Mom, doch abgesehen von den Telefonaten mit ihr hatte ich kaum einen Gedanken an Trenton verschwendet, seit ich im September nach New York gekommen war. Ich konnte nicht einmal behaupten, dass ich es großartig vermisste – oder die Personen, die dort lebten. Außer Lizzy hatte ich kaum Freunde gehabt, wohingegen wir uns am College einen wunderbaren Freundeskreis aufgebaut hatten. Virginia wollte ich nicht mehr aus meinem Leben wegdenken. Und dann waren da noch Kayson, Noah und … Nein! Ich würde jetzt nicht an Theo denken.

Mein Griff um das Lenkrad wurde fester, und ich ignorierte das schmerzhafte Ziehen in meiner Herzgegend. Ich zwang meine Gedanken in eine andere Richtung. Weg vom College und den Leuten und hin zu der behaglichen Umarmung meiner Mom in Trenton – sollte sie überhaupt zu Hause sein. Ich hatte sie nicht vorgewarnt, dass ich schon heute kommen würde, weil ich sie nicht beunruhigen wollte. Sie würde sich nur unnötige Sorgen machen. Lieber wartete ich zu Hause, bis sie von der Arbeit kam.

Sobald ich von der Interstate fuhr, setzte die Nervosität ein. Es war kurz vor elf, und ich war mir sicher, dass Mom arbeiten war und nicht vor acht Uhr abends zurück sein würde.

Unser Haus befand sich in einer kleinen Siedlung am Stadtrand, in einer Sackgasse kurz vor dem Wendekreis. Um diese Uhrzeit war niemand unserer Nachbarn draußen zu sehen, obwohl der November sich heute von seiner sonnigen – wenn auch eher kühlen – Seite zeigte. Als unser Haus am Ende der Straße in mein Blickfeld kam, sah ich Moms blauen Ford Focus in der Einfahrt stehen. War sie etwa doch zu Hause? Ein Funken Hoffnung machte sich in mir breit, doch nicht bis zum Abend warten zu müssen.

Ich parkte am Straßenrand und atmete erleichtert aus. Das unmissverständliche Brennen hinter meinen Lidern setzte wieder ein. Eigentlich war ich niemand, der nah am Wasser gebaut war. Selbst als man mir gesagt hatte, dass ich nie wieder tanzen konnte, hatte ich nicht geheult, doch seit gestern schien ich nicht mehr damit aufhören zu können. Ärgerlich wischte ich meine Augen trocken, nahm meine Handtasche und stieg aus. Ich hatte gerade den Kofferraum geöffnet, als die Haustür aufging und Mom herauskam. Sie war gekleidet, als wäre sie auf dem Weg zu einem Kundentermin. Als ihr Blick auf meinen Fiesta fiel, hielt sie überrascht mitten in der Bewegung inne, dann kam sie mit schnellen Schritten auf mich zu.

»Avery? Was machst du hier?« Für den Bruchteil einer Sekunde zögerte sie, dann zog sie mich in eine feste Umarmung.

Wie schon bei Lizzy öffnete die Umarmung die Schleusen. Ich begann bitterlich zu weinen, krallte mich an Moms Blazer fest und versuchte meine Schluchzer an ihrer Schulter zu dämpfen. Mom hielt mich an sich gepresst, strich mir beruhigend über den Rücken und murmelte: »Shh, alles wird gut, ich bin bei dir.«

Irgendwie machte das alles nur schlimmer. Meine Tränen wollten überhaupt nicht versiegen, egal wie sehr ich gegen sie ankämpfte. Ich bekam kein einziges Wort über die Lippen.

»Komm, wir gehen erst mal rein.«

Ich wusste nicht, wie viel Zeit vergangen war, als Mom diese Worte äußerte, aber ich nickte und ließ mich von ihr zum Haus führen. »Musst … du nicht … arbeiten?«, brachte ich zwischen Schluchzern hervor, als sie gerade die Tür aufschloss.

»Ich kann auch etwas später kommen.« Sie schob mich ins Haus und durch bis ins Wohnzimmer. »Setz dich, ich mache uns erst mal einen Tee.«

Obwohl mir nicht danach zumute war, breitete sich ein Lächeln auf meinen Lippen aus. Tee war Moms Geheimwaffe gegen alle möglichen Probleme, und ein warmes Gefühl breitete sich in meinem Inneren aus.

Ich setzte mich auf unsere Couch, die schon bessere Zeiten gesehen hatte. Im Wohnzimmer hatte sich nichts verändert, seit ich nach New York gegangen war. Dieselben mintfarbenen Wände, dieselbe zerschlissene Couch. Derselbe Fernseher an der Wand und derselbe Glastisch. Nur die Blumen am Fenster schienen ein Stück gewachsen zu sein. Doch das alles nahm ich nur am Rande wahr. Zu sehr war ich von meinen Empfindungen eingenommen, um irgendwas davon wirklich erkennen zu können.

Mom stellte die Tasse vor mir ab, setzte sich neben mich und griff nach meiner Hand. »Was ist passiert?«

Ich erzählte ihr stockend die ganze verworrene Geschichte. Angefangen bei meinem ersten Aufeinandertreffen mit Theo und seinem blöden Spruch, über die langsame Annäherung und unser erstes Date. Wie seltsam er sich verhalten hatte, nachdem er von meinem Unfall erfahren hatte, und schließlich, wie ich gestern mit angehört hatte, was Rena zu Hayden gesagt hatte. Vorher hatte ich befürchtet, dass es mir schwerfallen würde, darüber zu reden, doch einmal angefangen, konnte ich meinen Wortschwall nicht mehr stoppen. Die Worte flossen einfach so aus mir heraus, als hätten sie insgeheim nur darauf gewartet, dass ich sie einem Außenstehenden mitteilen würde.

Mom unterbrach mich kein einziges Mal, wofür ich dankbar war. Dabei konnte ich an ihrem Gesicht mehr als deutlich ablesen, was sie von Theos Verhalten hielt. Die Gedanken an Theo trieben mir zwar noch immer Tränen in die Augen, aber wenigstens meine Stimme war fest, auch wenn mein Herz sich anfühlte, als würde es ein weiteres Mal in tausend Teile zerspringen.

»Immerhin hat er nicht versucht, es abzustreiten, als ich ihn darauf angesprochen habe. Aber was soll ich jetzt nur machen?« Flehend sah ich meine Mom an.

Ihr Blick glitt an mir vorbei zum Fenster hinaus, und ein entschuldigender Ausdruck trat auf ihr Gesicht. »Ich kann dir nicht sagen, was du machen *sollst*. Ich kann dir nur Ratschläge geben, denn was das Richtige für dich ist, kannst nur du entscheiden. Aber ich würde es begrüßen, wenn du diesen Theo anzeigst. Mir persönlich würde es auch ruhigere Nächte bescheren, wenn du das College wechseln würdest …« Ich wollte sofort protestieren, aber Mom redete weiter, diesmal mit einem Lächeln auf den Lippen. »Aber ich kann verstehen, dass du lieber bei Lizzy bleiben willst. Und zu wissen, dass ihr zwei zusammen seid, ist auch schon eine enorme Erleichterung für mich.«

Ich nickte. Einerseits war ich froh, dass Mom mir keine Entscheidung aufzwängte. Andererseits war es nicht das, was ich mir erhofft hatte. Ich hatte gedacht, sie könnte mir sagen, was richtig war, und damit meine Verzweiflung lindern. Mir einfach versichern, dass eine Zeit kommen würde, in der ich Männern wieder vertrauen konnte, in der es nicht mehr so beschissen wehtat.

»Und … dieser Schmerz? Hört der wieder auf?« Ich merkte, dass ich wie ein verzweifeltes kleines Mädchen klang, das seine Mutter brauchte. Und vielleicht war es auch so, vielleicht brauchte ich sie so sehr wie nie zuvor. Ich war immer sehr selbstständig gewesen und hatte auch nach meinem Unfall mit allem allein fertigwerden wollen, doch jetzt wünschte ich mir, die Verantwortung abgeben zu können.

Mom sah mich mitfühlend an. »Oh, Baby.« Ohne Vorwarnung zog sie mich an ihre Brust und gab mir einen Kuss auf den Hinterkopf, was dazu führte, dass mir schon wieder die Tränen hochkamen. Theos Gesicht erschien vor meinem inneren Auge. Sein lachendes, sorgenfreies Gesicht, wie an dem Abend, als er mich ins Ballett ausgeführt hatte. Ich erinnerte mich an die schönen Stunden, die wir miteinander verbracht hatten und …

Stopp! Ich konnte jetzt nicht daran denken. Ich *wollte* es nicht. Theo hatte es nicht verdient, dass ich schöne Erinnerungen an ihn verschwendete. Vermutlich war das ohnehin nicht der echte Theo gewesen, sondern die Fassade, die er allen präsentierte. Mir wurde schlecht bei dem Gedanken, und ich griff nach der Tasse Tee.

»Musst du nicht zur Arbeit?«, fragte ich Mom, um mich abzulenken.

Ein schuldbewusster Ausdruck trat auf ihre Züge. »Eigentlich schon …« Sie griff nach ihrem Handy. »Aber ich kann auch hierbleiben, wenn es dir nicht gut geht. Sie kommen im Büro auch einen Tag ohne mich klar.«

Ich schüttelte den Kopf. »Geh ruhig. Ich bin heute eh keine gute Gesellschaft. Und vielleicht ist es ganz gut, wenn ich mir erst mal selbst über einige Dinge klar werde, und das kann ich am besten alleine.«

Sie betrachtete mich eindringlich, und es war klar, dass sie mir kein Wort glaubte. »Bist du sicher, Baby?«

»Ganz sicher. Geh ruhig, ich komme schon klar.« Es war eine Lüge, das wusste Mom genauso gut wie ich.

Trotzdem nickte sie nach einer Weile. »Okay, aber morgen machen wir was zusammen.« Sie zog mich ein weiteres Mal an sich und drückte mir einen Kuss auf die Stirn, ehe sie nach ihrer Handtasche griff. An der Tür drehte sie sich noch einmal zu mir um. Ich schaffte es sogar, für sie ein Lächeln auf mein Gesicht zu pflastern, das jedoch in sich zusammenfiel, sobald Mom aus meinem Sichtfeld verschwunden war.

Die nächsten zwei Tage verbrachte ich in Gammelklamotten und in eine Decke eingewickelt auf der Couch. Eine seltsame Lethargie hatte mich befallen, die mich jeglicher Energie beraubte. Ich wollte mich nicht bewegen, nichts essen, nicht einmal nachdenken, wenn ich ehrlich war. Am liebsten hätte ich aufgehört zu existieren, um einfach alles vergessen zu können, was in den letzten Tagen und Wochen geschehen war, doch das war leider unmöglich. Daher begnügte ich mich damit, mich von morgens bis abends von irgendwelchen Filmen oder Serien berieseln zu lassen. Bei schnulzigen Filmen konnte ich so lange weinen, bis ich das Gefühl hatte, dass der Druck in meinem Inneren und der damit einhergehende Schmerz etwas nachließen. Bei Thrillern konnte ich mir vorstellen, dass Theo der Böse war, der am Ende seine gerechte Strafe bekam. Und bei den Horrorfilmen, die ich schaute? Nun ja, da bekam ich in kreativen Weisen gezeigt, wie Theo möglichst blutig sein Ende finden könnte. Natürlich war das absolut unrealistisch – und trotz allem, was Theo mir angetan hatte, wünschte ich ihm nichts dergleichen an den Hals –, trotzdem war es irgendwie reinigend, es mir zumindest vorzustellen.

Alles, was mich davon abhielt, mich dem Schmerz in meinem Inneren hinzugeben, war aktuell eine Erleichterung. Dabei war es eigentlich völlig kontraproduktiv, dass ich mich nicht dazu aufraffen konnte, etwas zu unternehmen. Ablenkung würde mir sicher guttun, aber wenn ich nur darüber nachdachte, ins Bad zu gehen, um mich anzuziehen und ausgehbereit zu machen, wurden meine Glieder schwer wie Blei, und ich war wie gelähmt. Was nur zur Folge hatte, dass ich noch schlechter drauf war, weil ich mich über mich selbst ärgerte. Es war ein Teufelskreis.

Wie nach meinem Unfall. Damals hatte ich mich ebenfalls abgeschnitten von der Welt gefühlt, hatte keinen Sinn mehr in irgendetwas gesehen. Jetzt war es genauso. Wozu sollte man morgens aufstehen, wenn man nichts zu tun hatte? Und dass ich mir immer noch nicht überlegt hatte, was genau ich studieren wollte, machte das Ganze nur noch schlimmer.

Ich wollte nicht einmal Zeit mit meiner Mom verbringen. Obwohl ich extra deswegen hierhergekommen war, schickte ich sie jeden Morgen mit den Worten zur Arbeit, dass es mir gut ging und sie sich keine Sorgen um mich machen brauchte. Ich versuchte morgens für sie sogar ein Lächeln aufzusetzen und erzählte ihr, ich hätte dies und das für den Tag geplant, nur damit sie keine Nachfragen stellte. Sobald sie dann aus dem Haus war, ließ ich mich auf die Couch plumpsen und gab mich völlig meinem Selbstmitleid hin.

Ich wusste, dass ich etwas ändern musste, aber mir fehlte einfach die Motivation, und ich hatte keine Ahnung, wie ich sie wiederfinden sollte.

Ich war gerade in *10 Dinge, die ich an Dir hasse* versunken, als mein Handy klingelte. Nur widerwillig drückte ich auf Pause und nahm es vom Tisch. In den letzten Tagen hatte ich so selten darauf geschaut wie nie zuvor, weil ich mit niemandem reden wollte. Selbst auf Lizzys besorgte Nachrichten hatte ich nicht geantwortet. Doch der Klingelton von Ed Sheeran, der nun zu hören war, verriet mir, dass sie beschlossen hatte, sich nicht länger von mir ignorieren zu lassen.

»Hey, Lizzy«, meldete ich mich und ließ mich mit dem Handy am Ohr zurück in mein Deckennest sinken.

»Hallo, Sonnenschein«, drang ihre fröhliche Stimme an mein Ohr. »Hast du schon einen Plan erstellt, wie du Theo langsam und qualvoll sterben lassen kannst?«

Das entlockte mir tatsächlich ein Schmunzeln. »Hast du Kameras hier aufgestellt und beobachtet, wie ich die letzten Tage Horrorfilme geschaut habe, um genau das tun zu können?«

»Nein, aber ich kenne dich einfach.« Lizzy klang zufrieden mit sich, dass sie mich auf Anhieb durchschaut hatte.

Ich gab ein Schnauben von mir, weil ich nicht wusste, was ich darauf sagen sollte. Eigentlich wollte ich das Gespräch am liebsten sofort beenden. Denn auch ich kannte meine beste Freundin. Sie würde sich nicht mit einigen dahergesagten Floskeln davon überzeugen lassen, dass es mir gut ging. Sie würde unbequeme Fragen stellen, auf die ich keine Antworten wusste, und genau merken, wie es wirklich in mir aussah. Dass mein Herz gebrochen war und ich nicht die leiseste Ahnung hatte, wie ich die einzelnen Teile wieder zusammensetzen sollte.

»Jetzt mal im Ernst«, kam Lizzy auch sogleich auf den Punkt. »Wie geht es dir?«

»Beschissen«, sagte ich ehrlich. Das war nun wirklich nicht schwer zu erraten.

Lizzy seufzte, als hätte sie genau mit dieser Antwort gerechnet. »Was willst du jetzt machen? Du kannst dich schließlich nicht für den Rest deines Lebens bei deiner Mom verstecken.«

Aktuell klang das durchaus verlockend, aber ich wusste, dass sie recht hatte. Das hier war keine Dauerlösung, und wenn ich ehrlich zu mir selbst war, war ich schon jetzt genervt davon.

»Ich weiß es nicht. Ich weiß aktuell gar nichts mehr.« Nicht, wie ich die zerbrochenen Teile meines Herzens wieder zusammensetzen sollte. Nicht, wie ich diesen Verrat überwinden und wieder Vertrauen zu fremden Menschen aufbauen sollte. Und am allerwenigsten, wie ich diese lähmende Traurigkeit abschütteln und wieder Spaß am Leben finden sollte.

Lizzy blieb so lange still, dass ich fast dachte, sie hätte aufgelegt, aber ich hörte sie durch den Hörer atmen. »Ich kann das verstehen. Sehr gut sogar. Aber du kannst so nicht weitermachen. Du musst diese Abwärtsspirale durchbrechen und wieder vor die Tür gehen, denn je länger du damit wartest, desto schwerer wird es. Erinnere dich, wie es nach deinem Unfall war.«

Wie könnte ich das jemals vergessen? Damals hatte ich nur noch apathisch im Krankenhausbett gelegen. Als ich es dann endlich geschafft hatte, mich aus dem Loch zu kämpfen, hatte ich mir geschworen, nie wieder in einen ähnlichen Zustand zu verfallen. Eigentlich würde es mich ärgern, dass es fast wieder so weit gekommen war, doch noch war ich in dieser absoluten Gleichgültigkeit gefangen.

Aber Lizzy hatte recht, und trotzdem sträubte sich alles in mir dagegen. Es wäre so viel einfacher, mich weiter zu verkriechen und mich nie mit dem auseinandersetzen zu müssen, was geschehen war.

Doch wollte ich das wirklich? Wenn ich ganz tief in mich hineinhorchte, gab es da nicht diesen Teil von mir, der wieder richtig leben wollte? Der wieder glücklich sein und lachen wollte? Denn in den letzten Monaten hatte ich schließlich festgestellt, dass das Leben auch ohne Ballett einiges zu bieten hatte. Ich hatte wieder Spaß am Leben gehabt, so viel gelacht wie schon lange nicht mehr, und mit dem Schwimmen hatte ich sogar eine neue Lieblingsbeschäftigung gefunden … zusammen mit Theo. Nein! Ich wollte jetzt nicht an Theo denken! Ich wollte mich an die schönen Dinge erinnern, und die wollte ich wiederhaben, auch wenn es mit viel Kraft verbunden sein würde.

Ich seufzte, und ehe ich mir dessen bewusst war, sprudelten die Worte bereits aus mir heraus: »Kommst du über Thanksgiving nach Hause?«

»Ähm …« Selbst aus diesem kleinen Wort war Lizzys Verwirrung über meinen plötzlichen Themenwechsel deutlich herauszuhören. »Ja klar, ich fahre Mittwoch nach der letzten Vorlesung los. Warum?«

»Bis dahin werde ich versuchen, mich selbst aus diesem … Zustand zu befreien, aber wenn ich es nicht schaffe, darfst du mich dazu zwingen, etwas mit dir zu unternehmen, wenn du hier bist. Du hättest völlig freie Hand dabei. Ich werde machen, was immer du dir ausdenkst. Okay?«

Ein selbstzufriedenes Lachen drang an mein Ohr. »Dazu sage ich natürlich nicht Nein. Aber du weißt, dass ich mir dann extrafiese Dinge ausdenken werde. Mit dir ins Museum gehen, zum Beispiel. Wenn du nicht Nein sagen kannst, muss ich das ausnutzen.«

Ich musste lächeln. Lizzys Faszination für Museen würde ich nie verstehen. Doch vielleicht war meine Abneigung gegenüber irgendwelchen ausgestellten Dingen genau die Motivation, die ich gebrauchen konnte. »Wie ich bereits sagte, alles, was du willst.«

»Dann haben wir einen Deal«, sagte Lizzy erfreut.

»Perfekt. Also sehen wir uns Mittwochabend?« Vermutlich wäre es an dieser Stelle angebracht gewesen, sie zu fragen, wie es ihr ging und was ich die letzten Tage über verpasst hatte. Aber ich wollte nicht an das Leben am College erinnert werden. Womöglich kam dann Theo dabei vor, und von ihm wollte ich gerade nichts wissen.

»Genau«, sagte Lizzy. »Und, Avery?«

»Ja?«

»Du bist nicht allein. Wenn du reden willst, egal wann und über was, ich bin immer für dich da.«

Das Brennen hinter meinen Augenlidern setzte wieder ein. Ob es wohl jemals aufhören würde, dass ich ständig anfing zu heulen?

»Danke«, brachte ich erstickt hervor.

Wir verabschiedeten uns voneinander, und sobald ich aufgelegt hatte, fiel die Hand mit meinem Handy kraftlos in meinen Schoß. Tränen liefen mir über das Gesicht, doch ich machte mir nicht einmal die Mühe, sie wegzuwischen. Mit Lizzy zu reden hatte mich vollkommen ausgelaugt, daher kuschelte ich mich erneut tief in die Decke und ließ die DVD weiterlaufen. Ich wollte wirklich versuchen, mich aus meinem Loch zu befreien. Aber nicht mehr heute.

KAPITEL 24

Avery

Es dauerte zwei weitere Tage, bis ich die Wohnung endlich verließ. Samstagmorgen wachte ich auf und hatte das Gefühl, als würde mir die Decke auf den Kopf fallen. Ich konnte nicht einmal benennen, was sich geändert hatte, denn abgesehen von diesem inneren Drang war alles gleich geblieben. Ich war noch immer traurig, verärgert und wütend zugleich. Auch die Lethargie und Unlust waren nicht verschwunden, aber unter all diesen bedrückenden Gefühlen war ein kleines Feuer entflammt, das sich dem entgegenzustemmen versuchte.

Anstatt wie in den letzten Tagen in meinem Pyjama von meinem Bett bis zur Couch zu wandern, ging ich duschen, zog eine Jeans und einen bequemen Rollkragenpullover an und bereitete mir in der Küche ein Frühstück zu. Mit einem Kaffee und einer Schale Müsli bewaffnet, setzte ich mich an den Küchentisch. Während ich durch die Tageszeitung blätterte, stocherte ich eher lustlos in meinen Cerealien herum. Wirklich Hunger hatte ich immer noch nicht, aber wenn ich mein Vorhaben, heute nach draußen zu gehen, in die Tat umsetzen wollte, sollte ich endlich etwas zu mir nehmen.

Doch das stellte mich gleich vor mein nächstes Problem: Was sollte ich machen? Wohin konnte ich gehen? In die Mall? In den

Park? Einfach nur einen Spaziergang durch die Nachbarschaft machen? Nichts davon klang besonders verlockend, vor allem da ich immer noch mit niemandem reden wollte. In der Mall oder auf der Straße würden mich Nachbarn und ehemalige Schulkollegen erkennen, die sich wundern würden, was ich schon in Trenton machte, wenn die Thanksgivingferien noch nicht begonnen hatten. Da waren unangenehme Fragen, die ich nicht beantworten wollte, vorprogrammiert.

Mir fiel ein, was ich gerade im Lokalteil der Zeitung gelesen hatte, und ich blätterte einige Seiten zurück, bis ich den Artikel wiederfand: *Saniertes Hallenbad nach monatelanger Schließung wieder geöffnet.* Mein Herz verfiel in einen aufgeregten Trab, als ich die ersten Zeilen überflog. Das örtliche Hallenbad war fast ein Jahr lang geschlossen gewesen, um eine dringend notwendige Grundsanierung an dem alten Gebäude durchzuführen. Doch es hatte wieder geöffnet. Seit heute, um genau zu sein. Es war wie ein Wink des Schicksals. Meine Finger begannen zu kribbeln, und so etwas wie Vorfreude pulsierte durch meine Adern. Obwohl ich es früher nie für möglich gehalten hätte, war das Schwimmen mir derart lieb geworden, dass ich es in den letzten Tagen vermisst hatte. Das war mir in meinem Selbstmitleid gar nicht aufgefallen, doch jetzt, wo die Möglichkeit einer Schwimmeinheit in greifbare Nähe gerückt war, stellte ich fest, dass es so war. Anders konnte ich mir diesen plötzlichen Energieschub zumindest nicht erklären.

Ich stellte meine leere Müslischale in die Spüle und schüttete den Rest meines nur zur Hälfte getrunkenen Kaffees weg, ehe ich nach oben in mein Zimmer hastete. Irgendwo hatte ich noch einen Badeanzug, der mir noch passen müsste. Als ich ihn aus dem Schrank zog, zögerte ich für einen Moment, denn er war am Rücken offen, sodass man meine Narbe sehen würde. Kurz überlegte ich, ob ich nicht lieber schnell einen neuen kaufen sollte, beschloss dann aber, dass dieser reichen musste. Sollten die Leute meine Narbe doch sehen. Mir war es gerade ziemlich egal, was sie dachten. Plötzlich konnte ich mir gar nicht mehr erklären, warum es mir so wichtig gewesen war, niemandem diese Narbe zu zeigen. Vielleicht hatte meine Gleichgültigkeit doch nicht nur schlechte Auswirkungen. Ob ich einen Teil davon behalten konnte, um insgesamt ein bisschen gelassener zu werden?

Der Parkplatz des Hallenbades war nur zur Hälfte gefüllt, worüber ich froh war. Je weniger Leute hier waren, desto weniger konnten mich erkennen und ein Gespräch mit mir anfangen. Ich nahm meine Tasche aus dem Kofferraum und ging zum Eingang.

Sobald ich die Tür aufzog und mir der mittlerweile bekannte Chlorgeruch entgegenschlug, atmete ich tief ein. Es war, wie nach Hause zu kommen. Wann war dieser früher verabscheute Geruch eigentlich in etwas umgeschlagen, mit dem ich nur noch gute Dinge verband?

Unfreiwillig drifteten meine Gedanken zu Theo, doch ich verbannte sie resolut. Theo war so ziemlich die letzte Person, über die ich nachdenken wollte, und ich würde mir von ihm nicht den Spaß an der einzigen Sache verderben lassen, die mich aus meinem derzeitigen Tief ziehen konnte.

Das Hallenbad erstrahlte in völlig neuem Glanz. Verschwunden waren die bräunlichen Fliesen, die ich noch von meinem Schwimmunterricht in der Elementary School kannte. Sie waren durch weiße und hellgelbe Fliesen ersetzt worden, die dem Schwimmbad ein viel helleres, freundlicheres Ambiente verliehen. Wie der Parkplatz schon angedeutet hatte, war nicht wirklich viel los. Im Kinderschwimmbecken waren zwar mehrere Mütter mit ihrem Nachwuchs zusammen, aber im großen Becken schwammen nur vereinzelt Leute. Ich suchte mir eine leere Bahn, setzte meine Schwimmbrille auf und sprang hinein. Das kühle Wasser umschloss mich und schien sofort meinen Kopf frei zu spülen. Meine Arme und Beine bewegten sich wie von selbst, und meine Probleme traten in den Hintergrund. Es war eine Wohltat, wieder im Wasser zu sein, wieder zu schwimmen und mich zu bewegen. Bis zu diesem Augenblick war mir gar nicht bewusst gewesen, wie sehr ich mich daran gewöhnt hatte, wie sehr es ein Teil meines Alltags geworden war.

Zwei Stunden lang schwamm ich eine Bahn nach der anderen, bevor ich völlig erschöpft das Becken verließ. Nun merkte ich deutlich, dass ich mich, seit ich bei Mom war, zu wenig bewegt und zu wenig gegessen hatte. Meine Glieder schmerzten, und mein Magen knurrte, als würde er bereits anfangen, sich selbst zu verdauen.

Als ich zu Hause ankam, war die rastlose Energie, die mich am Morgen befallen hatte, jedoch noch nicht verschwunden. Mein Körper war zwar völlig erschöpft, aber mein Kopf war frei und wollte keine Ruhe geben. Schon während des Trainings hatte sich ein Gedanke in mir festgesetzt: Was sollte ich jetzt tun? Nicht heute oder nächste Woche, sondern in meinem Leben.

Daher setzte ich mich an meinen Laptop und begann mich endlich darüber zu informieren, was ich für ein Grafikdesignstudium benötigte. Das Wichtigste war wohl eine Mappe mit eigenen Arbeiten, und in den nächsten zwei Stunden schrieb ich Informationen in ein kleines Notizbuch, was genau gefordert wurde, damit ich am kommenden Tag direkt beginnen konnte, meine eigene Mappe zusammenzustellen.

An diesem Abend war ich so müde, dass mir bereits vor dem Fernseher die Augen zufielen. Es war eine Wohltat, ins Bett zu gehen und gleich einschlafen zu können, ohne mich stundenlang herumzuwälzen und über meine Probleme nachdenken zu müssen.

»Guten Morgen, Schatz. Wie geht es dir heute?«, begrüßte Mom mich, als ich am nächsten Morgen die Küche betrat.

Im ersten Moment konnte ich sie nur anstarren. Sie saß noch in ihrem Pyjama an einem übervoll gedeckten Frühstückstisch. Frische Brötchen, Käse und Aufschnitt, Fruchtsalat und sogar Rührei und Bacon standen darauf. Mom hatte ihre blonden Haare zu einem losen Dutt gebunden und nippte an einer Tasse Kaffee.

Dann erst fiel mir ein, dass Sonntag war. Der einzige Tag in der Woche, an dem selbst meine Mom nicht arbeiten ging.

»Guten Morgen.« Ich setzte mich ihr gegenüber hin und nahm ein Brötchen. »Mir geht es gut.« Und diesmal war das nicht einmal gelogen. Natürlich hatte die Trainingseinheit gestern nicht auf magische Weise meine Probleme gelöst. Ich war noch immer traurig und wütend und wollte Theo am liebsten aus meinem Gedächtnis streichen. Aber das war okay. Ich hatte auch noch ein Leben abseits von Theo, das ich in den Griff bekommen musste.

»Ich hab beschlossen, mich um einen Studienplatz für Grafikdesign zu bewerben«, sagte ich.

Mom hielt mitten in der Bewegung inne und stellte die Tasse, die sie schon halb zu ihrem Mund geführt hatte, unverrichteter Dinge wieder auf dem Tisch ab.

»Oh? Grafikdesign?« Ihre Stirn legte sich kurz in Falten, ehe ein kleines Lächeln auf ihren Lippen erschien. »Natürlich! Du hast doch früher schon immer die Plakate für das Ballettteam erstellt, richtig?«

»Genau. Am College habe ich auch etwas für Lizzy und ein paar Mädels gemacht. Sie haben eine Band gegründet und mich überhaupt erst darauf gebracht, dass ich so etwas auch beruflich machen könnte«, sagte ich.

»Das ist toll! Ich freue mich, dass du etwas gefunden hast, das du gerne machen möchtest.«

Wir schwiegen eine Weile, während wir uns unserem Frühstück widmeten. Ich belegte eine Brötchenhälfte großzügig mit Rührei und Bacon und biss genüsslich hinein. Nachdem ich in den letzten Tagen kaum etwas herunterbekommen hatte, schmeckte es wie der Himmel auf Erden, und ich verschlang mein Frühstück regelrecht.

»Es tut mir leid, dass ich in den letzten Tagen so wenig hier war«, sagte Mom so plötzlich, dass ich mich fast an meinem Brötchen verschluckte.

„Das muss dir nicht leidtun«, sagte ich, sobald mein Hustenanfall vorbei war.

»Doch. Ich hätte für dich da sein müssen, deswegen bist du doch hergekommen«, protestierte sie. Sorgenfalten erschienen auf ihrer Stirn, und sie konnte mir kaum in die Augen sehen.

Ich legte meine Gabel zur Seite und blickte sie an. »Ich bin hergekommen, weil ich es in New York nicht mehr ausgehalten hab und weil ich wusste, dass ich hier meine Ruhe haben würde. Ich brauchte das, einfach nur auf der Couch zu liegen, ohne dass mich jemand mit Fragen nervt.«

Mom wirkte nicht überzeugt.

»Aber ist das nicht so, weil du es nicht anders gewohnt bist? Ich hab immer zu viel gearbeitet, hab dich von klein auf zu oft alleine gelassen. Du kennst es doch gar nicht anders, als deine Probleme mit dir alleine auszumachen.« Sie griff über den Tisch nach meiner Hand. »Das tut mir leid.«

Wo kam das auf einmal her? Ich rutschte auf den Stuhl neben ihr und legte meinen Kopf auf ihre Schulter, ehe ich weitersprach: »Mom. Ich weiß, dass du nur so viel gearbeitet hast, um mir ein gutes Leben zu ermöglichen. Du hast mich zu Selbstständigkeit erzogen, mir hat es an nichts gefehlt, und trotzdem wusste ich immer, dass du mich liebst und ich mit meinen Problemen zu dir kommen kann.«

Mom sah mich eindringlich an, als würde sie nachforschen, wie aufrichtig meine Worte waren. Schließlich nickte sie und wechselte das Thema.

»Hast du dir schon überlegt, was du in der Sache mit Theo machen möchtest?«

Meine Schultern sackten nach unten, und ich schüttelte den Kopf. »Ehrlich gesagt habe ich versucht, möglichst nicht darüber nachzudenken. Es … natürlich wäre es richtig, Theo anzuzeigen, immerhin sollte er für das geradestehen, was er getan hat. Aber ich weiß nicht, ob ich das will. Ob ich mir diese ganze Tortur mit Anwälten und Gerichtsverfahren antun will. Denn egal was am Ende dabei herauskommt, es wird meinen Rücken nicht wieder gesund machen.«

Mom sah mich so lange schweigend an, dass ich schon befürchtete, sie würde mir einreden wollen, ihn unbedingt anzuzeigen, weil es das einzig Richtige wäre. Doch am Ende zog sie mich nur in ihre Arme und murmelte mir zu: »Du wirst die richtige Entscheidung treffen.«

Wir verbrachten den kompletten Sonntag zusammen, gingen spazieren, unterhielten uns viel, aßen trotz der Kälte unterwegs ein Eis, und abends führte ich Mom in meine neue Lieblingsserie ein: *Queer Eye*. Genau wie ich war Mom sofort von den »Fab Five« fasziniert, insbesondere von Karamo, und ich war mir sicher, dass sie die Serie auch ohne mich weiterschauen würde, immerhin hatte ich ihr mein Netflix-Passwort verraten. Es tat gut, einfach mal einen Tag an nichts denken zu müssen, auch wenn das meine Probleme nicht löste. Der Schmerz war zwar noch immer da, er war zu einem ständigen Begleiter geworden, aber ich konnte ihn mittlerweile größtenteils ausblenden. Nur abends, wenn ich alleine in meinem Bett lag, überkam er mich mit voller Wucht. Er riss an meinem Innern, trieb mir die Tränen in die Augen und hinderte mich daran, einzuschlafen.

Montagmorgen war ich dementsprechend gerädert, als der Wecker klingelte, den ich gestellt hatte, um endlich mit meiner Mappe für das Grafikdesignstudium anzufangen. Dunkle Ringe lagen unter meinen Augen, und ich brauchte drei Kaffee, um zumindest annähernd wach zu werden. Ich ärgerte mich über mich selbst, dass ich es nicht besser schaffte, Theo aus meinen Gedanken zu verbannen, und tat das Einzige, von dem ich hoffte, dass es mir Abhilfe verschaffen würde: Ich fuhr ins Hallenbad und legte eine extralange Trainingseinheit ein, die mich derart auspowerte, dass ich in der nächsten Nacht sicher keine Probleme haben würde, einzuschlafen. Danach setzte ich mich endlich an meine Mappe. Ich suchte alte Plakate und Flyer heraus, die ich gestaltet hatte, und optimierte sie ein wenig. Zusätzlich sollte man Zeichnungen und Skizzen anfügen und musste ein paar gestalterische Aufgaben erfüllen, womit ich mich in den nächsten Tagen auseinandersetzen würde. Ich hatte mir überlegt, eigene Fotos digital aufzuarbeiten und einige Skizzen dazuzunehmen, die ich in der Zeit nach meinem Unfall im Krankenhaus gezeichnet hatte.

Tatsächlich war ich abends so ausgelaugt, dass ich fast im Stehen einschlief, und weil es geholfen hatte, machte ich mich auch am Dienstagmorgen auf zum Schwimmbad und arbeitete nachmittags weiter an meiner Mappe. Solange ich mit solchen Dingen beschäftigt war, klappte es ganz gut, nicht an Theo zu denken. Ich würde es von nun an jeden Tag machen, wenn es nötig war, so lange, bis ich Theo komplett aus meinen Gedanken befreit hatte.

Als ich am Mittwoch vom Schwimmen zurückkam, war Mom bereits zu Hause. Sie stand noch im Flur, als ich durch die Tür trat, und hielt etwas in der Hand, das ich erst bei näherer Betrachtung als Briefumschlag identifizieren konnte.

»Das ist für dich.« Mom reichte mir den Brief.

Ein Blick darauf genügte, um zu wissen, von wem er war. Mit zitternden Fingern griff ich danach. Obwohl ich Theos Handschrift nur ein einziges Mal gesehen hatte, waren mir die krakeligen Linien im Gedächtnis geblieben.

Eine Vielzahl an Empfindungen schoss durch mich hindurch, zu schnell, um sie alle auf Anhieb fassen zu können. Da waren der altbekannte Schmerz und die Beklommenheit. Aber auch Wut mischte sich wieder dazu. Und ganz unten, unter all den starken Gefühlen, war ich auch einfach neugierig, was er mir wohl mitteilen wollte.

Gleichzeitig wollte ich den Brief ungeöffnet zerstören. Wollte ihn zerreißen oder, besser noch, verbrennen, um Theo keine Chance zu geben, mir wieder etwas vorzumachen, selbst wenn es nur schriftlich war. Meine Hand verkrampfte sich über dem Papier, und für einen Moment stellte ich mir vor, Theo so den Mittelfinger zu zeigen, obwohl er vermutlich nie mitbekommen würde, ob ich den Brief gelesen hatte oder nicht. Trotzdem würde es mir Befriedigung verschaffen, Theos Brief genauso zu behandeln, wie er mit meinen Gefühlen umgegangen war.

Am Ende legte ich den Brief in meine Schreibtischschublade, versteckte ihn unter all den anderen Dingen, die sich darin befanden. Solange ich nicht wusste, was ich damit tun sollte, wollte ich ihn nicht sehen.

KAPITEL 25

Avery

»Avery!«, brüllte Lizzy mir entgegen, kaum dass ich die Tür geöffnet hatte, und lag eine Sekunde später in meinen Armen. Sie drückte mich kurz an sich, ehe sie mich auf Armeslänge von sich entfernt hielt und mich skeptisch betrachtete. »Du siehst gar nicht so schlimm aus, wie befürchtet.«

»Wow, vielen Dank«, sagte ich sarkastisch. »Was hast du gedacht? Dass ich noch immer heulend in der Ecke liege und nicht ansprechbar bin?«

Nachdenklich tippte sie mit dem Zeigefinger gegen ihre Unterlippe. »Ehrlich gesagt, ja. Vielleicht nicht so extrem, aber ich hab schon befürchtet, dass du noch immer in Gammelklamotten auf der Couch hockst. Aber sieh dich an. Du bist angezogen, deine Haare sind gekämmt, und du hast sogar Wimperntusche aufgetragen.«

Ich gab mir nicht mal die Mühe, mein Augenrollen zu verbergen. »Komm erst mal rein. Wir essen gerade, und es ist noch Pizza übrig.«

Lizzy folgte mir in die Küche. »Hallo, Veronica«, begrüßte sie meine Mom.

»Hallo, Lizzy. Setz dich doch und hilf uns mit den Monstern.« Mom deutete auf die Pizzen, die wir erst zur Hälfte verputzt hatten. Eine mit Salami und Peperoni, die andere nur mit Gemüse belegt, weil Mom und ich die Abwechslung liebten.

»Vielen Dank, aber ich sollte nicht …« Lizzy deutete auf ihre Hüften und rutschte auf den Stuhl neben mich.

»Ach, papperlapapp«, widersprach Mom. »Du siehst fantastisch aus, und Menschen sind so viel mehr als das Gewicht, das die Waage ihnen anzeigt. Wer redet dir nur immer ein, dass du abnehmen müsstest?«

Um nicht zu verraten, was Lizzy mir im Vertrauen erzählt hatte, biss ich in meine Pizza. Ihr Gewicht war Lizzys wunder Punkt, wegen dem sie auf der Highschool stark gemobbt worden war, und sie redete selbst mit mir kaum darüber. Sie würde sicher nicht wollen, dass ich es vor meiner Mom ausplauderte.

»Niemand«, log Lizzy. »Meine Hosen sind nur etwas eng geworden, daher achte ich im Moment ein bisschen darauf, was ich esse. Aber bevor wir die guten Teile verkommen lassen …« Sie griff nach einem Stück Gemüsepizza und biss genüsslich hinein.

Mom wirkte nicht überzeugt. Sie konnte Lügen enttarnen wie kein anderer, den ich kannte, als hätte sie ein eingebautes Radar dafür. »Was gibt es am College Neues? Habe ich was Aufregendes verpasst?«, fragte ich Lizzy schnell, ehe Mom auf die Idee kam, sie weiter zu löchern.

»Nicht wirklich. In der letzten Woche war kaum etwas los, wie ich vermutet hatte. Kayson hat mit seinem Team auch das letzte Spiel gewonnen, damit führen sie die Meisterschaft aktuell an. Sonst ist alles beim Alten.«

»Seit wann interessierst du dich eigentlich so für Basketball?«

»Tue ich doch gar nicht«, widersprach Lizzy schnell, wobei sich ihre Wangen verdächtig röteten.

Ich versteckte mein Grinsen, indem ich erneut von meiner Pizza abbiss. Wie lange es wohl dauern würde, bis Lizzy endlich einsah, dass sie auf Kayson stand?

Nachdem wir gegessen hatten, verzogen wir uns nach oben in mein Zimmer. Wir legten uns auf dem Rücken auf mein Bett und betrachteten den Sternenhimmel, den ich mit vierzehn an meine Zimmerdecke geklebt hatte. »Wie geht es dir wirklich?«, wollte Lizzy wissen.

Ich zuckte mit den Schultern. »Keine Ahnung. Es ist besser geworden, ich denke nicht mehr ununterbrochen über den ganzen Mist nach, ich geh wieder raus und war seit Samstag jeden Tag schwimmen, aber …« Meine Schultern hoben sich erneut, und ich stieß ein verzweifeltes Seufzen aus. »Es tut immer noch weh. Ich fühle mich einfach so furchtbar hintergangen und mache mir selbst Vorwürfe, Theo nicht viel früher durchschaut zu haben. Es kann doch nicht sein, dass mir so etwas jetzt schon zum zweiten Mal passiert. Ich werde garantiert nie wieder jemandem vertrauen können.«

Lizzy griff nach meiner Hand und verschränkte unsere Finger miteinander. »So etwas braucht Zeit, du musst doch erst mal richtig verarbeiten, was passiert ist. Ich vermute, du hast bisher nur versucht, möglichst nicht daran zu denken, oder?«

Eher widerwillig sagte ich: »Ja.«

Ein amüsiertes Schnauben war von Lizzy zu hören. »Typisch. Wie willst du es dann verarbeiten, wenn du die Gefühle nicht zulässt?«

»Gefühle zulassen wird völlig überbewertet«, gab ich zurück, obwohl ich wusste, dass sie recht hatte. Aber konnte dieses Verarbeiten nicht auch später stattfinden, wenn die Gefühle nicht mehr so stark waren und so verflucht wehtaten?

Lizzy verfiel in Schweigen, und je länger sie nichts sagte, desto mehr beschleunigte sich mein Herzschlag. Es war vollkommen untypisch für sie, nicht mehr zu diesem Thema zu sagen, was nichts Gutes bedeuten konnte.

»Hast du …«, begann sie schließlich, brach ab und räusperte sich. »Hast du Theos Brief bekommen?«

Abrupt setzte ich mich auf und zog meine Hand zurück. Es fühlte sich an, als hätte mich jemand mit Eiswasser übergossen. »Woher weißt du von dem Brief?«

Ein schuldbewusster Ausdruck trat auf ihr Gesicht. »Es könnte sein, dass ich mit ihm gesprochen habe.«

»Du hast *was?* Es interessiert mich übrigens nicht, was Theo zu sagen hat, selbst wenn er mir noch so viele Briefe schickt, werde ich sie nicht lesen.« Meine Stimme war viel zu laut, und ich konnte den vorwurfsvollen Unterton nicht aus ihr heraushalten. Ein seltsames Ziehen in meiner Herzgegend setzte ein, und es dauerte einen Moment, bis ich begriffen hatte, warum. Ich kam mir verraten vor, nicht nur von Theo, sondern auch von meiner besten Freundin. Sie wusste doch, was Theo getan hatte, wie hatte sie da einfach mit ihm reden können?

»Zieh bitte nicht die falschen Schlüsse«, sagte Lizzy sofort.

Ich zog die Arme vor meinem Bauch zusammen. »Wie sollte ich das nicht, wenn du hinter meinem Rücken …«

»Woah, warte«, unterbrach Lizzy mich. »Ich habe hinter deinem Rücken gar nichts gemacht. Theo hat vor unserem Wohnheim kampiert, eine ganze Nacht lang. Ich bin eigentlich nur runtergegangen, um ihm zu sagen, dass er sich das sparen kann, weil du längst in Trenton bist.«

»Aber?«, fragte ich, noch immer skeptisch. Was hatte Theo dort überhaupt zu suchen gehabt? Hatte er echt gedacht, ich hätte mit ihm geredet, wenn ich da gewesen wäre?

»Kein Aber. Er …« Lizzy fuhr sich mit den Händen durch die Haare, was ihre Locken noch wilder abstehen ließ. »Theo sah aus wie ein Häufchen Elend. Er tat mir irgendwie leid, obwohl das, was er gemacht hat, natürlich scheiße ist. Ich hab ihm gesagt, dass seine Tat nicht zu entschuldigen ist. Er meinte, er wüsste das, aber das, was du bei Rena mitgehört hast, ist nur die halbe Wahrheit. Er wusste nicht von Anfang an, dass du diejenige von dem Unfall bist.

Das ist ihm erst klar geworden, nachdem du ihm davon berichtet hast. Außerdem saß er zwar im Auto, ist aber nicht gefahren. Und sein Cousin und er haben gedacht, du wärst auf der Straße geblieben. Er meinte, die Sicht wäre so schlecht gewesen, dass sie deine Rücklichter nicht mehr gesehen haben, sobald du an ihnen vorbeigefahren bist.«

Mir schwirrte der Kopf von Lizzys Worten. Konnte das stimmen, oder war es nur eine weitere von Theos Ausreden? Es machte irgendwie Sinn, denn es erklärte, warum Theo sich seltsam verhalten hatte, nachdem ich ihm von dem Unfall erzählt hatte. Aber die ganze Geschichte klang fast ein wenig zu einfach, um Theo von seiner Schuld zu befreien. Wenn diese Sicht der Dinge stimmte, wieso hatte er mir nicht längst gesagt, was vorgefallen war? Warum hatte er meinen Anschuldigungen im Hallenbad nicht widersprochen, wenn sie nicht der Wahrheit entsprachen?

Lizzy legte eine Hand auf meinen Unterarm und zog damit meine Aufmerksamkeit wieder auf sich. »Ich kann verstehen, wenn dir das gerade alles zu viel ist. Ich will dir auch gar nicht sagen, dass du ihm verzeihen oder auch nur mit ihm reden sollst. Es wäre völlig nachvollziehbar, wenn du ihm nie wieder unter die Augen treten willst. Aber ich glaube ihm. Deswegen habe ich ihm deine Adresse gegeben, damit er dir diesen Brief schreiben kann. Darin wollte er dir alles erklären. Wenn … *falls* du dich irgendwann dazu bereit fühlst, ihn zu lesen, wird darin sicher alles stehen, was du wissen musst.«

Mechanisch nickte ich, da ich nicht darauf vertraute, dass meine Stimme nicht versagen würde, wenn ich jetzt etwas sagte. Die Wut auf Lizzy war zwar so schnell verraucht, wie sie gekommen war, aber jetzt fühlte ich mich komplett hilflos. Ich wusste überhaupt nicht mehr, was ich denken sollte. Oder fühlen. Ich hatte es seit Samstag geschafft, mich von meinen Emotionen abzulenken. Sie waren zwar noch da gewesen, aber eher am Rande. Als würde ich sie nur von draußen durchs Fenster sehen, ohne die Zusammenhänge zu verstehen. Ich merkte zwar, dass dort etwas war, konnte es aber nur schemenhaft erkennen. Doch jetzt kehrten sie mit voller Macht zurück und schienen von allen Seiten auf mich einzuprasseln.

»Möchtest du alleine sein?«, fragte Lizzy, nachdem ich weiterhin schwieg.

Sofort schüttelte ich den Kopf. »Nein. Können wir irgendeine Serie schauen? Vielleicht werde ich dann irgendwann Herr über mein Gefühlschaos. Aktuell weiß ich einfach gar nichts mehr.«

Lizzy zog mich in ihre Arme. »Du musst auch jetzt nichts entscheiden. Nimm dir so viel Zeit, wie du brauchst.«

Dankbar drückte ich sie kurz, ehe wir uns voneinander lösten und ich den Fernseher an meiner Wand anschaltete. Erneut rief ich *Queer Eye* auf meinem Netflix-Account auf. Ich liebte diese Serie einfach. Wie die »Fab Five« mit den Leuten umgingen, die sie umstylen sollten, ließ mir das Herz aufgehen. Vor allem weil sie ihnen nicht nur einen neuen Look verpassten, sondern ihr Selbstbewusstsein von innen heraus auf ein völlig neues Level schossen. Es war einfach eine Feel-good-Serie, die mir immer ein Lächeln aufs Gesicht zaubern konnte.

Der Thanksgivingmorgen grüßte uns mit dunklen Wolken und Regengüssen, die eigentlich für einen Tag auf der Couch sprachen. Nicht so für meine Mom. Schon um sieben konnte ich sie in der Küche hantieren hören. Sie bereitete alles für das Essen mit meinen Großeltern vor, die am Nachmittag vorbeikommen würden. Der Truthahn würde sich schließlich nicht von alleine braten.

Ich hatte noch keine Lust, aufzustehen, daher zog ich die Decke bis zur Nasenspitze hoch und blieb eingekuschelt liegen. Das leise Klappern, das von unten zu mir drang, hatte eine beruhigende Wirkung auf mich. Es war so ganz anders als die Geräusche aus dem Wohnheim, die überwiegend aus lautem Rennen auf den Fluren und allerlei Geschrei bestanden. Je länger ich hier lag, desto mehr wanderten meine Gedanken, bis sie unweigerlich bei Theo und seinem Brief anlangten. Gestern hatte ich noch vergessen wollen, dass ich ihn überhaupt bekommen hatte, doch jetzt fragte ich mich, was wohl drinstand. War Theo den Wagen wirklich nicht gefahren und hatte gar nicht gewusst, wer ich war, als wir uns kennengelernt hatten? Aber machte es überhaupt einen Unterschied? Er hatte immer noch mit im Auto gesessen, und er und sein Cousin waren trotzdem abgehauen, ohne sich zu versichern, dass ich okay war. Und Theo hatte mir wochenlang verschwiegen, was er wusste. Er hatte sich sogar lieber von mir getrennt, anstatt seine Schuld zuzugeben. So verhielt man sich einfach nicht. Vor allem nicht Menschen gegenüber, die einem angeblich wichtig waren.

Genervt von mir selbst, schob ich die Decke zurück. Warum dachte ich schon wieder darüber nach? Ich schob jeden Gedanken an den Brief weit weg von mir, suchte frische Unterwäsche aus meinem Koffer und ging ins Bad.

Eine halbe Stunde später betrat ich die Küche, in der es bereits herrlich duftete. Mom stand im Pyjama und einer umgebundenen Kochschürze vor dem Backofen, in den sie gerade den Truthahn geschoben hatte.

»In sieben Stunden dürfte er fertig sein«, sagte sie, ohne mich anzusehen.

Ein Blick auf die Uhr sagte mir, dass es gerade einmal neun Uhr früh war. »Seit wann bist du schon wach?« Ich ging zur Kaffeemaschine, um mir eine Tasse einzuschenken.

»Kurz nach sechs.« Mom blies sich eine Haarsträhne aus dem Gesicht und wandte sich mir zu. »Der Truthahn muss perfekt werden. Du weißt, wie penibel deine Gran mit ihrem Thanksgivingessen ist.«

Ein überraschtes Lachen entwich mir, denn ich konnte mich noch gut daran erinnern, wie Mom den armen Vogel bei ihrem ersten Versuch, einen Truthahn zu braten, völlig verkohlt hatte, bis er ungenießbar gewesen war. Gran hatte geschimpft wie ein Rohrspatz und meinen Grandpa danach zur Pizzeria geschickt, damit wir nicht hungern mussten.

»Mom, das ist über zehn Jahre her«, erinnerte ich sie. »Und seitdem ist dein Truthahn jedes Jahr perfekt.«

Mom seufzte. »Ich weiß, aber die Angst ist trotzdem geblieben.«

Ich musste lachen. »Sei nicht so dramatisch. Und jetzt lass uns den Vormittag genießen.« Ich hakte mich bei ihr unter und zog sie aus der Küche.

»Avery, du bist so groß geworden.« Gran zog mich in eine feste Umarmung.

»Das sagst du jedes Mal zu mir«, gab ich schmunzelnd zurück. »Dabei wachse ich seit Jahren nicht mehr.« Sie schob mich ein Stück von sich, um mich von oben bis unten zu betrachten.

»Ich sehe dich einfach so selten, dass ich in der Zwischenzeit vergesse, wie groß du eigentlich bist. Warte mal ab, wenn du in meinem Alter bist.« Sie tippte sich an die Stirn, was mich erneut zum Lachen brachte.

»Komm erst mal rein.« Ich trat zur Seite, um meine Gran vorbeizulassen und meinen Grandpa ebenfalls zu begrüßen.

Auch er zog mich in seine Arme und hielt mich etwas länger fest als nötig. »Du bist unser einziges Enkelkind, da kann man schon mal sentimental werden, wenn das Kind in die große, weite Welt hinauszieht.«

Ich unterdrückte ein Kichern an seiner Schulter, New York war immerhin nur eine knappe Stunde entfernt.

Aber ich wusste, worauf er hinauswollte, daher sagte ich nichts dazu. »Ich freue mich auch, dich zu sehen.«

Wir folgten Grandma, die bereits bei Mom in der Küche stand und ein Glas Sekt in der Hand hielt.

»Möchtest du auch eins?«, fragte sie mich.

Mit großen Augen sah ich von ihr zu Mom und wieder zurück. »Ich bin noch keine einundzwanzig.«

Mom winkte ab. »Eins wird dich nicht umbringen.«

»Und ein zweites auch nicht«, fügte Gran zwinkernd an.

Ehe ich wusste, wie mir geschah, hatte ich ein Glas in der Hand und stieß mit ihnen an, während Grandpa sich eine Flasche Bier öffnete. Meine Großeltern erzählten von der Farm, auf der sie mittlerweile einige Helfer hatten, um die Arbeit bewältigen zu können. Sie schafften alleine längst nicht mehr alles, aber sie waren weit davon entfernt, die Arbeit aufzugeben. Ich war davon überzeugt, dass sie froh waren, noch etwas zu tun zu haben, das ihrem Leben Sinn gab, und dass sie es so lange fortführen würden, wie sie sich auf den Beinen halten konnten.

Eine Viertelstunde später saßen wir gemeinsam am Esstisch. Der riesige Truthahn, den Grandpa in dünne Scheiben schnitt, nahm den größten Platz darauf ein. Daneben gab es Kartoffeln, Rotkohl und eine dunkle Soße. Ich schaufelte mir zuerst Kartoffeln auf den Teller, zermatschte sie mit der Gabel und ertränkte das Ganze in Soße, ehe ich Rotkohl und Fleisch danebenlegte.

Während des Essens redeten Mom und Grandma über eine alte Nachbarin, die ich kaum kannte. Mein Interesse an der Geschichte schwand sekündlich, und ich versank in meinen eigenen Gedanken. Ich fragte mich, was Theo wohl heute machte. Sicher war er auch bei seiner Familie. Von dem, was Theo mir bisher erzählt hatte, hatte er ein enges Verhältnis zu ihnen. Ob sein Onkel und sein Cousin auch bei ihnen waren? Oder feierte Theo alleine mit seinen Eltern?

Ich nahm das Gespräch um mich herum überhaupt nicht mehr wahr, bis ein Satzfetzen in meine Wahrnehmung vordrang: »… man muss auch mal verzeihen können.«

Keine Ahnung, warum ausgerechnet das mich aufhorchen ließ, aber plötzlich hämmerte mein Herz gegen meinen Brustkorb. »Was hast du gesagt?«, platzte es aus mir heraus.

Grandma hielt sich erschrocken die Hand vor die Brust. »Avery.« Sie lachte erstickt. »Wir haben gerade über unsere Nachbarn gesprochen, die Kellers, du erinnerst dich?«

Ich nickte. Die Kellers waren auf den Hof neben Gran und Grandpa gezogen, als ich noch klein war. Sie waren damals frisch verheiratet gewesen und mussten ungefähr in Moms Alter sein. »Was ist mit ihnen?«

»Sie haben sich getrennt, was für uns sehr überraschend kam. Maddie will sogar den Hof verkaufen. Ich bin letzte Woche rübergegangen, um zu sehen, ob sie Hilfe braucht. Dabei hat sie mir den Grund für die Trennung genannt. Darren hat sie mit einer anderen Frau betrogen.«

Irritiert zog ich die Stirn kraus. »Kann ich total verstehen, dass sie sich deswegen getrennt hat. Danach hätte ich auch nicht mehr mit dem Typen zusammenbleiben können.«

Grandma nickte. »Ganz deiner Meinung. Nichtsdestotrotz müssen sie ein vernünftiges Verhältnis zueinander bewahren. Beck ist erst zehn und braucht seine Eltern. Beide. Auch wenn sie nicht mehr zusammen sind, sollten sie sich für ihn zusammenreißen. Aktuell passiert aber genau das Gegenteil. Maddie fühlt sich derart verraten und hintergangen, dass sie Darren kaum unter die Augen treten kann. Ich habe ihr gesagt, dass sie versuchen muss, ihm zu verzeihen. Nicht seinetwegen, sondern um ihretwillen. Wenn sie ewig sauer auf ihn ist, wird sie die Sache nie loslassen können. Erst wenn man verzeiht, bekommt man den nötigen Abstand und kann wieder glücklich werden.«

»Ja, schon«, sagte ich gedehnt, denn grundsätzlich hatte Grandma recht. »Aber manchmal möchte man einfach erst eine Zeit lang wütend auf jemanden sein. Auch die Wut hat eine Existenzberechtigung.«

Ich konnte nicht verhindern, dass ich aus Grandmas Bericht Parallelen zu Theo und mir zog. In gewisser Weise sogar zu meinem Ex-Freund und mir. Auch seinen Verrat hatte ich nie wirklich verarbeitet, sondern nur verdrängt, und mit Theo tat ich gerade dasselbe. Deswegen hatte ich den Brief auch ungeöffnet in die hinterste Ecke der Schublade geschoben. Ich wollte möglichst nicht daran erinnert werden.

Ich hatte ein Recht darauf, wütend auf ihn zu sein. Er hatte mich hintergangen und mir ein wichtiges Detail wochenlang verschwiegen. Jeder andere wäre an meiner Stelle ebenfalls sauer geworden. Auch musste ich in meiner Wut nicht alles rational betrachten oder meine Gedanken reflektieren – wobei sich das seit dem Gespräch mit Lizzy etwas geändert hatte.

»Natürlich«, stimmte Grandma zu. »Auch Wut ist wichtig, aber wir dürfen sie nicht übermächtig werden und unseren Alltag bestimmen lassen.«

Als ich abends im Bett lag, konnte ich das Gespräch immer noch nicht vergessen. Ich ließ es wieder und wieder Revue passieren, kaute in Gedanken die einzelnen Sätze durch, die Grandma gesagt hatte, und verglich sie mit meiner Situation. Je länger ich darüber nachdachte, desto mehr musste ich mir eingestehen, dass Grandma recht hatte und ich nicht so weitermachen konnte wie bisher. Ich wollte diese Wut und das Misstrauen nicht ewig mit mir herumschleppen und mir davon weitere Beziehungen kaputt machen lassen. Ich wollte offen auf andere zugehen und wieder Vertrauen zu Menschen fassen können.

Nach einer gefühlten Ewigkeit schaltete ich das Licht der Nachttischlampe ein, schlug die Decke zurück und stand auf. Meine Finger zitterten, und ein undefinierbares Gefühl überkam mich, als ich die Schublade öffnete und den Brief herauszog. Er sah so klein und unscheinbar aus, aber ich wusste, dass der Inhalt alles andere als unbedeutend war.

Achtlos riss ich den Umschlag auf und zog zwei vollbeschriebene DIN-A4-Seiten heraus. Das Herz klopfte mir bis zum Hals, als ich sie auseinanderfaltete und zu lesen begann.

Hallo Avery,
das ist bereits der zehnte Versuch, diesen Brief an dich zu verfassen und meine Gedanken in eine Form zu bringen, mit der ich zufrieden bin. Ich bin nicht gut darin, meine Gefühle auszudrücken, wie du sicherlich schon festgestellt hast, aber ich bemühe mich, sie hier verständlich aufzuschreiben.
Dabei weiß ich gar nicht, ob du diese Zeilen überhaupt jemals lesen wirst. Du hast jedes Recht dazu, diesen Brief ungeöffnet zu zerstören und nie wieder mit mir zu reden. Trotzdem hoffe ich, dass du ihn lesen wirst, weil ich dir einige Dinge erklären möchte. Versteh mich nicht falsch, ich möchte dich hiermit nicht davon überzeugen, mir noch eine Chance zu geben, denn ich weiß, dass ich jede Möglichkeit dazu längst verspielt habe. Aber vieles von dem, was du bei Rena mitgehört hast, entspricht nicht der Wahrheit, und ich möchte dir zudem erklären, warum ich so lange darüber geschwiegen habe. Aber ich greife vor, am besten, ich erzähle dir erst mal meine Sicht der Ereignisse.
Am 2. Februar war ich mit meinem Cousin Brady auf dem Weg nach Philadelphia. Er hat versprochen, mich zu fahren, weil ich vom olympischen Schwimmteam zu einem Gespräch eingeladen wurde. Was für ein Wetter draußen herrschte und dass es Wahnsinn war, sich überhaupt ins Auto zu setzen, weißt du selbst. Als dann plötzlich das Auto – dein Auto – aus der Dunkelheit vor uns auftauchte, hat uns das zu Tode erschreckt. Erst in letzter Sekunde konnte Brady ausweichen, und er hat mir im Nachhinein versichert, dass er im Rückspiegel gesehen hat, dass der andere Wagen ebenfalls auf der

Straße geblieben ist. Ich weiß, dass wir uns trotzdem hätten versichern müssen, dass nichts geschehen ist. Dass wir einfach weitergefahren sind, ist durch nichts zu entschuldigen.
In den kommenden Tagen habe ich die Tageszeitungen geprüft, ob über einen Unfall an dieser Stelle berichtet wurde, denn wenn etwas Schlimmes passiert wäre, hätte es sicher dort gestanden. Aber ich konnte nichts dergleichen finden. Ich hätte beruhigt sein sollen, aber trotzdem konnte ich den Vorfall nicht vergessen.
Als ich dich kennengelernt habe, wusste ich nicht, wer du bist. Mein Spruch, so blöd er auch war, war nur so dahergesagt. Ich habe ihn nicht mal ernst gemeint. Als du dann im Schwimmkurs aufgetaucht bist, wusste ich bereits, dass mein Spruch dumm war. Dort bist du mir auch das erste Mal so richtig aufgefallen, und ich war fasziniert von dir. Was du durchgemacht hast, wollte ich mir gar nicht vorstellen – deshalb wohl auch meine Äußerung –, und du warst trotzdem so selbstbewusst. Deine Ausstrahlung ist umwerfend, und du hast dich nie durch mich oder irgendjemand anderen einschüchtern lassen. Du hast mich beeindruckt, und ich wollte dich gerne näher kennenlernen. Meine Gefühle für dich waren zu jeder Zeit echt, ich habe dir nie etwas vorgespielt. Als du dann endlich zugesagt hast, mit mir auszugehen, hat mich das so unfassbar glücklich gemacht wie nie zuvor etwas. Bitte glaub mir, dass es mir immer ernst mit dir war.
Dann hast du mir von deinem Unfall erzählt, und auch da habe ich noch immer nicht realisiert, dass du in dem Auto gesessen hast, mit dem wir kollidiert sind. Aber es hat mein schlechtes Gewissen verstärkt, weil ich wieder daran denken musste, dass wir jemand anderem etwas Ähnliches angetan haben könnten. Es hat mich so beschäftigt, dass ich online noch einmal die Zeitungen durchsucht habe. Über deinen

Namen bin ich schließlich auf die kleine Tageszeitung von Trenton gestoßen, die einen Bericht über deinen Unfall verfasst hat. Erst durch diesen Artikel, in dem der Tag, die Uhrzeit und der Ort des Unfalls genannt wurden, ist mir klar geworden, dass Brady und ich die Unfallverursacher sein mussten.
Ich wusste danach nicht mehr, wie ich dir je wieder unter die Augen treten oder dir diese Sache beichten sollte. Deswegen habe ich mich von dir zurückgezogen. Aber dann habe ich gemerkt, wie sehr ich dich vermisse und dass ich nicht mehr ohne dich sein will. Ich wollte dir auch sagen, was passiert ist, aber ich wusste einfach nicht, wie. Inzwischen ist mir klar, dass es unverzeihlich ist, dass ich mit meiner Entschuldigung gelogen habe. Ich war nur so froh, dass du mir verziehen hattest und wir wieder zusammen waren, dass ich es auf keinen Fall direkt wieder in Gefahr bringen wollte. Ich habe mir eingeredet, dass wir beide glücklicher sind, wenn wir einfach nicht daran denken, auch wenn ich im Grunde genau wusste, dass ich mich damit selbst belüge.
Ich habe in dieser Sache viele Fehler gemacht, und ich werde dich nicht um Vergebung bitten, denn ich verdiene sie nicht. Ich wollte dir hiermit nur meine Sicht schildern, damit du damit abschließen kannst, denn du verdienst es, wieder glücklich zu werden. Du bist ein wunderbarer Mensch, Avery. Du hast Gefühle in mir erweckt, die ich nie für möglich gehalten hätte. Dass ich dir so viel Schmerz zugefügt habe, werde ich mir nie verzeihen.
Dieser Brief wird nie genug sein, das ist mir bewusst. Er soll auch keine Entschuldigung sein. Aber ich würde alles tun, wenn es dir helfen könnte. Und wenn es dir hilft, um mit der Sache abschließen zu können, würde ich mich selbst der Polizei stellen.

Ich werde nie vergessen, was wir gehabt haben. Du hast mir in der Liebe die Augen geöffnet, und dafür danke ich dir.
Theo

Tränen liefen mir über das Gesicht, als ich zu Ende gelesen hatte, doch ich beachtete sie gar nicht und las den Brief noch mal. Und dann ein drittes Mal. Jeder Durchgang fühlte sich ein bisschen wie Selbstreinigung an. Meine Wut verrauchte genauso wie das Gefühl, hintergangen worden zu sein. Theos Worte klangen ehrlich, und diese Darstellung passte viel besser zu dem Mann, den ich kennengelernt hatte, als alles, was ich mir zusammengereimt hatte, nachdem ich Rena und Hayden gehört hatte.

Ich wusste nicht, ob ich Theo jemals verzeihen könnte, ob ich vergessen könnte, dass er in dem Auto gesessen hatte, das meinen Traum vom Ballett zerstört hatte. Meine Gefühle waren gerade viel zu aufgewühlt, um sie einordnen zu können. Aber ich wusste jetzt, dass ich nicht an meinem eigenen Urteilsvermögen zweifeln musste. Theo hatte mich nicht hintergangen oder mit mir gespielt. Ich hatte mir seine Gefühle nicht bloß eingebildet. Und auch wenn ich Theo noch nicht verzeihen konnte, erleichterte mich schon dieser Umstand unheimlich.

Nach dem vierten Durchgang legte ich den Brief beiseite und krabbelte zurück ins Bett. Zwar wusste ich noch nicht, wie es jetzt weitergehen würde, aber zum ersten Mal seit über einer Woche blickte ich zuversichtlich auf den kommenden Tag.

KAPITEL 26
Einen Monat später

Theo

Ihr habt euch heute gut geschlagen und die Weichen gesetzt für das Erreichen der Endrunde. Ruht euch in den Ferien aus, sammelt neue Kräfte, aber lasst es nicht zu langsam angehen. Der nächste Wettkampf ist bereits am 18. Januar, da bleibt nach den Ferien nicht viel Zeit, wieder in Form zu kommen.« Dad nickte uns ein letztes Mal zu, ehe er sich wieder seinen Notizen widmete. Wir waren entlassen. Der heutige Wettkampf an der Columbia State University war richtungsweisend gewesen, und da ich gewonnen hatte, stand ich nun ganz vorne in der Wertung für die nationalen Meisterschaften.

Meine Teamkollegen gingen in Richtung Duschen, ohne mich eines Blickes zu würdigen, und ich folgte ihnen mit ein wenig Abstand. So war es schon, seit sie die Szene zwischen Avery und mir beim Training mitbekommen hatten. Ein Teil von ihnen hatte sofort geglaubt, was Avery gesagt hatte, die anderen hatten sich zwar meine Erklärung angehört, mir danach aber vorgeworfen, mich damit nur rausreden zu wollen. Einzig Daniel hatte mir geglaubt und redete noch normal mit mir, aber er hatte sich nicht für die nationalen Meisterschaften qualifiziert und war deswegen nicht hier. Die anderen waren wahrscheinlich froh, dass es endlich etwas gab, das den Star ins Straucheln gebracht hatte, und ich hatte weder die Kraft noch die Muße, sie vom Gegenteil zu überzeugen. Ehrlich gesagt war es mir schon immer egal gewesen, was sie von mir dachten.

Neuerdings war es anstrengend genug, den Tag über zu funktionieren. Ich vermisste Avery noch immer, und der Schmerz raubte mir weiterhin mehrmals täglich den Atem, aber ich wusste, dass ich selbst schuld an meiner Misere war. Ich versuchte die Gefühle so gut es ging auszublenden, was praktisch unmöglich war und zu viel von meiner Konzentration beanspruchte. Es grenzte an ein Wunder, dass ich es trotzdem geschafft hatte, im Ranking der nationalen Meisterschaften so weit oben zu bleiben, dass ich es ziemlich sicher ins Finale schaffen würde.

Das war nicht die ganze Zeit so gewesen. Den ersten Wettkampf hatte ich völlig verhauen. Das war gewesen, kurz nachdem ich den Brief an Avery verschickt hatte. Ich hatte täglich darauf gewartet, eine Reaktion zu bekommen, von ihr oder sogar von der Polizei. Denn auch wenn ich angeboten hatte, mich selbst zu stellen, konnte ich mir vorstellen, dass sie selbst dafür keinen Kontakt zu mir aufnehmen wollte. Und sie hatte ein Anrecht darauf, rechtlich gegen Brady und mich vorzugehen. Nicht nur, um mit der ganzen Sache abschließen zu können, sondern auch, um Entschädigung in Form von Schmerzensgeld zu bekommen. Ich würde all das auf mich nehmen, auch wenn ich deswegen aus dem Team flog, denn Averys Zufriedenheit war mir inzwischen wichtiger als meine eigene.

Diese Gedanken hatten mich komplett eingenommen, sodass ich mich kaum mit etwas anderem beschäftigen konnte und beim ersten Wettkampf dementsprechend schlecht abschnitt. Doch der befürchtete Anruf kam nie. Ich bekam überhaupt keine Reaktion in irgendeiner Weise. Hatte Avery den Brief überhaupt gelesen? Von Kayson wusste ich, dass sie nach Thanksgiving zurück ans College gekommen war. Ich hatte den Kurs aufgegeben, den wir zusammen belegt hatten, und Daniel erneut gebeten, den

Schwimmkurs zu übernehmen, den ich leitete. Doch auch dort war Avery nicht wieder aufgetaucht, sodass ich ihn eine Woche später wieder selbst geführt hatte. Ich verbrachte meine Mittagspausen alleine in der Bibliothek, um Avery nicht in der Mensa über den Weg zu laufen. Nicht weil ich sie nicht sehen wollte, denn ich wünschte mir nichts sehnlicher, sondern weil ich es ihr nicht zumuten wollte, mich sehen zu müssen, wenn sie es nicht wollte.

Dieses Versteckspiel raubte noch mehr von dem bisschen Kraft, das ich noch besaß, aber ich würde es durchziehen, auch wenn es mich zugrunde richtete. Das war ich Avery schuldig. Sie sollte nicht durch mich an Dinge erinnert werden, die sie vielleicht vergessen wollte. Ich wusste auch nicht, ob ich es ertragen würde, sie zu sehen, ohne ihr näher kommen zu dürfen. Trotzdem war ich froh, dass in wenigen Tagen die Weihnachtsferien beginnen würden und ich zwei Wochen lang sicher sein konnte, Avery nicht versehentlich irgendwo zu begegnen.

Zwanzig Minuten später verließ ich das Gebäude. Noah und Kayson wollten draußen auf mich warten, denn sie hatten versprochen, heute zuzuschauen. Im Gegensatz zu meinen Teamkollegen hatten meine Freunde mir sofort geglaubt, und obwohl die Stimmung zwischen uns einige Tage seltsam gewesen war, hatte sich nichts an unserer Freundschaft geändert.

Ich entdeckte Kayson und Noah sofort. Sie standen etwas abseits vom Eingang, und sie waren nicht alleine. Lizzy stand bei ihnen, und sie war es, die mich als Erste sah. Sie tippte Kayson auf die Schulter, der daraufhin zur Seite trat und den Blick auf eine weitere Person freigab.

Avery.

Mein Herz blieb beinahe stehen, nur um darauf in einen hämmernden Galopp zu verfallen, und für einen Moment drohten meine Knie unter mir nachzugeben. Sie trug einen dicken Wintermantel und eine Wollmütze, unter der einige blonde Strähnen hervorlugten. Ihre Wangen waren gerötet, und sie schien von innen heraus zu strahlen. Ihr Blick war auf mich gerichtet, und ein unsicheres Lächeln umspielte ihre Lippen. Sie hatte für mich nie schöner ausgesehen.

Ich ließ sie nicht aus den Augen, während ich langsam auf sie zuging. Ich konnte nicht glauben, dass sie hier war. So oft hatte ich mir in den letzten Wochen vorgestellt, dass ich Avery wiedersehen würde, aber ich hatte niemals damit gerechnet, dass sie nach einem Wettkampf an einem anderen College auf mich warten würde. Eher hatte ich befürchtet, dass wir uns durch Zufall auf dem Campus über den Weg laufen oder uns sogar bei einem Anwalts- oder Gerichtstermin gegenüberstehen würden. Aber sie war hier. Und sie lächelte.

»Avery.« Ihr Name kam über meine Lippen, ohne dass ich es hätte verhindern können. Ich wollte nach ihrer Hand greifen, sie in irgendeiner Weise berühren, aber ich schob meine Hände stattdessen in meine Hosentaschen.

»Hey, Theo. Glückwunsch zum Sieg.« Averys Blick wanderte über mein Gesicht, als würde sie nach irgendwas suchen.

Ich räusperte mich. »Danke.«

War sie nur hier, um mir zu gratulieren? Ich versuchte, die aufkeimende Enttäuschung niederzuringen, denn selbst das war schon mehr, als ich mir erhofft hatte. Doch Avery hier zu sehen erinnerte mich an alles, was ich in den letzten Wochen zu verdrängen versucht hatte. Es brachte all meine Gefühle für sie wieder zum Vorschein und meine Sehnsucht nach ihr.

Verlegen spielte Avery an den Fransen ihres Schals herum und warf Lizzy einen fragenden Blick zu, die daraufhin nickte. Schließlich sagte sie: »Theo, können wir reden?«

Ich war so überrascht, dass ich nicht gleich reagierte. Erst als Kayson mir gegen den Fuß trat, stolperte ein »Ja, natürlich« aus mir heraus.

»Hier um die Ecke ist ein kleines Café, wo wir etwas trinken gehen können«, fügte ich an.

»Das hört sich gut an.« Sie nickte mir zu, ehe sie sich Lizzy zuwandte. »Wir sehen uns später im Wohnheim?«

»Ja. Und du«, Lizzy bohrte ihren Zeigefinger in meine Brust, »siehst zu, dass sie heile dahin kommt. Verstanden?«

»Aye, Ma'am.« Ich deutete eine Verbeugung an, um meine Nervosität zu überspielen. »Sollen wir dann?«, fragte ich Avery und reckte den Daumen in die Richtung, in die wir gehen mussten. Das *Madison's* lag nur fünf Minuten zu Fuß von der Columbia State University entfernt. Wir legten den Weg überwiegend schweigend zurück, und meine Anspannung wuchs mit jedem Schritt. Ich hatte tausend Fragen, aber ich wollte Avery nicht vorwegnehmen, was sie mir sagen wollte. Ich wusste ja nicht mal, ob es ein positives Zeichen war, dass sie mit mir reden wollte. Vielleicht wollte sie mir nur sagen, dass sie gründlich über das nachgedacht hatte, was in meinem Brief stand, und mich nun nur darum bitten, mich selbst anzuzeigen. Es wäre noch immer ihr gutes Recht.

Wir suchten uns einen ruhigen Tisch in der Ecke. Kaum hatten wir uns aus unseren dicken Jacken, Schals und Mützen geschält, kam bereits die Bedienung, um unsere Bestellung aufzunehmen. Wir setzten uns, und in meinem Magen breitete sich ein Knoten nervöser Anspannung aus.

Auch Avery konnte mir plötzlich nicht mehr in die Augen sehen und knibbelte an ihren Fingernägeln herum. Die Luft schien durch die ganzen unausgesprochenen Dinge, die zwischen uns hingen, zu flirren, und mein Bein begann auf und ab zu wippen. Irgendwann hielt ich die Stille nicht mehr aus.

„Wie geht es dir?«, fragte ich.

»Du bist echt gut geschwommen«, platzte Avery zur selben Zeit heraus.

Wir sahen uns an und fingen gleichzeitig an zu lachen. In Averys Blick konnte ich dieselbe Erleichterung lesen, die sich auch in mir breitmachte. Sicher war sie einfach genauso aufgeregt wie ich.

»Das ist doch Unsinn«, sagte sie kopfschüttelnd. »Wir werden uns doch noch wie vernünftige Erwachsene unterhalten können.« Sie lächelte, doch es wirkte unsicher. »Ich wollte schon die ganze Woche mit dir reden, aber du bist mir sehr erfolgreich aus dem Weg gegangen.«

»Es ist nicht so, dass ich dich nicht sehen wollte«, sagte ich schnell. »Ich wollte dir nur eine Konfrontation ersparen, solange du sie nicht willst. Ich weiß ja nicht mal, ob du meinen Brief gelesen hast.«

»Habe ich.« Ihre Antwort kam wie aus der Pistole geschossen. »Zuerst wollte ich überhaupt nicht wissen, was drinstand, aber dann hat Lizzy mir von euerm Gespräch erzählt, das hat mich überzeugt, ihn zu lesen.« Avery holte tief Luft und blickte mir fest in die Augen. Jegliche Unsicherheit schien plötzlich wie weggefegt zu sein. »Ich wollte dir sagen, dass ich dir verzeihe.«

Mein Herz machte einen Satz. Ich konnte sie unmöglich richtig verstanden haben.

»Was hast du gesagt?« Meine Worte waren kaum ein Flüstern, doch an Averys Lächeln sah ich, dass sie mich verstanden hatte.

»Ich verzeihe dir«, wiederholte sie. »Was du – was *ihr* gemacht habt, war nicht richtig. Es war sogar echt scheiße, aber ich habe verstanden, dass ihr – und vor allem du – nicht aus Boshaftigkeit gehandelt habt. Bei Rena klang es ganz anders, und ich muss gestehen, dass ich aus ihren Worten die falschen Schlüsse gezogen und mir selbst etwas zusammengereimt habe.«

»Ich wusste wirklich nicht, wer du warst, und ich hätte nie …«

»Ich weiß«, unterbrach Avery mich mit einem Lächeln.

»Es tut mir alles so leid. Wenn ich es ungeschehen machen könnte, würde ich es sofort tun.« Auch wenn ich Avery dann nie kennengelernt hätte, weil sie jetzt an der Juilliard wäre und ihre Ballettkarriere vorantreiben würde.

»Aber das kannst du nicht. Niemand kann das.« Averys Lächeln wurde wehmütig. »Wenn ich ehrlich bin, habe ich mich nicht nur mit meiner neuen Situation abgefunden, sondern auch Freude an meinem neuen Leben gefunden. Und daran bist du nicht ganz unschuldig. Seit ich dich näher kennengelernt habe, hast du versucht, mir zu zeigen, wie toll das Leben sein kann, und obwohl ich mich lange dagegen gewehrt habe, hat es funktioniert. Weißt du, dass ich in Trenton jeden Tag schwimmen war?«

Erstaunt sah ich sie an. »Aber warum kommst du dann nicht mehr zum Kurs?«, platzte es aus mir heraus.

»Ich musste mir über einige Dinge klar werden. Über mich, über dich und über uns. Daher war ich solange in einem öffentlichen Schwimmbad in Staten Island.«

»Oh.« Ich wusste nicht, was ich darauf sagen sollte. Zum Glück brachte die Bedienung in dem Moment unsere Getränke, sodass meine Sprachlosigkeit nicht auffiel.

Avery zog ihren Cappuccino zu sich heran und begann, mit dem Löffel den Schaum zu essen.

»Ich will auch gar nicht lange um den heißen Brei herumreden«, sprach sie weiter, sobald der Schaum weg und nur noch die hellbraune Flüssigkeit zu sehen war. »Ich habe dir verziehen, aber ich weiß nicht, ob ich es auch vergessen kann. Wann immer ich an dich denke, kommen alle Erinnerungen an den Unfall wieder hervor. Ich habe versucht, darüber hinwegzusehen, aber ich kann es nicht – zumindest noch nicht.«

Das kleine Fünkchen Hoffnung, das in mir aufgeflammt war, weil Avery mich zu diesem Gespräch gebeten hatte, erlosch wieder, und ich fühlte mich, als würde ich in einen Abgrund stürzen.

Mir war bewusst, dass dieses Gespräch und der Umstand, dass sie mir verziehen hatte, mehr war, als ich verdient hatte. Trotzdem konnte ich die Enttäuschung nicht verhindern.

Avery musste mir meine Gefühle sofort angesehen haben, denn sie sprach schnell weiter. »Aber das bedeutet nicht, dass ich dich nie wiedersehen will. Ich möchte wieder mit dir trainieren, und du kannst dieses Versteckspiel am College aufgeben. Ich vermisse unsere gemeinsamen Mittagspausen, du fehlst uns allen dabei. Vielleicht können wir ja erst mal Freunde sein.«

Fast hätte ich gelacht. Ich wollte so viel mehr, als nur mit Avery befreundet zu sein, aber es war auch so viel mehr, als ich zu hoffen gewagt hatte. »Was immer du möchtest.«

Avery runzelte die Stirn. »Aber das geht nur, wenn ich auch weiß, was du möchtest.«

Ein humorloses Lachen entwich mir. »Meine Gefühle für dich haben sich nicht geändert. Nur mit dir befreundet zu sein wird mir immer zu wenig sein. Aber ich weiß, dass ich nicht von dir erwarten kann, dass du mir noch eine Chance gibst. Es ist meine Schuld, dass es überhaupt zu dieser Situation gekommen ist. Wenn ich nicht so ein Feigling gewesen wäre, hätte ich dir alles viel früher erzählt, aber so muss ich mit den Fehlern leben, die ich begangen habe. Daher werde ich alles genießen, was du bereit bist, mir zu geben. Wenn das nur Freundschaft ist, werde ich damit klarkommen und nicht versuchen, dich von mehr zu überzeugen.«

Es würde wehtun, das war sicher, vor allem falls Avery jemals mit jemand anderem zusammenkommen sollte, aber vielleicht konnte ich mich von ihr losreißen, wenn sie wieder glücklich war. Etwas in mir zog sich schmerzhaft zusammen, und ich musste für einen Moment die Augen schließen.

»Okay, Freunde also.« Avery klang vorsichtig optimistisch. »Dann erzähl mir mal, was du in den letzten Wochen gemacht hast.«

Ein Schnauben entwich mir. »Nicht wirklich viel, von Training und dem College einmal abgesehen.« Avery nickte. Ihr Mund öffnete sich, aber kein Ton kam heraus. Plötzlich wirkte sie zögerlich, und ich fragte mich, was der Grund war.

»Hast du noch mal mit Rena geredet?«, fragte sie schließlich.

»Habe ich«, sagte ich mit einem Nicken. »Ich bin gleich zu ihr, nachdem du im Hallenbad warst, weil sie die Einzige war, der ich davon erzählt hab. Sie war total erschrocken, dass du es wusstest, und hat mir hoch und heilig versprochen, dass sie es dir nicht gesagt hat. Erst als ich mit Lizzy geredet habe, hab ich erfahren, dass du in der Bibliothek gehört hast, wie sie Hayden davon erzählt hat.«

»Als sie mit Hayden gesprochen hat, habe ich zuerst sogar gehofft, dass sie weiß, dass ich da bin, und das absichtlich sagt, um uns auseinanderzubringen.« Avery wandte den Blick ab und hob die Schultern. »Weißt du, warum sie mich so hasst?«

»Sie hasst dich nicht«, widersprach ich sofort. »Und sie will übrigens auch nichts von mir. Rena hat nicht viele Bezugspersonen, denen sie vertraut, und nachdem wir beide zusammengekommen sind und ich weniger Zeit für sie hatte, hat sie befürchtet, sie könnte mich auch noch verlieren.«

Avery trank den letzten Schluck von ihrem Cappuccino. »Oh, das wusste ich nicht. Aber ich würde mich niemals zwischen euch drängen.«

»Ich weiß.« Ich musste lächeln. Wenn einer verstand, wie wichtig Freundschaften waren – vor allem wenn man nur wenig Freunde hatte –, dann war es Avery. »Aber erzähl doch lieber, was du die letzten Wochen getrieben hast.«

»Ich hab mich dazu entschieden, Grafikdesign zu studieren.« Ein strahlendes Lächeln breitete sich dabei auf ihren Lippen aus.

»Das ist toll. Wie kam es dazu?«

Avery berichtete mir, dass sie schon länger mit dem Gedanken spielte, Grafikdesign zu studieren, sich aber erst zu Hause dazu aufgerafft hatte, ihre Mappe zusammenzustellen, die sie bereits eingereicht hatte.

Außerdem erzählte sie mir von ihrer Zeit in Trenton, ihren ausgiebigen Schwimmeinheiten und den Unternehmungen, die sie mit Lizzy gemacht hatte, seit sie zurück am College war – die beiden waren endlich auf der Freiheitsstatue gewesen! Wir verbrachten noch fast eine Stunde im Café und unterhielten uns über alles Mögliche. Obwohl es anfangs ungewohnt war, fanden wir schnell unseren Rhythmus wieder, und am Ende fühlte es sich fast wie in alten Zeiten an. Nur dass ich Avery zum Abschied nicht küssen konnte, obwohl ich es mir so sehr wünschte. Aber Avery versprach mir, sich in den Weihnachtsferien bei mir zu melden, was mich vorsichtig optimistisch in die Zukunft sehen ließ.

KAPITEL 27

Avery

Das Gespräch mit Theo hatte mir gutgetan. Es hatte einen Teil der Anspannung gelöst, die ich mit mir herumgetragen hatte, seit ich aus Trenton zurückgekehrt war. Ich war froh, dass wir uns ausgesprochen hatten und ich ihm sagen konnte, dass ich ihm verziehen hatte. Mein Gran hatte recht gehabt: Wenn man verzieh, ging es einem gleich viel besser.

Ich freute mich auch, dass Theo in den letzten Tagen vor den Weihnachtsferien die Mittagspausen wieder mit uns gemeinsam in der Mensa verbrachte. Das erste Aufeinandertreffen der Gruppe war zwar irgendwie seltsam, weil wir so lange ohne ihn gewesen waren, aber ziemlich schnell stellte sich wieder das übliche Geplänkel ein, und alle blödelten herum. Es war befreiend, auch wenn Theos Lachen noch etwas steif und gekünstelt wirkte, aber ich hoffte, dass wir bald wie richtige Freunde miteinander umgehen konnten.

Eine Sache hatte ich jedoch nicht bedacht: Erst jetzt merkte ich, wie sehr ich Theo tatsächlich vermisste. Seit unserem Gespräch konnte ich nicht mehr aufhören, an ihn zu denken. Ständig drängte er sich in meine Gedanken, und zwar nicht in Zusammenhang mit dem Unfall, sondern weil ich mich an die schönen Momente mit ihm erinnerte. Der Ausflug nach New York, unsere Trainingseinheiten, wie er mich ständig zum Lachen bringen konnte, sogar wie sich seine Hand in meiner angefühlt hatte. Ich träumte sogar von ihm. Wenn das so weiterging, würde ich noch verrückt werden.

Am Weihnachtsmorgen tapste ich nur im Pyjama in die Küche, um mir einen Kaffee zu machen. Ich hatte erneut von Theo geträumt, konnte mich aber schon nicht mehr daran erinnern, worum es darin genau gegangen war. Trotzdem gab ich dem Traum die Schuld daran, dass ich mein Handy zur Hand nahm, während der Kaffee in meine Tasse lief, und Theo eine Nachricht schrieb: *Merry Christmas.* Ich hatte ihm versprochen, dass ich mich melden würde, es bisher aber nicht gemacht, weil ich nicht wusste, was ich schreiben sollte. Ihm frohe Weihnachten zu wünschen war unverfänglich.

Es dauerte nicht lange, bis ich Antwort erhielt: *Dir auch frohe Weihnachten. Ich sitze gerade in einem Meer aus Geschenken, von denen leider keins für mich ist :(*

Sofort erschien ein Bild vor meinem inneren Auge, wie Theo in einem Berg aus Päckchen saß und nur noch der Kopf oben rausschaute.

Ich biss mir auf die Unterlippe, um nicht laut loszulachen. *Ich persönlich würde mir ja Gedanken machen, wenn bei mir zu Hause so viele Geschenke wären und kein einziges davon für mich wäre ;),* schrieb ich zurück.

Ich hatte die Nachricht kaum abgeschickt, da klingelte mein Handy, was mich fast zu Tode erschreckte. Theo rief an! In meiner Hast, möglichst schnell ranzugehen, ließ ich das blöde Ding erst mal fallen. Das Herz klopfte mir bis zum Hals, als ich endlich abgenommen hatte.

»Hey, Theo.« Hatte sich meine Stimme schon immer so hoch angehört?

»Hi, Avery. Ich hoffe, ich störe gerade nicht.« Der Klang seiner Stimme schickte einen Schauer über meinen Rücken.

»Nein, überhaupt nicht. Was machst du gerade?« Kaum hatte ich es ausgesprochen, klatschte ich mir die Hand vor die Stirn. Theo hatte mir doch gerade erst geschrieben, dass er in einem Meer aus Geschenken saß. »Ich meine, konntest du dich aus dem Berg befreien?«

Theos warmes Lachen drang an mein Ohr, was mein Herzrasen nur noch verstärkte. Gott, was war auf einmal los mit mir?

»Die Geschenke sind für die Tochter meiner Cousine. Wir haben dieses Jahr beschlossen, uns gegenseitig nichts zu schenken, sondern nur ihr.«

»Wie überaus erwachsen von euch«, neckte ich ihn. »Ich muss gestehen, dass ich das nicht könnte. Weihnachten ohne eigene Geschenke, selbst wenn es nur eine Kleinigkeit ist, ist doch kein richtiges Weihnachten.«

Natürlich war der Sinn dieses Festes etwas ganz anderes, als sich gegenseitig zu beschenken, aber für mich gehörte es irgendwie dazu. Ein bunt geschmückter Weihnachtsbaum wäre ohne die Päckchen für mich und meine Liebsten einfach nicht dasselbe. Was auch immer das über mich aussagen mochte.

»Ehrlich gesagt habe ich für die anderen trotzdem Geschenke gekauft, und ich bin mir sicher, dass sie sich ebenfalls nicht zurückhalten konnten, aber wir haben erst mal nur die Präsente für Lilly unter den Baum gepackt.«

»Ist sie etwa noch nicht wach?« Es war immerhin nach neun, da waren kleine Kinder doch längst auf, oder?

»O doch, bestimmt, aber meine Cousine und ihr Mann kommen erst mittags mit ihr hierher. Zu Hause bekommt Lilly nur ein Geschenk, den Rest darf sie erst hier auspacken«, erklärte Theo.

»Wie fies. Das arme Kind so lange auf die Folter zu spannen.«

Theo lachte. »Sie kennt es nicht anders.«

»Dann ist ja gut.« Mir fiel etwas ein, das ich Theo schon länger fragen wollte. Ich zögerte kurz, doch dann sprach ich es einfach aus: »Sag mal, meinst du, es wäre möglich, dass ich mit Brady reden könnte? Also nicht heute, aber irgendwann?«

Für einen Moment hörte ich nur Theos stetigen Atem durch den Hörer und befürchtete schon, dass er direkt ablehnen würde, doch dann sagte er: »Bestimmt, aber wieso?«

»Ich würde gerne mit ihm sprechen, über das, was ihr getan habt. Ich möchte ihm begreiflich machen, was für Konsequenzen so eine Aktion haben kann«, versuchte ich meine Gedanken zu erklären.

»Verständlich. Das sollte möglich sein. Er kommt später auch, dann spreche ich mit ihm.«

Ich war erleichtert, dass Theo es ähnlich sah. Ich wusste auch gar nicht, warum es mir so wichtig war, mit Brady zu reden, aber es fühlte sich an, als könnte ich ansonsten nicht vollständig mit dieser Sache abschließen.

Ich unterhielt mich noch eine halbe Stunde mit Theo, ehe wir uns verabschiedeten.

»Avery?«, fragte er, als ich gerade auflegen wollte.

»Ja?«

»Ich fand es schön, dass du dich gemeldet hast.«

Mein Herz schlug einen Purzelbaum, und ein Lächeln breitete sich auf meinem Gesicht aus. »Ich auch.« Dann legte ich auf und ging zu dem Weihnachtsbaum, den Mom und ich gestern gemeinsam geschmückt hatten, um zu überprüfen, welche der Geschenke, die darunterlagen, für mich waren.

Die restlichen Ferien über schrieb oder telefonierte ich jeden Tag mit Theo. Jedes Mal war es ein bisschen einfacher, zu der Unbekümmertheit zurückzufinden, mit der wir vorher miteinander umgegangen waren. Jedes Mal fiel es mir etwas schwerer, mich von ihm zu verabschieden, und mit jedem Tag, den ich ihn nicht sah, fehlte er mir mehr. Am Ende der Ferien musste ich einsehen, dass sich an meinen Gefühlen für Theo nichts geändert hatte. Zwar dachte ich noch immer ab und zu daran, dass Theo in dem Auto gesessen hatte, das mich von der Straße gedrängt hatte, aber es war nicht mehr der erste Gedanke, wenn ich an ihn dachte, und es bedrückte mich nicht mehr.

Daher stand ich nun hier, am ersten Tag nach den Ferien und eine halbe Stunde zu früh: vor dem Hallenbad, weil ich mich mit Theo zum Training verabredet hatte. Es war bitterkalt, aber selbst dass ich meine Handschuhe vergessen hatte, konnte meine gute Laune nicht trüben. Endlich würden wir wieder gemeinsam trainieren. Ich hatte es schmerzlich vermisst.

»Avery? Was machst du schon hier?«, begrüßte Theo mich zehn Minuten später.

»Ich weiß auch nicht, ich bin irgendwie zu früh.« Wie selbstverständlich ging ich auf ihn zu und zog ihn in eine Umarmung. Für eine Sekunde versteifte sich Theo überrascht, dann legte er ebenfalls die Arme um mich.

»Das nenne ich mal eine Begrüßung«, murmelte er mir ins Ohr, was eine Gänsehaut über meinen Rücken jagte. »Komm, lass uns reingehen.«

Am liebsten hätte ich Theo gar nicht mehr losgelassen, aber wir wollten schließlich trainieren. Trotzdem ließ ich ihn nicht direkt in die Umkleide gehen, nachdem wir das Hallenbad betreten hatten, stattdessen griff ich nach seiner Hand. »Warte mal.«

Theo hielt inne, blickte erstaunt auf unsere Hände und dann zu mir auf. »Was …« Dann schien es ihm die Sprache zu verschlagen.

Ich trat auf ihn zu, bis uns nur noch wenige Zentimeter trennten. Ein fragender Ausdruck trat in Theos Augen, aber er wich nicht vor mir zurück.

»Mir ist etwas klar geworden«, sagte ich.

Theos Adamsapfel hüpfte beim Schlucken auf und ab. »Und was?«

»Ich kann meine Gefühle für dich nicht abstellen. Ich will es auch gar nicht mehr versuchen. Du hast mir bewiesen, dass du dein Verhalten wirklich bereust. Mit allem, was du für mich getan hast, hast du mein Leben bereichert, und ich … ich bin immer noch verliebt in dich.«

Theos Atem stockte, und seine Augen weiteten sich leicht, doch er brachte noch immer keinen Ton über die Lippen. Es war irgendwie süß, ihn mal komplett sprachlos zu erleben.

»Was … was bedeutet das?«, krächzte er irgendwann.

»Lass es uns noch mal miteinander versuchen. Ich kann dir nichts versprechen, aber …« Weiter kam ich nicht, weil Theo mich mit einem Kuss überfiel. Er presste seine Lippen auf meine und schob seine Zunge zwischen meine Lippen. Ein wahrer Sturm an Gefühlen brach in meinem Inneren aus. Ich krallte mich an Theos Schultern fest und erwiderte seinen Kuss mit allem, was ich hatte. Oh, wie hatte ich die Schmetterlinge in meinem Bauch vermisst, die aufgeregt zu flattern begannen. Theo schlang seine Arme um mich und zog mich so fest an sich, dass ich sein hämmerndes Herz spüren konnte, das mit meinem um die Wette schlug.

Ich wusste nicht, wie viel Zeit vergangen war, als wir uns voneinander lösten. Theo lehnte seine Stirn an meine und lächelte zu mir herab.

»Ich hätte nie gedacht, dass ich das noch einmal machen dürfte.« Er legte eine Hand an meine Wange und strich mit dem Daumen über meine Unterlippe. »Am liebsten würde ich gar nicht mehr damit aufhören.«

»Ich auch nicht. Wir können das Training natürlich auch sausen lassen und stattdessen zu dir gehen«, schlug ich vor.

Ein heiseres Lachen entwich ihm. »Wenn ich dich jetzt in mein Bett bekomme, lass ich dich aber nicht wieder gehen.«

»Umso besser.« Ich löste mich aus Theos Armen und griff nach seiner Hand, um ihn aus dem Hallenbad zu ziehen.

»Dir ist schon klar, dass du dann deine Vorlesungen verpasst? Es ist der erste Tag nach den Ferien.«

»Da wird doch eh kaum etwas gemacht«, konterte ich.

Zehn Minuten später stolperten wir durch Theos Wohnungstür. Wir rissen uns die Jacken vom Leib, schmissen sie, in einen tiefen Kuss versunken, achtlos zu Boden und schafften es irgendwie bis zur Couch. Ich setzte mich auf Theos Schoß und stieß ein leises Stöhnen aus, als seine Hände den Weg unter mein Shirt fanden und meine überhitzte Haut berührten.

Doch Theo löste sich viel zu schnell wieder von mir. Fast schon überwältigt betrachtete er mich und strich mit dem Finger über meine Wange. »Ich kann es noch gar nicht glauben, dass du bei mir bist.«

Ich presste einen Kuss auf seine Lippen. »Gewöhn dich schon mal dran, so schnell wirst du mich nicht mehr los.« Diesmal nicht mehr. Ich war lange unsicher gewesen, ob es die richtige Entscheidung wäre, wieder mit Theo zusammen zu sein, aber in diesem Moment war ich mir absolut sicher, dass uns so schnell nichts mehr trennen konnte.

»Versprochen?«

»Hoch und heilig«, versicherte ich ihm.

Dann fanden sich unsere Lippen wieder, und unser Kuss war wilder diesmal, stürmischer, und gleichzeitig schob Theo seine Hände unter meinem Shirt weiter nach oben. Er strich über meine Narbe, als müsste er sich vergewissern, dass sie noch da war. Kurz spannte ich mich an und wartete auf die negativen Gefühle, die ich damit verband, doch sie blieben aus. Ich verspürte nichts weiter als

Liebe für Theo und das unbändige Verlangen, das durch meine Adern pumpte.

Ich griff nach dem Bund von Theos T-Shirt und zog es ihm über den Kopf, auch wenn ich mich dafür von seinen Lippen trennen musste. Dann nestelte ich am Bund seiner Jeans herum.

»Wir haben alle Zeit der Welt.« Theo wollte mich bremsen, doch ich ignorierte seinen Einwand.

»Aber ich will dich spüren«, gab ich zurück und stieß ein triumphierendes »Ha« aus, als ich die Knöpfe geöffnet hatte. Am offenen Hosenbund zog ich ihn hoch, bis wir beide vor der Couch standen und er seine Jeans runterziehen konnte. Nur noch in Boxershorts stand er vor mir, während ich noch völlig bekleidet war.

Theo zog mich an sich und fasste unter meinen Hintern, um mich hochzuheben. Ich schlang die Beine um seine Hüften, während er mich ins Schlafzimmer trug, wo er mich aufs Bett fallen ließ. Keine Sekunde später war er über mir. Unsere Lippen fanden einander, und ich verwickelte seine Zunge in einen leidenschaftlichen Tanz. Ich gab mich ihm völlig hin, ließ dabei meine Fingerspitzen über seinen Rücken wandern. Ein wohliger Schauer durchlief Theo, und ein Stöhnen entwich ihm, das von meinem Mund geschluckt wurde.

Theo richtete sich auf den Knien auf, zog mich mit sich hoch und streifte mir in einer fließenden Bewegung das Oberteil über den Kopf. Ich griff mit beiden Händen nach hinten, öffnete meinen BH und streifte ihn ebenfalls ab. Als Theo sich diesmal über mich beugte, hielt er sich nicht lange an meinem Mund auf. Nach einem kurzen Kuss ließ er seine Lippen über meinen Hals weiter hinabwandern, bis er an meiner Brust angelangt war. Er umschloss meinen Nippel mit seinen Lippen und saugte leicht daran. Dann begann er daran zu knabbern und leckte mit der Zunge darüber, während er meine andere Brust mit seiner Hand massierte. Heißes Verlangen jagte durch mich hindurch und sammelte sich an dem Punkt zwischen meinen Beinen, der bereits heftig pochte.

Sosehr ich es liebte, wenn Theo sich mit meinen Brüsten beschäftigte, so ungeduldig war ich auch, dass er an einer anderen Stelle weitermachte. Ich wollte ihn in mir spüren und mich völlig in ihm verlieren. Theo schien es genauso zu gehen, denn er wanderte küssend an meinem Bauch weiter nach unten, bis er am Bund meiner Jeans angelangt war. Zügig öffnete er Knopf und Reißverschluss und zog mir Jeans und Slip gleichzeitig aus. Jetzt war ich diejenige, die weniger anhatte, aber ich richtete mich auf, ehe Theo reagieren konnte, und schob seine Boxershorts ebenfalls runter.

Theo ließ seine Finger über meine Haut gleiten, von meinem Knie den Oberschenkel hinauf über meine Hüfte, den Bauch und zwischen meinen Brüsten entlang, bis er seine Hand an meine Wange legen konnte. Eine Gänsehaut breitete sich an allen Stellen aus, die er berührte. Dann zog er mich zu einem Kuss heran und drängte mich wieder zurück, damit wir uns hinlegen konnten. Seine nackte Haut an meiner zu spüren entfachte ein Feuer in mir. Auch ich strich mit meinen Händen über seinen Körper. Wollte jeden einzelnen Zentimeter seiner Haut berühren. Meine Finger krallten sich an seinen Schultern fest, strichen durch seine Haare, fuhren seinen Rücken entlang und packten seinen Hintern.

Währenddessen strich Theo über meine Hüfte, und schließlich umschloss ich mit einer Hand seine Erektion. Theos Augen rollten nach hinten, und er stöhnte auf. Mit leichtem Druck ließ ich meine Hand an seinem Schaft auf und ab gleiten, und Theos Hüften unterstützten die Bewegung im selben Takt. Seine Augen waren geschlossen, sein Mund leicht geöffnet – er hatte nie schöner ausgesehen. Ich hätte ihn stundenlang ansehen können.

Aber Theo schien andere Pläne zu haben. Er öffnete die Augen, überfiel mich mit einem Kuss und rollte sich dabei über mich, bis er die Nachttischschublade erreichen und ein Kondom herausziehen konnte. Ein erwartungsvolles Prickeln durchlief mich, als Theo sich das Kondom überzog. Langsam drang er in mich ein, und als er mich komplett ausfüllte, entwich uns gleichzeitig ein Stöhnen. Es fühlte sich wunderbar an, zu spüren, wie unsere Körper auf diese Weise verbunden waren. Theo hielt für einen Moment still, das Gesicht in meiner Halsbeuge vergraben und schwer atmend. Seine Erektion pochte im Takt mit seinem Herzschlag in mir und raubte mir fast den Verstand.

»Beweg dich endlich«, raunte ich ihm zu. Theo zog sich aus mir zurück und stieß dann wieder in mich hinein. Wieder und wieder. Zuerst langsam, doch dann immer schneller, bis wir einen gemeinsamen Rhythmus fanden, der das heiße Verlangen in meinem Unterleib rasend schnell ansteigen ließ.

Ich kam ihm bei seinen Stößen mit der Hüfte entgegen, eine Hand in das Laken neben mich gekrallt, und spürte, wie Theo eine Hand zwischen unseren Körpern hindurchschob, um mich an meiner empfindlichsten Stelle zu berühren. Und kaum war er an meinem Knubbel angelangt, da explodierte mein Orgasmus regelrecht aus mir heraus. Kurz darauf versteifte sich auch Theo und kam mit einem lauten Stöhnen.

Arm in Arm lagen wir unter der Decke. Mein Kopf ruhte auf Theos Schulter, sein Duft, der nach dem Sex intensiver zu sein schien, hüllte mich ein, und mit dem Zeigefinger malte ich abwesend irgendwelche Formen auf seine Brust. Die Geborgenheit, die zwischen uns herrschte, lullte mich fast in den Schlaf, doch ich kämpfte dagegen an. Ich wollte jetzt nicht schlafen, sondern jede Sekunde genießen, die ich mit ihm verbringen konnte.

»Theo?«, murmelte ich irgendwann und legte meine Hand flach auf seine Brust, wo ich das gleichmäßige Schlagen seines Herzens spüren konnte.

»Ja, Babe?«, gab er zurück.

Ich richtete mich auf dem Ellbogen auf und sah von oben auf ihn hinab. »Hast du eigentlich mit deinem Cousin gesprochen? Wegen dem Treffen?«

Er blinzelte, überrascht von meinem abrupten Themenwechsel. »Ja, habe ich. Er wird zu meinem nächsten Wettkampf kommen, dort könnt ihr miteinander reden.«

»Oh.« Ich hätte nicht gedacht, dass es so einfach werden würde. »Und er weiß auch, wer ich bin und worüber ich mit ihm reden will?«

Theo legte eine Hand an meine Wange. »Das weiß er. Ich habe ihm alles erzählt, und er war ziemlich geschockt.«

»Gut.« Ich legte mich wieder hin und ließ meine Hand weiter über Theos Brust wandern. »Danke, dass du mit ihm gesprochen hast.«

»Ich würde alles für dich tun.« Theo sagte es völlig ernst, trotzdem konnte ich ein Kichern nicht unterdrücken.

»Sag so etwas nicht, ich könnte das ausnutzen«, neckte ich ihn.

Theo schnaubte, und ich spürte, wie er den Kopf schüttelte. »Das war kein Witz. Was immer du brauchst, um glücklich und zufrieden zu sein, ich werde alles dafür tun, es dir zu ermöglichen«, erwiderte er.

Seufzend presste ich mich noch enger an ihn und legte meine Hand an seine Wange.

»Wer hätte gedacht, dass in dem Player Theo Jemison so ein romantischer Mann steckt?«

»Den hast du hervorgeholt«, sagte er.

Diesmal war ich diejenige, die wild mit dem Kopf schüttelte. »Nein, das muss schon immer in dir gesteckt haben, sonst hätte ich mich nie in dich verliebt.«

Theo war einer der Guten, wie Lizzy einmal zu mir gesagt hatte. Er hatte Fehler gemacht, ja. Wie jeder andere Mensch auch war er nicht perfekt, aber schlussendlich hatte er sie eingestanden und wäre bereit gewesen, die Konsequenzen aus seinem Handeln zu ziehen. Aber trotz seiner Fehler war er ein wundervoller Mensch, der sich klammheimlich in mein Herz geschlichen hatte.

Theos Atem stockte für einen Augenblick. »Ich liebe dich auch«, sagte er schließlich.

»Ich weiß«, erwiderte ich und verschloss seine Lippen mit einem Kuss.

EPILOG
Zwei Monate später

Avery

Theo! Theo! Theo!«

Lizzy, Virginia und ich feuerten Theo lautstark an, obwohl wir nicht sicher waren, ob er uns im Wasser überhaupt hören konnte. Aber das war uns egal. Es war sein letzter Wettkampf, das Finale sozusagen, und seit dem Start lag Theo eine Handbreit vor seinem ärgsten Konkurrenten. Die Tribüne flippte völlig aus. Die Leute pfiffen und riefen die unterschiedlichsten Namen. Es war ein knappes Rennen, niemand fiel weit zurück, weil es überhaupt nur die Besten der Besten bis hierhin geschafft hatten. Kayson und Noah saßen neben uns, und obwohl sie eher ruhig zuschauten, wirkten sie nicht weniger angespannt als ich.

So viel hing von diesem Wettkampf ab. Nicht nur das Siegertreppchen winkte Theo, auch unzählige Scouts waren anwesend, die Sponsorenverträge an die besten Schwimmer verteilen würden. Ich hoffte sehr, dass Theo einen davon ergattern würde.

Die letzten zwei Monate waren wie eine Achterbahnfahrt gewesen. Theo hatte sein Versprechen wahr gemacht, mir jeden Wunsch von den Augen ablesen zu wollen. Zwei Wochen lang hatte ich das nett gefunden, danach war es mir auf die Nerven gegangen. Ich wollte keine Beziehung, in der es nur darum ging, was ich wollte. Ich wollte eine ausgeglichene Beziehung, in der beide selbstständig sein konnten, die uns beide glücklich machte. Als ich Theo das sagte, war er zunächst etwas gekränkt gewesen, aber dann hatte er gelacht und gemeint, dass er mich ja dann von nun an wieder allein aufs Klo gehen lassen könnte.

Schlussendlich war uns beiden klar, dass wir am glücklichsten zusammen waren. Es gab zwar immer wieder kurze Momente, in denen ich mich fragte, ob das alles real war und ob ich Theo wirklich vollends vertrauen konnte. Ich mochte diese Eigenschaft selbst nicht an mir, aber in solchen Fällen half nur reden, und Theo war seit unserer Versöhnung immer sehr offen mit mir gewesen. Das Gespräch mit Brady hatte ebenfalls geholfen, da er Theos Geschichte bestätigt hatte. Wir waren auf einem guten Weg, aber wir mussten beide weiterhin an uns arbeiten.

Theo brachte gerade die letzten Meter im Wasser hinter sich. Es war ein Kopf-an-Kopf-Rennen mit seinem stärksten Gegner – oder eher ein Hand-vor-Hand-Rennen. Mit bloßen Augen war nicht zu erkennen, wer zuerst am Beckenrand anschlug, aber als die Anzeigetafel Theo als Erstplatzierten verkündete, gab es für uns kein Halten mehr. Wir sprangen von unseren Sitzen auf, jubelten Theo von der Tribüne aus zu und lagen uns Sekunden später in den Armen.

Kayson hob mich hoch und wirbelte mich herum, während er mir so laut ins Ohr brüllte, dass ich Angst hatte, einen Gehörschaden davonzutragen.

Wir beeilten uns, die Tribüne runterzulaufen, um zu den Ersten zu gehören, die Theo gratulierten. Doch kaum war er aus dem Wasser gestiegen und hatte sich ein Handtuch umgelegt, wurde er bereits belagert. Irgendjemand – vermutlich ein Journalist einer Collegezeitschrift – hielt ihm ein Mikrofon unter die Nase, wurde jedoch bestimmt von Theos Dad zur Seite geschoben. Seinen Platz nahmen zwei wichtig aussehende Herren in maßgeschneiderten Anzügen ein, die Theo die Hand schüttelten.

Kaysons Hand grub sich in meinen Oberarm und hielt mich zurück.

»Das sind Scouts«, raunte er mir zu, und mein Herz klopfte mir plötzlich bis zum Hals. Ich wartete mit angehaltenem Atem, bis sie Theo alleine gelassen hatten, dann stürmte ich auf ihn zu.

»Glückwunsch zum Sieg!« Ich zog Theo in eine lange Umarmung, bei der es mir völlig egal war, dass er noch klatschnass war. Zielsicher fanden sich unsere Lippen, und wir versanken in einem Kuss, aus dem wir uns erst lösten, als Kayson sich neben uns räusperte. Erst danach ließ ich es zu, dass auch die anderen ihn beglückwünschten.

»Was wollten die Scouts?«, fragte ich, sobald Theo wieder neben mir stand.

»Erzähl ich dir später.« Er drückte mir einen weiteren Kuss auf die Wange, und fast im selben Augenblick ertönte eine Durchsage, die den Beginn der Siegerehrung verkündete.

Wir bewegten uns in Richtung des Siegertreppchens, und als Theos Name erklang, stieg er mit einem strahlenden Lächeln im Gesicht auf das oberste Treppchen und ließ sich die Goldmedaille umhängen. Ich warf einen Blick zu der Seite, wo Theos Dad stand. Er trug ein stolzes Lächeln zur Schau, das ich so noch nie bei ihm gesehen hatte. Aber er hatte auch allen Grund, stolz auf seinen Sohn zu sein. Theo hatte in den letzten Wochen in jeder freien Minute trainiert. Wir waren jeden Morgen vor den Vorlesungen schwimmen gewesen, und das zusätzlich zu seinem täglichen Training. Dass er das Finale mit einer neuen persönlichen Bestzeit gewonnen hatte, war der verdiente Lohn für diese Arbeit.

»Bist du sicher, dass du nicht mit den anderen feiern gehen willst?«, fragte ich zum dritten Mal. Ich saß in Jogginghose und einem von Theos Hoodies auf seiner Couch, die sich mittlerweile wie ein zweites Zuhause anfühlte. Gestern hatten wir Theos Sieg ausgiebig mit unseren Freunden gefeiert, und heute hatten seine Teamkollegen gefragt, ob er mit ihnen noch mal auf den Sieg anstoßen würde. Er hatte sofort abgelehnt, dabei hatte ich gehofft, dass er zustimmen würde. Das Verhältnis zwischen ihm und einigen Teamkollegen war noch immer angespannt, und es wäre eine gute Möglichkeit gewesen, sich ihnen wieder anzunähern.

Schnaubend ließ Theo sich neben mich fallen. »Ich will nicht mit ihnen feiern, ich will mit *dir* feiern.«

Ich verdrehte die Augen und stupste ihn mit dem Ellbogen an. »Ich wäre ja mitgekommen.«

»Das ist aber nicht dasselbe. Wir haben uns in den letzten Wochen viel zu selten gesehen, ich möchte ein bisschen davon nachholen.« Er beugte sich zu mir und begann an meinem Hals zu knabbern.

Das Lächeln auf meinen Lippen hätte ich selbst dann nicht verhindern können, wenn mein Leben davon abhängen würde. Ich lehnte mich zurück, streckte die Beine aus und winkte Theo zu mir.

»Dann komm her, wenn wir schon hierbleiben, möchte ich kuscheln.«

»Du Kuschelmonster«, entgegnete er schmunzelnd, kam meiner Aufforderung aber nach. Er legte sich zwischen meine Beine, den Kopf auf meinem Bauch, und strich mit einer Hand über mein Bein.

Ich vergrub eine Hand in seinen Haaren. »Du lässt deine Haare wachsen«, stellte ich fest.

»Yup.«

»Warum?« Nicht dass es mich störte, aber ich kannte ihn nur mit raspelkurzen Haaren.

Er hob eine Schulter. »Nur so.«

Eine Weile schwiegen wir, aber es war einer dieser Momente, der keine Worte brauchte. Ich genoss es einfach, Theo in meinen

Armen zu halten. Wir mussten nicht immer reden, um einander nah zu sein.

»Was war jetzt eigentlich mit den Scouts?«, fiel mir irgendwann ein.

Theo stützte sich auf den Ellbogen auf, bis er mich ansehen konnte. »Beide haben mir ein Angebot unterbreitet. Der eine wollte jedoch, dass ich ab dem Sommer mit dem Studium aufhöre und komplett ins Profiteam einsteige, dem habe ich gleich abgesagt. Mein Dad würde es nie zulassen, dass ich das College abbreche, außerdem …« Er lächelte. »Ich möchte das selbst nicht mehr, dann würden wir uns nicht mehr so oft sehen.«

Ein wohliges Gefühl breitete sich in meinem Inneren aus, und ich beugte mich vor, um ihm einen Kuss zu geben.

»Du solltest das aber nicht nur wegen mir machen«, erinnerte ich ihn. »Was war mit dem zweiten Scout?«

»Das Angebot hört sich gut an. Sie würden mich bereits jetzt unterstützen, und ich könnte im Sommer mit ins Trainingslager fahren. Das wäre eine völlig neue Erfahrung für mich, mit einem Profiteam trainieren, denn es würde mir zeigen, wie ich im Vergleich zu ihnen stehe. Wir würden dort auch einen Trainingsplan für das neue Semester erstellen, ich würde dann regelmäßig am Training des Teams an der Columbia University teilnehmen, aber könnte trotzdem weiter studieren.«

Das hörte sich wirklich vielversprechend an. »Also nimmst du es an?«

»Ich denke schon. Ich muss es noch genau mit Dad besprechen, er wird sicher nicht begeistert sein, wenn jemand *Fremdes* meine Trainingspläne übernimmt, aber gegen dieses Angebot wird er nichts sagen können.«

Mit einem Mal war ich so aufgeregt, als hätte ich selbst gerade den Deal meines Lebens abgeschlossen. »Also wirst du bald deinen ersten Sponsorenvertrag in der Tasche haben. Das ist fantastisch, Theo.« Ehe er reagieren konnte, presste ich einen Kuss auf seine Lippen.

»Na ja, erst mal abwarten, wie sich das entwickelt«, versuchte er mich zu bremsen. Ich konnte verstehen, dass er sich nicht zu früh freuen wollte. Noch war nichts unterschrieben, und es wäre nicht das erste Mal, dass ein Angebot zurückgezogen wurde. Doch darüber machte ich mir keine Gedanken. Theo war gut. Er war sogar mehr als gut, und die Scouts wären bescheuert, ihn nicht zu nehmen.

Dann fiel mir etwas anderes ein, und ich richtete mich auf. »Ich hab die Zusage für das Grafikdesignstudium.«

Ich hatte sie bereits an dem Morgen erhalten, an dem Theos Wettkampf war, aber bis jetzt völlig vergessen.

Theos Kopf schnellte in meine Richtung. »Und das sagst du erst jetzt? Das ist mega. Herzlichen Glückwunsch.« Diesmal war er derjenige, der mich mit einem Kuss überfiel.

»Ich freue mich total darauf, endlich wieder etwas zu tun, was mir Spaß macht.« In einige Kurse, die ich ab dem Sommer belegen würde, hatte ich bereits reingeschnuppert, und sie gefielen mir deutlich besser als die jetzigen. Ich konnte es gar nicht abwarten, sie dauerhaft zu haben.

»Ich hoffe, dass es dich glücklich machen.«

Ein überraschtes Lachen brach aus mir heraus. »Das bin ich doch schon längst. Dank dir. Ich habe das Gefühl, dass ich durch dich ein völlig neues Leben kennengelernt habe. Nicht nur, dass ich jede Sekunde mit dir genieße, du hast mir auch gezeigt, dass das Leben so viel mehr zu bieten hat als nur Ballett. Ich habe neue Freunde gefunden, und du stehst immer hinter mir, ohne mich zu bevormunden. Außerdem bringst du mir jeden Morgen Kaffee ans Bett.«

Theo stimmte in mein Lachen ein und überfiel mich mit einem Kuss, der meinen Magen Saltos schlagen ließ. Theo war sicher kein perfekter Mensch. Aber er war perfekt für mich, und das war viel wichtiger. Gemeinsam würden wir einen Weg finden, miteinander glücklich zu bleiben, davon war ich mittlerweile überzeugt. Und vielleicht hatten wir beide auch alle Rückschläge, die uns getroffen hatten, gebraucht, um zu den Menschen zu werden, die wir waren. Die, die perfekt füreinander waren. Die, die nicht aufgaben.

DANKSAGUNG

Avery und Theo haben eine lange Reise hinter sich. Als ich im Dezember 2018 mit diesem Manuskript begonnen habe, habe ich es für einen Schreibwettbewerb von Piper Digital getan. Seitdem ist viel passiert, zwischendurch habe ich befürchtet, dass dieses Buch einfach nie erscheinen wird, doch die Idee hat mich nie wirklich losgelassen. Dass ihr es heute in den Händen halten könnt, ist einigen wundervollen Menschen zu verdanken.

Kathi Mittmann, ohne dich wäre dieses Buch vermutlich niemals bei Knaur gelandet. Das ist aber nicht der einzige Grund, warum ich dir zu danken habe. Du bist zu einem nicht wegzudenkenden Teil meines Lebens geworden. Danke, dass man mit dir so herrlich über alles reden kann.

Danke an das komplette Team bei Droemer Knaur, das meinem Buchbaby so ein tolles Zuhause gegeben hat, vor allem meine wundervolle Lektorin Friederike Achter. Ich könnte nicht glücklicher sein, dass mein Manuskript im letzten Jahr auf deinem Tisch gelandet ist. Vielen Dank für die Begeisterung, die du Avery und Theo entgegengebracht hast, und deine Anmerkungen, die meinen Text so viel besser gemacht haben. Ich hoffe, du bist mit dem Endergebnis genauso zufrieden wie ich.

Caro, Becka und Nadine. Mir gehen für euch langsam die Superlative in meinen Danksagungen aus. Ihr seid einfach immer da, seid immer meine erste Anlaufstation – egal ob es um gute oder schlechte Neuigkeiten geht. Ihr begleitet mich schon seit einer Zeit, wo keine von uns überhaupt darüber nachgedacht hat, irgendwas von dem, was wir zu Papier bringen, jemals zu veröffentlichen. Und jetzt seht euch an, wo wir mittlerweile stehen. Danke für alles.

Katharina Olbert. Wir kennen uns noch gar nicht so lange, aber haben schon so viel zusammen durchgestanden. Danke für deine

Freundschaft, dass du unermüdlich alles liest, was ich dir zuschicke. Einfach für alles.

Jana Schäfer. Unsere Wege verliefen bisher so ähnlich, dass es mich immer wieder erstaunt. Danke für unsere virtuellen Schreibdates, ohne die meine Bücher nie so schnell fertig wären, und dass wir uns mit positiven Vibes immer wieder pushen, wenn wir mal einen schlechten Tag haben.

Danke an die Prestige Jesus Squad, an Laura, Bianca, Marie, Anabelle, Ava, Nicole, Klaudia, Tami, Laura (Jesus) und Alex. Ihr wisst immer auf alles eine Antwort, veranstaltet die besten Squad-Treffen, und mit euch kann man beim Zocken wunderbar abschalten. Ich bin froh, dass es euch gibt.

Danke auch an meine Familie, die immer hinter mir steht und mir den Rücken frei hält, wenn ich mal wieder ein ganzes Wochenende in der Schreibhöhle versinke. Genauso an meine Freunde, die verstehen, wenn ich Treffen wegen Deadlines absage, mir aber gleichzeitig immer wieder bewusst machen, dass es auch noch ein Leben neben dem Schreiben gibt.

Last, but not least, vielen Dank an meine Leser*innen. Egal ob ihr mich von Anfang an begleitet oder dies mein erstes Buch ist, das ihr zur Hand nehmt. Ohne euch wäre das alles gar nicht möglich. Danke, dass ich meinen Traum leben darf. Ich hoffe, wir sehen uns bald im nächsten Teil wieder, in dem ich Lizzy und Kayson vor Problemchen stelle.

Eure Nina

PLAYLIST

Scars – Papa Roach
In the End – Linkin Park
Glory Road – The New Roses
Uprising – Muse
What About Me? – Takida
You're Not Alone – Kissin' Dynamite
Keine Hymnen heute – Broilers
Take My Hand – Simple Plan
The Boys of Summer – The Ataris
Father of All – Greenday
Through Glass – Stone Sour
Still Counting – Volbeat
Chasing Shadows – The Sherlocks
Walk Away – Aloha From Hell
I'm Not Okay (I Promise) – My Chemical Romance
Fairytale Gone Bad – Sunrise Avenue
Satellite – Rise Against
The End – Simple Plan
The Diary of Jane – Breaking Benjamin
I Want To Break Free – Queen
Staring at the Sun – The Offspring

»'cause baby you can never hide the devil in your eyes …«

STELLA TACK

BEAT IT UP

Roman

Summer Price ist wegen ihres absoluten Gehörs als Klavier-Wunderkind bekannt und steht kurz vor der Aufnahme ins New York Orchestra. Niemand ahnt, dass sie heimlich Melodien für die Songs ihres Zwillingsbruders Xander schreibt, einen skandalumwitterten DJ. Eher unfreiwillig begleitet sie ihn auch auf das *Beat it up*-Festival. Doch nicht nur der Lärm und Trubel machen Summer zu schaffen, auch Xanders ärgster Konkurrent Gabriel wirbelt ihr Leben mit seinem Charme und seiner Unverschämtheit gehörig durcheinander. Gegen jede Wahrscheinlichkeit kommen sich die beiden näher. Doch kann Summer ihren und vor allem Gabriels Gefühlen wirklich trauen?

KNAUR